A
TRAMA
PERDIDA

A TRAMA PERDIDA

GENEVIEVE COGMAN

Tradução:
Cláudia Mello Belhassof

MORROBRANCO
EDITORA

Copyright © Genevieve Cogman, 2017
Publicado pela primeira vez em 2017 pela Pan Books, um selo da Pan Macmillan, uma divisão da Macmillan Publishers International Limited.
Título original em inglês: *The Lost Plot*

Coordenação editorial: Giovana Bomentre
Tradução: Cláudia Mello Belhassof
Preparação: Iris Figueiredo
Revisão: Bruno Alves
Capa: Marina Nogueira
Imagens de Capa: © Shutterstock
Diagramação: Desenho Editorial

Essa é uma obra de ficção. Nomes, personagens, lugares, organizações e situações são produtos da imaginação do autor ou usados como ficção. Qualquer semelhança com fatos reais é mera coincidência.

Todos os direitos reservados. Proibida a reprodução, no todo ou em partes, através de quaisquer meios. Os direitos morais do autor foram contemplados.

Dados Internacionais de Catalogação na Publicação (CIP)
(Câmara Brasileira do Livro, SP, Brasil)

C676t Cogman, Genevieve

A trama perdida / Genevieve Cogman; Tradução Cláudia Mello Belhassof. – São Paulo: Editora Morro Branco, 2019.
p. 384; 14x21cm.
ISBN: 978-85-92795-63-4

1. Literatura inglesa – Romance. 2. Ficção Young Adult. I. Belhassof, Cláudia Mello. II. Título.

CDD 823

Todos os direitos desta edição reservados à:
EDITORA MORRO BRANCO
Alameda Santos 1357, 8º andar
01419-908 – São Paulo, SP – Brasil
Telefone (11) 3373-8168
www.editoramorrobranco.com.br

Impresso no Brasil
2019

AGRADECIMENTOS

À s vezes, neste momento de uma reunião no trabalho, alguém faz uma piada do tipo "Você provavelmente está se perguntando por que foi chamado aqui hoje...".
Este livro só existe – e só é bom, se for bom – porque tive muito apoio das pessoas. Minha agente, Lucienne Diver, e minhas editoras, Bella Pagan e Rebecca Brewer, que são incríveis no que fazem e são pessoas maravilhosas. Muito obrigada.

Agradeço, também, aos meus leitores-beta: Beth, Jeanne, Phyllis, Anne, April, Unni, Petronia, Caroline, Iolanthe e todos os outros. Obrigada a todos os meus amigos solidários no trabalho, que me aguentaram resmungando sobre dragões e Lei Seca e outros assuntos não clínicos. Agradeço a Charlie, Stuart, Walter e Jeanne pelo aconselhamento e pela ajuda em relação a assuntos como velocidade no trânsito, mecânica de elevadores, o que acontece quando você coloca fogo em grandes quantidades de álcool e DVDs de Wo Xin Chang Dan. Obrigada aos meus amigos e leitores on-line que me estimularam a seguir em frente.

Obrigada à minha família por todo seu apoio. Em algum momento no futuro, vou conseguir não surtar se vocês amassarem a lombada dos livros que pegam emprestados comigo. (Esse dia provavelmente vai demorar a chegar.)

Meu agradecimento também vai para todos os autores que li enquanto fazia pesquisa cultural para este livro. Se algum detalhe estiver incorreto, a culpa é toda minha.

Obrigada, também, a Damon Correr, mais do que um pouco. Porque a corrida nem sempre é para os velozes, nem a batalha é para os fortes, mas é assim que se aposta.

A menos que haja Bibliotecários envolvidos.

Para: Kostchei, Bibliotecário sênior
De: Catherine, Bibliotecária sênior
Cc: Gervase, Coppelia, Melusine, Ntikuma

Kostchei,
Temos um problema. Sim, eu sei que sempre temos problemas, mas este pode sabotar a conferência pela paz antes que os dois lados tenham sequer concordado formalmente em se encontrar.
Acabei de saber (foi uma "notificação educada", mas dava para ler nas entrelinhas) que o Ministro Zhao está morto. Ele era um dos candidatos dos dragões para a iminente reunião de cúpula em Paris. Acho impossível acreditar que seja um acaso. E, não, não temos nenhuma informação de como isso aconteceu. "Trágica perda para nós" etc. Só que é um grande problema para eles.
A Rainha das Terras do Sul terá de mandar outro representante dos dragões. E ela está tendo dificuldades para ocupar o posto do Ministro Zhao na sua própria corte. Ele era extremamente experiente. Vai demorar pelo menos algumas semanas até encontrarem um candidato final. Mas, sejamos sinceros – para dragões de alto escalão, isso é inconvenientemente apressado.
Os feéricos ainda não tentaram nada, mas vão cair de boca na situação como tubarões num pedaço de carne se sentirem o cheiro de sangue na água. Qualquer fraqueza entre os dragões é uma oportunidade para eles. Nossa melhor linha de ação provavelmente será ficar bem longe desse negócio todo. Precisamos nos concentrar em nossa parte do acordo e manter nossa neutralidade a todo custo. Se algum lado decidir

que estamos sendo tendenciosos ou manipulando os dois contra o meio, o plano todo vai pelo ralo. E não preciso dizer o que pode acontecer com os Bibliotecários em campo. Além disso, estamos com uma equipe reduzida. Precisamos de um programa de recrutamento (como eu já disse várias vezes), com urgência. As ações de Alberich durante a crise mais recente só pioraram as coisas; o problema já existia. Espero que essa confusão não envolva nosso pessoal, já que está deixando a situação política potencialmente explosiva. Como sempre, é nosso dever impedir que os feéricos e os dragões transformem uma mera discordância numa guerra destruidora de mundos. Vamos tentar manter o equilíbrio onde pudermos.

Catherine, Bibliotecária

P.S.: Alguém pode fazer o favor de me mostrar como desligar as assinaturas automáticas neste software? Vocês todos sabem quem eu sou.
P.P.S.: Kostchei, você ainda está com aquele exemplar autografado de *O livro de Mordred*, do T.H. White. Pode fazer a gentileza de ler o livro e retorná-lo à circulação geral? Alguns de nós também gostaríamos de dar uma olhada nele.

CAPÍTULO UM

— Minha querida — disse a mulher sentada ao lado de Irene, fungando —, se você nunca abriu as suas veias, deixe o sr. Harper fazer isso. Ele tem muita experiência com jovenzinhas nervosas como você.

Irene olhou para o bisturi no pires perto da sua xícara de chá. Estava tentando pensar num jeito de sair daquela situação – um jeito que não incluísse ela dando o fora da casa e batendo a porta ao sair. Tinha visitado diversos mundos alternativos para obter livros. Era capaz de lidar com costumes diferentes e conhecia todos os tipos de bons modos. Mas não queria se transformar na refeição do dia.

— Ninguém me contou que haveria vampiros aqui — disse ela com suavidade. — Eu não esperava por isso.

— Bah! — bufou outra mulher mais velha.

Irene era a pessoa mais jovem na sala lotada, presa num ninho de cadeiras e pequenas mesas incrustadas com ornamentos. As cortinas grossas estavam fechadas para impedir a noite de entrar. O chá estava frio. Os bolos estavam rançosos. A atmosfera, densa e pesada, e, se não fosse pelo aroma da lareira, Irene suspeitava que o cheiro pudesse ser ainda pior.

— Não quero ser grossa, mas, na minha época, as jovens conheciam suas obrigações! Se essa senhorita... senhorita...
— Ela divagou, tentando se lembrar do nome de Irene.
— Srta. Winters — disse o sr. Harper. Seu cabelo era branco-acinzentado com entradas que formavam um bico de viúva, e seus olhos, negros como carvão, afundados atrás de pálpebras semicerradas. Estava encolhido na cadeira, inclinado para a frente como um abutre rondando uma presa. E sempre que falava, mostrava os caninos. A única coisa boa da noite até então era que ele não estava sentado ao lado de Irene. Aparentemente, era um dos vampiros menores ligados à casa; os mais poderosos ainda não tinham se levantado. Pequenas alegrias.
— É tão bom ter sangue jovem na nossa festinha noturna.

Claro que, se Irene soubesse que seria uma festinha noturna, ainda mais com a presença de vampiros, não teria comparecido. E provavelmente era por isso que não tinham contado a ela. Irene pensara que seria uma simples troca de livros. As negociações tinham ocorrido normalmente, e ela estava ansiosa para pegar um novo livro para a coleção da Biblioteca – sem violência, drama ou fugas aos berros pelos corredores. Aparentemente, ela havia se enganado.

— Eu não tinha a menor ideia de que teria contato com pessoas tão importantes quando liguei — disse, agitada, assumindo seu melhor ar de inocência. — Eu só queria trocar esses livros, como combinamos...

— Ah, sim, os livros. Como combinamos. — Era a primeira vez que a mulher na ponta distante da sala falava. Os sussurros do ambiente foram silenciados pela sua voz. Ela tocou na lombada de couro vermelho do livro no seu colo; os dedos pálidos eram magros e enrugados, assumindo uma cor artificial à luz da lareira. — Na verdade, acho que devíamos conversar sobre isso em particular. Vocês podem nos dar licença por um instante? — Ela não se preocupou em esperar possíveis discordâncias. — Srta. Winters, venha dar uma volta comigo.

Irene deixou de lado a xícara e o pires – e o bisturi – e se levantou com um farfalhar de saias, pegando sua maleta. Tinha se vestido de maneira cortês e discreta em resposta ao convite, com um casaco cinza-pálido e uma saia com aviamentos verde-escuro. Considerando as circunstâncias, desejava ter usado acessórios como alho, prata e tênis de corrida.

— Será um prazer — murmurou ela, e seguiu a outra mulher para fora da sala.

Ao longo do corredor e subindo a escada, lampiões a gás antigos queimavam, no lugar das modernas lâmpadas de éter. Retratos escuros a encaravam em molduras ornamentais douradas. Irene identificou o nariz e as sobrancelhas da família em vários deles, espelhando o rosto esnobe da mulher à sua frente.

Ela desejava mesmo não ter ido até ali. Só queria *trocar* um livro em vez de roubá-lo, para variar. Sua virtude não estava sendo recompensada. Muito pelo contrário.

A sra. Walker – chamada de Lady Walker pelo resto da casa, apesar de Irene não ter encontrado nenhum traço de título quando pesquisava sobre a família – parou diante de uma imagem especialmente dramática. Ela se virou para olhar para Irene. Seu tapa-olho escondia o olho direito, mas o esquerdo era crítico, atento, analítico. Como Irene preferia ser subestimada e ignorada, isso não era bem-vindo.

— Quer dizer que você é a famosa Irene Winters — disse ela. — É muito conveniente que tenha vindo a mim, em vez de eu ir até você.

— Realmente. — Irene decidiu deixar a encenação de lado. Parecia que ela já tinha uma reputação, então era melhor jogar pela janela qualquer plano de disfarce. E era ali que ela gostaria de estar, neste momento. — Posso perguntar quais são as suas fontes?

— Conexões familiares. — A sra. Walker deu de ombros. Os enfeites de azeviche no seu vestido tremiam e dançavam sob a luz a gás. — Só porque eu prefiro passar meu tempo aqui do que correr para festejar nos bares e boates de Londres... mas eu discordo. Posso lhe garantir, srta. Winters, que sei mais sobre você do que pode imaginar.

— É mesmo? — disse Irene, no tom de voz conciliador que teve oportunidade de treinar no passado. *Por favor, me conte mais*, deixava implícito. *Você é tão inteligente.*

— Ótimo. — A sra. Walker pareceu aprovar. — O tipo de coisa que eu teria dito no seu lugar.

Droga, pensou Irene.

— Talvez devêssemos pular as preliminares e ir direto ao ponto — sugeriu ela.

A sra. Walker assentiu.

— Muito bem. É o seguinte: eu sei que você faz parte de uma disputa de poder de uma das outras famílias. Quero saber o que está acontecendo. Quero saber para quem está trabalhando. E, se quiser sair desta casa com vida, você vai me contar.

Irene piscou. Estava preparada para diversas possibilidades, desde *sei que você trabalha para uma Biblioteca interdimensional secreta* até *tenho provas de suas ações criminosas e planejo chantageá-la*, mas por essa ela não esperava.

— Ora, ora — disse ela. — Isso veio de repente.

— Seu disfarce foi impressionante — admitiu a sra. Walker. — Alegar ser uma tradutora freelancer e colecionadora de livros e sugerir uma troca. Um exemplar de *O massacre de Paris*, a peça perdida de Marlowe, pelo nosso exemplar de *Disfarce*, de John Webster. Os dois lados teriam lucrado com o negócio. E a cópia parecia confiável o suficiente para ser genuína. Mas uma oferta tão tentadora parece um conto de fadas, não é, srta. Winters? E todos nós sabemos que contos de fadas não acontecem.

— Acontecem mais do que você imagina — disse Irene. Num mundo alternativo com alto nível de caos como este, alegorias narrativas tinham um jeito infeliz de virar realidade. Infelizmente, a história tradicional *heroína-fica-presa--numa-casa-cheia-de-vampiros* quase nunca tinha um final feliz. Pelo menos, não para a heroína. — Sinceramente, não entendo por que você acha que sou uma... hum, o que você acha que eu sou?

— Uma espiã — respondeu a sra. Walker.

— Uma espiã? — retrucou Irene num tom de leve pavor.

O que exatamente a sra. Walker *sabia*? Irene era uma agente da Biblioteca, e era seu trabalho e dever recuperar obras de ficção de mundos alternativos. Levá-los de volta para a Biblioteca interdimensional criava ligações com esses locais. E assim a Biblioteca ajudava a preservar o equilíbrio entre a ordem sem sentimentos e o caos sem preocupações numa profusão de mundos. Era uma vocação nobre e um compromisso para a vida toda, que lhe permitia usar a Linguagem especial da Biblioteca para comandar a realidade. Também costumava envolver roubar livros e fugir. Então, tecnicamente, "espiã" não era de todo impreciso. Porém, aparentemente seu disfarce ainda podia estar a salvo.

Apesar de sua chance de obter a cópia de *Disfarce*, de Webster, parecer menos viável a cada segundo.

— Sim, uma espiã. Tramando com uma das outras famílias — elaborou a sra. Walker. A lâmpada de gás piscou, deixando-a ainda mais parecida com um cadáver malpreservado do que antes. E ela era magra o suficiente para, naquele vestido preto pesado, parecer uma marionete do espetáculo de marionetes Punch & Judy que terminava em apocalipse zumbi. — Você não estava escutando? Da minha parte, suspeito que trabalhe para a família Vale, em Leeds. Você foi vista fazendo negócios com Peregrine Vale em Londres. Ele supostamente não tem mais contato com a família, mas pode ser apenas um disfarce. Ou talvez eu devesse dar uma olhada melhor nos Read em Rotherham. Já desconfio deles há algum tempo. Eles adorariam ter uma espiã infiltrada entre as minhas paredes.

Irene sabia, de maneira técnica, que o norte da Inglaterra tinha um grupo de vampiros. O vampirismo não era ilegal nesta Grã-Bretanha, embora matar pessoas esgotando seu sangue ainda fosse classificado como assassinato. Ela até sabia que esta casa que estava visitando tinha alguns vampiros. Só não esperava um ninho tão intricado de conspiradores nem uma rede de famílias rivais.

— Sra. Walker — disse ela por fim —, você está completamente enganada. Não sou espiã nem agente secreta, tampouco lacaio dos seus inimigos. Não estou envolvida com os assuntos da sua família. Só vim aqui para fazer a troca. — Ela apontou para a maleta. — E tenho participação no acordo.

— Você está desperdiçando seu tempo — rebateu a sra. Walker. — Não temos o Webster aqui, de qualquer maneira.

— Então é melhor eu ir embora — afirmou Irene com frieza.

Ela fez uma anotação mental para descobrir *onde* eles mantinham o Webster e depois pegá-lo. Sem oferecer pagamento, desta vez. Ela não gostava de cair em uma arapuca, mesmo quando a isca era feita de livros.

A sra. Walker ignorou a declaração de Irene e a analisou dos pés à cabeça.

— Há maneiras de prendê-la à família, se você souber demais. Pode ser a melhor opção.

Irene entregou os pontos. Às vezes era mais fácil concordar com teóricos da conspiração do que convencê-los de que tinham entendido errado.

— E se, hipoteticamente, eu recusasse essa honra?

— Você está numa casa cheia de vampiros, a vários quilômetros da cidade, cercada de mato, e ainda nem é meia-noite. — Os lábios da sra. Walker se curvaram num sorriso fino. — A chuva lá fora está piorando. Nenhum rastro será encontrado. Vai levar dias para alguém sequer perceber que você desapareceu.

— É, é bem capaz de acharem que me tranquei com um bom livro e não queria ser incomodada — concordou Irene.

— Posso perguntar o que me torna especialmente adequada a ser membro da sua família? Sendo sincera, eu nunca me vi nesse tipo de situação.

Provavelmente seria mais sincero de sua parte dizer *Não, obrigada, nem em um milhão de anos, com licença enquanto chuto a porta abaixo e fujo.* Mas ela estava curiosa.

— Você é inteligente — comentou a sra. Walker. — Já provou suas habilidades, e não podemos permitir que vá embora agora, de qualquer maneira. Não precisa se preocupar com seu trabalho também.

— É mesmo? — perguntou Irene.

— Claro que não. Depois que você jurar lealdade à minha família, vai estar ocupada demais para manter o emprego atual. Pode deixar para o colega com quem divide o quarto. Falando nisso, onde ele está?

— Fora de Londres — mentiu Irene.

Kai tinha ido a uma festa de família. E, como ele era um dragão, apesar de atualmente estar na forma humana e trabalhando como assistente de Irene, a festa era num mundo alternativo. Era um alívio saber que ele estava fora de alcance. A sra. Walker poderia querer um refém a mais para persuadir Irene.

— Estou honrada por ter sido, hum, convidada a entrar na família desse jeito — dissimulou ela. — Mas tenho outras responsabilidades, que preciso discutir com meu colega...

— Claro. Depois que você fizer o juramento de lealdade na nossa capela no porão — interrompeu a sra. Walker. — E o pacto de sangue formal de sempre. Não quero que mude de ideia a caminho de Londres.

Esquisito. Irene era capaz de mentir, mas o "pacto de sangue formal" pareceu potencialmente perigoso. Além disso, não queria ver que tipo de capela uma casa cheia de vampiros tinha no porão.

— Preciso de alguns minutos para pensar — disse ela. — É uma decisão muito importante para ser tomada por uma jovem.

A sra. Walker não pareceu nem um pouco convencida, mas concordou com a cabeça.

— Sim, srta. Winters. Mas aconselho a não vagar pela casa sozinha. Os moradores recebem comida do depósito de sangue local, mas existe algo chamado provocação. Seus pulsos... — Irene olhou para os punhos rendados da blusa. — Estão expostos de um jeito que eu chamaria de indecente.

Irene decidiu dar mais uma chance à razão.

— Vou lhe pedir para reconsiderar antes de continuarmos. Por favor, não nos coloque numa... situação difícil.

— Implorar não vai levá-la a lugar algum — disse a sra. Walker com frieza. — Espero você lá embaixo daqui a alguns minutos. Se não, viremos procurá-la.

Ela seguiu para o patamar da escadaria, as saias de seda brilhosas e ondulantes sibilando no carpete grosso, depois se virou e lançou para Irene o tipo de olhar avaliador que contava cada gota de sangue nas suas veias.

— E isso inclui o meu marido.

Irene observou a sra. Walker descer suavemente a escada e pensou em suas opções cada vez mais limitadas.

O Webster era a mais recente missão que recebera da Biblioteca, e essa troca era a maneira mais rápida e mais fácil de consegui-lo. Perder a oportunidade era inconveniente, mas não um desastre. Sua prioridade agora era sair dali em segurança. Ela deixou a maleta de lado; seria apenas um estorvo para sua fuga. Tinha obtido o exemplar da peça de Marlowe que estava ali dentro num mundo alternativo, onde era corriqueira. Sendo assim, não seria uma perda significativa.

O retrato sob o qual as duas estavam paradas pareceu franzir a testa para ela, seu olhar imaginado provocando um arrepio na espinha. Ela se virou para encarar de volta. A iluminação fraca e a idade do retrato dificultavam a avaliação de quando tinha sido pintado – ou, na verdade, o que a figura estava vestindo ou até mesmo como eram suas feições. Havia uma impressão de sobrancelha caída, nariz encurvado, uma capa escura e olhos apavorantes.

Como todo o resto na casa, apresentava sinais de idade. Ela atravessou até a janela e abriu as pesadas cortinas de brocado.

Atrás das cortinas, na frente do vidro, havia pesadas barras de ferro.

Irene enfim sorriu. O ferro frio podia impedir um ser humano. Podia ser uma inconveniência séria para um feérico. Mas não era nada para uma serva da Biblioteca.

A chuva fustigava a janela pelo lado de fora. Era noite, chovia, ela estava a vários quilômetros da cidade mais próxima e provavelmente seria perseguida pelo campo por vampiros no instante em que percebessem que ela havia saído da casa. E o Rio Ouse estava transbordando de novo – aparentemente acontecia com frequência nessa região –, de modo que não haveria tráfego nas estradas.

Ela devia simplesmente *pegar* os livros no futuro, em vez de tentar fazer uma troca justa. Mais rápido, mais silencioso e envolvia menos confusão com vampiros.

Ela se aproximou das barras de ferro, mantendo a voz baixa, e se dirigiu a elas na Linguagem.

— **Barras de ferro, afastem-se em silêncio, numa largura suficiente para eu passar** — murmurou ela.

As barras estremeceram por um instante nos soquetes, depois se curvaram lentamente como cera quente, a tinta seca lascando e caindo no chão.

As janelas estavam trancadas, mas, de novo, isso não era um problema para a Linguagem.

— **Janelas, destranquem-se e se abram do jeito mais silencioso possível.**

A fechadura rangeu ao se soltar, os tambores secos raspando enquanto se encaixavam na posição aberta, e a dobradiça gemeu quando a janela se abriu.

Não havia uma calha, mas a hera densa que descia pela lateral da casa serviria.

Irene prendeu as saias na cintura – meio indecente para esta época e cultura – e saiu pela janela do primeiro andar. A hera estava encharcada, o que a tornava traiçoeira. Irene fez uma pausa, pendurada do lado de fora, para murmurar, antes de começar a descer:

— **Barras de ferro, voltem à forma anterior; janela, feche-se e tranque-se.**

Quanto mais conseguisse adiantar sua fuga antes de perceberem que ela havia sumido, melhor.

Meio minuto depois de cambalear com o coração na boca, ela pisou em alguma coisa molhada e esponjosa, perdeu o equilíbrio e sentou na lama. A chuva caía torrencialmente sobre ela. Estava muito escuro.

O problema, Irene concluiu enquanto se embolava em arbustos abandonados de lavanda – dava para saber pelo aroma –, era que havia se acostumado demais a ter reforços. Como

Bibliotecária, não devia contar com isso. Mas, ah, neste minuto teria sido tão útil!

Um relâmpago riscou o céu, e um trovão ressoou dois segundos depois. Irene prestou atenção para ver se alguém a perseguia. Tinha esperança de que o clima encobrisse seu rastro.

Alguma coisa gritou na escuridão atrás dela. Era um tipo seco de grito, aparentemente sem fôlego, ávido, *sedento*. Outro grito semelhante respondeu ao primeiro, mais distante. A caçada havia começado, e ela era a presa.

A chuva encharcava seu cabelo preso e escorria pelo rosto, descendo pelo casaco e pela saia e fazendo de tudo para entrar nas suas botas. Norte, para uma estrada provavelmente vazia, ou sul, para um rio caudaloso e mais campos?

Neste momento, o rio era o meio de transporte mais rápido por ali. Sua pesquisa sobre a casa tinha mencionado um ancoradouro...

Um brilho conveniente de relâmpago lhe mostrou uma construção parecida com um galpão, posicionado no que seria a margem do rio. Agora estava trinta centímetros embaixo d'água.

Também lhe mostrou uma figura escura agachada entre ela e a construção.

— Você não vai embora — rosnou o sr. Harper, erguendo-se por completo.

— Saia da minha frente — gritou Irene, agora com raiva, levantando a voz para ser ouvida apesar do vento. — Vou rejeitar o convite da sra. Walker.

— Acho que não. — A água escorria pelos dedos ossudos e compridos do vampiro e pingava das suas unhas, e seus olhos cintilavam como brasa ao olhar para ela. — Acho que não, senhorita...

— Terra, abra-se e prenda seus pés e tornozelos e segure-o logo — ordenou Irene. — **Porta do ancoradouro, destranque e abra!**

O chão enlameado sob os pés do sr. Harper se abriu como uma mandíbula com vida própria, e Irene sentiu a Linguagem drenar sua energia enquanto o mundo se ajustava às suas palavras. Enquanto o sr. Harper afundava na lama até as canelas, ela passou se esquivando e escapando do seu aperto furioso.

O ancoradouro se abria para o rio, e havia luz suficiente apenas para enxergar os arredores. Barcos a remo que antes ficavam ancorados na doca seca agora balançavam a poucos centímetros sobre as águas reluzentes da enchente. Irene saiu chapinhando em direção ao mais próximo.

Atrás dela, do lado de fora, o sr. Harper gritou:

— Ela está aqui! Ela está *aqui*!

Um empurrão forte tirou o barco dos trilhos e o jogou na água. Irene pegou um remo e subiu na embarcação, bem quando o sr. Harper entrou cambaleante pela porta.

Ele tentou agarrá-la. Ela balançou o remo, que bateu com força no peito dele, fazendo-o tropeçar para trás. A força da pancada quase a fez cair do barco enquanto ele escorregava em direção ao rio aberto. E a corrente o pegou.

Gritinhos agudos vieram da margem. No meio da chuva e da escuridão, Irene conseguiu ver a sra. Walker e outras sombras atrás dela, pintadas em preto e branco pelo relâmpago.

— Você vai se arrepender disso! — gritou a sra. Walker para ela.

— Aproveite o livro! — exclamou Irene com animação enquanto o rio a carregava correnteza abaixo em direção a York.

CAPÍTULO DOIS

Era quase meia-noite quando Irene entrou no hotel. As saias e as botas deixaram um rastro encharcado no carpete. Ela pensou que teria de dar uma gorjeta ao recepcionista, mas ele simplesmente encolheu os ombros e perguntou:

— Foi pega pela enchente, senhora? Elas pegam os visitantes meio de surpresa.

— Foi irritante — concordou Irene, feliz por ter uma boa desculpa. O rio a arrastara por todo o centro da cidade, até o outro lado. E ela foi repreendida por um policial por sair para passear de barco à noite durante uma enchente. Explicar não teria ajudado, então simplesmente fez cara de idiota e pediu desculpas antes de conseguir instruções para voltar ao hotel. — Terei de ser mais cuidadosa na próxima vez — acrescentou e foi em direção aos elevadores.

— Com licença. Você é a srta. Winters?

A única desculpa de Irene para se virar sem verificar os espelhos do saguão a fim de ver quem estava perguntando foi que ela estava molhada e cansada. Tinha ouvido uma voz feminina jovem, e não a de um vampiro mais velho, mas, mesmo assim, ainda era imprudente para uma agente com a experiência dela.

A mulher que se levantava de uma das poltronas do saguão quase reluzia sob as lâmpadas de éter. Seu cabelo era dourado – não do tipo louro tingido que era considerado a moda do momento neste mundo alternativo, nem do tipo acinzentado que parecia dourado sob a luz da lua, mas um tom quente e pesado, brilhante como ranúnculos. O paletó escuro estava sutilmente fora da moda: era caro, de boa qualidade, mas o colarinho tinha um corte muito alto e a cintura era baixa demais. Suas luvas eram de seda, e não de lã ou veludo, e o véu preso ao chapéu claramente era um acréscimo, e não algo projetado como parte do traje. No entanto, acima de tudo, era seu rosto que a entregava: a bela serenidade não se preocupava com o que seres inferiores poderiam pensar a seu respeito.

Era uma dragoa em forma humana.

Ela começou a andar pelo saguão em direção a Irene de forma casual, como se as duas já se conhecessem. O fato de que eram representantes de duas facções cujas ações podiam influenciar os diversos mundos do multiverso parecia secundário. Seu poder a precedia, um tremor invisível no ar que Irene sentia na pele. Ela não era perigosa como alguns dragões que Irene conhecera – mas também não era insignificante.

— Acho que não nos conhecemos — disse ela. — Mas me falaram um pouco sobre você.

— Sinto dizer que está em vantagem em relação a mim, senhora — respondeu Irene com educação.

— Bem, pelo menos eu sei como você ganha a vida. — A mulher sorriu com graciosidade e estendeu a mão.

Irene forçou um sorriso. E rejeitou a mão estendida. Dava para sentir a energia atrelada à outra mulher sob a aparência humana, o que a deixava nitidamente desconfiada.

— Peço mil desculpas — disse Irene. — Eu realmente não sei quem você é nem o que deseja. Nessas condições...

A mulher recolheu a mão. Por um instante, seus lábios franziram, mas ela os transformou em outro sorriso.

— É muito sensato da sua parte. Talvez devêssemos conversar um pouco; tenho algo importante que gostaria de lhe perguntar. O bar deste estabelecimento ainda está aberto?

— *E, mesmo que não esteja, logo vai estar*, seu tom deixava implícito.

Irene lembrou a si mesma que não precisava de mais inimigos.

— Eu ficaria encantada em me sentar e conversar, mas talvez a casa de chá mais próxima seja mais aconchegante. E, se não se importa, eu gostaria de trocar de roupa... — Ela apontou para a saia pingando. — Além disso, se eu puder perguntar seu nome...

— Claro — disse a mulher. Seu sorriso se abriu um pouco mais. — Eu me chamo Jin Zhi.

Infelizmente, Kai tinha nunca mencionado Jin Zhi. Nem o grande total de outros dois dragões (o tio dele, Ao Shun, e o assistente pessoal desse tio, Li Ming) que Irene conhecia pessoalmente. E Irene não conseguia acessar os arquivos da Biblioteca do hotel, o que significava que não tinha como investigar essa Jin Zhi (supondo que era esse o nome verdadeiro da dragoa) e se era perigosa.

Não era como se a Biblioteca e os dragões fossem inimigos. Eles geralmente se tratavam com educação – as piores discussões costumavam ser sobre a propriedade de determinados textos. Mas os dragões, representando as forças da ordem e da realidade, e os feéricos, representando o caos e a ficção e a irrealidade, eram inimigos constantes e violentos. Irene havia vagado pelas fronteiras desse conflito, tendo um dragão como aprendiz pessoal e aluno, e não queria se envolver ainda mais.

A Biblioteca não se aliava a nenhum dos dois lados. Os Bibliotecários não deviam se envolver. Ser aliado de um lado significaria ser inimigo do outro. A Biblioteca sobrevivia como neutra; qualquer outra posição seria muito mais perigosa.

Sendo assim, por que Jin Zhi estava aqui, e como sabia quem era Irene? E o que queria com ela?

Irene trocou de roupas e secou o cabelo com uma toalha enquanto pensava nas possíveis implicações. Ela não se incomodava de fazer novos amigos – aliados, tanto faz – e não tinha nenhuma objeção contra beber chá com dragões. Mas, se essa dragoa específica achava que Irene seguiria suas ordens ou que sua lealdade estava à venda, as coisas estavam prestes a ficar... constrangedoras. E o que era essa coisa importante que ela queria perguntar a Irene? As palavras pairaram na mente dela, mais como uma ameaça do que uma promessa.

Ela suspirou. Tinha de descobrir o que a dragoa queria. Adeus, bela e tranquila noite com um bom livro.

Jin Zhi esperava Irene na casa de chá, já sentada. Estava com um pequeno caderno aberto e escrevia alguma coisa, mas, quando viu Irene, logo o guardou na bolsa.

A casa de chá era bem iluminada, e a luz de suas lâmpadas de éter escapava para a calçada escura molhada do lado de fora. Havia espelhos em todas as paredes sem janelas, e a impressão geral era de claridade brilhante cercada por um piso caro de madeira escura. Garçons e garçonetes deslizavam em silêncio em roupas simples em preto e branco como bonecas de rosto inexpressivo. Vale tinha mencionado o restaurante como um lugar onde a maioria dos espiões locais se encontravam para conversas extraoficiais. Ele conhecia os fatos mais interessantes. Fazia parte de ser o melhor detetive de Londres. Quando Vale não sabia algo, ele realmente não fazia a menor ideia a respeito; mas o que de fato sabia costumava ser fascinante.

Irene deixou o garçom puxar sua cadeira e se sentou em frente a Jin Zhi. As duas mulheres se analisaram por trás do cardápio. Mais uma vez, Irene sentiu aquele toque de poder encoberto. Tentou decidir se era para ela perceber e ficar com medo ou se Jin Zhi simplesmente não tinha prática em mantê-lo sob controle.

— Tomar um chá comigo não vai obrigá-la a nada — disse Jin Zhi. — Isso seria um truque dos feéricos. Podemos dividir a conta.

— Parece justo — concordou Irene. — O que você quer?

— O chá noturno para dois parece razoável. Chá, sanduíche, macaroons...

— Já passa de meia-noite.

— Qual o problema? Ainda estão servindo.

Irene concordou com a cabeça e deixou Jin Zhi fazer o pedido. Ela olhou para as outras pessoas no salão, analisando os reflexos nos espelhos. Havia poucas sozinhas: a maioria estava em pares ou trios, reunidas em suas mesas, próximas enquanto falavam baixinho. Um piano no canto do salão tocava com doçura, não num volume invasivo, mas alto o suficiente para abafar sussurros.

— Vou tentar de novo — disse Jin Zhi depois que o chá chegou. — Sinto muito por termos começado com o pé esquerdo. Meu nome é Jin Zhi, e eu sirvo à Rainha das Terras do Sul. Meu cargo é modesto; tenho domínio apenas sobre uma dezena de mundos. Estou grata por você ter me concedido a cortesia desta reunião.

— A honra é minha — disse Irene, imitando a formalidade da outra mulher. — Sou Irene, uma serva da Biblioteca, embora júnior, e sou Bibliotecária Residente neste mundo. Não sei por que mereci sua atenção, mas naturalmente estou encantada por recebê-la aqui. — E como foi que Jin Zhi soube onde encontrá-la? Uma pergunta para depois. — Como prefere seu chá?

— Um pouco de leite, sem açúcar — respondeu Jin Zhi. Ela esperou Irene encher a xícara. Claramente, seus gestos em prol da igualdade só iam até aí: a pessoa inferior servia o chá. — Acha que isso atende aos requisitos da cortesia profissional? — acrescentou.

— Provavelmente — disse Irene. Ela acrescentou um pouco de leite ao próprio chá. — Se bem que "apenas uma dezena" de mundos? Espero não estar afastando-a de algo importante.

— É só administração — admitiu Jin Zhi. — Há pouco envolvimento real em governá-los e só por trás dos panos. Nenhum deles está em risco em relação às forças do caos. Mas, indo direto ao assunto... — Jin Zhi deu a Irene o que obviamente era um sorriso bem treinado de irmandade amigável. Disparou todos os alarmes na cabeça da Irene. — Trata-se de um livro.

Irene entrelaçou as mãos ao redor da xícara.

— Posso não tê-lo pessoalmente em estoque, mas já conheço a maioria das grandes bibliotecas e uma boa quantidade das melhores livrarias — disse ela. — Pode me dizer o autor e o título?

Jin Zhi bufou.

— Se eu simplesmente quisesse um livro comum deste mundo, teria pedido a um servo para encontrá-lo. Não precisaria discutir isso com uma Bibliotecária.

— Então, o que você quer? E de onde quer?
— Estou interessada numa versão de *Jornada ao oeste*.
— Jin Zhi bebericou o chá. — Sem dúvida você conhece a obra. É de um mundo específico, não deste. Posso lhe dar os detalhes. Tenho certeza que você deve ter várias versões diferentes na sua Biblioteca...
— Sinto informar que não emprestamos livros — disse Irene sem emoção.

No entanto, ela de fato conhecia *Jornada ao oeste* – era um dos quatro grandes clássicos da literatura chinesa em vários mundos. Era uma obra do século XVI de semi-história, semimitologia e semifilosofia, sobre as viagens de um monge para trazer de volta escrituras budistas da Índia, com seus companheiros sobrenaturais. Envolvia aventuras arrepiantes, alteração de formas, derrotar monstros e voar por aí em nuvens. As contribuições do monge costumavam envolver ficar parado sendo inútil – ou ser o cardápio do jantar do monstro do capítulo atual, enquanto seus companheiros faziam todo o trabalho. Os personagens Macaco e Porco roubavam todos os momentos interessantes. A maioria dos Bibliotecários teria pelo menos reconhecido o nome, mesmo que não o tivesse lido.

Porém alguns pedidos tinham de ser recusados, por mais que a pessoa que os solicitasse fosse perigosa.
— Isso simplesmente não é possível.
— Nem mesmo se vocês tiverem mais de um exemplar? — Os olhos de Jin Zhi brilharam com uma luz raivosa, como o sol reluzindo numa espada.
— É uma regra rígida. Não abrimos exceções. — Irene manteve a expressão calma. Demonstrar medo apenas confirmaria que ela era uma entidade inferior. — Embora isso se refira aos exemplares da própria Biblioteca. Se estiver procu-

rando uma transcrição do texto, posso pedir a alguém para fazer uma cópia...

Jin Zhi já estava balançando a cabeça de um jeito condescendente.

— Não. É necessário que seja uma edição original. De preferência da dinastia Ming, mas pode ser de uma posterior.

— Apesar de Irene ter acabado de recusar, Jin Zhi não parecia dissuadida. — Talvez se eu explicar o motivo.

Irene percebeu que as frases de Jin Zhi eram extremamente cautelosas. Nem uma vez ela pediu a Irene para obter um exemplar nem sugeriu que o queria para si mesma. O tempo todo era *estou interessada em* ou *é necessário que*. Muito curioso.

— Para ler antes de dormir? — sugeriu ela.

Jin Zhi riu, pega por um instante numa diversão sincera. Ela se serviu das bandejas enfileiradas que tinham chegado à mesa – repletas de sanduíches, pães, bolinhos e macaroons – e fez um sinal para Irene se servir também.

— Nada tão simples, sinto informar. Sabe...

Ela fez uma pausa, como se não soubesse por onde começar, mas havia alguma coisa encenada ali, como se tudo fosse parte de uma demonstração de falibilidade quase humana. *Somos apenas mulheres juntas. Pode confiar em mim.*

— A Rainha das Terras do Sul é uma das quatro grandes rainhas que governam os reinos internos dos dragões. Ou devíamos chamar de reginados?

— Sei que há quatro reinos externos governados por quatro reis, e quatro reinos internos governados por quatro rainhas — disse Irene. Tinha conseguido arrancar isso de Kai. — E os reinos externos são mais próximos dos mundos do caos, enquanto os reinos internos são mais próximos dos mundos da ordem.

Jin Zhi concordou com a cabeça.

— Recentemente, o Ministro Zhao decidiu... se aposentar. E Sua Majestade decidiu oferecer a dois servos juniores uma chance de ocupar o cargo vazio. Então, ela nos colocou numa competição um contra o outro.

— Ela quer que você encontre um livro — disse Irene.

E, sim, talvez Sua Majestade a Rainha das Terras do Sul também tivesse feito testes de soberania e administração com os servos. Mas, se não tivesse, Irene só podia admirá-la. *Vá buscar esse livro para mim.* A mulher, a dragoa, a rainha, conhecia claramente suas prioridades.

Jin Zhi dissecou um sanduíche de pepino.

— Isso — falou por fim. — Ela quer que encontremos um livro muito específico para demonstrar nossas habilidades. O cortesão que levar o livro até ela será nomeado. O que não o fizer... pagará o preço. Aqueles que aspiram ao alto comando devem aceitar o alto risco de fracassar.

Irene passou manteiga num pãozinho de um jeito pensativo.

— Entendo por que você pensou em procurar uma Bibliotecária — disse ela. — Mas não posso lhe dar um exemplar da Biblioteca, e, de qualquer maneira, há tantas versões diferentes desse livro específico por aí... Eu nem saberia por onde começar a procurar. Você disse que sabia de qual mundo ele vinha, mas acho que dragões e Bibliotecários não usam a mesma terminologia para mundos alternativos. Mesmo que aceitássemos encomendas, e não aceitamos, eu nem sei como você soube de mim, para começar.

Na verdade, esta última questão estava deixando Irene nervosa.

— Um amigo de um amigo — disse Jin Zhi — conhece Kai, filho do Rei do Oceano Leste... — Ela parou. — Perdoe minha formalidade, mas é difícil romper o hábito. Seja como for, ouvi dizer que Kai estava passando um tempo neste mundo e que havia uma Bibliotecária a serviço dele. Eu queria fazer algumas perguntas a uma Bibliotecária. Tenho certeza que você consegue acompanhar meu raciocínio.

— Claro — concordou Irene.

Seu alarme interior estava apitando cada vez mais alto, mas ela não demonstrou. Jin Zhi sabia demais sobre Kai, Irene e a Biblioteca. Isso não era bom para a segurança de Irene e poderia ser perigoso para Kai também.

Mas por que você veio me visitar enquanto Kai estava em outro lugar?, comentou a parte cética da sua mente. *E por que não foi primeiro até ele? Essa história tem alguns buracos. E eles com certeza vão aparecer.*

Irene manteve a expressão neutra. Não podia chamá-la de mentirosa na cara dela. Dragões geralmente não se preocupavam com efeitos colaterais quando se ofendiam.

— Mas sinto informar que não estou trabalhando para Kai, na verdade. Também estou surpresa por você ter me encontrado aqui, em York.

— Contratei servos para localizá-la — disse Jin Zhi, dando de ombros. — Não sou uma dessas pessoas que tenta fazer tudo por conta própria. Prefiro contratar especialistas.

— Como uma Bibliotecária — concordou Irene.

— Sim, exatamente. — Jin Zhi se inclinou para a frente. — Bem, é óbvio, não quero fazer nenhum tipo de acordo com você. Seria totalmente indecoroso. Fico feliz em saber que você é tão categórica em relação à sua independência.

Os sinais de perigo de Irene disparavam em sequência. Isso era algum tipo de teste feito pela Biblioteca, para ver como reagiria? Não, era muita paranoia. Porém Jin Zhi estava dando voltas para pedir ajuda e, no futuro, poder alegar inocência? Se fosse isso, o que queria com Irene?

Jin Zhi tinha admitido que era o pivô de uma luta interna pelo poder na corte dos dragões, mas tinha evitado dizer quão importante a questão era. O que sugeria que era muito importante. E, sendo assim, Irene – e todos os Bibliotecários – precisavam ficar de fora.

— Fico feliz em ouvir isso — disse Irene bruscamente. — Porque eu realmente sou neutra, a Biblioteca é de fato independente, de modo que nós não nos envolvemos de jeito nenhum na política dos dragões, muito menos na política da corte dos dragões. Agradeço pelo chá e pelos sanduíches, mas qualquer coisa além disso está fora de questão.

Os olhos de Jin Zhi se estreitaram enquanto ela se recostava, a máscara de civilidade já desaparecida. Ela pegou um biscoito e o quebrou entre os dedos, e por um instante suas unhas estavam mais compridas, parecendo garras.

— Que interessante — disse ela, fazendo a palavra parecer uma praga. — E eu achava que estava apenas igualando os pratos da balança.

— Não entendo.

A porta se abriu de repente quando um grupo entrou cambaleando, os chapéus e guarda-chuvas ensopados pelo aguaceiro. Mesmo a esta hora, depois de meia-noite e com a chuva caindo e o rio transbordando, York era cheia de movimento.

— Eu soube que o meu concorrente já conseguiu ajuda de um Bibliotecário. Aparentemente, nem todos os Bibliotecários são íntegros como você, Irene.

Irene deu de ombros, mas sentiu um calafrio percorrendo a espinha.

— Não sei nada sobre isso — disse.

Ela não mantinha um registro dos esquemas da maioria dos Bibliotecários. Além do fato de todos eles recolherem livros, é claro. Era óbvio. Mas nenhum Bibliotecário sensato se envolveria com uma coisa dessas. Significaria arrastar a Biblioteca para o meio da política dos dragões. E isso transformaria outros Bibliotecários em campo em alvos fáceis para todos os dragões interessados. Quanto à reação dos feéricos, se eles descobrissem, ou até mesmo se apenas suspeitassem que a Biblioteca estava colaborando com os dragões... Kai era aprendiz da Biblioteca, possivelmente a única situação em que era permitido um relacionamento ativo entre um dragão e um bibliotecário. Mesmo assim, Irene tinha sido escrupulosa ao não envolver Kai e a si mesma na política deles. Qualquer coisa diferente disso não seria tolerada.

— Sério? — O tom de Jin Zhi era de metal afiado. — Vocês não conversam entre si?

— Provavelmente não somos tão organizados quanto vocês, dragões — disse Irene, deixando tudo obscuro. Ela precisava de mais informações. — E estou surpresa por você estar tão bem informada sobre as ações do seu concorrente.

— Bem, se eu não conseguir o livro por causa da interferência de um Bibliotecário, não vou me esquecer. E vou dar um jeito para que os outros também saibam.

Irene deixou a xícara de lado e se inclinou para a frente.

— Isso é uma ameaça? — perguntou com delicadeza.

— Não — respondeu Jin Zhi, um pouco rápido demais. — Claro que não. Eu jamais pensaria em fazer chantagem para persuadi-la a agir de modo antiético. Não estou tentando envolvê-la nisso pelo meu lado. Só estou sugerindo que você facilite as coisas. Quero que você dê um jeito de meu oponente — e sua voz ferveu de raiva por um instante — não conseguir ajuda. Parece razoável, não?

Ela observou Irene por sob as pálpebras baixas. A música do piano enchia o silêncio, com um chiado encoberto de chuva nas janelas.

— Eu precisaria de uma prova do que você está falando — disse Irene devagar.

Neste momento, não passava de uma mera suposição baseada na história de Jin Zhi. Mas, se fosse verdade... um Bibliotecário de algum lugar tinha acabado de cometer um enorme erro e colocado toda a Biblioteca em perigo. Isso poderia minar a neutralidade que a Biblioteca batalhou para conquistar, o trabalho de séculos. Um feérico mediano não faria uma objeção direta a Irene tomar chá e comer sanduíches com uma dragoa, assim como um dragão mediano não faria objeção a ela tomar chá com um feérico, apesar de ambos poderem ver a situação com desprezo. Mas tentar afetar a política da corte dos dragões? Envolver-se numa competição de vida ou morte pelo alto comando, com a possibilidade de influenciar o desfecho? Assumir lados nesse nível? Isso faria os feéricos se voltarem como um todo contra todos os Bibliotecários que encontrassem. E poderia destruir a Biblioteca.

— Não posso lhe dar provas de que outro Bibliotecário está envolvido. — Jin Zhi abriu a bolsa e tirou algumas folhas de papel. — Mas estes são os detalhes do livro que recebemos instruções para encontrar, e seu mundo de origem. O que você vai fazer com essas informações é escolha sua. Não quero ser acusada de pressioná-la de forma nenhuma. Mas é bom ter em mente que, agora que nos conhecemos, serei capaz de encontrá-la de novo. — Seus lábios se moveram num sorriso. — Mesmo que você seja profissional demais para deixar isso afetar suas escolhas.

— Sou profissional — disse Irene sem emoção. — Não perco meu tempo com ameaças vazias.

Porém estendeu a mão para pegar as folhas de papel.

Capítulo Três

Também estava chovendo em Londres. A água descia em cascata pelos tijolos dos aposentos que Irene dividia com Kai, lavando a calçada lá fora. As nuvens pesadas e a chuva torrencial lançavam um manto melancólico sobre Londres, e já estava escuro o suficiente para aparecerem luzes acesas nas janelas mais altas ao longo da rua.

Não havia sinais de arrombamento na porta, e Irene virou a chave com uma sensação lógica de segurança. Ela entrou, arrastou a mala para dentro e, assim que a porta se fechou, começou a tirar peças de roupa encharcadas. Kai ainda não devia ter voltado, então seu próximo passo teria de ser contatar a Biblioteca...

Passos soaram no andar de cima. Ela congelou, depois relaxou quando viu Kai entrar na área iluminada do topo da escada. Vestia roupas formais para o mundo e o período atuais, o paletó impecável e os sapatos tão engraxados que reluziam.

— Irene... — Ele hesitou, depois sua voz ficou mais firme. — Acho que precisamos conversar.

— Certamente precisamos — disse Irene. — Apesar de eu também ter uma coisa a dizer, a menos que você já saiba mais do que eu. Temos alguma bebida quente?

— Porque, se você ficar insistindo em... ah, sim, acabei de fazer um pouco de chá. — Ele franziu a testa para ela. — Você está tentando me distrair?

— Kai. — Irene soltou a presilha do chapéu e do véu e os colocou no mancebo. — Não sei se você percebeu, mas está chovendo lá fora, e havia uma longa fila à espera de táxis no porto de zepelins. Estou ensopada até a alma. Por favor, me dê um pouco de chá quente antes que eu pegue um resfriado. E depois conversamos. Falando nisso, o que está fazendo aqui? Achei que só voltava em pelo menos três dias.

— Voltei mais cedo — disse Kai, dando de ombros. — E esse é o melhor clima que temos nas últimas semanas. — Ele recuou para a sala de estar e Irene o seguiu, com pensamentos nada generosos sobre dragões e seu amor pelo tempo chuvoso.

Alguns minutos depois, ela estava sentada numa das poltronas da sala de estar bagunçada e lotada de livros, com uma xícara de chá aquecendo suas mãos. Kai ainda permanecia de pé e andava de um lado para o outro da sala em tangentes curtas e sem direção. Apresentava todos os sinais de um homem que escolhia cuidadosamente suas palavras antes de começar uma discussão.

Era tão lindo quanto Jin Zhi. Todos os dragões tinham este dom. A implacável luz de éter branca destacava o tom azul-escuro do seu cabelo preto, dando a ele o brilho da asa de um corvo, e transformava as linhas do seu rosto num desenho a tinta, as maçãs do rosto perfeitas e a pele pálida. Seus olhos tinham um tom de azul que era quase escuro demais para definir como "azul" padrão, e ele se movimentava com a graciosidade tranquila de alguém que tinha nascido com isso e, além de tudo, treinado durante anos. Perto dele, Irene sempre sentia que devia desaparecer nos bastidores em vez de estragar sua perfeição artística. Felizmente, ela gostava de sumir nos bastidores, porque funcionava no trabalho, mas às vezes era desmoralizante.

Tudo bem, era quase sempre desmoralizante. Ela tentava não remoer o assunto.

Ele parou de andar de um lado para o outro e olhou furioso para ela.

— Concordamos que você não sairia em missões solitárias.

— Não era essa a intenção — disse Irene, na defensiva.

— Era para ser uma simples troca de livros. E por que está supondo que eu estava numa missão e me meti em confusão, afinal?

— Não sei — admitiu Kai. — Eu só suspeitei. Principalmente porque você voltou cedo, de zepelim, e não de trem. E porque não está negando...

— Eu deixei um bilhete — disse Irene. — E você está fora há dias. Não posso simplesmente deixar tudo sair de controle enquanto você não está aqui, Kai. Eu sou a Bibliotecária plena, e você é o aprendiz. — E, como Bibliotecária, ela precisava investigar a alegação de Jin Zhi o mais rápido possível. O fato de que isso distrairia Kai era um bônus conveniente. — Por favor, sente-se e deixe de parecer ameaçador. Temos um problema sério, e eu preciso do seu conselho.

Isso chamou a atenção dele. Kai se jogou na poltrona em frente a ela.

— Então pergunte. Você sabe que estou às ordens.

— O que você pode me dizer sobre a corte da Rainha das Terras do Sul?

— Bem, ela é... — começou, e depois fez uma pausa. — Irene, por que você quer saber?

— Primeiro me diga o que sabe, depois eu conto. Não quero influenciar sua opinião até ter as informações.

— Você não pode querer que eu me sente e lhe dê informações, depois de uma introdução dessas — reclamou Kai.

— Não pode pelo menos me dizer por quê?

— Kai — disse Irene com firmeza e bebericou o chá. — Fale.

Kai suspirou.

— Muito bem. O nome pessoal de Sua Majestade é Ya Yu, mas nenhum de nós jamais terá a oportunidade de usá-lo. A Rainha das Terras do Sul tem uma excelente reputação no que diz respeito à justiça e a uma atitude solidária em relação aos subordinados. Na prática, acho que isso significa que ela lhes dá muita corda se algo dá errado, antes de esperar que se enforquem com ela. A Rainha só precisou se movimentar contra os feéricos duas vezes, e em todas foi muito determinada.

— Quer dizer que não sobrou nada desses feéricos? — disse Irene, na esperança de que essa rainha dragoa não fosse implacável como outras.

Kai evitou seus olhos.

— Quero dizer que não sobrou nada desses mundos depois. Levou à paz e à boa ordem.

Eles fazem uma algazarra e chamam de paz. Irene fez que sim com a cabeça, sem querer entrar numa discussão sobre meios, fins, omeletes e ovos quebrados.

— Continue.

— A atitude dela se reflete na corte — continuou Kai. — Isto é, os membros seniores da corte são bem tolerantes em relação ao comportamento original dos juniores, contanto que o trabalho seja feito, e bem feito. Ela tolera membros das facções da guerra e da paz, apesar de eu achar que é mais inclinada à paz. Ela se dá bem com meu tio Ao Shun, o Rei do Oceano Norte, e com meu pai também. E se associou aos dois no passado para gerar filhos. — Ele parou por um instante, ouvindo as próprias palavras. — Não ao mesmo tempo, é claro — acrescentou com pressa.

— Ela tem algum inimigo? — Perguntou Irene.

— Não exatamente — disse Kai, pensando na pergunta.

— Mas ela não se dá tão bem com meu tio Ao Ji; você não o conheceu, ele é o Rei Dragão do Oceano Oeste. Tem opiniões rígidas.

Irene podia ficar sem conhecer novos Reis Dragões. Um já era suficiente.

— E há conflitos significativos na corte dela?

Kai começou a falar, depois parou. Ficou calado durante meio minuto. Por fim, disse:

— Irene, nós sempre fomos mestres em ter conversas que podem comprometer os interesses da minha família. O que significa que não posso revelar esse tipo de informação. Isso nos ajuda a lidar com... — Ele gesticulou vagamente.

— Com o fato de que eu sou uma Bibliotecária e você é um dragão. E, no fim das contas, nenhum de nós quer comprometer nossa família ou nossa ocupação? — sugeriu Irene.

Kai fez que sim com a cabeça.

— Não quero ultrapassar esse limite. — Porém, seu tom sugeria que ele gostaria muito de ter uma desculpa para compartilhar seus pensamentos em relação a tudo.

Irene franziu a testa. Pensou nos eventos da noite anterior.

— Tem uma coisa acontecendo que pode comprometer seriamente a Biblioteca — disse ela por fim. — Mas também pode comprometer um ou mais dragões.

— Se for do interesse desses dragões, eu poderia pelo menos lhe dar os detalhes gerais — disse Kai, relaxando. — Sim, então, tenho notícias importantes. Um dos ministros mais altos de Sua Majestade foi assassinado um mês atrás. A corte de Ya Yu está agitadíssima.

— Assassinado? — disse Irene de um jeito impetuoso. — Ele não se aposentou?

— Não, definitivamente foi assassinado — disse Kai. — É um assunto muito escandaloso. Não sei quem foi acusado. A menos que sejam os feéricos, claro. Eles poderiam facilmente ser culpados de uma ação como essa.

— E quais são as implicações desse assassinato, além da morte do ministro?

— Em termos de alta política? — Kai hesitou de novo. — Você entende que provavelmente não me contam esse tipo de coisa. Posso ter sangue real, mas sou o filho mais novo, minha mãe não era do alto escalão e eu não tenho um cargo no momento. E, mesmo que eu soubesse...

— Teria de manter a boca fechada sobre o assunto? — adivinhou Irene.

Kai concordou com a cabeça.

— Obrigado por entender. Mas acho que não é exagero lhe dizer que Sua Majestade vai ocupar o cargo com... — Ele procurou as palavras certas —... uma pressa incomum. Normalmente, esse tipo de coisa leva anos, ainda mais por ser um cargo-chave. Mas, desta vez, o novo nome será anunciado em cinco dias.

— E quem vai assumir o cargo do ministro?

— Essa é a parte interessante. Há dois candidatos, que receberam alguns testes altamente desafiadores. Os boatos dizem que a Rainha lhes deu uma tarefa particular final para demonstrar suas habilidades.

— O que acontece com o perdedor? — perguntou Irene. Por alguma razão, ela duvidava que houvesse um prêmio para o segundo lugar.

Kai encarou por sobre o ombro dela, como fazia quando explicava alguma coisa que achava totalmente natural, mas com a qual sabia que Irene ia implicar.

— Bem, a família vai ficar constrangida, então, naturalmente, o perdedor vai ter de compensar o erro. A demonstração mais adequada de arrependimento seria cometer suicídio... É claro, o autoexílio é uma opção, mas não posso imaginar que alguém faça mesmo isso. — Seu tom deixou claro que ele achava que o suicídio seria bem menos doloroso do que um dragão se isolando da corte, da família e dos parentes. — Mas com certeza haverá consequências.

— Droga — disse Irene. Ela pegou a xícara para beber mais chá. — Eu tinha muita esperança de estar só sendo paranoica.

E aí ela parou.

— Precisamos tirar você daqui agora mesmo.

Kai poderia ter hesitado ou perguntado o que ela queria dizer, mas, em vez disso, deixou a xícara de lado e se levantou.

— Precisamos levar alguma coisa?

— Só casacos e dinheiro — disse Irene — e vamos sair pelos fundos, para o caso de a frente estar sendo vigiada. Eu explico daqui a alguns minutos, mas não podemos nos arriscar a ficar.

Cinco minutos depois, eles estavam sentados numa pequena cafeteria da rua, de onde poderiam observar a porta da frente da hospedaria. Irene não se permitiu relaxar. Se seu palpite estivesse errado, eles teriam desperdiçado tempo e esforço, mas, se estivesse *certa*...

— Você disse que explicaria — lembrou-lhe Kai.

Irene relembrou os eventos da noite anterior, desde a chegada de Jin Zhi em diante, e os olhos de Kai se estreitaram enquanto ouvia.

— Parece com as descrições que ouvi de Jin Zhi — disse ele finalmente. — E, sim, ela é uma das candidatas ao cargo do Ministro Zhao. Eu nunca a conheci. Que pena eu não ter estado lá.

— A coisa toda foi cronometrada com muito cuidado para garantir que você não estivesse — disse Irene de um jeito azedo. — E é por isso que estamos sentados aqui agora.

Kai ergueu uma sobrancelha.

— Jin Zhi me deixou ir embora com os detalhes do livro porque sabia que você estava visitando sua família — disse Irene baixinho. — E, portanto, sabia que eu não poderia discutir o quanto essa situação é bombástica. Se os espiões dela o observavam tão de perto, ela poderia pensar, como eu pensei, que você só voltaria daqui a alguns dias. Agora me diga: o que deve acontecer se ela descobrir que você voltou antes do previsto e que estamos tendo uma conversinha informativa como esta?

Os olhos de Kai se estreitaram.

— Ela não pode se dar ao luxo de assumir outros riscos; há muita coisa em jogo na competição. Você sabe demais e pode ser uma ameaça. O que sugere que há mais coisa acontecendo do que ela mencionou.

Irene assentiu.

— Posso estar exagerando na reação, mas ela provavelmente sabe o nosso endereço, e não quero correr riscos. — Ela bocejou.

Kai olhou pensativo para ela.

— Você chegou a dormir ontem à noite?

— Não o quanto precisava.

Depois de deixar a companhia de Jin Zhi, Irene tinha escapado em silêncio pela entrada dos fundos do hotel e encontrado outro lugar para passar a noite. Precisou acordar cedo para pegar um zepelim até Londres; era mais rápido que o trem, e ela queria poupar tempo.

Também houve pesadelos com livros queimados e Bibliotecas destruídas. Pesadelos perfeitamente razoáveis, com base nos eventos recentes. No entanto, ela não ia discuti-los.

— Não gosto do fato de precisar tratá-la como uma serva — comentou Kai.

Sua voz tinha um tom subjacente que prometia represálias.

— Por enquanto, deixe assim — disse Irene cansada. — Não vou perder meu tempo me sentindo insultada. E você não acha que temos problemas mais sérios para resolver? Problemas muito mais sérios?

— Você é uma Bibliotecária Residente — disse Kai com firmeza. — E é uma Bibliotecária, de qualquer maneira. Isso lhe dá um posto diplomático que qualquer corte de respeito reconheceria. Ela se comportou como se a sua honra estivesse à venda. Esse tipo de atitude é uma imprudência política. Não gosto do que isso diz sobre ela.

— Vamos voltar ao que Jin Zhi disse, então — disse Irene. — Supondo que fosse mesmo Jin Zhi e não apenas outra dragoa dourada se passando por ela para bagunçar a questão. Se ela está dizendo a verdade e seu rival contratou outro Bibliotecário... quem é o rival, falando nisso?

— Qing Song — disse Kai. — Só sei o básico sobre os dois. Nenhum tem escândalos específicos ligados ao nome. Posso tentar descobrir mais... se você não se importar que as pessoas saibam que estou fazendo perguntas.

— Quando você diz "básico", o que isso significa? — perguntou Irene.

— A palavra-chave que sempre ouvi sobre Jin Zhi foi *graciosa* — disse Kai devagar. — Sempre educada, sempre sensata. Muito parecida com a pessoa que você conheceu, quando ela estava sendo agradável. Generosa com os servos, amável com os aliados, educada até com os adversários. Só perde a cabeça em raras ocasiões. Muito boa ao piano — acrescentou como complemento. — Mas... irrepreensível. Uma candidata conveniente. Nenhum inimigo de verdade.

— Parece boa demais para ser verdade.

Kai deu de ombros.

— Acontece, às vezes.

— Ou simplesmente é boa em disfarçar os rastros? — perguntou Irene.

Kai franziu a testa.

— É uma boa hipótese. O primo de Li Ming disse que ela é muito mais reservada do que a maioria de sua classe quando se trata de suas atividades e relacionamentos. Pode haver alguma coisa que ela não queira que as pessoas saibam.

— Além de contatar Bibliotecários por conta própria?

— É, em geral se pediria a um servo para fazer isso — concordou Kai. — Mesmo assim, ela com certeza é competente. Passou em todos os outros desafios que a Rainha propôs. Se está fazendo alguma coisa por baixo dos panos, isso não necessariamente a torna falha.

Irene assentiu.

— E Qing Song?

Metade da atenção dela estava lá fora. Ninguém tinha tentado se aproximar da hospedaria nem fazer algo que pudesse interpretar como suspeito, mas seus instintos ainda estavam em alerta, pelos anos de experiência. Ela e Kai precisavam ficar escondidos.

— Ah, ele tem experiência — disse Kai. — Qing Song e seus servos já impediram três vezes que feéricos se infiltrassem em mundos sob seu controle. Se bem que, para ser mais exato, um desses mundos estava sob domínio de um primo. Houve algumas críticas nesse caso. O primo deveria ter lidado com a situação sozinho ou pelo menos ter pedido ajuda antes de Qing Song aparecer. — Ele pensou no assunto. — Uma personalidade austera, como me disse Li Ming, mas não injusta. Um pulso firme em termos de reinado e punição. Alguém com fortes expectativas em relação ao mundo ao redor, que pode reagir mal se elas não forem cumpridas. Um lorde que espera que outros dragões respeitem seu território e sua propriedade.

Irene franziu a testa.

— Li Ming estava dando um aviso? Parece que sim. — Se Ao Shun quisesse que um alerta discreto chegasse aos ouvidos do sobrinho, Li Ming seria o mensageiro mais lógico.

— Naquela época, não achei isso. — Kai fez uma pausa, pensando. — Mas por que seria? Por que ele sequer acharia que eu ia me aproximar de Qing Song? Ele sabe que neste momento estou com você.

— E sabe que sou uma Bibliotecária — falou Irene. — Eu me pergunto quantas pessoas mais souberam que Qing Song pode estar empregando um Bibliotecário.

Seu estômago deu um nó com o mau pressentimento. Se esses boatos já tivessem se espalhado, a situação podia ter ultrapassado o ponto em que poderia ser refutada. E as pessoas sempre estavam mais do que dispostas a acreditar em fofocas. Não podiam perder tempo. Ela precisava descobrir se isso era verdade; e, se fosse, precisava impedi-lo. Ou a Biblioteca estaria em sério perigo.

— Muito bem. Vamos pensar — disse finalmente. — Fui abordada por alguém que definitivamente era uma dragoa, sem dúvida, e que *alegou* ser Jin Zhi e *alegou* que seu rival, Qing Song, como você disse, estava sendo ajudado por outro Bibliotecário para conseguir esse livro. A abordagem foi feita num momento em que você definitivamente não estaria aqui.

Kai fez que sim com a cabeça.

— O momento é muito preciso para ser um acidente.

Irene considerou as possíveis consequências políticas.

— Agora, isso tudo pode ser uma tentativa de caluniar Qing Song. Ou um jeito de encrencar Jin Zhi, fazendo alguém se passar por ela. Ou pode ser alguém tentando arrastar a Biblioteca para essa situação. Ou um Bibliotecário poderia realmente estar de conluio com um dragão. Nesse caso, seria apenas uma questão de tempo até se espalhar a notícia de que Bibliotecários estão fazendo serviços para dragões e ajudando com manobras políticas de alto risco. A essa altura, outros dragões e feéricos começariam a nos caçar: como ferramentas ou como inimigos. E não quero chegar a tanto. — Dizer em voz alta fez a situação toda parecer mais terrivelmente plausível. Ela olhou para Kai. — Você conhece a política da corte dos dragões melhor do que eu. Diria que alguma dessas opções é mais possível? Ou impossível?

— Não sei o suficiente para dizer. — Kai se inclinou, entrelaçando os dedos num gesto que Irene reconheceu como herdado de Vale. — Qualquer um deles é possível.

— Estou te comprometendo ao falar sobre esse assunto? — Irene queria ser absolutamente clara em relação a isso. Arrastar Kai para a situação poderia piorar as coisas ainda mais.

— Não, acho que tudo bem, por enquanto — disse Kai devagar. — Não tenho laços pessoais com essa corte. Não falei nada que não seja razoavelmente de conhecimento geral. E meu pai não está nesse páreo.

Irene assentiu.

— Então voltamos a nos perguntar se esse conluio é real e se Qing Song realmente tem a ajuda de um Bibliotecário.

— Pode ser uma amizade pessoal — disse Kai. — Como a nossa.

— Se fosse assim, o Bibliotecário não deveria ter deixado chegar a esse ponto — disse Irene baixinho —, e eles não deveriam ter permitido que alguém os descobrisse. Você e eu conseguimos fazer isso, Kai, porque tecnicamente *você* está *me* ajudando, e eu não estou me metendo na política dos dragões. Se Qing Song estiver de conluio com o tal Bibliotecário, vamos chamá-lo de X, e isso vier a público, é aí que mora o perigo. E, se X der a Qing Song o livro que lhe permite conseguir o cargo do

Ministro Zhao, os Bibliotecários se transformam em *ferramentas de aluguel*. Eles se tornam *servos*. E ficam conhecidos por todos como aliados dos dragões, o que significa que são automaticamente inimigos dos feéricos. Sem falar que, se dermos apoio a uma família ou facção de dragões, nos tornamos inimigos das outras. A Biblioteca sobrevive no meio. Não estamos do lado de ninguém. Se X existe e fez o que Jin Zhi diz que fez, X colocou em perigo Bibliotecários em todos os mundos alternativos.

E, se eu não for cuidadosa, posso fazer a mesma coisa. Porque, por quanto tempo ela poderia continuar assim com Kai antes de alguém acusá-los – erroneamente – de fazerem exatamente o mesmo?

Kai estendeu a mão para pegar a dela.

— Você se preocupa demais com as possíveis implicações — disse.

Ela levantou o olhar e viu compreensão nos olhos dele. Kai estava começando a conhecê-la bem demais.

— Faz parte do meu trabalho me preocupar — rebateu, tentando fazer uma piada. Tentando se tranquilizar ao mesmo tempo em que tentava tranquilizá-lo. — Afinal, supostamente, sou sua mentora. Os cargos de comando sempre vêm com úlceras a tiracolo. Mas isso é sério. Se for verdade, é muito mais perigoso do que apenas um Bibliotecário fazendo um favor para um dragão.

Ele deu um aperto na mão dela.

— Não vamos antecipar o problema antes que ele aconteça. O que acha que devemos fazer agora?

Irene se recompôs. Tinha uma granada metafórica no colo e precisava descobrir o que fazer com ela.

— Temos um prazo? — perguntou ela. — Mais cedo, você disse que o anúncio do novo ministro seria daqui a cinco dias. Isso significa que eles têm cinco dias para encontrar o livro ou menos do que isso?

Kai franziu os lábios, pensando.

— Vamos considerar três dias. Quatro no máximo.

— E se nenhum dos dois levar o livro para a Rainha?

Kai deu de ombros.

— Não sei, mas a Rainha vai ficar irritada, mesmo que dê o cargo à pessoa que considera menos incompetente. Os dois terão desgraçado a honra de suas respectivas famílias. Esse tipo de função não ficará vaga outra vez por séculos. Os dois candidatos colocaram sua reputação e o bom nome de suas famílias em risco para competir por esse cargo. Acho que você pode esperar que ambos estejam dispostos a fazer qualquer coisa para não perder. — Seus olhos escureceram ao pensar no que *qualquer coisa* significava.

Irene estava prestes a responder quando um dos táxis trepidando pela rua lá fora parou em frente à hospedaria.

— Droga — disse ela baixinho. — Eu esperava estar errada.

Kai seguiu seu olhar.

— Pode ser outra pessoa — disse ele.

— Pode — concordou Irene. Os dois observaram o motorista do táxi saltar e segurar a porta do carro aberta para os ocupantes saírem. Jin Zhi era reconhecível, mesmo do outro lado da rua e através da janela da cafeteria, mas os dois homens enormes que estavam com ela eram desconhecidos. — Mas não é.

— Podemos confrontá-la — sugeriu Kai.

— Ela pode interpretar mal. E há muitas coisas frágeis por aqui. Como na maior parte de Londres, na verdade. — Irene nunca tinha testemunhado uma briga entre dragões e não queria ver uma agora. — Neste momento, preciso de bem mais informações, o que significa visitar a Biblioteca.

— E sair pela porta dos fundos da cafeteria antes que ela nos veja?

— Adoro portas dos fundos — disse Irene.

CAPÍTULO QUATRO

Kai estava inquieto enquanto Irene os guiava em direção a uma pequena biblioteca local.

— Talvez eu devesse visitar meus contatos enquanto você está verificando dentro da Biblioteca — ofereceu finalmente. — Pouparia tempo. Podemos nos encontrar depois e comparar informações.

— Pode demorar demais para nos reencontrarmos — disse Irene. — Seria uma boa ideia, mas e se você atrasasse dias e eu não tivesse como encontrá-lo? Ou e se eu ficasse presa na Biblioteca, já que não pode acessá-la sem mim?

— Acho que você tem razão — disse Kai relutantemente. — Eu queria saber por que funciona desse jeito.

— Por que funciona de que jeito?

Ela mostrou o cartão de biblioteca para o homem na recepção, e ele fez sinal para que entrasse. Em comparação, o salão principal era um lugar minúsculo, com uma seleção muito pequena de livros, com algumas portas que levavam a escritórios e depósitos. Tinha sido construída recentemente e deixava isso à mostra, com prateleiras mecânicas embutidas e vigas baratas de ferro batido, no lugar da madeira e da pedra de bibliotecas mais antigas em Londres.

— Por que posso ir a outros mundos alternativos, supondo que não tenham alto nível de caos, e encontrar pessoas que eu conheço, mas não posso chegar à Biblioteca. — Kai olhou ao redor do salão. — Sem testemunhas — acrescentou, no mesmo tom de voz baixo.

Irene não conseguiu deixar de pensar que, se alguns dos dragões mais poderosos e menos amigáveis pudessem chegar desse jeito, a Biblioteca teria muito mais dificuldade para manter sua independência.

— E algo que eu tenho me perguntado — disse ela — é se Jin Zhi vai ser capaz de me encontrar no futuro, em qualquer mundo em que eu esteja. Ela não deu nenhuma pista disso, mas podia estar blefando.

— É... improvável — disse Kai. — Em geral, não é o tipo de coisa que conseguimos fazer depois de um único encontro. Além disso, ela nem conseguiu perceber você do outro lado da rua tomando café.

Irene assentiu.

— Quer dizer que Jin Zhi não poderia me fazer procurar o livro, de modo que ela pudesse pular em mim assim que eu o encontrasse.

— Ela poderia se arrepender, se tentasse — disse Kai casualmente. — Interferência com... hm... — Ele olhou de lado para Irene, e ela quase viu as palavras *propriedade, posse* e *servos* sendo consideradas e descartadas —... os interesses de outro dragão. Esse tipo de coisa poderia ser uma ofensa resultante em duelo.

Irene parou diante de uma porta lateral que dava nos porões do prédio e se concentrou na Linguagem.

— **Abra para a Biblioteca** — disse ela, segurando a maçaneta.

Do outro lado agora havia um salão espaçoso, bem iluminado, com piso e paredes em aço, as prateleiras lotadas com livros de aparência irregular. Ela fez um sinal para Kai entrar, depois fechou a porta, sentindo o portal se fechar. Qualquer um que tentasse segui-los do mundo alternativo que tinham acabado de deixar só encontraria os porões do prédio. A Biblioteca só podia ser alcançada por Bibliotecários, o que era muito bom.

— Sagas irlandesas — disse Kai, lendo um pequeno cartaz pendurado em uma prateleira. — Designação de mundo A-529, copiado de um manuscrito ogham. — Ele olhou ao redor para os volumes de capa dura e para as pilhas de impressões de computador e pergaminhos escritos à mão amontoados no chão. — Acho que alguém teve muito trabalho de transcrição.

Irene deu de ombros.

— Bem, é mais fácil do que trazer uma pilha de gravetos ou toras entalhadas para a Biblioteca. Quando estamos numa missão, só precisamos de uma cópia da história em questão, não do original em si. E sou grata demais por isso. Muito bem, próximo passo: encontrar um computador. De preferência, um para cada, para nós dois podermos fazer umas pesquisas.

Ela o conduziu até o corredor lá fora. Lanternas de papel penduradas no teto envolviam lâmpadas elétricas, difundindo uma luz suave que captava faíscas das paredes e do piso de granito. Não havia janelas no corredor, apenas uma longa sequência de portas em ambos os lados. A poeira estava acumulada nos cantos, e o ar era tranquilo e silencioso.

Os próximos minutos foram gastos espiando dentro de salas com pilhas fascinantes de livros, sem encontrar computadores, e resistindo à vontade de ficar e investigar de qualquer maneira. Era o tipo de coisa que fazia Irene desejar ter mais tempo livre – ou, pensando bem, qualquer tempo livre – para passar na Biblioteca.

Desde que conseguiu o emprego de Bibliotecária Residente no "seu" mundo alternativo, estava sempre ocupada. Não apenas houvera uma fila de missões para coletar diversos livros daquele mundo, mas ela também tivera de fazer algumas outras coisas. Conseguir identidades secundárias, arrumar lugares para Bibliotecários visitantes ficarem, organizar folhetos sobre a história atual, sociedades secretas e etiqueta e assim por diante. Tinha evitado envolver Vale, embora as conexões de um detetive com o submundo tivessem sido inestimáveis. Porém, como Vale era um defensor ardente da lei, explicar a necessidade dos seus colegas virem a este mundo para "adquirir" livros em segredo não teria dado um bom resultado. Ela só esperava que os dois lados da sua vida não entrassem em conflito dentro de pouco tempo.

— Encontrei um! — gritou Kai. — Não, encontrei vários!

— Estou indo! — respondeu Irene e correu para se juntar a ele.

A sala em questão tinha um círculo de computadores ao redor da mesa central e era obviamente o centro de pesquisas da área. Uma pilha de anotações de pesquisa no meio acumulava poeira. Irene se apossou de uns papéis e de uma caneta, passando-os para Kai.

— Muito bem. Vamos fazer o seguinte. Jin Zhi não conseguiu me dizer o nome do mundo em que o livro-alvo está localizado, na terminologia que os Bibliotecários usam. E de jeito nenhum eu deixaria que me levasse até lá. Assim, ela me deu todas as informações que tinha sobre o mundo e a versão relevante de *Jornada ao oeste*. Agora vou mandar um e-mail rápido para Coppelia e alertá-la da situação. Você vai pesquisar o livro enquanto eu procuro o mundo, depois vamos comparar nossos resultados. Estamos procurando um local que se encaixe na descrição de Jin Zhi e que também tenha a edição correta do livro. Confere?

— Confere — disse Kai, se afundando em uma das cadeiras. — Então, o livro é *Jornada ao oeste*. E, de acordo com Jin Zhi, o enredo contém uma quantidade maior do que o normal de sátira política e uma trama bem extensa para os dragões. E quase todos os exemplares foram confiscadas pelo Estado chinês na época, devido a essa sátira. Mais alguma coisa?

— Quem me dera — disse Irene, sentando-se com mais cuidado. — Vamos lá! Boa sorte.

Seu e-mail para Coppelia foi respondido quase imediatamente. Isso em si já era preocupante. Kai deu a volta para ler a resposta por sobre o ombro de Irene.

Você sempre se mete em confusão, não é, Irene?

Bem, isso era *totalmente* infundado.

Sinto informar que estou no meio de outro assunto extremamente sério. Outros projetos em andamento, e você não é o único peixe no mar. Mas você tem razão: isso pode ser muito ruim. Sendo assim, quero que leve o assunto diretamente à Segurança da Biblioteca — que é o que eu faria, de qualquer maneira. Vou conseguir um transporte de transferência da sua localização atual para os elevadores centrais daqui a uma hora, palavra de comando "suspeito". Pegue um elevador para baixo. Você vai precisar falar com Melusine, e eu vou avisar que você está a caminho.

— Nunca fui até a Segurança da Biblioteca — disse Kai. Parecia um pouco entusiasmado demais com isso.

— Nem eu — admitiu Irene.

— Por que não?
— Porque nunca fiz nada que justificasse, esse é o motivo. Você não quer *mesmo* se envolver com a Segurança da Biblioteca, Kai.

Espero que seja um alarme falso, mas tenha muito cuidado se não for.
Coppelia

Irene suspirou.
— Certo. Temos uma hora de prazo. Vamos voltar ao trabalho.

Ela e Kai mergulharam na pesquisa. Os arquivos da Biblioteca sobre mundos alternativos variavam em termos de quantas informações continham, mas normalmente apresentavam pelo menos o básico de história e sociopolítica. Ela poderia dispensar pelo menos metade dos mundos possíveis. Jin Zhi tinha deixado claro que o mundo de origem do livro não tinha magia – ou, pelo menos, não uma que funcionasse. (Sempre haveria pessoas que diziam ser capazes de usar magia, quer ela funcionasse ou não.)

As anotações de Jin Zhi diziam que os Estados Unidos eram o poder dominante no mundo-alvo, provocado, no início do século XIX, por uma enorme explosão na excepcionalidade e no "destino manifesto" americano e esse tipo de coisa. Eles haviam se separado da Grã-Bretanha, mas sem guerras civis antes ou depois. A China tinha sido invadida por diversos poderes e era uma coleção de Estados beligerantes. A Europa mal estava se aguentando, unificada numa massa vibrante, controlada principalmente por uma república centrada na França. (Antes com boas relações com os Estados Unidos, no momento mudando para quem-vai-invadir-primeiro.) A África e a Austrália estavam por conta própria e se dando muito bem assim, obrigado. E não havia absolutamente ninguém na Antártida, exceto, talvez, alguns pinguins. Algumas tecnologias de comunicação em massa, telefones, rádios e assim por diante. Havia uma grande atividade criminosa nos Estados Unidos, na Europa e na Grã-Bretanha, expressiva o suficiente para Jin Zhi achar que valia a pena mencionar como detalhe histórico. Eletricidade, mas nada de energia nuclear. Contracepção. Muitas armas.

Irene massageou a testa enquanto anotava possíveis mundos alternativos que se encaixavam na descrição. Ela odiava armas de fogo. Não eram confiáveis. Uma bala perdida podia atingir qualquer pessoa.

Depois de filtrar bem os dados e faltando quinze minutos para sair, os registros da Biblioteca tinham revelado quatro mundos alternativos potenciais. Ela levantou a cabeça que estava mergulhada na tela do computador e olhou para Kai.

— Teve sorte?

— Ainda estou verificando — murmurou Kai.

Ele voltou para sua parte da pesquisa, e Irene abriu a função de *Enciclopédia* na própria tela. Essa seção dos arquivos da Biblioteca não dizia respeito a mundos nem livros, mas a feéricos e dragões. Era um compêndio de informações geradas por Bibliotecários em campo, altamente parciais e cheias de opiniões pessoais, não estritamente confiável. Por outro lado, era melhor do que nada.

Ela queria fazer alguma coisa. O tempo era limitado, os riscos eram altos e não havia como saber o que Jin Zhi poderia fazer quando descobrisse que Irene tinha fugido. Irene tentou não pensar no que poderia acontecer se Jin Zhi guardasse ressentimento. Ela talvez tivesse que aposentar permanentemente a identidade de *Irene Winters, tradutora freelancer*, amiga de Vale. Seria uma pena. Ela *gostava* de ser Irene Winters.

Assim, a reunião iminente com a Segurança ganhava espaço em sua mente. Eles tinham a reputação de serem *destruidores*. Se estivessem envolvidos, era porque um Bibliotecário tinha feito alguma coisa ruim o suficiente para justificar uma ação punitiva extrema. Apesar de Irene estar com a consciência relativamente limpa neste momento, não gostava da ideia de cair por vontade própria nas garras deles.

Cinco minutos depois, ela estava batucando a caneta no papel de anotações e resmungando para si mesma. Nada sobre Jin Zhi e nada sobre Qing Song – pelo menos, não com esses nomes. Nada pessoal sobre a Rainha das Terras do Sul, apesar de haver uma lista de 23 anos com seus ministros e os diversos mundos que tinha influenciado. Irene mandou esse documento para a impressora, franzindo a testa. Algo que Kai dissera mais cedo a incomodava... eles eram apoiados pelas famílias, era isso.

— Kai, pode me dizer alguma coisa sobre as famílias dos nossos dois candidatos?

— Jin Zhi é da família Montanhas Negras, e Qing Song é da família Floresta do Inverno... — começou Kai.

Irene levantou um dedo para fazê-lo parar.

— Kai, eu queria perguntar isso há muito tempo. Todas essas referências a oceanos, terras, montanhas, florestas: isso é um problema de tradução? Significa alguma coisa diferente para os dragões?

— Sim — disse Kai, bem devagar. — Mas não é exatamente um problema de tradução. Já te carreguei entre mundos antes, então você sabe que os dragões percebem o posicionamento dos mundos de maneira diferente dos humanos.

Irene assentiu com a cabeça, se lembrando de um espaço azul infinito com inúmeras correntes fluindo por ele em tons mais profundos: como um mar erguido até o céu ou um céu tão profundo quanto os oceanos.

— É verdade. Tudo que consegui ver foi cor e vazio. Mas você viu, não, você *percebeu* de maneira diferente?

— Isso. Sinto muito, mas *não existem* palavras humanas para expressar isso. — Kai alongou as mãos, impotente. — É algo que temos de aprender pela experiência. E chamamos algumas áreas dentro e entre mundos de oceanos ou terras ou montanhas ou florestas ou rios, porque são termos que associamos às nossas percepções desses locais. E é por isso que algumas famílias ou alguns reinos têm esses nomes, porque se referem a um mundo específico ou a um grupo de mundos específico. As referências terrestres geralmente são locais mais ordenados, e as referências aquáticas são menos ordenadas. Tirando isso, não consigo lhe dar traduções melhores.

— Droga — disse Irene. — Lá se foi minha esperança de aprender um novo idioma e *expandir* as minhas percepções.

Isso provocou um sorriso fraco em Kai.

— Sinto muito por trazer as más notícias, mas nem mesmo idiomas conseguem tudo.

— Quieto — disse Irene, levando um dedo aos lábios. — Isso é heresia. De qualquer maneira, famílias Montanhas Negras e Floresta do Inverno, certo?

— Exatamente. E, não, as duas famílias não se dão bem de jeito nenhum. Não são exatamente inimigas, mas, se estiverem envolvidas num assunto político, estarão em lados opostos.

Irene tentou fazer algumas buscas com esses termos. Às vezes, se perguntava se deveria interrogar Kai em busca de informações sobre todos os dragões que ele conhecia e inseri-las no banco de dados, mas isso deixaria Kai numa posição inviável.

— Tem alguma coisa aqui sobre a família Floresta do Inverno — disse ela, surpresa, quando apareceu na tela.

Kai se levantou e espiou por sobre o seu ombro antes que Irene pudesse sequer considerar o protocolo de ele ler os comentários dos Bibliotecários sobre outros dragões.

— O que diz? — perguntou ele.

— Como você pode ver — respondeu secamente —, o autor os aprova.

Honráveis, confiáveis e coerentes. Abertos a negociações e dispostos a fazer acordos sobre a propriedade de certos livros em troca de informações sobre feéricos, dizia a anotação.

— Não costumam descrever Qing Song como aberto a negociações — disse Kai, desconfiado.

— Talvez eles estivessem lidando com outro membro da família — sugeriu Irene. Ela verificou o autor. — Foi escrito por alguém chamado Julian, que eu não conheço... — Ela clicou no link do nome. — E, infelizmente, ele não está disponível para perguntas, já que morreu algumas semanas atrás. Ataque cardíaco.

— A sincronia é... interessante — disse Kai. Seu tom era muito neutro, sugerindo que não queria ser o primeiro a mergulhar em conclusões paranoicas. — Já que seria mais ou menos a época em que a busca pelo livro começou.

— Vou marcar como "antecedentes" — disse Irene, anotando. Que a paranoia ficasse com a Segurança: era o trabalho deles. — Como está sua pesquisa sobre o livro?

— Tenho três mundos possíveis para o livro — disse Kai, orgulhoso. — A-15, A-395, A-658.

— E eu encontrei quatro mundos. — Irene verificou a lista e apontou para o segundo. — E um dos meus é o A-658. Temos um resultado compatível! — Por um instante, a pura alegria de uma pesquisa bem-sucedida a fez esquecer por que eles estavam investigando. E as implicações lhe atingiram. — Então a história de Jin Zhi pode muito bem ser verdadeira.

Ela olhou para o relógio de pulso.

— E está na hora de pegarmos o transporte rápido. Venha.

Irene e Kai saíram da cabine do transporte na área quase central da Biblioteca. Esse conjunto de salas se espalhava por vários quilômetros, e acreditava-se que se expandia nos momentos em que as pessoas não estavam prestando atenção. Incluía áreas vitais como as principais salas de aula para novos aprendizes, os conjuntos de salas pertencentes a Bibliotecários anciões que não podiam andar muito e os principais pontos de triagem para livros coletados em seus mundos alternativos de origem. Assim, a área era moderadamente agitada, e Irene e Kai cumprimentavam com a cabeça diversos outros Bibliotecários ou aprendizes enquanto passavam.

— Por ali — disse Irene, indicando com o olhar os fossos principais de elevador. Eles variavam em tamanho, desde elevadores pesados com paredes de aço grandes o suficiente para carregar um caminhão cheio de livros até elevadores para uma pessoa, com portas pantográficas dobráveis de metal. — Escolha um elevador. Qualquer elevador. Pelo que sei, todos eles descem até a Segurança, se for necessário.

— Se você nunca esteve lá embaixo, como sabe? — perguntou Kai.

Ele foi até um elevador de tamanho moderado, grande o suficiente para espremer meia dúzia de pessoas além deles.

— Bem, foi o que me disseram — admitiu Irene.

Ela analisou o painel de botões lá dentro. Havia placas com uma variedade de nomes de andares e números, mas nenhum dizia Segurança. Depois de um instante, ela desistiu e apertou o que dizia Porão.

A porta se fechou, trancando os dois dentro do elevador. A luz do teto piscou. Irene viu Kai ter um espasmo pelo canto do olho, mudando o apoio do corpo de um pé para o outro, nervoso. Uma pontada aguda de memória a fez lembrar que não fazia tanto tempo desde que ele ficara trancado numa cela de prisão, esperando para ser leiloado.

— Tomara que a descida não demore muito... — começou ela.

— Declare o andar do porão — entoou uma voz automatizada no teto, com toda a simpatia e charme de um locutor de estação ferroviária.

Irene sufocou seu próprio espasmo.

— Hum, Segurança? — disse ela, esperançosa.

A luz se apagou.

O elevador começou a cair.

CAPÍTULO CINCO

O estômago de Irene despencou junto com o elevador enquanto ele mergulhava na escuridão. Não havia absolutamente nenhuma luz, nem uma fração de brilho no metal do elevador ou uma piscada na lâmpada do teto. Seus ouvidos estalaram com a mudança de pressão. Ela estendeu a mão, apavorada, em busca de alguma coisa à qual se agarrar, e segurou Kai.

Ele a abraçou, o corpo firme contra o dela, a única coisa da qual ela podia ter certeza no breu. Mas ele também estava tremendo, um tremor nos ossos que revelava o pânico prestes de ser liberado.

O que foi que deu errado? Os pensamentos gritavam em sua cabeça. *Eu falei as palavras erradas? Será que é algum tipo de medida de segurança? O que acontece quando atingirmos o fundo?*

E aí, abruptamente, tudo parou. O elevador estacionou com delicadeza, como se estivesse deslizando num ritmo de apenas alguns centímetros por minuto, e não quilômetros por segundo, e a luz se acendeu.

A sanidade voltou à mente de Irene. Hesitante, ela tirou os dedos dos ombros de Kai. Porém, foi mais difícil evitar olhar para ele, e percebeu que estava corando. Todos os seus princípios consolidados sobre estar *in loco parentis* pareciam muito mais fáceis de romper do que pensara. Foi necessário apenas uma dose de pânico e lá estava ela, pendurada em Kai como o pior tipo de donzela em perigo e desejando poder fazer mais do que simplesmente se pendurar.

Ele também estava agarrado a você, destacou a parte da sua mente que não estava ocupada lhe dando uma lição de moral. *Você não era a única com medo.*

Kai estava praticamente sorrindo.

— Primeiro eles nos escalam juntos — disse ele —, depois nos colocam na mesma caixa escura e fecham a porta...

De repente, Irene achou muito fácil desprezar suas emoções mais ternas, já que estava vermelha de vergonha e querendo empurrar Kai do precipício conveniente mais próximo. Infelizmente, era provável que se transformasse em um dragão e saísse voando.

— Sinto muito — disse ela de um jeito rígido. — Isso não devia ter acontecido.

Kai a soltou, deixando-a dar um passo atrás.

— Irene — disse ele com cuidado, escolhendo as palavras. — Só porque você é minha superior na Biblioteca não significa que tem de ser perfeita. Você já viu meu lado mais fraco. Não vou dizer nada agora...

Você está dizendo, bem aqui e agora, pensou Irene com amargura. Ela percebia aonde isso tudo estava indo. Ele sempre era um perfeito cavalheiro em suas sugestões de que expandissem o relacionamento até a cama, mas isso não o impedia de continuar a fazê-las.

—... mas sou adulto e posso tomar minhas próprias decisões e, se você não acredita nisso, não deveria me deixar arriscar a minha vida enquanto trabalhamos juntos. Lembre-se disso na próxima vez que eu sugerir que a gente compartilhe uma cama.

Irene sentiu o calor subindo pelo rosto de novo.

— Sua opinião está anotada — disse com o máximo de secura que conseguiu.

Será que Kai achava que era *fácil* dizer não para ele? Eles eram amigos. Seria muito fácil deixar aquilo crescer e simplesmente dizer sim. Ele não percebia que ela estava dizendo não pelo bem dele? Irene estava em posição de autoridade. Pelas poucas coisas que Kai deixou escapar da cultura dos dragões, suspeitava que o lorde ou a lady de um dragão tinha basicamente todos os direitos que quisesse para exercer sobre seus servos. Não ia tirar vantagem dele desse jeito.

Ela se virou para trás e empurrou o botão de *Abrir porta* com tanta força que o dedo doeu.

Irene saiu para o saguão. Era um salão grande, coberto do chão ao teto com azulejos brancos lisos e uma pesada porta de aço no extremo oposto. Algumas poltronas com estofamento amarelo-narciso ficavam perto da entrada do elevador. Não havia como saber em qual andar do subsolo estavam. Ela olhou ao redor, depois para cima, em direção a um zumbido perto do teto. Uma câmera focou nos dois.

— Olá — disse ela, levantando a mão para cumprimentar. — Sou Irene, e este é Kai, meu aprendiz. Estou aqui para falar com a Segurança da Biblioteca.

Ao lado da porta de aço, um dos azulejos na altura da cintura deslizou para o lado, revelando um painel achatado de metal.

— Coloque sua mão direita no leitor ao lado da porta — entoou uma voz anônima vinda da câmera.

Um pouco relutante, Irene foi até lá e colocou a palma da mão no painel de metal. Tivera inúmeras experiências ruins por tocar nas coisas e depois se arrepender, e as cicatrizes a acompanhavam. Mesmo assim, ela devia estar segura na Biblioteca...

Uma onda abrasadora de eletricidade passou pelo painel, espetando a palma como um açoite de urtigas, e ela gritou e tirou a mão dali.

Kai olhou para as próprias mãos e suspirou.

— Minha vez?

— Identidade confirmada — disse a voz monótona. A porta de aço na parede deslizou. Atrás dela havia uma pequena sala do tamanho de uma câmera de compressão, com outra porta de metal no lado mais distante. — A Bibliotecária deve entrar na área de espera. O aprendiz vai esperar do lado de fora.

— Mas eu... — começou Kai, depois parou. — Segurança. Certo. Ok. — O olhar dele para o teto baixo era nitidamente de desagrado.

— Sinto muito — disse Irene. — Se eu soubesse, teria deixado você lá em cima.

Ela percebeu, com meio segundo de atraso, aonde *essa* declaração levava e viu o mesmo pensamento passando pela cabeça de Kai. Felizmente, ele não fez nenhum comentário engraçadinho sobre não querer perder aquele elevador. Apenas fez um sinal com a cabeça e se jogou em uma das poltronas.

— Seja rápida — disse ele em tom de queixa.

— Vou tentar — Irene o tranquilizou.

Ainda sacudindo a mão para dissipar as agulhas e alfinetes, ela entrou na câmera de compressão. A porta bateu com força. Ela olhou ao redor procurando câmeras, mas não viu nenhuma. Na verdade, não havia *nada* visível exceto o metal liso nas paredes. Não estava nem claro de onde vinha a luz absolutamente branca.

Claro que devia haver algum tipo de ventilação. O bom senso exigia. Ou alguém que ficasse preso ali dentro simplesmente sufocaria...

— Mostre sua marca da Biblioteca — disse a voz sem corpo. Soava mais humana agora, e Irene tinha quase certeza que era uma mulher falando.

— Só um instante — alertou, começando a tirar o casaco.

Ela preferia um método de identificação que não envolvesse tirar a roupa para mostrar as costas nuas.

— Ah, *eu* não estou com pressa — disse a voz. — Fique à vontade.

Irene respirou fundo, lembrou a si mesma que a Segurança da Biblioteca presumivelmente tinha motivos para ser paranoica e desabotoou o vestido nas costas. Ela o baixou para mostrar a marca da Biblioteca nos ombros.

— Devo virar para algum lado para que você consiga ver? — perguntou com educação.

— Assim está bom. — Houve um flash, e Irene se encolheu. Por um instante, a marca da Biblioteca pareceu vibrar, e seus ossos doeram em reação, como o tremor nos trilhos quando o trem está muito distante. — Obrigada. Pode se cobrir novamente. Declare seu nome e seu cargo na Biblioteca. Na Linguagem.

Irene puxou o vestido, abotoando-o.

— **Sou Irene; sou Bibliotecária; sou serva da Biblioteca** — declamou. — E disse mais cedo quem eu era.

A porta diante de Irene finalmente se abriu.

Ela pegou o casaco e atravessou rapidamente. Em seguida parou, olhando ao redor.

A palavra básica que lhe veio à mente foi *caverna*. Era espaçosa, mas com teto baixo, e, nas paredes ao redor, as prateleiras só chegavam a um metro e vinte de altura. Vários computadores e monitores estavam ligados em rede com uma teia de cabos na mesa central, no meio de um mar de anotações rabiscadas e folhas de papel destacadas. As paredes tinham fileiras de livros, volumes pesados com lombada de couro grosso; estavam distantes demais para Irene ler os títulos ou os autores. Portas na outra ponta da sala sugeriam outros nichos. A luz vinha de diversos pontos no teto, onde luminárias largas e pálidas brilhavam como olhos de insetos.

A mulher sentada numa cadeira de rodas ao lado dos computadores levantou a cabeça para inspecionar Irene.

— Gosto de confirmar essas coisas — disse ela, o olhar avaliador e desconfortável. — Bem-vinda ao meu refúgio.

Tinha cabelo louro-acinzentado, aparado bem curto, e estava vestida de maneira confortável, com uma camisa xadrez simples e calça jeans. A cadeira de rodas parecia moderna e de alta tecnologia, mas o lenço em padrão xadrez escocês jogado no seu colo era surrado e esfarrapado.

— Melusine.

Irene a reconheceu de um encontro anterior, durante o ataque de Alberich à Biblioteca. Melusine tinha estado com os Bibliotecários seniores apresentando a situação.

— Correto. Por favor, me desculpe pelas precauções. — Era uma exigência, e não um pedido. — Se alguém estivesse tentando trair a Biblioteca, seríamos um dos primeiros alvos.

— Parece sensato — disse Irene com cuidado. *Paranoico, mas sensato.* — E suponho que Coppelia lhe encaminhou meu e-mail sobre o nosso problema. Pode ser extremamente sério.

— Pode mesmo, se suas afirmações estiverem corretas.

Melusine digitou no teclado e analisou a tela do computador. Estava fora da visão de Irene, de modo que não podia ver se Melusine estava lendo uma mensagem de Coppelia, verificando evidências relacionadas ou procurando informações sobre Irene.

Depois de um instante, Melusine falou:

— Você tem um histórico interessante.

Dizer *fico encantada por você pensar isso* seria gratificante, mas grosseiro. Irene deu de ombros.

— Não tenho certeza se posso receber tanto crédito. Praticamente, só reagi a eventos conforme aconteciam.

— Filha de dois Bibliotecários — disse Melusine, aparentemente lendo o que estava na tela. — Raziel e Liu Xiang. — Ela fez uma pausa, apenas o suficiente para Irene relaxar, e acrescentou: — Adotada.

Irene sentiu a boca ficar seca.

— O quê... tem certeza absoluta... da última parte?

— Por quê?

— Porque *eles* nunca disseram nada.

Alguns meses antes, Irene tinha sido informada que dois Bibliotecários não podiam ter filhos, o que deixava toda a sua linhagem em dúvida. Mas a pessoa que lhe dissera isso fora Alberich, o pior inimigo da Biblioteca. Depois disso, foi fácil considerar a afirmação como uma mentira contada para distraí-la. Irene tinha evitado pensar no assunto. Ela nem perguntou aos pais.

E seria isso porque, na parte mais profunda da sua mente, tinha medo da resposta?

Melusine deu de ombros.

— O que eles lhe contaram não é problema meu. Meu trabalho é a segurança da Biblioteca. Vai questionar o que acabei de dizer?

Irene queria questionar. Queria sair da sala batendo pé e bater a porta. Mas, acima de tudo, queria encontrar os pais e gritar: *Por que vocês não me contaram?*

Queria chorar. Seus olhos estavam ardendo com as lágrimas não derramadas.

— Apenas continue — disse ela, ouvindo a tensão na própria voz.

Melusine não alterou o tom. Continuou leve, sem inflexão, impassível.

— Educada num internato, porque seus pais tiveram crescentes problemas com seu comportamento.

— Não foi assim! — protestou Irene.

Melusine a encarou com os olhos pálidos. Eram frios e distantes como o céu de inverno ao amanhecer.

— Quem está lendo esse histórico, você ou eu?

— Bem, é você, mas...

— Faça suas reclamações por escrito. — A Bibliotecária mais velha olhou de novo para a tela. — O tipo comum de aprendizagem. Orientada por Bradamant por um tempo, mas o laço foi dissolvido por solicitação sua. Apesar de você não ser a única júnior a fazer isso.

— Acho que não — concordou Irene, indiferente.

Ela quase tinha superado sua tendência a se encolher a qualquer menção a Bradamant, uma Bibliotecária competente, mas também manipuladora, ambiciosa e propensa a colocar a culpa pelos fracassos nos alunos. Parecia que a Segurança da Biblioteca notara.

Melusine assentiu.

— Foi nomeada como Bibliotecária Residente muito cedo na carreira, devido ao bom desempenho. Colocada em liberdade condicional depois de abandonar seu posto sem receber ordens para resgatar seu aprendiz Kai. Sim, eu sei o que ele é. — Ela afastou o olhar da tela. — E, sim, entendo que a questão toda da liberdade condicional foi política; apesar do resgate bem-sucedido, tivemos de tomar algumas providências.

— Não entrei nesse emprego para fazer política. — Irene tentou não deixar muito ressentimento invadir sua voz. — Há algum motivo para essa análise de carreira?

— Estou tentando te entender melhor. — Melusine não sorriu. Inspecionou Irene como se ela fosse um artigo de segunda mão. — Você se associou a feéricos e dragões. Sobreviveu a *dois* encontros com Alberich. — Seu tom mudou de seco para corrosivo ao dizer o nome de *Alberich*, e Irene quase se encolheu. — Isso não é comum. De jeito nenhum. A maioria dos Bibliotecários consegue passar pela carreira sem nada tão dramático. Fiquei... curiosa.

— Se a Biblioteca não quer que eu me associe a dragões, não deveria ter me designado para ser mentora de Kai — vociferou Irene. — E os feéricos simplesmente aconteceram na minha vida. Como se fossem baratas, sabe. Respondi a todas as suas perguntas?

— Você está com pressa?

— Na verdade, estou. — Irene pensou em Kai, lá fora, sozinho, preso numa salinha no subsolo. — Temos uma possível crise. E meu aluno está esperando lá fora. Como você sabe.

— Só Bibliotecários autorizados têm permissão para entrar aqui.

— Faz menos de um ano que Kai foi sequestrado e preso pelos feéricos. Ele não gosta de ficar fechado em lugares pequenos, e eu não vejo por que devo deixá-lo esperando por mais tempo do que o necessário.

— Posso mandá-lo subir de novo pelo elevador — ofereceu Melusine.

— Não tenho certeza se ele iria — disse Irene relutante. — Ele é meio superprotetor.

— Então suponho que devamos considerar o conforto dele. — Não ficou claro se Melusine estava brincando ou falando sério. — Explique tudo, como se eu não tivesse visto seu e-mail para Coppelia. Quero os detalhes.

Desejando que houvesse outra cadeira na sala para ela poder sentar, Irene passou pela sequência de eventos mais uma vez. Começou com a conversa com Jin Zhi e continuou com sua própria pesquisa na Biblioteca, incluindo os comentários de Kai.

Melusine parava de tempos em tempos para fazer uma pergunta, mas suas reações eram difíceis de interpretar. Ela entrelaçou as mãos no colo, deixando os computadores de lado, e nem mexeu os dedos. Irene teria se sentido encorajada com qualquer tipo de resposta em vez dessa quietude.

Finalmente, Irene não tinha mais informações.

— Não quero dar a impressão de que estou em pânico — terminou —, mas acho que isso pode ser muito sério. Os Bibliotecários em campo dependem da neutralidade da Biblioteca para sobreviver a encontros casuais com feéricos e dragões. Se isso acabar, estaremos todos em perigo individualmente; e será apenas uma questão de tempo até a própria Biblioteca estar sob ameaça.

Ela ficou parada ali, os pés doendo, esperando para ouvir mais perguntas.

Melusine fez que sim com a cabeça.

— Sim — disse ela devagar. — Acho que podemos ter um problema aqui. Dos grandes.

— Quer dizer que você acredita em mim?

— Ah, eu sempre acreditei, mas havia a possibilidade de você ter sido enganada. Mas isso está me parecendo desconfortavelmente plausível. O livro está na A-658, pelo que disse. — Ela digitou uma busca no computador e analisou o resultado. — Nenhum Bibliotecário Residente e nenhuma atividade autorizada ou solicitada por lá há quinze anos, mas o último Bibliotecário enviado deixou provisões escondidas para emergências. Atividade atual... humm. Vamos dar uma olhada.

Ela virou a cadeira de rodas, que deslizou até uma das prateleiras baixas de livros. Irene percebeu, um pouco tarde demais, que tudo na sala era organizado para ser alcançado com a cadeira de Melusine.

— Você sabe alguma coisa sobre Qing Song ou Jin Zhi? — perguntou Irene. — Qualquer coisa que não esteja nos registros, na verdade.

— Só os nomes, as famílias e a afiliação na corte — respondeu Melusine. — Nada além do que seu aprendiz lhe disse. Nenhuma... qual é a expressão? "Fofoca quente." Posso e vou fazer consultas, mas vai demorar. — Ela bateu na borda da prateleira. — A-658, por favor.

Os livros começaram a deslizar suavemente pela prateleira como se ela fosse uma esteira rolante, desaparecendo na parede em cada lado da sala. Depois de uns vinte segundos, eles pararam, e Melusine puxou o que estava perto da sua mão. A encadernação era em couro vermelho, com *A-658* na lombada. Irene foi espiar por sobre o ombro de Melusine.

— Isso registra todo o trânsito de entrada e saída daquele mundo — explicou Melusine. Ela não mandou que recuasse ou desviasse o olhar, para alívio de Irene. — Se um Bibliotecário visitou o local, vai aparecer aqui nos registros.

Irene observou enquanto Melusine virava as páginas finas. As entradas pareciam um selo de passaporte, mostrando o nome do Bibliotecário envolvido e a data interna da Biblioteca quando ele usou a Travessia. Era fascinante ter esse foco no histórico da Biblioteca. Apesar de Irene ter um entendimento razoável da história de inúmeros mundos alternativos – tudo bem, um entendimento vago –, sabia muito pouco sobre a Biblioteca em si. Sempre estivera ali, presumivelmente sempre estaria, e ninguém tinha nada além de especulação sobre como ou por que tinha sido criada. Além disso, os Bibliotecários juniores não eram estimulados a fazer perguntas.

Alberich talvez soubesse mais, mas estava morto.

Provavelmente. Esperava que sim.

— Aqui. — Melusine passou o dedo na lista de nomes. — Evariste. Ora, isso *é* interessante. — Mas seu tom sugeria que ela tinha acabado de descobrir um ninho de traças no seu livro preferido.

— Ele entrou naquele mundo um mês atrás — observou Irene. A entrada anterior captou seu olhar, e ela franziu a testa. — Mas...

— Sim, exatamente — disse Melusine. — Evariste entrou naquele mundo pela Biblioteca um mês atrás. Isso foi dois dias depois de ele *entrar na Biblioteca por aquele mundo*, indo na direção inversa. Mas não há nada aqui no registro sobre como ele entrou lá pela primeira vez.

— O que significa que ele chegou àquele mundo por meio de transporte de feéricos ou dragões — disse Irene lentamente, pensando no assunto. — Sendo assim, Jin Zhi pode ter falado a verdade, e ele estava trabalhando para Qing Song. Se for isso, Qing Song poderia tê-lo levado àquele mundo, mas aí Evariste teria precisado entrar na Biblioteca pela Travessia daquele mundo, para descobrir qual era a designação do mundo. Assim poderia pesquisar o livro antes de voltar para lá...

— Exatamente — concordou Melusine, interrompendo o fluxo cada vez mais longo de especulação de Irene. Ela passou o livro para Irene. — Coloque isso de volta na prateleira. Vou olhar o registro de Evariste, e desta vez você não pode espiar por sobre o meu ombro.

Irene recolocou o livro na prateleira, sentindo um tremor de empolgação. Não devia se sentir feliz com a crescente massa de evidências – muito pelo contrário –, mas ao mesmo tempo havia uma certa satisfação em não estar desperdiçando seus esforços.

Melusine rosnou baixinho para si mesma.

— Ah, ele fez isso... Muito bem, Irene, temos mais informações. Evariste está em licença de óbito. O Bibliotecário que o recrutou morreu no mês passado de ataque cardíaco, e Evariste teve alguns dias de folga para resolver os assuntos do homem e coisas assim. Não há registro de onde ele passaria o período de licença, mas é de se imaginar que seria no mundo designado do recrutador, G-14. Não há motivos para supor alguma coisa estranha por lá.

Alguma coisa no fator tempo estava incomodando Irene.

— Quem era o recrutador?

— Julian. Bibliotecário Residente do G-14.

E agora o incômodo se transformava numa sirene tocando alto.

— Não é o Julian que... — Irene pegou suas anotações e as verificou — fez um comentário na *Enciclopédia* da Biblioteca sobre a família Floresta do Inverno dos dragões, a família de Qing Song, dizendo que eles eram confiáveis e coerentes e abertos à negociação?

Melusine digitou mais algumas teclas e parou.

— Ele mesmo — disse ela baixinho. — O mesmíssimo. E agora temos o Ministro Zhao assassinado, a Rainha das Terras do Sul cambaleando para ocupar o cargo, e os feéricos testando os limites. E a Biblioteca pode estar prestes a ser arrastada para o meio de toda a zona de conflito. Enquanto o protegido de Julian está fora de rumo e possivelmente envolvido em jogos muito perigosos com um dos descendentes mais agressivos da família Floresta do Inverno.

— Achei que você tinha dito que não sabia nada sobre ele — comentou Irene.

— Quase nada — disse Melusine, dispensando o comentário. — Seu Kai já lhe disse que ele era perigoso. Estou lhe dizendo que tanto Qing Song quanto Jin Zhi são perigosos. Nenhum dragão é confiável. E Evariste não tem a *sua* experiência com dragões. Ele é um pesquisador excelente, mas não tem seu nível de exposição a operações práticas em campo. — Ela virou a tela do computador para que Irene pudesse ver. O jovem de pele escura na foto talvez tivesse sido fotografado numa formatura, devido à beca e ao chapéu que usava sobre um terno elegante com gravata. Tinha um ar de incredulidade e triunfo ofuscados e sorria para a câmera. — Ele estava designado para receber ajuda de outros Bibliotecários nos próximos anos, para amadurecer. Acredito facilmente que ele esteja além das próprias capacidades.

O ratinho imaginário do qual Irene tinha sentido o cheiro mais cedo tinha se transformado num rato maduro. Não, numa ratazana contaminada.

— O que fazemos?

— Você trouxe a questão para mim, o que significa que é a primeira da fila para resolver. — Melusine girou suavemente, e mais uma vez Irene teve a sensação de que estava sendo inspecionada e analisada. — Você é qualificada para a tarefa. Está acostumada a agir sem reforços ou suporte e tem uma reputação como agente instável. Se tudo der muito errado, talvez seja preciso declarar que você estava agindo por conta própria e afastá-la.

— Me perdoe se não estou exatamente agarrando essa oportunidade — disse Irene, com uma sensação crescente de desalento. — Frases como *talvez seja preciso afastá-la* me parecem meio definitivas. Eu *gostaria* de ter algum suporte. Eu *gostaria* de ter algum reforço. Eu gostaria de ter alguma orientação.

— Isso é parte do problema — disse Melusine. — Não temos ideia de qual é a situação. Como você sugeriu, pode até ser uma isca complexa para nos atrair para fazer algo que possa ser usado contra nós depois. Não estou tentando te bajular, mas você *é* boa em analisar uma situação e decidir a melhor linha de ação. É possível, mas muito improvável, que essa situação tenha uma explicação inocente. Não vamos saber até falarmos com Evariste. Mas precisamos de um agente na cena que possa determinar se estamos ou não comprometidos, e agir se estivermos. E, com as coisas em estado possivelmente catastrófico, também é preciso ser um agente que possamos alegar que estava agindo por iniciativa própria e afastar. Se necessário.

Irene engoliu em seco.

— Isso não é reconfortante.

— A porta está atrás de você — disse Melusine, dando de ombros. — Se não estiver preparada para assumir esse risco, essa missão, não posso obrigá-la. Só terei de entregar a tarefa a outra pessoa. Provavelmente alguém que não seja tão qualificado, sem seu conhecimento da história e com várias horas de atraso até eu encontrá-la e resumir a situação. Só depende de você.

Irene a encarou com um misto de admiração e repulsa.

— Já falei que odeio chantagem emocional?

— Vou acrescentar ao seu registro.

Relutante, Irene voltou sua mente para a tarefa.

— Você pode mandar uma mensagem para Evariste pelo sistema da Biblioteca? — perguntou. Era possível a Biblioteca mandar uma mensagem para qualquer Bibliotecário, imprimindo-a em todos os materiais escritos ao redor dele. Apesar de gastar muita energia, uma situação como esta certamente justificava o esforço. — Que saibamos, ele pode estar sendo feito prisioneiro, sendo forçado a fazer isso.

— Podemos e vamos mandar, mas ele não tem de responder. O que nos leva ao próximo item da agenda. Como *você* vai encontrá-lo.

— Espero que você tenha um jeito especialmente secreto de fazer isso — disse Irene, resignada. — Um jeito que nós, Bibliotecários comuns, não conhecemos. Porque, caso contrário, tentar encontrar um homem num mundo desconhecido vai levar tempo. Mesmo que eu procure pela perturbação dragônica mais próxima e suponha que ele está envolvido.

— Felizmente, você tem razão. — Melusine pegou uma folha de papel em branco na mesa, conduziu a cadeira de rodas até a parede mais distante e uma de suas prateleiras, com uma fileira de volumes de lombada creme. Bateu ali do mesmo jeito que tinha feito com a anterior. — Letra E, por favor.

Os livros giraram como os livros de acesso a mundos fizeram, mas, desta vez, Melusine foi obrigada a verificar vários volumes. Ela finalmente parou em *EU-EW XIV*, abrindo numa página específica e colocando no colo.

— Para trás — alertou ela.

Irene se afastou, mas observou com interesse.

Melusine colocou a folha de papel em branco sobre a página aberta do livro.

— **Copie o nome de Evariste** — disse ela na Linguagem.

O papel em branco literalmente chiou, estremecendo sobre o livro como se alguém estivesse colocando um ferro quente nele pelo outro lado. A marca de Irene pareceu efervescer por um instante em solidariedade, e Melusine mexeu os ombros como se sentisse o mesmo.

— Pronto — disse Melusine.

Ela tirou o papel, fechou o livro e o recolocou na prateleira. Ofereceu o papel a Irene, que agora continha uma marca completa da Biblioteca: o nome de Evariste no centro, na Linguagem, cercado pela moldura da Biblioteca.

Irene pegou o papel com cuidado, examinando-o. Os boatos diziam que, se você examinasse os detalhes ao redor de uma marca da Biblioteca de perto, como com um microscópio incrivelmente poderoso, dava para ver que eles eram compostos de palavras da Linguagem em letras bem miúdas. Era o tipo de coisa que podia ser verdade.

— Posso usar isto para encontrá-lo? — perguntou ela.

— O princípio da similaridade — disse Melusine. — Use a Linguagem com isso para localizá-lo, empregando o símbolo para procurá-lo num mapa, usando ponteiros direcionais, essas coisas de sempre. Ele está fora do nosso radar há quase um mês, por isso pode estar em qualquer lugar daquele mundo.

Irene assentiu.

— Tenho mais uma pergunta já que estou aqui, se você não se incomodar.

— Ah, pergunte, pergunte — disse Melusine. — Não seja tão educada. Estou interessada em cumprir a tarefa.

Irene tinha quase certeza que, se *deixasse* de ser educada, Melusine ficaria significativamente irritada. Porém, esse era um dos privilégios de ser do alto escalão: você podia dizer aos subordinados para pularem a cortesia, enquanto, ao mesmo tempo, ficava ofendido se sentisse que eles estavam sendo grosseiros demais. Uma situação onde todos ganham, para quem está no topo.

— Muito bem — disse ela. — Pelo que sei, os dragões conseguem rastrear uma pessoa até um mundo específico. E, se eles a seguirem até esse mundo, podem acabar surgindo no mesmo lugar onde ela estiver naquele mundo. Existe algum jeito de eu *impedir* que os dragões me encontrem desse jeito? Jin Zhi pode tentar me seguir, e eu preferia não tê-la nos arredores, quem dirá ainda mais perto.

— Proteções da Biblioteca — explicou Melusine brevemente. Ao ver o olhar vazio de Irene, ela explicou. — As proteções normais da Biblioteca que você usaria se estivesse tentando evitar a interferência de feéricos: entre num lugar com uma grande coleção de livros e invoque a presença da Biblioteca. Isso vai impedir que os dragões a rastreiem, desde que continue lá dentro. E, falando em dragões te encontrando, tente evitar. O ideal é entrar e sair sem que saibam que você está lá. Mantenha Kai longe deles também. Se você envolvê-lo nessa situação política e tiver de explicar para a família dele...

— Não precisa me dizer — completou Irene. — Vou ter de assumir a culpa.

Melusine fez que sim com a cabeça, meio relutante.

— Sinto dizer que sim. Podemos escondê-la, se voltar para cá em segurança. Mas você não vai poder sair daqui por alguns séculos, até que desistam de procurá-la.

Então não era só a carreira de Irene que estava em jogo, mas também sua vida pessoal: seus amigos, Kai, o mundo em que se acostumara a viver...

— Sendo assim, é bom que ser pega não esteja nos meus planos — disse ela, forçando o otimismo na voz. — Nem mentir sobre a minha identidade, se isso acontecer. Bem, você disse que o Bibliotecário anterior que foi ao A-658 oficialmente a serviço deixou provisões escondidas para emergências?

— Sim, e eu *ia* lhe dar os detalhes. — Melusine olhou para uma tela, procurou um endereço e um número e passou para Irene. — Pare no Guarda-Roupas quando sair daqui e pegue umas roupas adequadas para os Estados Unidos na Era do Jazz: ternos, saias curtas, armas, qualquer coisa. A Travessia para aquele mundo sai na Biblioteca Pública de Boston, nos Estados Unidos, então é lá que você vai chegar. Mudou-se para lá em 1875. Costumava ser na Biblioteca Escorial, na Espanha. Quando Gassire esteve lá, deixou um estoque de dinheiro local e documentos de identidade no Northern Bank em Boston. Aqui está o endereço do banco, esse é o número do cofre, e tenho certeza que você não vai ter nenhum problema para conseguir acesso. Supondo que Evariste não tenha esvaziado o cofre, e, nesse caso, você vai estar por conta própria. Você pode rastreá-lo a partir de lá. O *Jornada ao oeste* é um texto chinês, então suponho que possa estar na China. Felizmente, aquele mundo tem aviões. Não temos tempo para você pegar um navio lento. Mais alguma pergunta? Seu aluno está esperando.

— Só uma. — Irene não queria fazê-la, mas não podia mais evitá-la. — O que eu faço se Evariste *estiver* cooperando com os dragões?

Os fracos traços de camaradagem, se é que se podia chamar assim, desapareceram do rosto de Melusine.

— Isso não pode ser permitido. Você deve trazê-lo de volta para cá, para ser interrogado da maneira que achar adequada. A menos que haja uma explicação perfeita para as ações dele, Evariste vai encarar muito mais do que apenas uma suspensão ou liberdade condicional. Você entende como isso é sério? — Ela esperou Irene fazer que sim com a cabeça. — *Não podemos* nos permitir passar a impressão de que a Biblioteca está fazendo jogo político. Não podemos nem deixar esse boato começar. Você estava certa: isso pode ser fatal para todos os Bibliotecários que atualmente estão trabalhando em seus mundos e para a Biblioteca em si. Evariste pode ser um peão inocente, pode ter sido enganado ou ameaçado para fazer isso, mas, no fim das contas, isso não importa. Você precisa tirá-lo de lá agora e dar um fim a situação. Faça o que for necessário.

Irene assentiu.

— Entendido.

E sabia que podia ter concordado com a sentença de morte dele.

CAPÍTULO SEIS

Sempre era difícil decidir onde alguém deveria esconder documentos de importância vital em situações de perigo. Num bolso externo? Fácil demais de perder – ou fácil demais de ser encontrado em buscas casuais. Num bolso interno? Melhor, mas, se você fosse revistado, ainda era possível que encontrassem, e nesse caso ficaria claro que o documento era importante. Guardado no decote ou preso dentro da meia-calça? Muito mais desconfortável do que livros românticos fazem parecer. Irene decidiu pelo bolso interno para o papel com o nome de Evariste, e esperou que ninguém se interessasse por ele.

— Foi ótimo Melusine conseguir um transporte até o Guarda-Roupas e depois para a Travessia da A-658 — disse ela.

Tinha economizado a caminhada de metade de um dia pela Biblioteca. E agora eles tinham roupas mais ou menos adequadas para esses Estados Unidos da década de 1920. Kai vestia seu terno *zoot* bem ajustado e um chapéu fedora com entusiasmo, enquanto Irene estava simplesmente grata por usar uma saia na altura do joelho com a qual podia correr.

— Não, foi só uma questão prática. — Kai seria o primeiro a negar que estava chateado, mas seu humor desde que teve de esperar na antecâmara de Melusine estava bem o contrário disso. Irene ainda tinha de arriscar uma opinião com a qual ele concordasse. — Um assunto importante precisa de uma resposta rápida. Ela teria sido ainda mais prática se tivesse mandado outros Bibliotecários.

— Além de nós?

— Além de você. Ela deixou claro que não me considera um Bibliotecário.

— Ela está paranoica — disse Irene. — Ela me fez tirar a roupa para mostrar a marca da Biblioteca antes de permitir a minha entrada. E tenho quase certeza de que guardava uma arma na cadeira de rodas, embaixo daquele cobertor. E ela sabia que você era um dragão. Estou surpresa por ela não ter tentado impedir que você viesse, pela progressão dos acontecimentos... Entenda que *não estou* do lado dela, Kai.

— Não tinha nem algo para ler — resmungou Kai.

Irene revirou os olhos, irritada.

— Se o pior que vai acontecer é você ficar preso num porão por meia hora sem nada para ler, tivemos sorte.

Ela passou os olhos pela sala em que estavam uma última vez. Era repleta de faroestes do A-658. As capas eram enfeitadas com imagens violentas de caubóis de maxilar tenso, cavalos empinados e mulheres lutando com seus corpetes. Ela esperava nunca ter de ir a um lugar como aquele. Cavalos não a empolgavam.

— De qualquer maneira, vamos andando. Devemos chegar lá no fim da tarde ou no início da noite. Se tivermos sorte, o banco ainda estará aberto.

Ela foi até a porta e girou a maçaneta, empurrando-a. Por um instante, a porta pareceu agarrar, como se estivesse obstruída por alguma coisa do outro lado, e ela franziu a testa.

— Aconteceu alguma coisa? — perguntou Kai, deixando o mau humor de lado.

— Talvez tenha algo apoiado na porta do outro lado. Só um instante. — Irene a empurrou, e desta vez ela cedeu, fazendo Irene tropeçar para dentro da próxima sala; em seguida, ela ficou totalmente imóvel, horrorizada.

O lugar estava em ruínas. O barulho da cidade além das paredes era como uma zombaria distante, com o fraco zumbido de tráfego e vozes num contraste terrível aos danos recentes que atingiram o prédio em que estavam.

Sob a luz do início da noite, madeiras recém-tombadas e tijolos caídos se espalhavam por toda parte. A sala em que tinham entrado era típica dos prédios municipais dos Estados Unidos ou da Europa no século XIX, mas estava muito danificada de um lado. A parede tinha caído para dentro da sala, chamuscada com marcas de queimadura. Uma tábua de madeira tinha caído em cima da porta pela qual eles tinham acabado de entrar – o obstáculo que Irene tinha forçado. Havia livros destruídos para todo lado, com marcas de queimadura manchando páginas brancas como ossos. Havia poeira no ar – de uma explosão ou incêndio recente –, e Irene engasgou. Ela colocou as mãos no rosto, tentando respirar, tentando se acalmar. Tentando não pensar em fogo, páginas em chamas, fumaça e ruínas – e a voz de Alberich acima de tudo.

— Esse incêndio ou explosão, ou seja lá o que for... — Ela olhou ao redor. — Deve ser muito recente. Olhe, o teto caiu.

Ela olhou para cima e viu o céu do crepúsculo, o azul nítido do anoitecer. Sua voz parecia estranha aos próprios ouvidos. Precisava se recompor, pensou remotamente. A situação era perigosa demais para ela ter um tipo de flashback aqui. Sentiu que estava enterrando as unhas nas palmas das mãos e se obrigou a ficar calma, controlada, racional. Não ajudou; não lá no fundo, onde realmente importava. Ela ainda se lembrava do fogo e dos livros queimando.

— Só que nenhum dos livros está molhado. Então, não choveu neles. Precisamos descobrir o que aconteceu. E quando. E como.

Irene começou a abrir caminho pelas pedras caídas que cobriam o chão, e levantou o olhar, surpresa, quando Kai pegou seu pulso.

— O que foi?

— Você está bem?

— Claro que estou. — Sua fraqueza momentânea tinha passado conforme as lembranças enfraqueciam. Voltou a ficar totalmente no controle de si mesma. *Tinha* que estar. — Só estou *furiosa*. Só isso. Como alguém poderia *fazer* uma coisa dessas, destruir um lugar como este... mesmo que não esteja envolvido com a nossa investigação, quero que alguém *pague* por isso.

Ela sacudiu a mão com raiva e afastou Kai, seguindo adiante para chutar a porta e abri-la. O corredor do outro lado estava bloqueado à direita por pedras caídas e janelas estilhaçadas. Eles tiveram de virar à esquerda e descer metade da escadaria para chegar ao térreo. Cada movimento remexia os cascalhos criados pela explosão e fazia páginas presas se agitarem como se pedissem socorro.

— Por quanto tempo este lugar vai ficar conectado à Biblioteca? — perguntou Kai enquanto a seguia.

— Não sei — Irene teve que admitir. — Estou grata porque nos permitiu passar, mas quem sabe por quanto tempo o portal vai aguentar? Não saímos por aí destruindo bibliotecas só para testar teorias sobre o que poderia acontecer se...

Kai se calou. Lá fora, além das paredes quebradas deste prédio destruído, Irene ouvia a buzina de carros, os sinos de bondes elétricos, gritos e berros ocasionais. Ali dentro, porém, não havia nada além de destruição ao redor, todos aqueles livros caídos, e as pessoas sequer tentavam salvá-los. Era como andar por um inferno pessoal, com uma camada de vidro entre ela e o resto do mundo. Ela nem estava mais consciente de Kai alguns passos atrás. E se perguntou: *Será que eu devia ter vindo antes? Teria feito alguma diferença? Se eu tivesse vindo direto ou convencido Melusine ou Coppelia mais rápido ou...*

Kai a segurou de novo, e ela percebeu que os dois estavam se aproximando de uma das paredes externas do prédio.

— Irene, temos algum plano?

Ela se obrigou a manter o foco. Teria tentado respirar fundo, mas ainda havia poeira demais no ar. Seus olhos ardiam.

— Nada mudou. Vamos primeiro ao banco. Dinheiro. Documentos. Hospedagem.

— Você chamou minha atenção com a palavra "dinheiro" — disse uma voz desconhecida.

Irene e Kai se viraram. Um homem os observava, em pé numa fenda entre duas paredes caídas que lhe dava uma visão imponente da área. Seu terno era listrado e com corte justo, e o chapéu estava inclinado para esconder um pouco dos olhos. A poeira de pedra tinha se alojado nos seus ombros e nas suas mangas, sugerindo que ele estava esperando ali havia algum tempo.

Claro, a coisa que *realmente* chamou a atenção de Irene foi a arma que ele segurava, apontada diretamente para os dois. Tinha mais ou menos noventa centímetros de comprimento, e ele a apoiava com uma das mãos enquanto a outra estava no gatilho. Ela não sabia muita coisa sobre armas, mas parecia grande e desagradável.

— Isso é uma submetralhadora Thompson? — perguntou ela.

— Estou vendo que você é estudiosa, moça. Chamamos essa arma de tommy. Não me dê motivos para atirar e ficaremos bem. — Ele franziu os lábios e assobiou. Um assobio veio da direita em resposta, seguido de passos que se aproximavam.

— Mas por que você está apontando uma arma para nós? — Irene esperava que parecesse uma pergunta inocente, e não uma totalmente idiota. Por outro lado, apontar armas para pessoas costumava resultar em comentários idiotas. Ela estivera nos dois lados da situação, por isso sabia.

— É assim que funciona — disse o homem, sem ajudar em nada. — Rob, você acha que ele vai querer falar com eles?

Outro homem surgiu das sombras. Também segurava uma tommy e, assim como o primeiro homem, estava apontando para eles. Isso era um problema significativo. Irene conhecia alguns jeitos de neutralizar uma arma usando a Linguagem, mas palavras exigiam tempo. E, se um desses homens tremesse o dedo no gatilho, Irene e Kai podiam terminar mortos.

— Ele disse que queria interrogar qualquer pessoa que fosse pega perambulando por aqui — disse o suposto Rob. — Considero que seja um sim.

— Certo. Não tentem nada estúpido, estão me ouvindo? Ou vão se arrepender. — O primeiro homem apontou com a arma para a esquerda, para um trecho destruído de colunata. — Andem por ali, devagar, e parem quando mandarmos. Tem um cavalheiro que gostaria de dar uma palavrinha com vocês.

Irene não precisou olhar para trás para saber que Kai estava tenso. Ela estendeu a mão para tocar na sua manga.

— Vamos fazer o que o cavalheiro está mandando — disse ela, adicionando um tremor à voz.

Analisando as alternativas, ela decidiu fugir primeiro e perguntar depois. Eles tinham uma tarefa a cumprir. Quando os homens relaxaram ao ver sua rendição aparente, ela se concentrou nas palavras.

— **Poeira, suba.**

Quando falou, ela se jogou no chão e rolou de lado, puxando Kai para baixo. A poeira subiu do chão, de cada recesso e fenda, formando ao redor deles uma nuvem sufocante e que fazia os olhos arderem.

Uma rajada rápida de tiros rasgou o ar acima deles, e um dos homens gritou:

— Fiquem onde estão! Ou vamos atirar!

Sem precisar trocar uma palavra, Irene e Kai se levantaram e escaparam rapidamente para o lado. Irene segurou a manga de Kai para não se separarem. Mais alguns segundos e estariam fora da zona de fogo imediata desses capangas.

Era uma fuga totalmente *clássica* e, num mundo ideal, não teria sido estragada pelo fato de Irene torcer o tornozelo numa pedra solta e cair com um baque alto, soltando Kai.

Ela tentou se levantar, mas Rob de repente estava em cima dela, apontando a arma. Não havia dúvidas em seus olhos vermelhos. Se tentasse alguma coisa, sabia que ele puxaria o gatilho.

Irene levantou a mãos, submissa.

— Você me pegou — disse ela. — Meu amigo já saiu daqui.

Ela sabia que Kai obedeceria à sua instrução implícita de escapar, por mais que ficasse descontente com isso. Para ser justa, a própria Irene também não estava muito feliz.

O outro homem saiu do meio da poeira.

— De pé — ordenou.

Irene se levantou fazendo cara de dor.

— Torci o tornozelo — explicou, lamentando.

— Levante — ordenou Rob. — Vamos andar devagar.

Irene saiu mancando, exagerando a dificuldade de andar, com os dois homens alguns passos atrás – próximos o suficiente para ela não ter chance de se abaixar e fugir, mas distantes o suficiente para não tentar agarrá-los. De modo geral, ela devia classificar os dois como profissionais. Tentou se convencer de que era um sinal positivo. Menos chance de levar um tiro por acidente.

Ela foi escoltada até uma porta lateral fechada por tábuas, onde um terceiro atirador estava parado. Os seus olhos se arregalaram ao vê-la, mas ele fez um sinal com a cabeça para os outros dois brutamontes.

— Chame o chefe, Pete — disse Rob. — Temos alguém aqui com quem ele vai querer falar.

— Pode ser que não esteja por aqui — resmungou Pete. — Você sabe que ele esteve fora da cidade nos últimos dias.

— É, bom, acho melhor a dama torcer para que ele *esteja* por perto, senão vai ter de ficar em pé com esse tornozelo ferrado por muito mais tempo. Agora vá, antes que os tiras se interessem.

Pete resmungou, mas baixou a arma – longe do alcance de Irene – e saiu pela porta lateral. As tábuas eram fáceis de afastar, grudadas com fita adesiva, e não com pregos, mais um obstáculo visual do que uma barreira de verdade.

Irene discutiu mentalmente se deveria fazer um sinal para Kai ou esperar para ver se conseguia alguma coisa com esse chefe. A necessidade de obter informações venceu.

— Posso sentar? — perguntou ela.

— Claro, mas deixe as mãos num lugar visível — disse Rob. — Quer um cigarro?

— Para mim, não, obrigada. — Irene desceu devagar até o chão, massageando o tornozelo. Quanto mais eles pensassem que ela estava impotente, melhor.

— Fique à vontade.

Ela tentou começar uma conversa algumas vezes, mas não teve sorte. Finalmente, desistiu e esperou que Kai estivesse menos entediado do que ela. E, desta vez, *nenhum* dos dois tinha algo para ler.

Cerca de dez minutos depois, a barreira se abriu de novo, e Pete colocou a cabeça para fora.

— Ele chegou — disse. — O carro de sempre.

Rob deixou a tommy de lado, mas sacou um revólver do coldre interno. Manteve Irene protegida enquanto o amigo fazia o mesmo.

— Vamos sair para a calçada e andar até o carro que está estacionado lá — informou a ela. — Você só continue se comportando.

— Eu só queria que vocês me dissessem o que está acontecendo — tentou Irene.

— Sinto muito — disse Rob. — Não estão me pagando para isso.

Rob pegou o braço de Irene, pressionando o revólver de maneira discreta na cintura dela, e a conduziu até a rua em direção a um carro estacionado perto do meio-fio. O outro homem estava apenas alguns passos atrás.

A rua estava movimentada, com táxis amarelos apressados e pessoas andando. Era quase estranho ver tantas pessoas sem os lenços ou os véus a que Irene se acostumara no mundo de Vale: uma combinação de moda e poluição locais. Em vez disso, chapéus eram usados com vivacidade, tanto fedoras masculinos quanto clochês femininos. As roupas se destacavam em cores vigorosas, com todas as vantagens das tinturas baratas feitas por máquinas. Todo o cenário da rua estalava com uma energia completamente diferente do movimento lento do mundo de Vale, com pessoas se cumprimentando ou falando alto enquanto passavam, em vez de se movimentar através de névoas e murmurar educadamente para não perturbar outros pedestres. No entanto, ninguém olhou duas vezes para Irene e sua escolta. Na verdade, estavam obviamente *não* olhando para eles, o que deu a Irene uma boa ideia de como o crime organizado operava livremente nesta cidade.

As janelas do carro eram de vidro fumê. Não dava para ver lá dentro. Se ela fosse fugir, tinha de ser agora.

Ela percebeu que o carro não esperava no meio-fio: o motor estava desligado. Irene teria pelo menos alguns segundos de alerta antes de ser levada para qualquer lugar, tempo suficiente para fazer *alguma coisa*. Ela ia cooperar.

— Entre — ordenou Rob.

O outro homem já estava abrindo a porta de trás do carro, resmungando alguma coisa para quem estava lá dentro. Ainda exagerando no mancar, Irene pisou no apoio de pé, abaixando a cabeça para entrar no carro.

Havia outro homem sentado lá dentro. Os olhos de Irene levaram um instante para se acostumar à escuridão e vê-lo com clareza, mas uma coisa ficou evidente logo na primeira olhada. Ele era um dragão.

Estava usando o mesmo modelo básico de terno de três peças que os dois homens que a escoltaram até o carro, mas era exponencialmente mais caro. Nenhuma surpresa; Irene ainda não tinha conhecido um dragão (na verdade, ela só havia conhecido cinco até agora, pelo que lembrava) que não gostasse de roupas de alta qualidade. A pele era pálida o suficiente para ser quase luminescente na escuridão fechada do carro. Ele era bonito, com o tipo de perfil que implorava para ser esculpido em mármore. Só não tinha o mesmo grau *perigoso* de perfeição que Kai ou Li Ming. Irene se perguntou se tinha conseguido encontrar Qing Song na primeira hora que passava neste mundo. Isso seria admiravelmente inútil.

— Você se importa de se identificar? — disse ele com delicadeza. — Deve ser um choque ver uma biblioteca em ruínas. — Talvez achasse que estava lidando com uma novata ou uma Bibliotecária que nunca tinha interagido com dragões.

Isso resolvia a questão. *Não era* Qing Song. Um dragão do mesmo escalão de Jin Zhi teria dado a impressão de ser mais poderoso aos sentidos de Irene e jamais seria tão educado com uma desconhecida. Porém, nesse caso, Irene tinha ainda menos ideia de quem era e não tinha escolha além de seguir o fluxo e parecer inofensiva. Ele claramente esperava a chegada de Bibliotecários. Se isso *não estivesse* conectado à história toda de Evariste, ela comeria o próprio chapéu com mostarda.

— Ah, que maravilha — exclamou Irene, entusiasmada. — Estava com medo que isso fosse algum sequestro feérico. Nem sei dizer o quanto estou aliviada.

Ele ergueu uma sobrancelha.

— Aliviada? — Mas Irene achou que tinha sentido um leve relaxamento na sua tensão. Ela estava sendo burra, óbvia e previsível, e era isso que ele queria ouvir.

— Por encontrar um dragão, é claro. Quero dizer, não que eu tenha encontrado muitos dragões, para ser sincera... — Ela levou os dedos aos lábios, como uma adolescente nervosa por encontrar um ídolo pop. — Sinto muito, acho que estou falando demais. Meu nome é Marguerite. E o seu?

— Hu — disse ele. Agora que estava mais acostumada à luz, deu para ver que o seu cabelo era cobre claro. O terno era marrom-avermelhado pálido, mas a gravata e as abotoaduras eram verde-escuro. — E você é uma Bibliotecária, até onde eu sei.

Um dos poucos fragmentos de informação cultural que Irene tinha arrancado de Kai dizia respeito às cores que os dragões usavam. A maioria dos dragões preferia usar roupas nos mesmos tons de sua coloração natural, onde a cultura local permitisse, mas acentuadas pelas cores do seu superior direto. O dragão para quem Hu trabalhava provavelmente era verde-escuro – como dragão, não como humano, é claro. Ela arquivou essa informação para usar mais tarde.

Porém, por enquanto, ela devia parecer uma completa inocente e, acima de tudo, bobona. Ela fez que sim com a cabeça.

— Eu devia ter dito que era uma Bibliotecária, mas você já parecia saber. Seus homens disseram que eu me comportei de maneira estranha?

— Eles disseram que você soltou uma bomba de fumaça, na verdade. E que dois desconhecidos vestidos de maneira esquisita saíram de uma biblioteca, quando ninguém entrou... — Ele esticou as mãos. — Um palpite racional.

Irene assentiu.

— Ah, isso faz sentido. E pessoas comuns não teriam como saber que você é um dragão. Espero que não seja muito grosseiro da minha parte falar isso.

Será que ela estava exagerando na inexperiência fofinha? Ela se inclinou para a frente.

— Mas por que você fez os seus homens me trazerem aqui com uma arma contra as minhas costelas? A Biblioteca e os dragões têm uma boa relação.

— Este mundo é disputado — disse Hu, recuando um pouco. — Estamos em alerta para sinais de invasão feérica.

Sim, e isso não explica de jeito nenhum por que você tem guardas armados vigiando uma biblioteca destruída. Ninguém faz isso porque está preocupado com feéricos – faz isso porque está preocupado com Bibliotecários.

No entanto, Irene fez que sim com a cabeça, injetando o máximo possível de sinceridade nos olhos. Ela apontou na direção da biblioteca.

— Você acha que eles fizeram isso, então?

— Exatamente. Esperávamos encontrar alguns rastros deles. Vou fazer um relatório para o meu lorde mais tarde. Me desculpe por você ter entrado pelo lado errado da minha investigação, mas, nessas circunstâncias... — Ele deu de ombros com elegância.

— Não, por favor não peça desculpas! Descobri tantas coisas por ter te encontrado. — Isso era absolutamente sincero. Irene não tinha certeza do que Hu estava aprontando, mas tinha certeza de que valia a pena descobrir. — Então, se foram os feéricos locais, você sabe onde fica a base deles ou se eles têm algum líder?

— Meus homens estão investigando — disse Hu. — Isso... — Ele apontou para as ruínas da biblioteca. — Aconteceu há apenas alguns dias. Ainda estou tentando conseguir todos os detalhes. A polícia está patrulhando regularmente, por isso é melhor não ficarmos aqui por muito tempo. Falando nisso, meus homens disseram que você estava acompanhada; outro Bibliotecário?

Irene concordou com a cabeça.

— Ele é meu supervisor nesta missão. Claro que nós dois nos protegemos quando os seus homens tentaram nos capturar, mas ele conseguiu escapar. Vou me encontrar com ele mais tarde...

— E a missão? — perguntou Hu, um pouco casualmente demais.

A esta altura, decidiu Irene, até mesmo um Bibliotecário novato e assustado estaria se preocupando com falar demais.

— Eu... isto é... — gaguejou. — Claro que não envolve os *dragões* de jeito nenhum, muito pelo contrário. E, agora que você confirmou que os feéricos estavam por trás da explosão da biblioteca, sabemos onde ficar de olho. Assim, não vamos precisar mais incomodá-lo.

Ele ficou em silêncio por um longo instante.

O coração de Irene quase saiu pela boca enquanto esperava para ver se ele engoliria a história.

E aí ele sorriu.

— Claro que vamos fazer o possível para ajudar — disse ele, estendendo a mão para tocar no pulso dela de um jeito tranquilizante. — Afinal, já trabalhamos para a Biblioteca antes. Talvez você conheça alguns dos Bibliotecários com quem colaboramos: Petronia, Julian, Evariste...

Irene tinha quase certeza de que seu rosto não havia entregado nada quando ele soltou esses nomes, mas não podia ter certeza da sua pulsação. *Se você não conseguir esconder uma reação, disfarce-a com outra coisa*, pensou. Ela deixou o olhar ir até a mão dele e tentou se lembrar de cada instante em que se agarrou a Kai no elevador. Sentiu um rubor subindo até as bochechas.

— Ah, acho que não — sussurrou ela.

Ele deu um tapinha na mão dela e a soltou. Não era o tipo de gesto *vou seduzi-la mais tarde, só estou muito ocupado no momento* que Lorde Silver, o feérico libertino mais famoso na Londres de Vale, teria feito. Transmitia mais uma atitude de *pronto, pronto, vocês, pobres humanos, simplesmente não se aguentam*. E era o que Irene estava esperando. Ela manteve a expressão tímida e encantada. E se perguntou se ele tinha percebido que havia traído *a si mesmo* ao mencionar esses nomes.

— Preciso encontrar meu colega antes que ele fique preocupado demais — sugeriu Irene. Ela pensou em segurar o pulso no ponto em que Hu o tocara, mas decidiu que seria um exagero. — Tem algum jeito de entrarmos em contato com você?

Ele enfiou a mão no bolso, abriu um porta-cartões e lhe ofereceu um cartão. Só tinha um número de telefone.

— Ligue para este número e deixe uma mensagem para mim. Ficarei feliz em conversar com você e seu supervisor. Se tivermos sorte, vamos conseguir liquidar o feérico que fez isso. Posso deixá-la em algum lugar?

— Não, obrigada, dá para ir a pé — disse Irene, guardando o cartão num bolso. — Estou muito agradecida. Obrigada, mais uma vez. — Ela queria ter feito mais perguntas: quem era o superior *dele*, para começar. Decidiu, com tristeza, que se contentaria em sair desse carro com vida e um pouco mais de informações.

— Não foi nada — disse Hu. — É o mínimo que posso fazer.

Se você teve relação com a explosão dessa biblioteca, definitivamente é o mínimo que pode fazer, pensou Irene cheia de veneno. Ela murmurou mais um agradecimento e deixou Hu sinalizar para ela sair do carro. O brutamontes Rob, que estava em pé ao lado do carro casualmente de prontidão, fez um sinal com a cabeça quando ela se afastou.

Não havia nenhum sinal imediato de Kai, mas Irene tinha certeza que ele estaria numa posição onde poderia observar o carro e vê-la. Ela estendeu a mão direita casualmente, num dos sinais combinados de antemão pelos dois – *cinco minutos* – e começou a descer a rua.

Parte dela vibrava involuntariamente com a empolgação que qualquer Bibliotecário sentia ao entrar num novo mundo alternativo. Apesar de eles terem uma missão a cumprir, ela ainda podia apreciar a emoção de novos arredores e diferentes... bem, *tudo* diferente. As ruas largas, mais amplas e mais retas que a maioria das ruas de Londres, eram bem iluminadas por postes e vitrines reluzentes. Em vez do preto, azul--marinho ou do cinza de vários habitantes londrinos, cores fortes cercavam Irene enquanto ela passava pelas multidões do início da noite: colarinhos de pele, ternos de seda e raiom, ternos com ombreiras nos homens. Clochês justos presos à cabeça das mulheres, ornamentados com fitas em estilos específicos como se transmitissem as intenções de quem os usava, enquanto os fedoras masculinos se inclinavam numa tal variedade de ângulos que Irene ficou surpresa por eles não caírem. Até os perfumes eram diferentes. Aromas artificiais de violeta e rosa lutavam contra a fumaça do cigarro de todos os fumantes: homens e mulheres. Semáforos piscavam na interseção ali perto, e carros compridos vagavam pela rua como lobos na selva urbana, sombreados pelos prédios altos com doze andares sobre a sua cabeça.

Irene recuou para se concentrar na tarefa. Havia muita coisa a se fazer: ir ao banco para pegar dinheiro e documentos, conseguir roupas novas para se misturar melhor neste mundo e, mais importante, trabalhar para localizar Evariste. Mas o primeiro item da lista era despistar seus seguidores. Mesmo que ela tivesse conseguido convencer Hu de que era uma novata total, ele certamente mandaria alguém segui-la.

E, neste momento, Hu era a última pessoa que ela queria que soubesse onde estava. Irene tinha *muitas* perguntas não respondidas sobre ele.

CAPÍTULO SETE

Passava de meia-noite quando Irene e Kai puderam parar de fugir.

Eles se encontraram em frente ao Northern Bank pouco antes da hora de fechar. Irene estivera consciente dos homens que a seguiam: estavam se aproximando e prestavam atenção toda vez que ela parava para conversar com alguém, mesmo que fosse apenas para perguntar o caminho. Ficava cada vez mais óbvio que Hu não a tinha deixado ir, mas sim a deixado correr com uma coleira comprida na intenção de também conhecer o contato – o suposto outro Bibliotecário. Ela fez o possível para dar a impressão de que ela e Kai entraram no Northern Bank ao mesmo tempo por coincidência, mas não tinha certeza se os vigias tinham sido enganados.

Pelo lado bom, pedir um encontro particular com um funcionário do banco significava que ela e Kai seriam escoltados até uma sala privativa, longe dos olhos do público. E, depois de usar a Linguagem para convencer o pobre funcionário que ela havia mostrado uma identificação completa, Irene agora dispunha de uma enorme quantidade de dólares locais. Ela também conseguira os documentos de identidade – infelizmente fora da validade – que o Bibliotecário anterior tinha deixado no esconderijo. Eles saíram por uma porta dos fundos, depois de algumas mentiras sobre querer evitar repórteres, e não pararam.

Era verdade que os homens que os seguiam não exibiam armas abertamente nem faziam sugestões do tipo "Parem ou vamos atirar". Mas eram da mesma estirpe dos que os capturaram mais cedo – calmos, profissionais e definitivamente armados. Algumas pessoas os viram se aproximando e saíram do caminho ou responderam a perguntas (como "Você viu para onde foram aquele homem e aquela mulher?") com um pavor respeitoso. Irene teria apostado dinheiro que, no caso de um interrogatório policial, ninguém admitiria reconhecer esses homens, mesmo que estivessem em uma fileira de identificação apenas com sacos de batata. Não faria bem para a saúde deles.

Então, depois de uma noite agitada, cheia de bancos, lojas e boates frequentadas apenas para despistar os perseguidores, os dois enfim pararam. No momento, escondiam-se em uma loja de departamentos fechada. O segurança estava muito mais interessado numa vida tranquila do que em pegar ladrões. Ele fazia rondas barulhentas, apontando a lanterna de um jeito que dava para ver do outro lado do prédio. Isso deu a Irene e Kai tempo para sentar e planejar o próximo passo.

— Encontre o maior atlas que conseguir — orientou Irene. Eles estavam na seção de livros e papelaria. Ela havia parado na seção de roupas e joias femininas para roubar um medalhão grande, decorado com pedrarias e de péssimo gosto. Também precisava pegar umas roupas novas. O instinto normal de Irene para roupas, escolher coisas simples e discretas, não funcionava neste local e época. Apesar de ela ter escolhido o comprimento certo da saia, pouco abaixo do joelho, as roupas eram insípidas demais. Ela não usava nenhuma joia e vestia cores escuras tranquilas, não berrantes.

E o chapéu clochê elegante não lhe caíra bem. Não era de espantar que fora fácil segui-los.

— Vou procurar... — Kai seguiu pelas estantes de livros, tendo que se aproximar para ler os títulos na luz fraca. Eles não podiam se arriscar a acender as luzes da loja. Ele tinha que fazer isso com o brilho do luar e dos postes através das janelas. — De ruas ou países?

— Global — respondeu Irene. Ela tirou a página com o nome de Evariste do local onde estava guardada e começou a dobrá-la o máximo possível. — Nossa próxima parada provavelmente é a China, por causa do livro, mas vamos tentar descobrir *onde* antes de irmos ao aeroporto.

— Sensato — disse Kai. — Que tal me explicar por que estamos em uma loja de departamentos, em vez de um hotel ou algum lugar onde pudéssemos dormir um pouco? — Ele puxou um dos maiores livros e o carregou até Irene, que estava sentada no chão. — E o que eu faço com isso agora?

Irene apontou com a cabeça para o chão à sua frente. Ela esmagou o pequeno pedaço de papel dobrado dentro do medalhão e o forçou a fechar.

— Me desculpe, Kai. Estive tão ocupada correndo nas últimas horas que não tivemos chance de conversar direito sobre nossos planos. Vou tentar achar Evariste. Depois vamos fazer umas compras.

— Achei que você não praticava magia. — Kai colocou o volume pesado no chão com um baque, depois o puxou alguns centímetros para que ficasse sob um facho de luz da lua. — Pronto, deve ter luz suficiente para ler. E compras? Este lugar é *vulgar*.

Irene balançou o medalhão pela corrente.

— Isto não é magia, é a Linguagem. Tenho uma ligação nítida com Evariste aqui, através do nome dele na Linguagem. Tenho esperança, ênfase em *esperança*, de que serei capaz de descobrir onde ele está nesses mapas. E nosso próximo passo será ir atrás dele e acabar com isso; ou, pelo menos, tirar a Biblioteca da equação. — Ela ignorou o ataque de Kai às roupas de varejo pela força do hábito.

Kai ficou em silêncio por um instante, enquanto Irene abria o atlas e segurava o medalhão sobre ele.

— Você não acha que devíamos investigar os prejuízos à biblioteca aqui em Boston? — perguntou por fim. — Se aquilo *foi* um ataque feérico contra a Biblioteca em si...

Irene olhou para ele e ergueu uma sobrancelha.

— Só porque Hu pode ter mentido para você sobre algumas coisas não significa que estava mentindo sobre *tudo*.

— Não é só porque alguém, feérico ou seja lá quem for, explodiu uma biblioteca que, por acaso, tem a Travessia da nossa Biblioteca para este mundo — disse Irene. A raiva anterior ainda estava fervilhando dentro dela. — Eles explodiram uma biblioteca. Uma *biblioteca*, Kai. Eles não ofenderam só a mim, mas atacaram e insultaram todos os cidadãos deste local que usavam aquela biblioteca, que contribuíram com ela, que poderiam usá-la em algum momento futuro. — Ela viu o medalhão tremendo com aquela fúria e respirou fundo, se controlando. — Quero saber quem danificou a biblioteca aqui em Boston. Mas não é minha prioridade. Não pode ser, até encontrarmos Evariste e sabermos o que está acontecendo com ele. Só sinceramente espero que quem *seja* responsável termine sendo arrastado até a delegacia e seja partido ao meio pela multidão.

— Irene... — disse Kai num tom que sugeria *você não está falando sério, não é?* Ele tinha umas concepções erradas sobre ela ser uma pessoa fundamentalmente boa. Depois dos últimos anos, não sabia muito bem porquê.

— Muito bem. Cancele o devaneio vívido sobre eles serem partidos ao meio. — Ela desviou o olhar. — Mas não espere que eu tolere alguém que destrói livros, Kai. Seja quem for.

Mesmo que seja eu, o pensamento passou pela sua mente enquanto ela balançava o medalhão sobre o atlas aberto.

— **Páginas do atlas diante de mim, virem-se; medalhão, indique o local onde o Bibliotecário cujo nome você contém pode ser encontrado.**

As páginas se mexeram como se tocadas pelo vento, depois começaram a ondular e virar, uma atrás da outra, mostrando um país, depois outro – enquanto o medalhão se balançava na mão de Irene como um pêndulo rabdônico. Ela respirava fundo e observava, protegendo-se do leve esgotamento de energia enquanto a Linguagem cobrava seu preço. Não era um esgotamento significativo – não tão ruim, por exemplo, quanto ter de distrair meia dúzia de curiosos ou congelar um canal –, mas o dia tinha sido longo, e ela estava cansada.

— Se Hu não for alguém que você conhece — disse ela, os olhos ainda no medalhão balançando —, quem pode ser? Afinal, você conhecia Qing Song e Jin Zhi; ou pelo menos sabia quem eram, mesmo que não os tivesse conhecido.

— Os modos e a atitude dão a impressão de que ele é pelo menos da baixa nobreza — disse Kai. — Só que não conheço ninguém com esse nome que tenha sangue real nem que seja da alta nobreza. Eu me pergunto se ele poderia ser servo de alguém.

— E esse alguém em questão poderia ser um dos nossos dois caçadores de livros?

— Ou outra facção que quer influenciar a situação. É uma pena eu não ter podido me aproximar o suficiente para vê-lo... mas, sim, entendo que o problema seria *ele* me ver.

Irene assentiu. Kai não queria interferir nos negócios de outros dragões – ou, pelo menos, não queria ser flagrado interferindo. Ela concordava com isso. Porém, do seu ponto de vista mais egoísta, quanto mais a presença de Kai aqui fosse desconhecida, mais poderia ser útil para encontrar Evariste.

E havia outro fator: será que os dragões fofocavam sobre ela e Kai? Se alguém aqui o reconhecesse, será que deduziriam quem era Irene – uma bibliotecária com uma missão que poderia envolvê-los? E, a longo prazo, será que poderia continuar a trabalhar com Kai? Ela poderia, inadvertidamente, causar os mesmos problemas à Biblioteca, em termos de alianças proibidas com dragões, que estava tentando evitar? Irene os afastara bastante da política dos dragões, então eles deveriam estar acima de qualquer suspeita. Mas, se fosse provado um conluio substancial entre um dragão e a Biblioteca – ou até mesmo se houvesse suspeitas –, os boatos poderiam rotular Irene e Kai como mais uma evidência.

As páginas pararam de virar. O medalhão puxou para baixo. Irene franziu a testa ao reconhecer o país que estava na página.

— Espere. Estados Unidos. É aqui!

— Tem certeza que está funcionando direito? — perguntou Kai.

Irene massageou a testa e desejou poder dormir.

— Bem, se não estiver, já estamos metaforicamente a dez quilômetros de profundidade e afundando... com o devido pedido de desculpas aos dragões que gostam de viver em trincheiras oceânicas.

— A companhia lá no fundo é muito chata — disse Kai, com um rosto tão calmo que só podia estar brincando. Provavelmente. Ela pensou. — Mas não faz sentido ser nos Estados Unidos. O livro é chinês.

Irene fez um sinal com a cabeça, pensando.

— Vamos supor que está funcionando e que há algum motivo para Evariste estar aqui. — Ela se inclinou para ver o trecho da América do Norte que o medalhão estava indicando, mas as letras impressas no mapa eram pequenas demais, e as cidades estavam todas muito próximas. — É melhor você pegar um atlas da América do Norte. Ou da América, pelo menos. E pegue todos os guias de cidades, se houver algum.

Um minuto depois, Kai estava de volta com outro atlas e um pedido de desculpas pela falta de guias locais. Irene repetiu o uso da Linguagem e observou as páginas virando e o medalhão balançando. O resultado era inequívoco.

— Nova York — disse ela. — Está apontando para Nova York.

— Bem... — Kai enfim deu de ombros, tão confuso quanto ela. — É mais perto que a China — sugeriu.

Irene verificou o mapa diante de si.

— Fica a mais ou menos trezentos quilômetros daqui.

— Seria mais rápido de avião — disse Kai, pensativo. — Mas não tenho certeza da frequência dos voos e não tenho ideia de como seria a segurança. Deve haver uma rota ferroviária entre Boston e Nova York, ou um carro seria mais rápido?

— Alugar um carro implica deixar um rastro de documentos — disse Irene.

Kai se encolheu para se unir a Irene no chão.

— Mas, se Hu desconfiar que vamos fugir da cidade, faria sentido ele vigiar as principais saídas. Ele pode esperar nos pegar nesses pontos, quaisquer que sejam as intenções dele. Já evitamos aqueles homens o suficiente esta noite para saber que ele ainda nos quer.

Irene mordeu o lábio inferior.

— Sim — disse devagar. — Mas Hu teria de espalhar seus recursos para vigiar o ar, as estradas, as ferrovias, talvez até o mar... o que nos dá mais chance de escapar. Especialmente depois de mudarmos a nossa aparência.

— Ah, então era isso que você queria dizer com fazer compras — disse Kai. Ele olhou ao redor, para as prateleiras e estantes sombreadas, meio triste. — Não podíamos, ao menos, invadir um lugar mais caro?

— Estamos tentando passar despercebidos — lembrou Irene.

— Tem mais uma coisa... — disse Kai, antes que ela pudesse zombar da sua vaidade. — Seu cabelo.

— Está solto? — As mãos de Irene subiram para ver se o coque tinha começado a se soltar.

— Não, está comprido. Você *percebeu* que as mulheres da sua idade usam cabelo curto nesta época e local, não? Com aqueles chapeuzinhos?

— Mas eu levei anos para deixá-lo crescer... — Irene parou, respirou fundo e se rendeu ao cabelo curto. Todas as mulheres que vira até então, dos vinte aos quarenta, tinham cabelo curto. — Ah, está bem, mas seria bem mais fácil se você não estivesse dando esse sorrisinho presunçoso. Deixe-me adivinhar: todos os dragões jovens da realeza aprendem a ser cabeleireiros, além de todo o resto.

— Não, mas estou sempre disposto a aprender — respondeu Kai.

Eles foram parar na seção de armarinho no quarto andar, desviando do segurança no caminho. Irene sentou num trecho iluminado pelos postes de rua enquanto Kai mexia na tesoura. Com um suspiro de arrependimento, ela tirou os prendedores do cabelo e fez uma pilha no chão.

— Diga-me — começou ela baixinho, tentando se distrair. — Dragões e realeza, alta nobreza, baixa nobreza, servos, não importa... Estou tentando decifrar com o que estamos lidando aqui. Se Hu estiver trabalhando para Qing Song ou Jin Zhi, quantos outros agentes podem estar espreitando nas sombras...

— Dragões não espreitam nas sombras — interrompeu Kai com firmeza.

— Nem os dragões que estão experimentando temporariamente uma vida no crime?

— Você nunca vai me deixar esquecer isso, não é? — Ele se mexeu atrás dela, juntando o cabelo solto. — Um dia desses vou descobrir alguma coisa vergonhosa sobre o seu passado e vou passar as próximas décadas fazendo você se lembrar disso.

Irene tentou não prestar atenção aos sentimentos agradáveis provocados por "as próximas décadas". Planejar com tanta antecedência era implorar para se decepcionar. Ela sempre achara melhor se concentrar no que estava logo adiante: o próximo livro, a próxima lição, a próxima missão. Era culpa de Kai a ideia de décadas de amizade parecer tão *possível*.

Kai começou a cortar o cabelo, e ela sufocou um grito quando ele puxou as raízes.

— Ai — disse ela, baixinho, mas com sinceridade.

— Sempre parece mais fácil quando fazem isso no barbeiro — disse Kai num tom perplexo. — Pode ficar com a cabeça parada?

Ter as orelhas cortadas por acidente não estava na lista de Irene de *possíveis riscos da missão*. A vida de um Bibliotecário era mesmo cheia de ricas experiências de aprendizado.

— Se Jin Zhi ou Qing Song trouxe agentes para procurar o livro, de que valores estamos falando? — perguntou ela entredentes.

— Bem, você se lembra quando falei que alguém como eu, um dragão muito jovem com sangue da realeza, poderia carregar uma ou duas pessoas?

— Lembro.

— Pelo protocolo, alguém de sangue real não carregaria *pessoalmente* coisas ou pessoas — explicou Kai. — Assim, os servos fazem isso e seguem o nosso rastro. Só abrimos exceções para preferências pessoais.

Seu dedo roçou na lateral do pescoço dela por um instante, mas o gesto foi mais afetuoso do que sedutor. Apesar de ter tido sucesso nos dois aspectos.

— Muito bem — disse Irene, fazendo o possível para ignorar o toque dele na sua pele. — Então, me corrija se eu estiver errada. Jin Zhi e Qing Song não têm sangue real, mas são da alta nobreza. São poderosos o suficiente para viajar entre mundos, mas será que são fortes o suficiente para trazer servos?

— Provavelmente — admitiu Kai. A pressão na cabeça dela diminuiu. O ar fresco soprou na sua nuca. — Talvez meia dúzia, no máximo. Mas é mais possível que sejam apenas dois ou três, se tanto. Um nobre não conseguiria viver sem servos.

— Ah, sim — disse Irene. — Quem iria arrumar os quartos de hotel, subornar os brutamontes, fazer as pesquisas... — Ela queria se virar e olhar para Kai, mas ele estava ocupado com a tesoura de novo. — Mas você nunca sugeriu que queria servos.

— Sou jovem demais — disse Kai com tranquilidade. O metal frio da tesoura tocou na pele dela. — Se eu fosse mais velho, estaria envolvido em assuntos mais importantes. Eu teria um servo ou um guarda-costas ou alguém assim, como meu honrado tio tem Li Ming.

— Foi *dele* que Hu me fez lembrar. — Irene se lembrou dos momentos com ele no carro.

— Li Ming?

— Foi o jeito como Hu lidou comigo. — Irene tentou fazer gestos para explicar sem mover a cabeça. — Tinha o mesmo tipo de atitude e autoridade e mencionou o lorde dele. Não é apenas o subalterno de alguém, mas assistente de confiança.

— Infelizmente, isso ainda não quer dizer que sei quem ele é. Vire a cabeça um pouco para a esquerda... isso, obrigado. — A tesoura roçou de novo na pele dela. — Existem mais dragões do que Bibliotecários, e nem *você* conhece todos os Bibliotecários.

Irene realmente tinha pensado que era irritante Kai não conhecer todos os dragões, mas tentou parecer inocente.

— É possível um dragão subir de status? — perguntou ela. — Se ele for espetacularmente bom no que faz, talvez?

Houve um longo silêncio atrás dela. Irene teve a impressão de que Kai estava escolhendo entre diversas respostas possíveis. Talvez a complexidade dos escalões de dragões não fosse adequada aos ouvidos de um Bibliotecário.

— Bem, existem padrões — disse ele finalmente. — O sangue conta. Não dá para esperar que seja como é com os Bibliotecários. Alguns dragões simplesmente nascem superiores a outros. A maioria das culturas humanas também aceita esse tipo de coisa. A natureza e as habilidades fazem diferença, embora um bom serviço naturalmente seja reconhecido. A situação na Biblioteca é diferente, claro...

O tom envergonhado de Kai era apenas porque sabia que Irene tinha opiniões fortes sobre a superioridade hereditária. Ele não achava que ela tinha razão mas fazia concessões generosas à sensibilidade humana. A cortesia dos dragões em relação a seres inferiores.

E quem era ela para julgar, perguntou-se Irene com um grande cansaço. Ela era alguém que roubava livros para se sustentar. Mesmo que fosse teoricamente para proteger o equilíbrio do universo, ainda era roubo de livros. O que lhe dava algum tipo de maior perspectiva moral ou superioridade?

— Pronto. — Kai alisou o cabelo dela e, por um instante, parecia que a acariciava. Ela reprimiu um tremor. Ele recuou.

— O que você acha?

Irene se levantou e foi até o espelho mais próximo. Para sua surpresa, o corte parecia bem elegante.

— Bom trabalho — disse ela.

Kai deu de ombros, mas pareceu satisfeito.

— Quais são nossos próximos passos?

— Queimar meu cabelo, para ninguém usá-lo para me rastrear. Pegar algumas roupas. Fazer uma mala. — Ela viu o olhar teimoso dele e acrescentou, relutante: — Deixar um pagamento adequado no caixa, é claro. Depois, ir até a estação ferroviária e pegar um trem para Nova York. — Ela pensou por um instante. — E não se esqueça de passar na livraria da loja na hora de fazer as malas. Não queremos ficar sem nada para ler no trem.

CAPÍTULO OITO

O trem chegou trepidando a Nova York quando a aurora se espalhava pelo céu e começava a colorir o mundo ao redor. Irene olhou pela janela, tentando se conformar com o fato de que já era manhã e precisava acordar. A paisagem rural fora deixada para trás, assim como as residências suburbanas dos ricos e famosos, com os gramados e muros que as cercavam. Agora, o trem deslizava ao longo de um diagrama complicado de trilhos paralelos, através de uma paisagem com armazéns e indústrias, tijolos marrons e tijolos cinza e concreto. Olhando adiante, ela via a cidade: a luz matinal atingia os prédios altos e arranha-céus, fazendo-os reluzirem como prata e marfim. As dezenas de janelas a encaravam como olhos escuros. O céu estava claro – uma luz quase sobrenatural, depois do período que ela passara na Londres enevoada de Vale –, e a cidade se desenrolava diante dela como um baú de tesouros cheio de possibilidades.

Kai ainda dormia ao lado, o chapéu inclinado sobre o rosto e a respiração tranquila. Ao redor deles, outras pessoas do vagão iam acordando e esfregando os olhos. Algumas mulheres tinham pegado o pó compacto e retocavam a maquiagem, repintando as curvas dos lábios e aplicando rouge nas bochechas. Dois homens mais velhos, de barba branca, que passaram a maior parte da noite jogando damas, guardaram as peças em miniatura. Eles falavam baixinho um com o outro num dialeto eslavo que Irene não entendia muito bem. O nível de ruído no vagão aumentou quando outros viajantes começaram a conversar, e três jovens usando ternos baratos acenderam cigarros quase ao mesmo tempo enquanto zombavam do mundo ao redor. O trem agora estava se movimentando pela cidade, ao longo de prédios residenciais, próximo o suficiente para ela conseguir ver pelas janelas enquanto passavam e captar cenas fragmentadas da vida. Uma mãe reunindo a família para o café da manhã. Um menino apoiado na janela com uma câmera que parecia uma caixa.

Eles tinham chegado à Estação North Union em Boston sem serem pegos pelos seus perseguidores. Infelizmente, não havia muitas pessoas pegando trem àquela hora da manhã, então não dava para sumir na multidão. Pelo lado positivo, Irene pensou determinada, isso também significava que, se alguém *estivesse* seguindo-os, ela ou Kai teriam visto. Então, com um pouco de sorte, Hu teria perdido o rastro dos dois naquele momento – seja lá o que quisesse com eles.

Algumas horas de sono tinham melhorado drasticamente seu humor. Era verdade que ela ainda não estava completamente acordada e precisava tomar café, comer alguma coisa e usar o banheiro. E ainda não sabia o que estava acontecendo, só que podia ser algo extremamente ruim. E, mesmo assim...

Túneis se assomavam diante do trem, afundando sob a cidade de Nova York. O trem entrou trepidando com um vento ruidoso e um sacolejo de rodas, e de repente o vagão ficou mais escuro, iluminado apenas pelas lâmpadas elétricas no teto. Era um ambiente que despertava a paranoia. Agora não havia um jeito de sair dali. Irene percebeu que sua perspectiva estava mudando: antes estava viajando para uma cidade de possibilidades, mas agora parecia que estava sendo levada para a escuridão de um destino inevitável.

Irene inspirou fundo. A situação não ia melhorar se roesse as unhas mentalmente. Em vez disso, cutucou Kai com delicadeza nas costelas.

— Estamos chegando à Estação Grand Central — murmurou ela. — Hora de acordar.

Kai levantou a mão para inclinar o chapéu e inspecionar o mundo ao redor.

— Ainda faltam alguns minutos, tenho certeza — disse ele com esperança.

— Acho que estamos mais perto do que você pensa. — Irene pegou seu pó compacto na bolsa e verificou o rosto no espelho. Parecia passável. Certamente não despertaria o interesse de ninguém. E era exatamente isso que ela queria. — Espero que possamos acabar com o serviço e voltar para casa o mais rápido possível.

O trem finalmente chegou à estação, saindo da escuridão do túnel e parando numa plataforma com paredes de azulejos brancos, com um texto escrito GRAND CENTRAL no estilo de mosaico. Kai se levantou e pegou a mala no bagageiro alto e ofereceu a mão para ajudar Irene a se levantar.

— Alguma prioridade? — perguntou ele.

— Café e comida.

Kai assentiu. Eles deixaram alguns ocupantes do vagão irem na frente – Irene não queria ser a primeira pessoa a descer na plataforma vazia –, depois saltaram do trem e foram em direção à escada.

Com um choque desagradável de surpresa, Irene viu que havia policiais esperando. Mais ou menos uma dezena de homens em uniformes azuis verificava os passageiros que passavam em fila, e atrás deles havia uma comitiva de homens com câmeras e cadernos.

— Estou com um mau pressentimento — murmurou ela.

— Pode ser coincidência. — Kai parecia tentar convencer a si mesmo e fracassava. Irene ficou preocupada de que a conversa súbita em voz baixa dos dois parecesse suspeita, mas, por sorte, se é que se podia usar essa palavra, outros passageiros de repente estavam diminuindo o passo e observando os policiais à espera. Ninguém queria avançar, os de trás tentavam empurrar para a frente, e alguns que estavam na frente faziam o possível para recuar.

O bom humor de Irene estava despencando como um barômetro encarando uma tempestade iminente. Mas não havia nenhum lugar para onde *ir*, exceto voltar para o trem. E recuar pela plataforma seria inútil: a plataforma ia acabar.

— Se nos aproximarmos, talvez possamos ouvir quem eles estão esperando...

— É ela! — gritou um dos policiais.

Estava apontando para Irene.

O primeiro impulso de Irene seria recuar para a multidão ou se esconder atrás de alguma coisa. Infelizmente, a multidão – exceto Kai – estava *se afastando dela*, e se esconder atrás de Kai não era uma estratégia viável no longo prazo. Ela tentou ao máximo parecer alguém erroneamente acusado.

A polícia veio em direção a ela e Kai dividindo a multidão, seguida por repórteres num mar de chapéus fedora e ternos baratos. Alguns já estavam tirando fotos, com os flashes das câmeras estourando. Irene levantou a mão para proteger os olhos e amaldiçoou o fato de não poder usar a Linguagem para quebrar todas as malditas câmeras. Isso atrairia muito mais confusão do que valia.

O líder do grupo de policiais – um homem acima do peso com óculos grossos, ostentando faixas adicionais notáveis no boné e na jaqueta – levantou a mão quando se aproximou.

— Com licença, madame. Polícia de Nova York, capitão Venner. Senhorita Jeanette Smith, da Inglaterra? — O sotaque era totalmente nova-iorquino.

Um calafrio percorreu a coluna vertebral de Irene e se instalou no estômago. De alguma forma, ela não achava que isso ia terminar com *E, como nossa milionésima visitante, você ganhou mil dólares!* Ela e Kai tinham se metido numa encrenca.

— Bem, sou inglesa — respondeu. Ela sabia que seu sotaque americano não era muito convincente. — Mas meu nome é Rosalie Jones. — Era o que diziam os documentos, pelo menos.

O policial virou para um colega.

— Anote: a acusada negou ser a senhorita Jeanette Smith. — Ao fundo, os repórteres rabiscavam. Mais câmeras piscavam flashes.

— E quem é Jeanette Smith, afinal? — Irene exigiu saber.

— Num instante, madame — disse o policial. — Num instante. Se importa de me mostrar seus documentos de identidade? E os do seu amigo também?

Irene xingou mentalmente. Kai não conseguiria escapar. Ela vasculhou a bolsa, meio nervosa porque todos os policiais ficaram tensos quando ela pegou os documentos. Ela os pegara no banco e os "atualizara" depois, de modo que esperava que passassem na inspeção.

O policial deu uma olhada profissional neles.

— De acordo com esses documentos, madame, você tem 38 anos.

Irene sorriu com doçura.

— Isso é crime?

Isso provocou uma risada na multidão, mas não dos policiais. O policial-chefe dobrou os documentos e os guardou no paletó, explicitando que não os devolveria.

— E você alega que não é Jeanette Smith?

— Nunca ouvi falar nela.

O policial se virou um pouco, mostrando seu melhor perfil para as câmeras dos jornais.

— Já que está alegando ignorância, madame, Jeanette Smith é uma das mafiosas mais notórias da Inglaterra. O que nos deixa meio curiosos para saber o que você está fazendo em Nova York.

Irene o encarou, chocada.

— Não sou mafiosa!

— A mulher do maior esquema de extorsão da Grã-Bretanha! — gritou um dos repórteres.

— Faz contrabando de conhaque do continente! — berrou outro.

— A Garota com uma Arma na Cinta-Liga! — interferiu um terceiro.

De repente, todos estavam tirando fotos de novo. Irene recuou até Kai, mal conseguindo ver através do furacão de flashes.

— Isso poderia ter corrido melhor — murmurou Kai, mal conseguindo ser ouvido por causa do barulho da multidão. Ele havia puxado o chapéu para esconder o rosto.

— Pense em alguma coisa — disse Irene, meio desesperada. Ela havia sido acusada de muitas coisas, mas de ser chefe da máfia era novidade. E, apesar de certamente *cometer* crimes a serviço da Biblioteca, tinha conseguido evitar a prisão. E ainda nem tinha tomado um café. — É você que tem o passado duvidoso. O que se faz nesse tipo de situação?

— Negue tudo, fique de boca fechada e exija um advogado — disse Kai com a confiança ágil da experiência.

A conversa dos dois tinha passado despercebida sob o barulho da multidão, mas os policiais certamente a notaram.

— Quer nos dizer alguma coisa, madame?

— Não sei de nada — disse Irene com firmeza. — Acabei de chegar aqui. Se vão me acusar, quero um advogado.

— Podemos providenciar, madame. — O policial fez um gesto e outro policial se moveu para cercar Irene e Kai. — Você e seu amigo vão conosco para a delegacia.

Irene estaria disposta a concordar com quase tudo se isso a afastasse da multidão de repórteres.

— Vocês vão conseguir resolver essa confusão quando chegarmos lá? Houve algum engano e nós só queremos continuar com nossas férias.

— É isso mesmo — disse Kai, apoiando-a. — Não sei que tipo de sistema policial vocês têm por aqui, mas isso *com certeza* não aconteceria na Inglaterra. — Ele realmente era bom em *ofensas*, pensou Irene.

O capitão Venner bufou.

— É, claro, tanto faz. Vamos andando. A menos que vocês queiram mesmo ficar por aqui e dar entrevistas.

Irene e Kai foram conduzidos pelo meio da multidão. Ela se arrependeu vagamente de não admirar melhor a estação Grand Central enquanto eles passavam apressados. Um dos policiais pegou as suas bagagens, e Irene suspeitou que em breve seria inspecionada em busca de... bem, de qualquer coisa escondida que seria carregada pela chefe do maior esquema de extorsão da Grã-Bretanha. Armas? Conhaque? Dinheiro para suborno? Seria constrangedor ter que explicar o bolo de notas de alto valor que guardava bolsa. Ela resistiu à vontade de tocar no medalhão pesado no pescoço. O papel com o nome de Evariste era a única coisa que não podia se dar ao luxo de perder.

— Sei que vocês chamam esses camburões de *Black Marias* na Inglaterra — disse um dos policiais de um jeito solícito, enquanto ajudava Irene a entrar na parte de trás de um veículo policial. Uma divisória de metal pesado separava a área da cela dos bancos da frente, e as paredes eram reforçadas com grossas placas de aço. Ele subiu para se juntar a ela e, quando Kai o seguiu, também tinha um policial para si.

— É verdade — concordou Irene. — Mas nunca estive num deles. — Ela olhou ao redor, nervosa, se encolhendo para perto de Kai no assento de tábua.

Ele colocou um braço nos ombros dela, entendendo a sugestão, olhando furioso para os policiais.

— Nenhum de vocês vai intimidar minha namorada desse jeito — disse ele de um jeito arrogante.

— Parece que sua namorada estava se defendendo muito bem por conta própria — rebateu o outro policial. — Bem, não arrumem confusão, pois assim teremos uma viagem tranquila e silenciosa.

O camburão sacudiu e começou se mover. Não havia janelas, mas os estouros regulares de alta velocidade seguidos de paradas davam a Irene alguma ideia do progresso pelo trânsito, e o som de buzinas de carro irritadas proporcionavam o resto. Veículos de transporte de prisioneiros eram semelhantes, não importava a cultura nem a época.

Ela deu um tapinha na mão de Kai.

— Tenho certeza de que vamos resolver tudo isso quando chegarmos ao quartel, querido.

— Delegacia, madame — disse o primeiro policial. — É assim que chamamos aqui. Não se preocupem, vocês vão aprender rapidinho.

— Obrigada — disse Irene. — Há um advogado na delegacia?

— Não, a menos que esteja planejando ligar para um — disse o segundo policial. — Mas suponho que uma dama como você tenha os números de todos os escritórios de advocacia locais, não é?

Irene foi obrigada a aceitar que o trabalho de Hu para incriminá-la falsamente deve ter sido *muito* bom. Esses dois policiais não estavam nem considerando que ela podia ser uma vítima inocente das circunstâncias.

— Só estou aqui de férias — disse, impotente. — Com meu namorado. Sou apenas uma secretária.

— Claro que sim, madame — concordou o policial. — E você pode ter uma bela e longa conversa com o capitão sobre isso daqui a pouco.

Irene e Kai se entreolharam. Ela percebia a própria impaciência e frustração nos olhos dele. Os dois não podiam se dar ao luxo de se atrasar. A competição acabaria poucos dias e, se Evariste estivesse aprontando alguma coisa, precisava ser interrompido antes desse prazo. Mas fugir simplesmente confirmaria as suspeitas da polícia, e serem caçados pelas autoridades obstruiria qualquer tentativa de localizar Evariste.

Subitamente, o camburão parou com um chiado. Eles foram empurrados para fora do veículo e para dentro de um prédio grande que claramente fora construído para ser seguro. Tentava ser impressionante, mas só parecia monolítico e ameaçador. A fachada era de arenito e – pelo olhar apressado de Irene – marcado com furos de bala recentes.

— Alguém andou *atirando* neste local? — perguntou ao policial que a escoltava.

Ele seguiu o seu olhar.

— Ah, sim, foi no ano passado. Não se preocupe com isso, madame. As gangues andam quietas, ultimamente. E esperamos que continuem assim.

O capitão Venner encontrou o grupo no hall de entrada principal. O burburinho dos repórteres que os seguiram desde a estação formava um redemoinho e flutuava à margem do grupo com cadernos à postos. O lugar estava claramente se aquecendo para o trabalho do dia. Os policiais andavam depressa de um lado para o outro, suas vozes ecoando sob o teto alto. Homens e mulheres obstinados sentados atrás de mesas pesadas ouviam os visitantes – advogados, repórteres, parentes ou presos esperando para serem levados – com o ar de quem já tinha ouvido tudo aquilo antes. Uma zeladora empurrava o esfregão pelo chão, deixando uma faixa de azulejos limpos atrás de si. O local tinha cheiro de suor, poeira e café.

— Vou falar com a srta. Smith no meu escritório — disse o capitão. — Barnes, por que você não tem uma conversinha com o amigo dela? Qual é o seu nome?

— Robert Pearce — respondeu Kai, solícito. — Você não devia estar lendo os nossos direitos?

— Ah, temos um espertinho aqui. Para sua informação, sr. Pearce, isso só acontece quando prendemos alguém, e não prendemos vocês... ainda.

Irene e Kai trocaram um olhar cheio de significado. Isso *com certeza* parecia uma prisão. O triste é que, embora insultar o capitão de polícia na frente de todos os seus homens fosse extremamente gratificante, influenciaria qualquer conversa futura. Mas uma pessoa genuinamente inocente diria *alguma coisa* neste momento...

— Seu tio vai ficar furioso se souber disso — disse ela para Kai, deixando um tremor envolver sua voz. — Você acha que ele vai pensar que este é um daqueles momentos marcantes da vida? Visitantes de Nova York sendo confundidos com mafiosos famosos e arrastados pela polícia...

— Espero que ele nem fique sabendo. — Kai pegou a mão dela e a apertou. — Queixo erguido, Rosalie. Lábio superior rígido. Vamos sair daqui em breve.

— E, quanto mais rápido tivermos essa conversa, mais cedo pode ser — disse o capitão Venner. Ele saiu por um corredor lateral, com a barriga balançando sob o uniforme.

Irene não se preocupou em disfarçar um último olhar demorado para Kai, já que os dois foram levados em direções opostas. Afinal, isso se encaixava no papel que estava interpretando.

No escritório do capitão, o cheiro de cigarros foi coberto pelo do caro tabaco de seu cachimbo. O capitão Venner sentou atrás da mesa com um grunhido de alívio, ajeitando os óculos. Ele fez questão de não oferecer uma cadeira a Irene.

Ela aproveitou para olhar ao redor enquanto esperava. A janela tinha vista para a rua lá embaixo, já lotada com o tráfego matinal. Barras de ferro na janela transmitiam um recado incompatível: precauções contra assaltos ou ataques mais diretos? Ela se lembrou dos furos de bala no exterior do prédio. Penduradas nas paredes estavam fotos do capitão apertando a mão de várias pessoas com roupas caras. Os arquivos eram de aço pesado e pareciam à prova de qualquer coisa, até dinamite. A mesa do capitão era de madeira de boa qualidade, com o brilho do polimento regular. *Conexões políticas, móveis de escritório caros e uma entrevista particular... ele está esperando um suborno*, suspeitou Irene.

A sala tinha apenas ela, o capitão e outro policial de guarda na porta. E ela podia apostar que o policial na porta teria uma memória muito seletiva em relação à entrevista. Suas chances tinham acabado de aumentar.

O capitão Venner finalmente fixou o olhar nela.

— Para uma mulher supostamente inocente, srta. Smith, você está falando com muita calma.

— Eu confio na polícia — disse Irene. — Viemos com vocês por causa de todos aqueles repórteres, mas certamente, agora que pode verificar tudo aqui, vai ver que houve algum tipo de engano. E não sou a srta. Smith — acrescentou, teimosa.

O capitão se inclinou e pegou uma pasta numa das gavetas da mesa. Ele a bateu na mesa diante de si.

— Algum tipo de engano, você diz.

— Sim. — Irene abriu as mãos. — Quero dizer, de verdade, eu pareço uma mulher que gerencia um esquema de extorsão?

— E como você acha que seria uma mulher que gerencia um esquema de extorsão, madame?

— Bem, tenho certeza que ela se vestiria melhor do que eu — vociferou Irene. — Eu exijo saber que tipo de evidência tem contra mim!

O capitão Venner deu um tapinha na pasta.

— Hoje de manhã, madame, o Departamento de Polícia de Nova York recebeu uma mensagem urgente da polícia de Boston. Eles tinham recebido evidências de que a srta. Jeanette Smith tinha vindo da Inglaterra e confirmaram que ela havia estado por lá e tratado de negócios com algumas gangues locais. No entanto, também a rastrearam até a estação ferroviária e sabiam que ela havia comprado um bilhete para Nova York. Acho que você provavelmente consegue ver minha linha de raciocínio.

Irene cruzou os braços.

— Muito bem, mas isso não significa que sou essa tal de Jeanette Smith. Se ela estava no trem, provavelmente escapou enquanto vocês estavam perdendo tempo comigo.

Ele abriu a pasta.

— Isso é curioso, madame. Porque, do meu ponto de vista... — Ele pegou um papel e virou para que Irene pudesse vê-lo. — Ela se parece muito com você.

Era um desenho de Irene a caneta: cabeça e ombros. Apesar de mostrá-la com o cabelo comprido de antes, definitivamente era ela.

Irene procurou mentalmente reações adequadas e escolheu *incredulidade horrorizada*, que não era muito distante do seu atual estado emocional, na verdade.

— Isso... como... onde você conseguiu isso?

— Veio de carro de Boston hoje de manhã. — Ele se recostou na cadeira. — Então, srta. Smith, talvez você queira explicar algumas coisas. Ou prefere ficar numa cela enquanto pensa no assunto? Posso lhe dizer sem rodeios que estou mais interessado em criminosos locais do que em importados do exterior. Então, se estiver disposta a falar, estou disposto a escutar.

Negar tudo não estava funcionando. Admitir seria ainda pior.

Esperar numa cela não era aceitável. E se os planos de Hu para detê-los se transformasse em algo mais letal?

— Posso pegar uma coisa na minha bolsa? — perguntou ela, preparando o capitão para um suborno. — E o cavalheiro atrás de mim é... confiável?

O capitão Venner relaxou.

— Claro que pode, madame — disse ele. — E claro que ele é. Fico feliz por ver que estamos falando a mesma língua, agora.

Irene vasculhou a bolsa e encontrou um folheto da estação ferroviária de Boston. Ela deu um passo à frente e o ofereceu ao capitão Venner. Quando ele piscou para o papel, desconfiado, ela disse na Linguagem:

— **Você consegue ver que esta é minha autorização do FBI e minha identificação como funcionária da Scotland Yard**. Parabéns por me pegar, capitão, mas sinto informar que esta é uma operação secreta.

CAPÍTULO NOVE

— Vamos dar uma olhada nisso — disse o capitão Venner, a voz subitamente áspera e cheia de dúvidas. Ele puxou o folheto da mão de Irene, segurando-o perto dos olhos semicerrados. — Pode ser falsificado.

— Mas você sabe que não é — disse Irene. Ela mudou de postura, não mais cruzando os braços na defensiva, e deu um passo à frente para se apoiar na mesa do capitão. — Não sabe?

A Linguagem tinha dito a ele o que perceber, e neste exato momento ele poderia estar olhando para folhas mortas e acreditaria estar vendo um documento válido. O único problema era que o efeito não ia durar muito. E, quando o capitão percebesse que tinha sido enganado...

Irene estalou os dedos e estendeu a mão para pegar o folheto.

— Por favor, capitão.

— Que diabos está acontecendo aqui? — rosnou ele. — Não recebi nenhuma notificação disso.

— Claro que não — concordou Irene. — Porque o sistema permite vazamentos. Lastimável, mas é verdade. Se a Scotland Yard tivesse notificado sua Prefeitura sobre a minha missão, metade das gangues de Nova York também saberia. É por isso que a minha identidade só pode ser mostrada ao vivo.

— Capitão, o que está acontecendo? — indagou o policial na porta. Irene percebeu o tom velado de *Devo fazer alguma coisa com essa mulher?* na voz dele, e sua nuca começou a coçar de nervoso. Mas ela não se virou para trás. Não seria adequado para uma agente da Scotland Yard à paisana.

— Parece um tipo de operação dos federais. — O tom do capitão Venner deixou bem claro o quanto ele não gostava dos federais. — E a Scotland Yard também está nessa com eles.

— É uma longa história — disse Irene. Ela guardou o folheto na bolsa. — Mas funciona porque as pessoas aqui não sabem qual é a aparência de Jeanette Smith. O FBI achou que a Scotland Yard poderia mandar alguém da Inglaterra fazendo o seu papel. Assim, se ela se juntasse com suas principais gangues, eles poderiam rastrear como o álcool estava chegando aos Estados Unidos do exterior. — Ela vasculhou apressadamente a memória em busca de fatos relevantes dos jornais de ontem. — Queremos rastrear a bebida alcoólica desde o momento em que sai da Inglaterra até chegar aqui. Assim, seu FBI, desculpe, seus federais, podem pegar a rede toda. Não precisei fazer contato com a polícia em Boston, então eles não sabem a verdade. Alguém de lá deve ter achado que eu era a tal mulher. Pelo menos, meu disfarce continua intacto.

— Você estaria morta se não estivesse — disse abruptamente o capitão Venner. — E as testemunhas teriam um caso sério do que os médicos chamam de "Amnésia de Chicago"; o que significa que eles não se lembrariam de nada sobre você, muito menos quem a matou. Você tem coragem, moça, preciso reconhecer.

Irene deu de ombros.

— É o meu trabalho.

— Por que pediram para uma mulher fazer isso?

— Tinha de ser uma criminosa conhecida fazendo essa viagem — disse Irene. — Um nome grande o suficiente para falar com as suas gangues em pé de igualdade. E os chefões ingleses do crime são mais conhecidos por aqui. — Ela só esperava que ele não pedisse o nome de nenhum deles...

Ele concordou com a cabeça devagar.

— E o cara que está com você, também está nisso?

— Ele é um dos maiores agentes da Scotland Yard — respondeu Irene. — Você poderia trazê-lo aqui também? Vou precisar contar tudo a ele sem que seus homens escutem. — E isso diminuiria o risco de Kai destruir o novo disfarce.

O capitão Venner grunhiu e acenou para o policial na porta.

— Dorrins, traga o amigo da srta. Smith. E entenda o seguinte: *ninguém* fora desta sala pode saber de nada, por enquanto. Diga a Barnes que quero verificar a história dele com uma coisa que ela disse. Diga... — Ele hesitou. — Diga que estou pressionando e acho que ela está prestes a abrir o bico.

— Ah, levaria mais do que dez minutos de pressão para me fazer abrir o bico — disse Irene de um jeito solícito.

— Moça, já fiz homens melhores do que você abrirem o bico em metade desse tempo. — Ele apontou o dedo gorducho para a porta. — Traga-o, Dorrins. E deixe claro que estamos levando isso a sério.

Dorrins bateu a porta com um clique, e o capitão Venner se virou para Irene.

— Muito bem, moça. Como você quer jogar?

Irene tinha notado a mudança do cuidadosamente educado *madame* para o *moça* mais casual. Esperava que fosse um bom sinal.

— Bem, está claro que o departamento de polícia de Boston lhe avisou que eu estava vindo. Isso mostra que as comunicações policiais nos Estados Unidos estão funcionando de forma adequada. Só é inconveniente para mim. Vai ser difícil fazer o meu trabalho como Jeanette Smith se todo mundo nesta cidade souber onde estou e que os policiais estão de olho em mim. Ninguém da máfia vai querer falar comigo...

O capitão Venner colocou a mão sobre a mesa.

— Espere um pouco, moça. Você entendeu errado. Você está mais em perigo do que imagina.

— Por quê?

— Você agora é um objeto de desejo — disse ele. — As gangues que não fizerem acordo com você vão te querer fora do caminho, para que a oposição não lucre com isso. Que inferno, alguns dos rapazes podem estar pensando em te tirar da linha agora mesmo, só para deixar as coisas mais simples. No instante em que sair porta afora, vão atrás de você.

— Droga. — Irene não tinha pensado nisso. Devia ser a outra metade da armadilha: diminuir seu ritmo rotulando-a como "Jeanette Smith" e dar à maioria das gangues de Nova York um motivo para querê-la morta. Ela tinha de admitir a eficiência da trama, do ponto de vista acadêmico.

— É. — O capitão suspirou. — Vou lhe dizer uma coisa: posso pedir a alguns rapazes para levarem vocês de volta à estação e colocá-los no próximo trem que sai de Nova York. Não vai falar com seus alvos, mas pelo menos você e seu amigo estarão vivos.

— Isso certamente é uma possibilidade — concordou Irene.

Dava para ver que isso ia satisfazer o capitão Venner. Tiraria Irene das mãos dele, e ele não teria de assumir a culpa por deixar os repórteres publicarem sobre a sua chegada. Para ele, uma vitória; para ela, nem tanto. — Mas meus superiores vão continuar querendo que eu termine o meu trabalho.

— Eles querem que você leve um tiro? — perguntou o capitão. — Porque é isso que vai acontecer se você sair daqui.

Irene deu de ombros.

— Uma coisa que suspeito que tenhamos em comum, capitão, é que os nossos superiores podem não ter noção de realidade em relação ao que acham que podemos fazer.

— É verdade. — Ele tirou os óculos e os limpou, pensativo. — Mesmo assim, se você aceitar o meu conselho, vai encontrar uma boa desculpa e sair da porcaria da cidade. Aqui não é Atlantic City, e não estamos na temporada de conferências. — Ele viu o olhar vazio dela. — Sabe, quando o topo da cadeia se encontra para ajustar termos e fazer acordos. Mas os rapazes não estão fazendo um jogo limpo neste momento, e você vai estar no meio.

— Não estou mais contente com isso do que você, capitão — disse Irene de um jeito comovido. — Isso não era o que eu tinha em mente, de jeito nenhum.

Houve uma batida na porta.

— Entre! — gritou o capitão.

Dorrins entrou e fez sinal para Kai entrar, antes de fechar a porta com firmeza.

— Capitão, alguns repórteres lá embaixo estão fazendo perguntas — disse ele. — Querem entrevistas.

— *Comigo*? — perguntou Irene.

Dorrins deu de ombros.

— Com qualquer pessoa, madame. Mas vai ser mais difícil tirar vocês daqui.

Irene fez um sinal com a cabeça e se virou para Kai.

— Está tudo bem, Robert — garantiu ela. — Estes cavalheiros estão conosco na missão, agora. — Ela se virou de novo para o capitão Venner. — Permita-me apresentar o detetive inspetor Murchison da Scotland Yard.

O capitão Venner se inclinou por sobre a mesa e ofereceu a mão para Kai apertar.

— Prazer em conhecê-lo, inspetor. Sua colega aqui me contou a história real. Espero que os rapazes lá embaixo não tenham lhe causado muitos problemas.

Ao longo do último ano, Kai tinha se tornado adepto de ficar impassível enquanto era apresentado sob diversos pseudônimos. Desta vez, nem piscou. Retribuiu o aperto de mão com facilidade.

— Sem problemas, capitão. Eles só estavam trabalhando.

— O que precisamos do capitão Venner, neste momento, é de um jeito de sair desta delegacia e despistar qualquer pessoa que esteja nos seguindo — disse Irene.

Tinha consciência de que o tempo estava correndo. Cada minuto tornava mais possível que a falsa percepção do capitão Venner, induzida pela Linguagem, desaparecesse e ele se lembrasse que Irene só lhe mostrara um folheto aleatório de propaganda.

— Tem alguma ideia sobre o assunto, Murchison? — perguntou o capitão, se virando para Kai.

— A mesma ideia que ela, para ser sincero. — Kai apontou para Irene. — Precisamos sair daqui, e precisamos fazer isso sem sermos vistos.

— A maneira mais fácil de vocês despistarem alguém seria numa estação de metrô — disse o capitão, pensativo.

— Muito bem. Vamos fazer assim. Dorrins, chame alguns rapazes que saibam ficar de bico calado e diga para eles levarem um carro até os fundos da delegacia. Um daqueles com janelas escuras. Depois, você vai levar nossos convidados aqui pela escada dos fundos. Eles vão sair e entrar no carro antes que os repórteres consigam alcançá-los. Em seguida, os rapazes vão levá-los, hum, digamos, à estação East

Penn, e eles vão entrar num vagão do metrô. Troquem de linha algumas vezes e assim os despistam. Funciona para vocês, Murchison, moça?

— Um plano excelente — disse Irene, animada. — Obrigada, capitão. Percebo que nós o colocamos numa posição muito constrangedora, e agradeço pela sua ajuda.

O capitão Venner pareceu tranquilizado pela sua concordância imediata e pelo movimento da cabeça de Kai.

— Arrume tudo, Dorrins — orientou ele. — Mais alguma pergunta, vocês dois?

Irene olhou para Kai. Ele deu de ombros. Ela também estava prestes a dar de ombros quando um pensamento lhe ocorreu. Os dragões tinham muitas habilidades, mas evitar chamar a atenção geralmente não era uma delas.

— Houve alguma nova chegada incomum na cidade no último mês?

O capitão bufou.

— Estamos em *Nova York*. Todo mundo vem para cá. Até agentes da Scotland Yard.

— Eles provavelmente alegam ser da nobreza ou da realeza estrangeira — insistiu Irene. — E têm muito dinheiro para desperdiçar.

Ele franziu a testa, pensando melhor.

— Agora que você mencionou... — Ele contou nos dedos. — Tem um cara no Plaza Hotel que diz ser o príncipe Ludwig da Baváriá, mas não é. Está aplicando um golpe, alegando que só precisa de um pouco de dinheiro para recuperar seus tesouros artísticos. Vamos trazê-lo para cá na próxima semana ou antes disso. E tem um cara hospedado no St. Regis Hotel na Rua 55. Está em Nova York há algumas semanas. Não é tanto a questão de ele alegar ser da realeza; é que ele tem lobos de estimação e gosta de levá-los para caminhar pela Broadway e pela cidade. Não é exatamente ilegal, mas alguns cidadãos preocupados fizeram reclamações.

Irene viu os olhos de Kai se estreitarem.

— Ele teve de manter os lobos em casa depois disso? — perguntou ela casualmente.

O capitão Venner esfregou o polegar nos dedos, fazendo o símbolo universal de dinheiro.

— O dinheiro falou mais alto, e muitas pessoas decidiram que podiam conviver com os lobos na Broadway. Claro que são lobos bem-comportados. Mas, quando você perguntou sobre nobres visitando a cidade com mais dinheiro do que bom senso, esses dois me vêm à mente.

Irene assentiu.

— Obrigada pela informação. Mas estou mais preocupada com alguém que possa conhecer a verdadeira Jeanette Smith.

— Ainda acho que você ficaria mais segura saindo da cidade. Mas a decisão é sua. Pelo menos, depois que colocarmos vocês dois no metrô, estarão...

— Fora da sua alçada? — sugeriu Irene. — Seremos problema de outra pessoa?

— Tenho problemas suficientes sem que me deem mais alguns, moça. — Ele vasculhou uma gaveta da mesa. — Aqui, são fichas do metrô. Levem algumas. Desse jeito vocês podem passar direto pela catraca e entrar no vagão.

O capitão teve uma conversa sem propósito com Kai enquanto esperavam Dorrins voltar, caçando detalhes sobre a Scotland Yard e claramente mais feliz por lidar com um policial homem do que com uma mulher. Kai fez o possível para responder, enquanto Irene recuou para o segundo plano com alívio. Ela folheou um jornal, tentando entender os assuntos atuais. As notícias eram muito coloridas, apesar de a impressão ser em preto e branco: escândalos, crimes da máfia, novidades do cinema, marchas contra o álcool e outros flashes divertidos da vida na cidade grande.

De repente, no meio de uma história, o capitão estalou os dedos.

— Droga, eu me esqueci de uma coisa. Eles ainda estão revirando sua bagagem no andar de baixo. Se eu mandar que tragam aqui, alguém vai sentir cheiro de traição. Vocês precisam de alguma coisa que esteja lá?

Irene balançou a cabeça.

— Nada importante. — As únicas coisas vitais eram o dinheiro na sua bolsa e na carteira de Kai, e o nome de Evariste no medalhão no seu pescoço.

— Nem uma peça? — O capitão se lembrou que não estava falando com um americano. — Você sabe, uma arma? Vocês não estão viajando equipados? E as suas roupas? — Havia um toque de incerteza na voz, como se estivesse lutando contra alguma coisa no fundo da mente que não tinha vindo à tona ainda, mas estava provocando sinais de alerta.

Irene engoliu, a garganta subitamente seca. O efeito da Linguagem estava começando a desaparecer.

— A questão toda era passarmos despercebidos — disse com calma. — Não estávamos planejando entrar em tiroteios, mesmo que a polícia nos capturasse. **Você percebe que isso é razoável e faz sentido e explica qualquer inconsistência.**

O capitão se balançou na cadeira.

— Certo — disse ele vagamente. — Claro. Faz sentido.

Irene sentiu uma pontada de culpa através da névoa de uma dor de cabeça incipiente. Nunca tinha tentado usar a Linguagem várias vezes na mesma pessoa. Esperava não ter danificado o capitão de algum jeito. Ele só estava trabalhando.

Felizmente, Dorrins bateu na porta.

— Capitão? — gritou. — Está tudo pronto.

— Obrigado pela sua ajuda — disse Kai. Ele apertou rapidamente a mão do capitão Venner. — Vamos manter contato.

— Fiquem longe de confusão — disse o capitão Venner, se recompondo. Irene suspeitou que ele gostaria de ter acrescentado *e fiquem longe da minha cidade*, mas fechou a boca e simplesmente apontou em direção à porta.

Dorrins os conduziu num ritmo rápido pela escada dos fundos.

— Quando chegarmos ao térreo — ofegou ele —, saímos direto pela porta e vocês entram no carro que está esperando lá.

— Certo — concordou Irene. Quanto mais cedo eles saíssem dessa delegacia e do radar, melhor.

Alguns minutos depois, eles estavam no banco traseiro de um carro de polícia de novo, mas desta vez como passageiros, e não como prisioneiros. A cidade fora dos vidros fumês das janelas estava em pleno funcionamento, radiante e alegre, zumbindo de atividade. Apesar de apenas uns trinta anos de desenvolvimento – e a falta de aeronaves – separarem esta cidade da Londres de Vale, ela era profundamente diferente – as roupas, as atitudes, a mistura de pessoas lá fora, até o jeito como elas se moviam. Nova York tinha seu próprio ritmo: o passo violento e ligeiro dos pedestres, os nós dissonantes do trânsito e a pulsação agitada do local.

Pneus raspavam no asfalto, buzinas gemiam e pessoas gritavam. Apesar de o carro estar teoricamente indo o mais rápido possível em direção à estação de metrô, na prática estava tendo de lutar contra o tráfego. Um tráfego pesado. Isso deu a Irene a chance de atualizar Kai sobre a situação.

Os dois policiais na frente tinham claramente recebido ordens para não fazer perguntas inconvenientes, o que significava que Kai e Irene podiam conversar no banco de trás sem interrupções. Para evitar que ouvissem, os dois conversavam em chinês. Claro que isso seria relatado para o capitão Venner como comportamento suspeito, mas, quando *chegasse* a ser relatado, estariam fora de alcance. Era o que eles esperavam.

— O que foi aquilo com os lobos? — perguntou Irene.

— Esqueci de falar mais cedo — admitiu Kai. — Mas Qing Song *é* conhecido por tê-los como animais de estimação.

Irene suspirou.

— Entendo que devem estar mais para canibais salivantes do que o tipo bem-treinado que pode fazer truques em público.

— Um lorde dragão que tem lobos faz isso porque quer lobos, não cachorrinhos de madame — observou Kai. — Se ele fosse conhecido por ter chihuahuas, seria outra história.

Irene se permitiu considerar fantasias em que o pior cenário seria ter os tornozelos mordidos. Ela se arrastou de volta para a realidade. Aparentemente, estavam na estaca zero com um dos dois participantes do concurso. Isso significava que ela e Kai podiam estar perto de descobrir o que estava acontecendo, o que era fantástico – ainda mais porque o tempo escorria como areia por entre seus dedos –, mas também aumentava o nível de perigo em perspectiva.

— Mas, se for Qing Song, por que ele está vagando pelas ruas com sua matilha de lobos?

— Você está sendo meio dramática — disse Kai. — Parece o tipo de coisa que um feérico faria.

— Lobos. — Irene levantou um dedo. — Ruas públicas. — Ela levantou mais um. — As duas coisas não combinam. Se tudo que ele está fazendo é levá-los para uma caminhada para se exercitar, tudo bem, mas isso não me parece plausível. E mesmo que *seja* isso, o que está fazendo em Nova York na mesma época que Evariste? Isso não parece *nada* bom.

— Não mesmo — concordou Kai, desconfortável. — Mas pode ser...

— Pode ser o quê?

— Pode ser uma amizade. Como você e eu. — Ele tocou na mão dela. — Sei que a Biblioteca não pode se dar ao luxo de uma aliança completa, mas o que é feito entre amigos é outro assunto, não? E, se esse for o caso, talvez pudéssemos ter um pouco de empatia?

Irene queria *tanto* só concordar com Kai.

Contudo, não podia.

— Se for mera amizade — disse—, e perceba que estou falando *se*, ele cometeu um erro terrível. Posso e vou me sentir solidária, mas isso não vai mudar o que preciso fazer. Já tivemos essa conversa. Os riscos são muito altos. Se ele agiu de maneira inadequada, mesmo que por amizade, devia saber que não valia a pena. — Ela sabia que as palavras eram cruéis e viu a raiva nos olhos de Kai, mas não sentiu necessidade de revogá-las. — Kai, Evariste e eu somos Bibliotecários. Pagamos nossos privilégios com o preço da responsabilidade. Ele devia entender isso.

— E se ele discordar?

— Vou ouvir o que tem a dizer e tomar minha decisão com base nisso. — Ela abriu as mãos. — Não sabemos. Estamos especulando. Tudo que sabemos é que ele não está aqui por ordem da Biblioteca. Essa é uma questão de política interna dos dragões no nível mais alto e, se Evariste envolveu a Biblioteca, deve responder por isso.

E, se eu fizer besteira, o pensamento passou friamente pela sua cabeça, *também vou responder por isso e assumir toda a culpa necessária para manter a Biblioteca em segurança. Evariste não é o único que está apostando com riscos altos.*

— Só um instante — disse Kai de repente, virando-se para espiar pela janela. Ele passou a falar em inglês. — Policial! Aquele carro está nos seguindo? O verde, atrás e à esquerda?

Irene virou para seguir o seu olhar, mas levou um instante para identificar o carro. Ela não o notara ainda – estava perdido no mar de carros compridos e táxis pesados ou protegido por um dos ônibus que passavam repletos de pessoas nos dois andares. Ainda não estava acostumada a analisar os ritmos deste lugar nem a identificar o que não era natural.

O policial no banco da frente à direita xingou e pisou fundo no acelerador.

— Esses malditos repórteres devem ter conseguido uma pista nossa, no fim das contas. Desculpem por isso, madame, senhor. Vocês vão ter de sair correndo no instante em que chegarmos ao metrô.

— Quanto falta? — perguntou Irene.

— É só virar a próxima esquina. Estão prontos?

— Prontos e esperando — disse Irene. Ela enfiou a mão na bolsa e pegou algumas notas de dez dólares, passando-as para a frente, para a mão que já estava estendida para aceitar o suborno. — Obrigada pela ajuda.

O carro dobrou a esquina e parou com um guinchado no meio-fio. Kai saiu cambaleando quase antes de o carro parar de frear, abrindo a porta para Irene. Quando ela saltou, viu o carro verde costurando o trânsito para parar atrás deles.

As janelas estavam abertas, e alguma coisa metálica reluzia sob a luz do sol.

Kai a pegou no colo e a deixou na calçada, jogando-se de maneira protetora na sua frente quando os primeiros tiros dispararam.

CAPÍTULO DEZ

Irene grudou na calçada enquanto os tiros chiavam no ar acima dela. Os tiros fizeram buracos no carro do qual eles tinham acabado de sair e abriram caminho pela multidão na entrada da estação. Gritos se misturavam a pneus cantando enquanto os carros nas redondezas tentavam escapar da área.

Incluindo, percebeu ela de repente, o carro de polícia que os levara até ali. E era a única coisa entre eles e quem quer que estivesse disparando as tommys.

— **Rodas dos carros, travem!** — gritou ela na velocidade do pânico.

Todos os carros ao alcance da sua voz pararam com um guincho. O ar ficou denso por causa da poeira e da fumaça de exaustor. Os dois policiais abandonaram o carro, tropeçando em busca de cobertura. Mas os tiros não pararam.

— Obstruir as armas? — sugeriu Kai. Ele se esquivou para o lado, tentando sair ainda mais da linha de fogo.

— Sim, eu ia fazer isso! — vociferou Irene. Ela devia ter feito isso primeiro, em vez de obstruir a região toda com carros parados. Decisões em momentos de pânico raramente eram boas. — E aí nós corremos.

— Devíamos cuidar desses pistoleiros.

— Sem armas, não temos problemas com pistoleiros. Se escaparmos, isso vai acalmar a situação. — Um tiro chiou acima da cabeça dela quando ela se preparou para se mexer. — Prepare-se. **Armas, emperrem!**

Kai a puxou para levantá-la, e eles estavam correndo antes que as pessoas percebessem que o tiroteio tinha parado.

Irene havia imaginado que as pessoas iam se proteger na entrada da estação de metrô, mas não tinha considerado o impacto de dois homens com submetralhadoras bombardeando indiscriminadamente a rua com chumbo. Agora que vira os corpos, ela se obrigou a continuar, ignorando o cheiro ocre do sangue fresco no ar. Não tinha tempo para isso, se quisesse sair viva dali.

As catracas dentro da estação de metrô estavam desertas, exceto pelo guarda escondido na cabine. Todos tinham, de maneira sensata, preferido fugir em vez de esperar para ver o que estava acontecendo. Isso delineava uma imagem muito clara destes Estados Unidos – ou, pelo menos, desta Nova York – quando se tratava de armas e violência. Irene teve de admitir que o capitão Venner estava certo quando lhe dissera para sair da cidade.

Uma enxurrada de pessoas corria pela escada de azulejos do outro lado das catracas, disparando pelos corredores e se empilhando nos trens que estavam saindo da estação. Homens e mulheres se acotovelavam ombro a ombro, abandonando qualquer resquício de educação na urgência de escapar do tiroteio. Mulheres, com saias justas na altura do joelho e casacos finos drapeados, eram empurradas em cima de homens com ternos de ombro largo, cambaleando para ficar em pé na multidão. O amplo salão de entrada estava cheio de vozes gritando e ecoando, xingamentos curtos e súplicas para deixar alguém passar. Um grupo de marinheiros em azul e branco fazia uma formação de voo, abrindo caminho como uma flecha. Kai desviou para um lado para pegar alguma coisa numa banca de revistas, e Irene teve de lutar contra a multidão para acompanhá-lo.

— Qual trem? — gritou ele, segurando o pulso dela e puxando-a para perto.

— Qualquer um! — berrou em resposta. — Mas queremos o último vagão.

Ele não perguntou por quê, mas abriu caminho pela multidão, arrastando-a. O metrô de Nova York não era um lugar para os fracos em condições normais, e o tiroteio do lado de fora tinha provocado um novo nível de pandemônio. Diferentemente da semicivilidade normal do metrô de Londres, este era um lamaçal de gritos, cotoveladas e pés atropelando tudo.

Ainda assim, pensou ela desanimada, isso dificultaria que os seguissem.

Os dois cambalearam em direção ao próximo trem que chegou e – antes que saísse da estação –, tropeçaram pela porta mais distante e saíram para os trilhos, tomando cuidado ao evitar pisar neles. Irene não tinha certeza de qual trilho era eletrizado e não queria descobrir do jeito mais difícil.

Quinze minutos depois, estavam escondidos numa casa de manutenção. Uma única lâmpada estava pendurada no teto, lançando uma luz fraca sobre as latas de tinta, esfregões e baldes e outros obstáculos cobertos de poeira que lotavam o local. Mal havia espaço para os dois, mas era a primeira vez em horas que Irene tinha certeza de que estavam em segurança e não eram observados.

E tinham esperanças de que não houvesse nenhum lobisomem *neste* sistema ferroviário subterrâneo.

— Isso não estava nos meus planos, de jeito nenhum — disse ela. Levantou a mão para espanar a poeira e a fuligem do rosto e percebeu que seus dedos estavam manchados de sangue. Devia ter acontecido do lado de fora da estação. Quando ela estava engatinhando no chão enquanto os tiros voavam sobre ela. Irene conhecia a violência: já tinha levado um tiro. Mas tal nível casual de matança exagerada, sem nenhuma preocupação com as perdas civis, era perturbador. — Eu sabia que devíamos esperar confusão com os dragões, mas não tinha planejado levar tiros do crime organizado nem ser perseguida pela polícia.

— O nível de vigilância é preocupante — concordou Kai.

— E parece estar aumentando. Acho que não podemos nos dar ao luxo de ficar num lugar por muito tempo.

— Então vamos acabar com isso o mais rápido possível, antes que *mais alguém* leve um tiro — disse Irene. — Já chega de sermos reativos. Está na hora de sermos proativos. Precisamos de um mapa.

— Aqui — disse Kai, tirando um mapa dobrado do paletó.

Irene piscou.

— Como você conseguiu isso?

— Quando estávamos entrando na estação. Vi uns mapas naquela banca. — Ele franziu a testa. — Estou arrependido de não ter pago por ele, mas, nessas circunstâncias...

— Estávamos com pressa — concordou Irene, pegando o mapa com avidez. Ela virou alguns baldes de cabeça para baixo para montar uma mesa improvisada. — Muito bom trabalho, Kai. Já que estamos em Nova York, coma um biscoito.

— Prefiro coquetéis e dança — disse Kai com esperança.

— Eles provavelmente me reconheceriam como "Jeanette Smith" no instante em que eu entrasse numa boate. — Irene soltou o medalhão com o nome de Evariste e o segurou sobre o mapa. — Você também. Como mafioso inglês estrangeiro.

Você estava bem atrás de mim quando os repórteres tiraram as fotografias.

— Consegui esconder o rosto melhor do que você. O que deve ser positivo. — Kai franziu a testa. — Se Qing Song está aqui, e se ele ou Hu me reconhecerem...

— Isso não seria bom — concordou Irene. Ela concentrou os pensamentos e segurou o pingente sobre o mapa, como tinha feito antes. — **Medalhão, indique o local onde podemos encontrar o Bibliotecário cujo nome você...**

Algumas horas depois, Kai estava ajudando Irene a saltar de um bonde no meio do Brooklyn. Prédios de arenito com três ou quatro andares formavam muros altos nas ruas e as transformavam em desfiladeiros, com altura suficiente para bloquear a maior parte da luz do sol. As portas de entrada eram mais altas que o nível da rua, e pequenos lances de escada desciam de cada um até a calçada. Fileiras de janelas olhavam para as pessoas lá embaixo, olhos vazios nos rostos sombreados observando a multidão de nova-iorquinos cuidando dos seus assuntos.

Ninguém os tinha visto ainda – ou, pelo menos, ninguém tinha apontado para eles e gritado: "Ei, você não é Jeanette Smith, a famosa mafiosa inglesa?" e Irene tentava começar a relaxar.

O prédio de arenito na esquina da rua que localizaram no mapa era parecido com qualquer prédio de arenito da região. Já fora um condomínio, antes de ser convertido em apartamentos: Irene percebeu a fileira de campainhas dentro do alpendre. Havia uma loja de conveniência na esquina em frente, dando a Irene e Kai uma desculpa para espiar pela janela enquanto pensavam no próximo passo.

— A porta da frente seria muito óbvio — disse Kai baixinho.

— Se alguém estiver de olho na porta, com certeza vai nos ver.

Irene assentiu.

— Mas a porta dos fundos é suspeita para quem estiver observando. — O caminho os levara ao redor do quarteirão enquanto analisavam o local. Havia uma saída de emergência nos fundos do prédio, mas essa abordagem também era arriscada. — Melhor entrar pela porta da frente, como se fôssemos moradores comuns.

— Contanto que você me deixe falar — disse Kai. — Seu sotaque americano... — Ele procurou um jeito diplomático de comentar. — Não é convincente.

Irene o encarou na vitrine da loja e ajeitou um amassado na meia-calça em vez de olhar diretamente para ele.

— Ah, muito bem — concordou ela.

Kai inclinou o fedora, inspecionou seu reflexo, inclinou de novo e foi na frente até o prédio de arenito. Ele fingiu procurar uma chave no bolso, depois destrancar a porta. Irene ficou em pé atrás dele e, apenas alto o suficiente para ser ouvida, disse:

— **Fechadura, abra-se.**

A porta se abriu, e Kai a segurou para Irene, fechando-a assim que os dois entraram. O vestíbulo lá dentro tinha poucos móveis, com apenas algumas caixas de correio para quebrar a monotonia do corredor de entrada. O piso era de linóleo surrado, e a madeira velha que formava os painéis das paredes era riscada e amassada por anos de punição casual. Havia duas portas na parede à esquerda e um lance de escada no fim do corredor. Irene olhou para as caixas de correio, mas nenhuma delas tinha nomes, apenas números de apartamentos. Uma pena: teria facilitado as coisas.

A segunda porta à esquerda se abriu e uma mulher colocou a cabeça para fora. Tinha cerca de cinquenta anos, o cabelo era laranja acobreado e o vestido com gola de xale era roxo surrado.

— Você trouxe... ah, me desculpem. — Ela analisou Kai e Irene. — Achei que era outra pessoa.

— Desculpe — disse Kai, conseguindo um sotaque meio convincente de Nova York. — Espero que não tenhamos incomodado.

— Não, nem um pouco. Eu estava esperando meu Tom voltar da loja. Vocês são novos aqui? — Seus olhos estavam iluminados pela curiosidade.

— Só viemos visitar um conhecido — disse Kai. — Acho que ele mora num dos andares mais altos. Ele me deu a chave, mas não deu o número do apartamento.

— Qual é o nome dele? — perguntou a mulher.

— Evariste — respondeu Kai. Não podiam ter certeza se ele estava usando o nome verdadeiro, mas tinham que falar *alguma coisa*. — Ele não está aqui há muito tempo; no máximo um mês.

— Ah, ele. — A mulher franziu os lábios em desaprovação. — Não sei o nome, mas tem um rapaz novo que só está aqui há algumas semanas. E todos os outros moram aqui há anos. Ele mora no terceiro andar, à esquerda. Tenho de dizer que, apesar de não ser *preconceituosa*, um rapaz como ele deveria alugar um espaço no Harlem. Quero dizer, é o mais natural, não é?

Irene se lembrou enfaticamente dos preconceitos dos Estados Unidos dos anos 1920. Porém, se quisessem informações, infelizmente teriam de entrar no jogo.

— Foi bem o que dissemos a ele, não foi? — perguntou a Kai, se esforçando para usar o mesmo sotaque dele. — Que devia alugar um espaço lá.

Kai assentiu com a cabeça, de um jeito sóbrio. Um brilho em seus olhos demonstrou que havia captado a ideia de Irene.

— Espero que ele não tenha feito nada para incomodá-la enquanto esteve aqui — disse à mulher.

— Bem, não, não muito — admitiu ela, num tom de voz que sugeria que ela desejava ter algum motivo para reclamar. — Ele quase não sai do apartamento. Fica lá o dia todo e faz não sei o quê, e só sai para comer e tomar um copo de alguma coisa na esquina. Ele trabalha com o quê? Parece meio enrolado, vocês me entendem? Já ouvi sobre esse tipo de coisa no rádio.

Isso era interessante. Parecia mais um esconderijo do que uma cooperação ativa com um dragão. Irene guardou a informação com cuidado e fez que sim com a cabeça.

— Sinto muito por incomodá-la — disse para a mulher.

— Sem problemas — disse a mulher, relutante. Ela claramente estava esperando uma fofoca mais longa sobre o novo morador. — Tenham um bom dia.

Quando a porta se fechou atrás dela, Irene e Kai subiram a escada apressados.

Pararam no segundo andar. Irene tirou o pingente do pescoço e o enrolou no pulso esquerdo.

— **Aponte para o Bibliotecário cujo nome você compartilha** — instruiu ela baixinho.

O pingente deu um tranco e puxou seu pulso como um cachorrinho impaciente, apontando para cima e para a esquerda. Ela e Kai começaram a subir a escada em silêncio.

No terceiro andar, o impulso do pingente se tornou horizontal, puxando em direção ao apartamento da esquerda. Exatamente como dissera a mulher. Não havia nenhum sinal evidente de alguma coisa fora do comum. Nenhum enxame de moscas, nenhum cheiro de cadáver, nenhum barulho suspeito... Irene obrigou sua mente a se afastar dos clichês inúteis dos livros de detetive e olhou para Kai para ver se ele tinha alguma ideia.

Kai fingiu bater na porta e ergueu uma sobrancelha.

Irene avaliou a possibilidade. Se Evariste fosse culpado de alguma coisa, até a batida na porta poderia causar pânico e fazê-lo tentar fugir. Talvez devesse ter dito para Kai esperar lá fora, embaixo da saída de emergência.

Bem, em retrospecto, sempre tinha as melhores ideias.

— Esteja pronto para abrir a porta — falou sem emitir som.

Ele concordou com a cabeça.

— **Porta, destranque** — disse ela baixinho.

A fechadura clicou alto. Kai chutou a porta para abri-la: ela bateu contra a parede, dando aos dois uma visão clara da sala de estar do apartamento.

O cômodo estava cheio de livros. Volumes tinham sido empilhados encostados nas paredes em faixas vistosas de cores, e sacolas e caixas com mais livros transformavam o chão numa corrida de obstáculos. Não havia fotos penduradas nas paredes, nenhum móvel além de uma mesa e algumas cadeiras, nenhum tapete, nenhuma decoração – nada além dos livros.

Isso fez Irene se lembrar dos seus próprios aposentos na Biblioteca.

O homem sentado à mesa de jantar levantou a cabeça de repente, olhando para ele com um choque nos olhos turvos. Vestia uma camisa social: a gravata estava pendurada no pescoço sem nó e a barba por fazer deixava sua pele negra ainda mais escura. Ele olhou para Irene, sua atenção considerando-a sem importância, e depois para Kai, e seus olhos se arregalaram com o choque.

— **Livros, ataquem esse dragão!** — gritou, empurrando a cadeira para trás e se empurrando para longe da mesa.

Kai se jogou da entrada com um xingamento, porque os livros começaram a cair das pilhas e se erguer do chão, voando em sua direção.

— **Livros, para o chão!** — gritou Irene, abandonando todas as esperanças de não fazer barulho. Ela não conseguia ver além dos livros, mas: — **Calças, façam Evariste tropeçar!**

O baque dos livros atingindo o chão – e alguns deles atingindo Kai – ecoou pelo prédio. Outro baque de dentro do apartamento sugeriu que Evariste tinha se deitado.

— **Roupas, me soltem!** — ordenou. — **Porta, feche!**

Irene mergulhou na sala, rolando pelo chão, bem quando a porta bateu com força atrás dela. Esse era o problema de duelar na Linguagem: quanto mais tempo você passava falando, mais oportunidade dava ao oponente de agir. Evariste não devia ter desperdiçado tempo desemaranhando as pernas.

— **Gravata, enforque Evariste** — disse ela rapidamente. Era cruel, mas era o jeito mais rápido que conseguiu pensar para silenciá-lo. — **Mesa, prenda Evariste à parede.**

A mesa deslizou pelo chão, prendendo Evariste entre Irene e a parede, e a gravata se ergueu para enroscar o seu pescoço e se enrolar na sua traqueia. Ele lutou contra ela, os dedos agarrando o tecido, mas não teve fôlego para dizer alguma coisa na Linguagem.

Irene se levantou e foi até ele.

— Pare de lutar contra mim e vamos conversar — disse ela. — Faça um sinal com a cabeça se concordar.

Evariste conseguiu fazer um sinal discreto. Não era um gesto de rendição, apenas um acordo temporário.

— **Gravata, solte a garganta de Evariste** — disse Irene. Ela sentiu uma pontada de culpa quando viu a marca vermelha que tinha deixado. — Sinto muito. Mas precisamos conversar. Sou da Biblioteca.

— Essa parte eu percebi — vociferou Evariste. — E já vi que você *também* desertou.

— Como é?

— Ele. — Evariste apontou para Kai, que tinha entrado na sala e chutava para o lado os livros caídos que entulhavam o chão enquanto seguia em direção a eles. Um rastro de sangue escorria da têmpora de Kai, onde um dos projéteis tinha batido. — Adeus à neutralidade da Biblioteca!

— Ele não é meu aliado, é meu aluno — disse Irene, consciente de que isso poderia parecer uma discussão sobre bobagens. — E *eu* sou uma Bibliotecária completa, enviada pela Biblioteca para descobrir o que você está aprontando. Se você me contar aqui e agora, vai facilitar muito as coisas para nós dois. Acho que ambos sabemos como a situação atual é perigosa.

Evariste estremeceu. A culpa e o desespero lutavam visivelmente no rosto dele. Ele respirou fundo, tentando se acalmar.

— Muito bem. Se vocês me soltarem, podemos conversar.

Ele podia ter sido um bom pesquisador, decidiu Irene, mas não era um bom mentiroso. Talvez porque estivesse exausto. Parecia que não dormia havia dias. Só que o modo como seus olhos dispararam pela sala, procurando opções, indicava que ia tentar alguma coisa no instante em que ela ordenasse à mesa para liberá-lo.

Irene esperava ser uma mentirosa mais convincente do que ele. Seria *vergonhoso* ser tão óbvia.

— Muito bem — disse com um suspiro interior. Era melhor lhe dar a chance de se comportar, mesmo que suspeitasse que ele não ia aproveitá-la. Isso não ia ser bonito. — **Mesa**...

Um som vindo de fora a fez parar no meio da frase, e os três se viraram na direção da janela.

Era o uivo de lobos.

CAPÍTULO ONZE

O pânico tomou o rosto de Evariste.

— **Chão...** — começou ele na Linguagem.

O punho de Kai atingiu Evariste no maxilar, jogando sua cabeça contra a parede. Evariste desabou em cima da mesa.

— Isso foi meio apressado — disse Irene, abrindo caminho pelo chão repleto de livros até a janela.

Sentia-se dividida. A princípio, ela seria absolutamente contra a ideia de Kai socar outros Bibliotecários. Mas a próxima palavra que ia sair da boca de Evariste seria algo como *desabe*, para facilitar a própria fuga.

Kai deu de ombros.

— É você que sempre diz que um auxiliar precisa saber quando tomar uma atitude decisiva.

— Minha vida seria mais fácil se você não tivesse uma memória tão boa — murmurou Irene. — Ou, pelo menos, não envolveria o uso da palavra *hipocrisia* com tanta frequência. Ou você me lançando olhares significativos. — Ela espiou pelo canto da janela, para evitar ser vista da rua abaixo.

Os lobos estavam dobrando a esquina na intersecção a um quarteirão de distância. Havia meia dúzia deles: criaturas grandes, robustas, a cobertura de pelos escuros e brilhosos reluzindo nas sombras enquanto eles se aproximavam pela calçada. Não estavam correndo. Eles se movimentavam num ritmo lento e deliberado que mesmo assim consumia rapidamente a distância.

Uma explosão fria de medo instintivo disse a Irene que eles alcançariam o prédio em um minuto, mais ou menos.

Atrás deles caminhavam alguns homens, os passos deixando claro que estavam seguindo os lobos, e não os guiando. Era difícil vê-los com nitidez desta distância, mas o que vinha na frente estava claramente no comando.

— Aquele é Qing Song? — perguntou Irene.

— Não sei como ele é — respondeu Kai. — Mas se for...

Os dois se viraram para olhar para Evariste.

— Certo — disse Irene bruscamente. Não havia tempo a perder. — Você desce com ele pela saída de emergência... não, espere, suba e siga pelo telhado, se for possível, e veja se consegue interromper o rastro. Depois, pegue um táxi. Diga que ele está doente. Arrume um quarto de hotel em algum lugar. E me dê o mapa. — Ela estendeu a mão para pegá-lo. — Encontro vocês depois; rastreio Evariste e encontro os dois. Você precisa garantir que ele não vai escapar.

Kai entregou o mapa a ela, reflexivo, depois a encarou.

— O que você quer dizer com *eu* vou fazer isso? O que você vai fazer?

— Vou atrasar a perseguição. — Ela guardou o mapa embaixo do braço e desenrolou rapidamente o medalhão do pulso, prendendo-o ao redor do pescoço de novo e escondendo-o sob a blusa. — Vou distraí-los enquanto você tira Evariste daqui. Vamos precisar de respostas dele.

— Mas e se ele acordar?

— Amordace, amarre, faça qualquer coisa; diga a ele que é tudo culpa minha. Você sabe o que eu posso fazer; suponha que ele é capaz de fazer as mesmas coisas. Não me diga que nunca pensou em me amarrar para me manter num lugar. — O modo como ele evitou os olhos dela confirmou as suspeitas. — *Vamos lá*, Kai, nosso tempo está se esgotando.

— E se Qing Song se ofender com alguma coisa que você disser? Afinal, ele tem lobos... — Porém, ele já estava arrastando a mesa para longe da parede e jogando o Evariste inconsciente por sobre o ombro.

— Vou deixar claro que a Biblioteca sabe exatamente onde estou. Neste momento, você é minha grande carta na manga. — Irene experimentou a porta do outro cômodo. Dava para um pequeno corredor que levava a uma cozinha pequena e um quarto ainda menor. A janela dava para os fundos do prédio. — Contanto que não saibam que está aqui ou quem você é, quero que continue assim. Vamos!

Ela não ficou surpresa por descobrir que a janela que dava para a saída de emergência tinha sido bem lubrificada e os móveis tinham sido arrumados para facilitar a subida. Irene segurou a janela aberta enquanto Kai arrastava o outro Bibliotecário através dela e acenou alegre para os dois.

— Tome cuidado! — disse ela.

— Ah, claro, vou seguir seu excelente exemplo — disse Kai secamente. Ele fechou a janela atrás de si com um baque.

Irene rapidamente começou a vasculhar o quarto de Evariste. Era pequeno, escuro e lotado de livros. Ela verificou embaixo do colchão, a mesa de cabeceira com gavetas, o lavatório e todos os lugares que vinham à sua mente. Mas não havia nenhum esconderijo conveniente para documentos ou diários secretos, montes escondidos de joias ou qualquer outra coisa que pudesse explicar o comportamento de Evariste. Ela deixou o quarto como estava, com as gavetas abertas e as cobertas puxadas. Isso ia sustentar a história que contaria.

Uma olhada pela janela da frente mostrou que os lobos tinham se reunido na porta do prédio. A rua, sem nenhuma surpresa, tinha se esvaziado de pedestres.

Inúmeras coisas agora se encaixavam em sua mente. Os livros espalhados nesse apartamento eram um sortimento confuso de ficção, variando desde romances baratos até livros de capa dura de segunda mão mofando nas bordas. Só havia um motivo para um Bibliotecário ter reunido uma variedade tão aleatória de textos de baixo custo e nem sequer *tentar* colocá-los em ordem. Evariste não os estava colecionando para ler: estava usando os livros para criar uma proteção da Biblioteca. Ao criar uma ligação metafísica entre o apartamento e a Biblioteca, tentava se esconder de alguém ou alguma coisa. E, por causa da reação a Kai – e aos lobos lá fora –, era uma dedução razoável achar que ele estava se escondendo dos dragões em geral, de Qing Song em particular. Apesar de ainda não saber como Hu e Jin Zhi estavam envolvidos neste cenário.

Irene dissera a Kai que ele era a carta na manga – que queria mantê-lo em segredo. Porém, havia mais coisa por trás disso. No instante em que Kai entrasse em conflito com outros dragões aqui, teria de decidir de que lado estava. Se ia ajudar a Biblioteca ou se isso seria uma traição à sua família e ao seu povo. E, pelo bem de Kai e dela mesma, Irene pretendia adiar esse momento enquanto fosse possível.

Lá fora, os lobos vociferaram. Irene respirou fundo, cruzou mentalmente os dedos por Kai e Evariste e saiu do apartamento. Ela começou a descer a escada.

Houve um estrondo. Provavelmente alguém chutando a porta do prédio para abri-la. O rosnado dos lobos ecoou pela escada.

Irene lembrou a si mesma que, se os lobos estavam atacando aleatoriamente qualquer pessoa que se aproximasse, o capitão Venner teria ficado sabendo. Ela seguiu em frente.

A menos que devorem completamente as vítimas e joguem fora o esqueleto, sua imaginação sugeriu de maneira inconveniente.

Não seja burra, lobos não podem jogar fora esqueletos, disse a si mesma com firmeza. *Mesmo lobos sobrenaturalmente inteligentes que são animais de estimação de dragões. É para esse tipo de coisa que um dragão tem subalternos humanos...*

Ela virou a última esquina da escada e olhou para o andar de baixo. Apesar de haver apenas meia dúzia de lobos, eles conseguiram encher o corredor com um mar de pele escura e olhos reluzentes, contorcendo-se de um lado para o outro. A respiração deles era ruidosa e pesada no ar, uma tensão bruta nos nervos dela. No entanto, mesmo quando comparados à matilha de predadores, foram os dois homens atrás deles que chamaram sua atenção.

Ela parou de descer, tentando diminuir a pulsação subitamente acelerada. Se não os pegasse na defensiva de imediato, já teria perdido.

— Com *licença* — disse ela, erguendo uma sobrancelha desdenhosa. — O que *vocês* estão fazendo aqui?

A pausa travada na outra ponta do corredor lhe deu uma chance melhor de analisar os homens enquanto estavam parados ali: um era claramente um dragão, o outro não. O da frente estava evidentemente no comando, pela pose, pelos modos e pelo fato de que seu terno parecia custar o dobro do terno do outro. A pele e o cabelo eram pretos, apesar de os fios terem um leve tom de verde escuro, como o brilho da asa de um estorninho. Tinha ombros mais largos que os de Kai. Ele olhou para Irene lá em cima, com um ar que sugeria que ele preferia estar olhando para baixo. Tinha a mesma presença poderosa de Jin Zhi. Estava parado como uma estátua feita da terra viva, uma entidade sobre-humana que tinha assumido por um tempo a forma de um humano.

O segundo era classificável no mesmo instante como profissional: o tipo que sempre resolvia problemas para o chefe. Era ligeiro e de aparência tranquila, mas os olhos eram finos e cuidadosos, e não parava de vasculhar o cômodo. Porém, ele recuou, esperando o primeiro homem falar. *Guarda-costas*, decidiu Irene, *mas talvez não soubesse a verdadeira natureza do chefe.*

Finalmente, o primeiro homem falou. A voz era grave, clara e definitivamente não era local.

— Acho que não fomos apresentados.

Irene sufocou a chama interna de alívio por não ter sido comida logo de cara.

— Meu nome é Marguerite — disse ela com calma —, e eu trabalho para a Biblioteca. Suponho que você saiba de nós.

Ora, aquilo foi um flash de *culpa* que ela viu passar pelo rosto dele? Que coisa interessante.

— Claro — disse ele. — E suponho que você saiba o quê e quem eu sou.

Hora de jogar o dado mais um pouco e esperar que o resultado seja uma combinação vencedora.

— Naturalmente. Lorde Qing Song, acredito?

Sua reação não foi visível, mas a dos lobos sim. Eles recuaram para cercá-lo, encostando nas suas pernas e levantando a cabeça para esfregar nas suas mãos.

Lorde Qing Song, refletiu Irene, *se quiser continuar insondável, não devia se cercar de animais de estimação que reagem aos seus humores.*

Quando ele respondeu, Irene detectou uma pitada de cuidado.

— Eu não sabia que a Biblioteca me conhecia bem o suficiente para me reconhecer à primeira vista.

Irene deu de ombros. E começou a andar em direção a ele. Claro que isso significava se aproximar dos lobos também, mas nenhum plano era perfeito.

— Bem, nós tentamos manter registros de membros proeminentes das cortes dos dragões. Mas não tenho ideia do que você está fazendo aqui.

Ela queria desequilibrá-lo. As palavras eram tecnicamente educadas, mas o tom era tão casual, pelos padrões dos dragões, que beirava o insulto. E, quanto mais se provocavam, mais chances Kai tinha de conseguir fugir sem deixar rastros.

Um lobo deu um passo à frente para cheirar a mão de Irene quando ela chegou à base da escada. Tentou se lembrar desesperadamente se tocara ou não em Evariste. Achava que não: só tinha mexido nos pertences. Ela estendeu a mão para o lobo farejar e cruzou mentalmente os dedos para não acabar com um cotoco ensanguentado.

— Que adorável — disse ela, ouvindo seu rosnado no fundo da garganta.

— Minha criação pessoal — disse Qing Song. — Lobos gigantes, é claro.

— Eles realmente parecem ser — disse Irene secamente.

— Uma forma de lobo muito primitiva, quero dizer — explicou Qing Song. Ele acariciou atrás da orelha do maior dos seis lobos. — Todo homem precisa de um hobby.

— Infelizmente, eu passo tanto tempo caçando livros que tenho poucas oportunidades para fazer qualquer outra coisa.

— E você está aqui para "caçar" um livro? — Qing Song enfiou a pergunta rapidamente, como uma faca entre as placas de uma armadura.

Irene tinha planejado responder a essa pergunta. Agora só precisava que soasse natural.

— Não. Para ser sincera com você... a propósito, devo tratá-lo como príncipe ou lorde?

— Lorde está bem — respondeu Qing Song. — Por enquanto. — Ele pareceu mais confortável, agora que os dois estavam no mesmo nível e Irene não tinha mais a vantagem da altura.

Ela fez que sim com a cabeça.

— Estou aqui porque perdemos um dos nossos.

Qing Song franziu a testa.

— Outro Bibliotecário? Aconteceu alguma coisa com ele?

Bem, podia ser que Qing Song se referisse sempre no masculino, como no comentário de que todo *homem* precisava de um hobby. Ou talvez soubesse que era um Bibliotecário do sexo masculino. Vale teria dito que não tinham dados suficientes. Vale estaria certo.

— Não sabemos — disse ela, encolhendo levemente o ombro. — Isso é parte do problema. O registro dizia que tinha vindo para este mundo, mas perdemos contato com ele. Fiquei bem perplexa de ver você por aqui quando desci. Quero dizer, quais são as chances de nós dois nos encontrarmos numa cidade tão grande?

Qing Song hesitou.

— Posso explicar — disse ele por fim. — Normalmente eu não dividiria esses assuntos com alguém de fora, mas talvez você possa ajudar. — Ele fez uma pausa, como se esperasse que ela demonstrasse gratidão pela oportunidade de ser útil. Como ela não reagiu, ele continuou. — Estou caçando um ladrão. O rastro me trouxe até aqui.

Irene deu um passo raivoso à frente, embora todos os seus reflexos preferissem ir para trás.

— Está sugerindo que um Bibliotecário *roubou* de você?

— Claro que não! — respondeu Qing Song rapidamente.

— Me ocorreu que o ladrão pode ter roubado do seu colega também. Isso explicaria por que o rastro me trouxe até aqui.

Teria sido fácil Qing Song alegar que esse Bibliotecário tinha roubado *dele*. Podia até ser verdade. Então, por que Qing Song negou isso com tanta ênfase? A menos que quisesse manter Irene do lado dele por algum motivo.

Irene assentiu devagar.

— Devo admitir que, pelo apartamento no andar de cima, parece que o meu colega foi sequestrado.

Qing Song se virou para o guarda-costas.

— Lucci. Você entende um pouco dessas coisas.

— Tenho que olhar o lugar primeiro, chefe — disse o homem, tocando no chapéu.

— No terceiro andar — disse Irene, solícita. — A porta está aberta. Não sou especialista, mas parece que houve luta.

Lucci olhou para Qing Song em busca de permissão, recebeu um sinal positivo e subiu pela escada para investigar, silencioso como os lobos.

Irene se perguntou por quanto tempo conseguiria mantê-lo por ali. Kai devia estar seguindo o mais rápido possível, mas um corpo inconsciente era um peso morto complicado de carregar. Se ela conseguisse manter a atenção de Qing Song nela por mais um tempinho...

Ela suspirou.

— Isso é tão irritante. Eu estava no meio de uma pesquisa bem interessante sobre imagens gnósticas na literatura da França pós-revolucionária e fui chamada para vir procurar um Bibliotecário principiante que simplesmente esticou demais as férias. E agora parece que ele se meteu numa confusão. Por que alguém seria sequestrado neste lugar?

— Já pensou na possibilidade de ação feérica? — sugeriu Qing Song.

— Eles *também* estão aqui? Nossos registros estão muito desatualizados. Me falaram que este mundo era comparativamente intocado pela interferência.

— Isso veio de outros dragões? — indagou Qing Song. — Podemos ter conhecidos em comum.

A calma de Irene desapareceu como gelo numa chaleira. Ela não podia se arriscar a comprometer Kai. Nem queria se arriscar a comprometer seu tio Ao Shun nem Li Ming. Mas alegar que nunca havia conhecido um dragão diminuiria sua importância aos olhos de Qing Song.

— Nenhum que eu tenha liberdade para discutir — disse, num tom que deixava implícito que ele deveria entender sua posição.

O sinal lento que ele fez com a cabeça sugeriu que entedia.

— Em breve vou assumir o alto comando na corte da Rainha das Terras do Sul. Talvez possamos ajudar um ao outro no futuro...

— Parabéns pela promoção futura — respondeu com neutralidade. — Tenho certeza que você fará um trabalho excelente. — Mas, se ele estava tão certo do papel, será que já tinha o livro? E, se tinha, o que ainda estava fazendo aqui, caçando Evariste? A consciência de sua atual ignorância lhe deu um calafrio com a ideia de todas as coisas que já poderiam ter dado errado.

Um dos lobos gemeu, e um filete de pânico subiu pelas costas de Irene enquanto ela se perguntava se aquilo tinha cheirado a mentira. Mas um instante depois ela viu Lucci descendo a escada.

— Relatório — ordenou Qing Song. — Pode falar abertamente na frente dessa mulher.

— Ele não está lá — disse Lucci. Os lobos abriram caminho para ele atravessar até Qing Song. — A moça está certa:

houve uma luta. Livros para todo lado. Alguém saiu pela janela dos fundos: não estava trancada. Havia marcas de alguém sendo arrastado. Imagino que fosse uma, talvez duas pessoas, e estavam carregando alguém. Reviraram o local antes de sair. Abriram as gavetas, olharam embaixo do colchão: todos os truques de sempre. Sinto muito, chefe, mas chegamos tarde demais.

— Há quanto tempo foi isso? — Irene exigiu saber, interrompendo Qing Song antes que ele pudesse fazer alguma pergunta. — E havia algum sinal de quem eram?

— Não mais do que uma hora atrás — disse Lucci, depois de olhar para Qing Song em busca de aprovação. — E, não, senhora, eles não eram do tipo prestativo que deixaria um bilhete de pedido de resgate para trás. Mas posso dizer que, quem quer que tenha sido, ele abriu a porta.

Irene franziu a testa.

— Como você sabe?

— Não há arranhões de arrombamentos, a fechadura não foi forçada e ninguém chutou a porta. — Os olhos de Lucci foram até a porta do prédio, que ainda estava aberta. — Falando nisso, chefe, acho que devemos pensar em cair fora antes que a polícia chegue. Os vizinhos podem ser enxeridos e chamá-la.

— Vou inspecionar o local antes... Em busca de sinais da minha propriedade. — Qing Song emendou na segunda frase um pouco rápido demais, como se percebesse que ia precisar de uma explicação para seu interesse. — Se encontrarmos novidades do seu colega, vamos lhe informar. Qual é o nome dele? E onde você vai ficar?

Irene vasculhou a mente em busca dos hotéis que o capitão Venner tinha mencionado e escolheu aquele *sem* um visitante com uma matilha de lobos.

— Vou pegar um quarto no Plaza Hotel até resolver isso tudo — disse ela. — E o nome do meu colega é Evariste. Se eu encontrar sua propriedade enquanto estiver procurando por ele... o que é, a propósito?

— Uma estátua de jade de um lobo — respondeu Qing Song. — Não tem como errar.

— Entendo. — Irene quase desejou estar usando óculos, de modo que pudesse ajustá-los com desdém. Ela decidiu que sua personalidade precisava de mais um empurrãozinho, só para confirmar a si mesma aos olhos de Qing Song como uma idiota poderosa e arrogante, mas convenientemente ignorante. — Acredito que sua investigação não vai atrapalhar a minha. E devo começar a iniciar agora mesmo. Ótimo dia.

— *Uma idiota poderosa e arrogante com péssima gramática*, corrigiu seu próprio pensamento.

Os olhos de Qing Song se estreitaram de raiva por ser dispensado de um jeito tão casual, mas nada disse. No entanto, seus lobos rosnaram enquanto se afastavam da porta, deixando uma passagem clara para Irene, e o tom de crescente fúria na voz deles lhe disse que ela havia conseguido provocar seu temperamento. O ar estava denso e pesado com o poder liberado; até Lucci tinha tirado o chapéu para passar um lenço na testa e estava bem longe do chefe.

Irene caminhou até a porta, mantendo o passo regular, e saiu do prédio. Precisava de pelo menos uma viagem de metrô, só para ter certeza absoluta de que os lobos não iam conseguir rastrear seu cheiro.

E tinha muitas perguntas para fazer a Evariste.

CAPÍTULO DOZE

— Parabéns — disse Irene quando Kai abriu a porta. — Acredito que você tenha conseguido encontrar o hotel mais suspeito de Nova York sem nenhuma ajuda.

Kai acenou para ela entrar no quarto e fechou a porta, depois sentou com um baque na poltrona surrada. Ele apoiou os cotovelos nos joelhos e a cabeça nas mãos.

— Isso foi muito estressante — disse ele em tons abafados.

Irene alternou o olhar entre ele e Evariste. Este estava deitado na única cama do quarto, minuciosamente amordaçado com os restos de uma fronha rasgada, com os pulsos amarrados nos cantos. Ele a olhou, furioso.

— Para todos nós, acredito — disse ela secamente.

— Tive de supor que ele poderia ter tantos recursos quanto você. — Kai fez uma pausa. — E isso *é* um elogio. Só que depois não tive nada a fazer exceto sentar aqui e esperar.

Irene imaginou a situação. Ficar sentado neste quarto sem janelas num hotel miserável de Nova York, sem nada para fazer além de olhar para a parede e ouvir a respiração de Evariste. E sem conseguir saber o que ela estava fazendo ou se estava em perigo. Ela colocou a mão no ombro de Kai.

— Eu sei — disse ela. — Queria ter pensado numa opção melhor.

— Você conseguiu negociar com Qing Song? — perguntou Kai, parecendo levemente aliviado.

— A resposta seria sim, é óbvio, já que ainda estou viva e falando com você.

Kai bufou.

— Sério.

Irene percebeu que Evariste tinha ficado muito imóvel e tenso na cama ao ouvir o nome de Qing Song e que ele estava totalmente atento a ela.

— Sério — disse ela aos dois homens. — Eu o acusei de interferir na minha investigação antes que pudesse suspeitar que *eu* estava interferindo na investigação *dele*. Depois agi como uma idiota arrogante e cheia de privilégios até ele ficar bem feliz de me ver indo embora. Interrompi meu rastro algumas vezes no caminho para que os lobos não consigam me seguir. Mas ele me deixou com diversas dúvidas muito interessantes.

Ela foi até a cama onde Evariste estava deitado. Como todo o resto neste buraco, desde o abajur até o carpete e o lavatório no canto, a cama era velha e surrada. Mas sólida o suficiente, e as amarras nos pulsos dele o prendiam com firmeza.

Evariste olhou para ela, esforçando-se para se controlar. Sua garganta se mexeu quando ele engoliu em seco. Sua pele era de um marrom-acinzentado desbotado contra o branco da fronha, como se ele tivesse ficado entre quatro paredes durante semanas seguidas sem a oportunidade de ver o sol e tivesse vivido com medo esse tempo todo.

Irene sentiu uma pontada de culpa, mas a suprimiu. Evariste não era inocente; era um Bibliotecário juramentado, como ela, e como tal tinha responsabilidades. Neste momento, a melhor coisa que poderia fazer por ele e pela Biblioteca era estabelecer a verdade.

— Evariste, precisamos de respostas — disse ela. — Se eu tirar a mordaça, você vai nos ajudar?

Ele fez que sim com a cabeça.

— Muito bem. Fique parado... — Irene se atrapalhou com o nó. — Kai, pode pegar um copo de água, por favor? Imagino que ele esteja com a boca seca, depois de ter sido amordaçado.

— Parece que você já passou por isso — disse Kai, colocando água num copo.

— Minhas aventuras nem *sempre* são brilhantemente bem-sucedidas. — Irene conseguiu desatar o nó e soltou a faixa de tecido no travesseiro, depois ajudou Evariste a tirar o resto de tecido da boca. Ela sentou na cama ao lado dele e desejou ter algum treinamento em interrogatório. E não a experiência prática de estar do outro lado. — Muito bem, Evariste. Sei que não nos conhecemos nas melhores circunstâncias. Ajudaria se eu dissesse que sinto muito?

— Não — resmungou Evariste.

Talvez fosse esperar demais. Ela pegou o copo de água de Kai e levou aos lábios de Evariste, deixando-o beber.

— Vou me apresentar. Sou da Biblioteca. Meu nome é Irene.

Evariste engasgou com a água, e Irene afastou o copo apressadamente.

— Você está bem?

Ele a encarou.

— Você é ela? *A* Irene? Aquela que eliminou Alberich?

— A maioria dos nossos professores teria enxaquecas com uma frase tão imprecisa — disse Irene, se perguntando sobre sua própria reputação. — Meu nome é Irene e, sim, recentemente abandonei Alberich numa biblioteca em chamas, e só posso esperar que ele *tenha sido* eliminado. Para sempre. — Ela deixou de fora a parte em que deu início ao incêndio. Afinal, estava tentando fazer Evariste confiar nela.

Ele hesitou por um instante. Depois, disse:

— Prove. Deixe-me ver sua marca da Biblioteca.

Irene sufocou um suspiro. Teria sido legal se alguma pessoa deste mundo à qual ela tivesse falado a *verdade* tivesse acreditado nela.

— Muito bem. Só um instante.

Depois de um certo contorcionismo, conseguiu exibir o suficiente das costas para Evariste vê-la. Ela estava consciente dos olhos de Kai também sobre si e, por um instante, desejou que Evariste não estivesse aqui. Ela se obrigou a voltar à tarefa em questão.

— Convencido?

— Estou convencido de que você é uma Bibliotecária e que você se chama Irene. — A voz de Evariste estava rígida com a descrença e a teimosia, como se estivesse construindo muros antes que o resto do mundo tivesse a chance de traí-lo. — Ainda não sei por que você está associada a um *dragão* nem por que me sequestrou.

— Essa é exatamente a mesma tática que eu estava usando mais cedo — disse Irene, aprovando e voltando a cobrir o próprio corpo. — Desafiar a outra pessoa a explicar o que está aprontando, para disfarçar a fraqueza da própria posição. Vou fazer uma boa recomendação para você quando voltarmos à Biblioteca. Mas, antes, preciso saber o que está acontecendo.

Evariste apontou com a cabeça na direção de Kai.

— Quero saber o que está acontecendo com ele antes de lhe dizer *qualquer coisa*.

— Por enquanto, estou estudando com Irene — disse Kai com frieza. — Sou aprendiz dela. Meu pai e meu tio estão cientes da situação. Ainda não sei se vou fazer os juramentos permanentes à Biblioteca. Mas a minha presença não implica que a Biblioteca e os dragões são aliados. — Ele fez uma pausa. — Mesmo que talvez devessem ser.

— Você não está ajudando, Kai — murmurou Irene. — Você não está ajudando nem um pouco.

— Entendo que a Biblioteca não deveria ser arrastada para disputas como esta — disse Kai —, mas vocês e eu temos muito mais em comum do que a Biblioteca tem com os feéricos.

Irene entregou o copo vazio a ele.

— Mais água, por favor. Escute, Evariste, voltando às minhas perguntas...

— É aqui que começam as ameaças? — perguntou Evariste. — Você vai me oferecer sair do quarto enquanto ele cuida de mim?

Irene respirou fundo.

— Não estamos aqui para brincar de policial bom e policial mau. Nem mesmo de policial mau e policial pior. Evariste, estamos do seu lado.

Evariste simplesmente olhou para Kai.

— Estou do lado de Irene — disse o aprendiz. — Não me dê uma desculpa para mudar de ideia. — Sua voz era neutra, quase suave, mas ainda tinha um tom subjacente que parecia a ponta de uma navalha.

Irene pensou muito em passar as mãos no cabelo.

— Evariste... — Talvez ele fosse mais útil se ela conseguisse convencê-lo de que estava falando a verdade. Ela mudou para a Linguagem. — **Fui mandada para cá pela Biblioteca para te encontrar e descobrir o que está acontecendo. Boatos de que um Bibliotecário está se metendo na política da corte dos dragões são um grande perigo para a Biblioteca e para os Bibliotecários. A Biblioteca *não* é aliada dos dragões, e eu *não* estou trabalhando para Qing Song nem para Jin Zhi, e Kai também não. Não posso prometer que você não vai se** encrencar com a Biblioteca... — E também não podia prometer que estava ali para salvá-lo. Não se ele tivesse traído a Biblioteca. Ela escolheu as palavras com muito cuidado. — **Mas vou fazer o possível para ajudá-lo a fugir de Qing Song, se me explicar o estado atual das coisas.** — As palavras pareceram ficar suspensas no ar enquanto Irene as falava, como notas de órgão distantes num espaço muito maior: uma garantia da verdade e uma promessa que a comprometeria.

Evariste continuava hesitante.

— Você jura que vai me ajudar?

— Não vou ajudá-lo a escapar da Biblioteca — disse Irene —, mas posso e vou ajudá-lo a escapar de Qing Song. Evariste, você precisa entender que a situação é muito ruim. Temos duas grandes facções de dragões competindo por poder, e uma delas está alegando que a Biblioteca está ajudando a outra. Você percebe como os Bibliotecários ficam em perigo nessa situação, se os feéricos souberem? Ou se outras facções de dragões se envolverem e assumirem lados contra nós?

Ela viu o rosto de Evariste se contrair e, com uma sensação de enjoo, reconheceu a culpa nos seus olhos. *Ele fez alguma coisa e sabe disso.*

Irene colocou na voz cada grama de sinceridade que conseguiu reunir.

— Fui mandada pela Segurança da Biblioteca para garantir que a Biblioteca não seja ainda mais arrastada para essa situação. E, vamos ser sinceros, estou aqui para enterrar as evidências, se isso acontecer. Somos neutros: *não podemos* nos dar ao luxo de ser outra coisa. Estamos além do ponto de encobrir pequenas brechas nos regulamentos. Preciso saber o que você fez e o que está acontecendo aqui. Não estou tentando passar por cima de você nem culpá-lo, mas eu *preciso saber.*

Evariste fechou os olhos por um instante.

— Tudo bem — concordou por fim. Ele engoliu em seco. — Não sou idiota. Entendo o que você está dizendo. Sei que a situação parece ruim, não, eu sei que ela *é* ruim, mas eu tive meus motivos. E não percebi a seriedade da coisa até estar atolado demais para sair. Vou contar. Mas você pode me desamarrar primeiro? Por favor?

Irene começou a desamarrar os lençóis rasgados que prendiam os pulsos dele às pernas da cama.

— Por onde você gostaria de começar? — perguntou.

— Começou com Julian. — Evariste olhou para o teto enquanto Irene o desamarrava. — Ele era meu mentor, você sabe. Me recrutou para a Biblioteca.

— Ele também era seu mentor enquanto estava treinando? — Irene soltou seu pulso direito e contornou a cama para desamarrar o esquerdo.

— Não, era Neith. — Evariste flexionou os dedos da mão direita para diminuir a rigidez. — Julian era Bibliotecário Residente no mundo de onde eu vim. Eu o conhecia desde criança. Ele me ajudou a conseguir uma bolsa de estudos na universidade local, sabe? Me treinou e tudo. Eu não sabia da Biblioteca na época, e às vezes achava que tinha alguma coisa estranha nele, nas pessoas que iam visitá-lo. Mas não era tão importante. Ele era um cara normal.

— Onde ele morava?

— Chicago. No G-14. Havia muitos magos por lá, era um mundo de muita magia. Isso permitia que ele se escondesse à plena vista. As pessoas simplesmente achavam que fosse mais um na multidão. — As palavras de Evariste saíram transbordando, como se estivesse esperando a chance de contar a alguém. — As coisas deram errado para mim: eu não conseguia um emprego, não tinha as credenciais para fazer pesquisas importantes e tinha terminado com a minha namorada. E Julian me recrutou para a Biblioteca. Era minha grande chance. Meu caminho para algo melhor.

Irene fez que sim com a cabeça, tentando avaliar a idade dele. Era mais novo do que ela, mas era difícil julgar o quanto. Parecia ter uns vinte e poucos anos, mas não teria envelhecido durante o tempo de estudo na Biblioteca.

— Você teve o aprendizado-padrão?

— É. Ele me mandava cartas de tempos em tempos. Eu era aprendiz, depois artífice e recebi a minha marca. E finalmente achei que fosse vê-lo. Eu estava resistindo, sabe. — Sua voz baixou. — Acho que queria mostrar a ele tudo de uma vez: quanto eu tinha progredido, o que tinha me tornado, dizer como era grato...

— Voltar como adulto — sugeriu Irene baixinho. — Como colega, e não apenas aluno.

— É, foi isso. Eu mandei uma carta, ele sabia que eu estava a caminho... — Evariste respirou fundo. — Posso tomar mais água?

Irene lhe deu o copo e esperou ele beber.

— Obrigado — disse Evariste, deixando o copo na mesa de cabeceira. — A mordaça. Deixa a boca seca. — Ele olhou furioso para Kai.

Kai deu de ombros.

— Se quiser que eu tente pensar em outro jeito de impedir um Bibliotecário de falar, por favor, insista para eu tentar.

Evariste não se encolheu, mas se refugiou em si mesmo, se escondendo de novo atrás do muro que criara para si.

— É, existem maneiras, e você meio que sabe *tudo* sobre elas.

Irene levantou a mão para interromper Kai antes que ele piorasse as coisas.

— O que aconteceu quando você foi visitar Julian? — perguntou ela, mantendo o tom o mais encorajador possível, apesar de o nervosismo ser um nó apertado no seu estômago. A insinuação de que os dragões tinham maneiras de ser *inconvenientes* para os Bibliotecários, para usar uma palavra amena e não apavorante, era preocupante. No entanto, era mais importante manter Evariste nos trilhos e contando a história. E eles tinham tempo limitado antes que alguém os rastreasse, fossem os dragões, a polícia, os criminosos ou todos os três.

Evariste olhou para as próprias mãos.

— Ele estava morto — disse baixinho. — Estava morto havia alguns dias. Foi um ataque cardíaco. Os policiais locais fizeram uma autópsia. Não havia nada suspeito. Ele tinha deixado sua propriedade para mim no testamento. Só que era tarde demais. Eu cheguei tarde demais.

— Sinto muito — disse Irene baixinho.

— Eu não sabia, entende? — Evariste olhou para Irene, que dispensou os pensamentos de que ele estava tentando esconder sua expressão para contar uma mentira mais convincente. A tristeza no seu rosto era brutal demais para não ser genuína. — Quero dizer, eu sabia que ele tinha problemas no coração, tinha visto tomar remédios, ele passou um tempo no hospital e tudo, eu sabia que não fazia missões ativas por causa disso, mas eu não, você sabe, não achei que ele fosse... morrer. — Ele respirou fundo com um suspiro. — Eu não sabia. E não cheguei a tempo.

Irene estendeu a mão e colocou o braço nos ombros dele de um jeito reconfortante.

— Você não poderia saber — disse ela. — Não tinha como saber. — Mas, no fundo, seu subconsciente frio dizia: *Sim, conquiste a confiança dele, você precisa das informações.*

Havia partes de si que não gostava muito.

Evariste engoliu em seco depois de um instante e endireitou as costas.

— Estou bem — disse ele, afastando-a.

Irene assentiu.

— E o que aconteceu depois?

— Foi naquela noite. Tinha ido à casa dele para começar a catalogar seus livros; e para garantir que não havia nada que pudesse revelar a existência da Biblioteca. Diários, qualquer coisa. Eu não achava que ele mantivesse algum, mas...

— Mas você tinha de verificar — concordou Irene.

— E aí *eles* apareceram. — Os olhos de Evariste foram até Kai de novo, e seu corpo ficou tenso. — Dois dragões. Qing Song e seu vassalo.

— Hu? — perguntou Irene.

— É, esse mesmo. O lobo e a raposa. Fui educado no início, convidei-os a entrar, achei que eu não queria ofender ninguém. Disseram que conheciam Julian e... bem, eu sabia que ele conhecia alguns dragões, então qual era o problema? Mas ele começou a fazer exigências.

— "Ele" é Qing Song?

Evariste assentiu em movimentos espasmódicos.

— Disse que Julian e ele fizeram um acordo e que Julian lhe devia algumas coisas. E, como eu era pupilo dele, tinha de pagar o que era devido. Pelo modo como falava, parecia que eu devia ficar *grato* pela oportunidade.

Irene percebeu que Kai estava engolindo um comentário para não interromper o fluxo de Evariste. Suspeitou que ele teria concordado com Qing Song.

— Como reagiram quando você não ficou animado?

— É. É, esse é um jeito de dizer. — A risada de Evariste era amarga, raspando a garganta. — Primeiro, Qing Song simplesmente me encara, depois Hu tenta me convencer e os dois me dizem que é só encontrar um livro para eles. E Qing Song admite que tem a ver com a política dos dragões e, merda, eu *sei* que não nos envolvemos com a política dos dragões. Então não digo apenas não, mas nem ferrando, da maneira mais educada possível. E finalmente Hu pega um envelope e joga em cima da mesa e sugere que eu o leia.

Ele fecha os olhos, sua energia se esgotando novamente.

— Era uma carta de Julian. Lembra que eu falei que minha namorada terminou comigo antes de eu me juntar à Biblioteca? Bem, na verdade não tinha sido limpo e às claras como pensei. Ela estava grávida. E teve uma filha. E Julian nunca me contou.

Irene tentou pensar em alguma coisa útil para dizer, algo que diminuiria a distância até ele e o convenceria de que entendia, mas absolutamente nada lhe veio à mente.

— Anita morreu alguns anos depois de eu ir para a Biblioteca — disse Evariste. Sua voz agora estava entorpecida, como se ele estivesse lendo as falas de uma peça, mas não tivesse ideia de como colocar a emoção certa nas palavras. — Foi um acidente de carro. A família dela cuidou da filha. Miranda Sofia, esse é o nome dela. Julian tinha mantido o registro de tudo. Ele escreveu na carta que não queria que eu me distraísse. *Distraísse*, foi o que disse. Ele escreveu que queria que eu adquirisse experiência como Bibliotecário sem ter de me preocupar com uma filha. Que ele acompanhava Miranda. Que era uma espécie de tio ocasional. Que estava ansioso para chegar o dia em que poderia nos unir... — As mãos de Evariste se entrelaçaram no colo. — Ele não tinha o direito, não tinha a *porra* do direito de fazer isso comigo, de nunca me *contar* sobre ela!

Uma parte de Irene estava repleta de simpatia horrorizada. Mas, enquanto assentia e concordava, a outra parte dela, a parte mais fria, adivinhava o que vinha em seguida. *É por isso que é perigoso Bibliotecários terem famílias. Isso nos deixa vulneráveis. E nos deixa abertos à pressão.*

— É isso que Qing Song está usando contra você, não é? — perguntou ela. — Ele está com a sua filha.

CAPÍTULO TREZE

— É. — Evariste agora olhava furioso para Irene, os ombros encurvados de maneira desafiadora. — Esse é o resumo. Ele está com a minha filha. Ele e seus homens vieram falar com Julian; como eu disse, já tinham feito negócios com ele. Qing Song achou que Julian poderia ajudar de novo. Porém, quando chegaram, descobriram que havia morrido.

— A sincronia dos acontecimentos é muita coincidência — disse Irene. Julian tentara recusar o pedido de Qing Song? Um velho Bibliotecário, ameaçado e sozinho, que já tinha problemas no coração... será que a pressão de Qing Song poderia ter provocado o ataque cardíaco final?

Evariste, porém, apenas deu de ombros, aparentemente menos desconfiado que Irene.

— Qing Song deve ter amaldiçoado a própria sorte nesse caso. Mas eles reviraram os documentos dele, viram as minhas cartas e souberam que eu ia visitá-lo. E encontraram também essa carta sobre a minha filha. Qing Song admitiu que tinha lido. Um dos seus homens fora até a família de Anita, fingira ser o pai de Miranda e a levara. Não sei como fez isso, mas ele os convenceu. Agora está com Miranda, e eu nem sei onde ele a está mantendo. Já falei com a família, vi uma foto dela: Miranda é real, não é um tipo de farsa. Ele está com a minha filha. E, se eu não encontrar o livro, vai matá-la. Tive de entrar no jogo até saber onde encontrar o livro, para ter alguma coisa para negociar. Que escolha eu *tinha*?

— Ele não a machucaria — disse Kai com firmeza. — Não uma criança inocente. — Mas seu rosto estava perturbado.

— O futuro dele está em risco — contrapôs Evariste, a voz ácida de amargura. — Ele pode se arrepender, mas isso não vai impedi-lo. É uma questão de bem maior, aos seus olhos: para ele, para a sua família, para a sua corte. E o que é a vida de um ser humano contra *isso*?

Irene concordou com a cabeça. Sentiu muito frio. Era fácil imaginar alguém tentando fazer esse tipo de pressão nos pais dela para atingi-la. Mesmo sendo adotada, mesmo eles tendo mentido sobre isso a vida toda... Eles também teriam tentado salvá-la.

Ela levantou a mão para impedir que Kai protestasse.

— A vida de Qing Song também está em risco — disse ela para Evariste. — Ele não lhe contou todos os detalhes, mas há uma competição por um cargo de alto escalão entre ele e outro dragão. O perdedor não vai sobreviver. E, mesmo que você fizesse o que ele queria e ele devolvesse Miranda, esse tipo de acordo ia te assombrar no futuro. Você nunca se livraria dele.

— É, eu percebi isso. — Evariste encarava a parede como se estivesse visualizando possíveis futuros, e todos eram ruins. — Seria apenas um primeiro favorzinho numa lista muito, muito longa. E Miranda nunca ficaria em segurança fora da Biblioteca, porque qualquer pessoa que quisesse me pressionar...

Ele se virou para Irene e Kai, as mãos estendidas como se quisesse que entendessem.

— Então, voltando ao assunto. Eu aceitei. Imaginei que poderia pensar em como consertar tudo depois. Achei que, se conseguisse pegar o livro, poderia estabelecer meus próprios termos. E vou ser sincero, eu meio que estava em pânico. Tive medo que, se a Biblioteca soubesse, me colocariam em prisão domiciliar imediatamente, mesmo que isso significasse que Miranda... — Evariste deixou a voz morrer. Quando voltou a falar, sua cabeça estava baixa, como se ele já tivesse desistido. — Fiz um relatório. Falei que Julian teve um ataque cardíaco. Pedi uma licença de óbito para ajeitar as coisas. Qing Song disse que isso tudo ia acabar em algumas semanas, por isso achei que seria tempo suficiente. Voltei para o G-14, e Qing Song e Hu me trouxeram entre mundos até aqui. Foi assustador.

— Então ele simplesmente deixou você aqui para fazer a pesquisa? — perguntou Kai.

— Mais ou menos. — Evariste deu de ombros. — Tinha alguém de olho em mim a maior parte do tempo. Qing Song ou Hu ou um dos brutamontes deles. A única vez que saí foi para visitar a Biblioteca e fazer uma pesquisa. A Travessia deste mundo fica em Boston... Mas acho que vocês devem saber disso, já que estão aqui agora.

— Foi explodida. — Irene percebeu a monotonia na própria voz enquanto se esforçava para se controlar. Ainda era difícil se lembrar da destruição absoluta daquela biblioteca. — Tenho quase certeza de que Hu estava envolvido, mas não tenho tanta certeza do motivo.

Evariste baixou a cabeça e a apoiou nas mãos.

— A culpa foi minha — disse ele, a voz abafada. — Ah, merda, foi culpa minha também.

— Por quê?

— Porque eu falei que era por lá que a Biblioteca tinha acesso a este mundo. Achei que, se dissesse isso, eles manteriam a atenção aqui, e isso me daria mais chances de escapar.

E talvez não vigiassem outras bibliotecas com tanta atenção. Quando fugi, devem ter achado que isso me impediria de ir embora deste mundo...

— Me diga uma coisa — interrompeu Kai. — Por que estamos aqui nos Estados Unidos? Por que você não está procurando o livro na China?

— Eu menti. — Evariste não levantou o olhar. — Eu conheço os Estados Unidos, mesmo que não sejam *estes* Estados Unidos. E não conheço a China. Eu tinha um plano. Mas precisava garantir que teria chance de fugir quando chegasse a hora certa. Assim, encontrei uma referência a um exemplar do livro aqui, e falei isso para eles. Eles já tinham enfrentado problemas tentando encontrar o livro na China, e Qing Song disse que outra pessoa também estava procurando o livro lá. Deve ser o outro dragão da competição, certo? Eu mandaria flores e desejos de boa sorte, se pudesse. Qing Song ficou muito feliz de ir a outro lugar para procurar um exemplar. Eu falei que só precisava de um pouco mais de tempo para localizar onde exatamente ele estava. Então, alguns dias atrás, eu escapei do meu guarda. Achei que, se conseguisse pegar o livro, poderia negociar numa posição de poder. Pegar Miranda de volta, fazê-los prometer que nunca mais chegariam perto de mim. Mas eles seguiram meu rastro antes de eu ter a chance de pegar o livro. Procuraram pela cidade. E eu tive medo de que, no instante em que eu saísse dos meus aposentos por mais do que alguns minutos, me pegassem. Mas não consigo parar de pensar em Miranda. Eu não sabia se me entregava ou se corria até a Biblioteca e implorava por ajuda; nem sabia o que fazer. E aí *vocês* apareceram. — Ele deu a entender que Irene e Kai não eram melhores do que Qing Song.

— Chegamos uns dez minutos antes de Qing Song — destacou Irene. — Mesmo que você tivesse fugido pela janela dos fundos no instante em que escutasse os lobos, como você acha que tudo ia acontecer?

Os ombros de Evariste murcharam. Ele parecia enjoado.

— O que acontece agora? — perguntou ele sem rodeios.

E essa era a pergunta de um milhão de dólares.

— Precisamos pensar — disse Irene com firmeza. — E não temos muito tempo antes de alguém nos alcançar. Kai, você se importa de descer para ver se consegue identificar algum vigia? E Jeanette Smith ainda pode estar no noticiário, então pegue um jornal quando estiver na rua.

Kai franziu a testa, mas concordou, se levantando suavemente.

— Não vá a lugar nenhum — disse ele, fechando a porta ao sair.

— Você realmente pediu para ele sair para comprar um jornal? — Evariste quis saber.

— Kai não é um Bibliotecário juramentado, por enquanto, e eu sou. E eu não sou fiel a assistentes. Portanto, se tem alguma coisa que queira me dizer e não quer que Kai ouça, esta é a hora.

— Na verdade, tenho — disse Evariste devagar. — Tem uma coisa.

Irene fez que sim com a cabeça.

— Estou ouvindo.

Ele se moveu sem aviso, e seu punho a atingiu direto no estômago. Quando ela dobrou o corpo, ofegando em busca de ar, ele fugiu em direção à porta.

Mas, apesar de Irene estar surpresa pela sua velocidade, ela estava à espera da sua tentativa de se libertar. Não precisava de um agente do FBI para perceber que Evariste podia querer cuidar de tudo sozinho.

Irene cambaleou para o chão, girando a perna num chute largo que o atingiu nos tornozelos. Ele caiu com um baque, de cara no chão, e ela se jogou em cima dele. Engatou o braço no seu pescoço e arrastou sua cabeça para trás, colocando o joelho nas costas dele enquanto o sufocava.

— Bata no chão se quiser se render — rosnou ela, a respiração ainda saindo com dificuldade.

Evariste se debateu embaixo dela, agarrando o braço de Irene no pescoço. Sua respiração trepidava intensamente na garganta enquanto ofegava em busca de ar, incapaz de formar palavras, quanto mais de falar na Linguagem.

Irene trincou os dentes e continuou segurando.

— Bata no chão. Renda-se. Ou eu juro que vou sufocá-lo até ficar inconsciente e fazer Kai carregá-lo de volta para a Biblioteca aqui e agora. Mas, se você trabalhar *comigo*, vou tentar ajudá-lo.

O bom senso a instigava a apertar mais, até Evariste ficar inconsciente. Ele estava comprometido, e as escolhas que tinha feito colocaram a Biblioteca em perigo. A coisa mais segura a fazer seria levá-lo de volta para a Biblioteca através da coleção de livros mais próxima.

Talvez a mais segura, mas não a coisa certa. E a ameaça real à vida da filha dele? Ela conseguia imaginar a Biblioteca recebendo Evariste e protegendo-o, mas deixando sua filha à própria sorte. A vida de uma criança contra a segurança da Biblioteca? Os Bibliotecários mais velhos poderiam considerar isso um sacrifício lamentável, mas necessário. E Evariste tinha sido vitimizado, traído e usado. Ele era outro Bibliotecário – de várias maneiras, seu irmão, por escolha e por juramento. Ela podia escolher a opção segura. Ou podia arriscar.

Recebera ordens para levar Evariste de volta. Estaria arriscando sua posição na Biblioteca se desafiasse essas instruções. Melusine a alertara que ela assumiria a culpa se a Biblioteca precisasse de um bode expiatório. Estaria colocando a própria

Biblioteca em perigo – tudo pelo bem de uma menininha humana que já poderia estar morta. Esse não era o tipo de coisa que um agente sensato, competente e fiel faria.

Ela não queria ter de tomar essa decisão. Não podia colocar a Biblioteca em perigo. Mas não tinha certeza se conseguiria viver consigo mesma se abandonasse Miranda para morrer.

E, no entanto... Os laços familiares podem ser a chave para todo esse negócio. Qing Song também tinha uma família, e essa poderia ser a alavanca que reverteria toda a situação.

Irene tinha de tomar uma decisão e tinha de ser agora.

Pensou por um instante que Evariste ia lutar até o fim. Mas então seus dedos enfraqueceram, soltando o seu braço. A mão direita bateu no carpete barato.

Irene afrouxou um pouco o aperto, o suficiente para ele respirar.

— Use a Linguagem para prometer que posso confiar em você — disse ela com frieza. — Não vou lhe dar outra chance.

A respiração de Evariste saía ofegante, rígida, sibilando enquanto ele enchia os pulmões. Ele ficou calado, e Irene se perguntou o que estava pensando: se estava disposto a aceitar os seus termos ou se tentava pensar em algum jeito de contorná-los, outro método de fuga. Por fim, ele disse:

— **Se você jurar não me entregar aos dragões e me ajudar a recuperar minha filha em segurança, vou cooperar com você neste lugar de maneira livre e absoluta, com todas as minhas habilidades.**

Irene pensou nas palavras. A parte que dizia *livre e absoluta, com todas as minhas habilidades* provavelmente era o máximo que ela ia conseguir. Agora precisava fazer uma contrapromessa e não se comprometer demais.

— **Juro fazer o possível para ajudá-lo a continuar livre dos dragões e salvar a vida da sua filha, mas com a com-**

preensão de que meu dever para com a Biblioteca fica acima de todos os outros juramentos. É suficiente?

— Eu aceito — sussurrou Evariste, a voz mal dava para ouvir. — Pronto. Pode me deixar levantar, agora.

— É melhor arrumarmos tudo antes que Kai volte — disse Irene, soltando o aperto no pescoço dele e se levantando. — Precisamos sair daqui quando ele voltar.

— Qual é a história entre vocês dois? — Evariste quis saber. Ele sentou, mexendo na garganta de um jeito desconfortável. — Você sabe que não pode confiar neles, não sabe?

— Percebo que você não diz isso quando ele está no quarto.

— É porque não sou idiota.

— Fico feliz por ouvir isso. — Irene ajeitou as próprias roupas. — De vez em quando, um jovem dragão se torna aprendiz da Biblioteca. Nenhum deles jamais fez o juramento final... — Sua garganta apertou, e ela se obrigou a continuar a frase, a dizer em voz alta o que vinha suspeitando há algum tempo. — E acho que Kai também não fará. Ele não vai deixar a família para trás.

É só uma questão de tempo até eu perdê-lo, pensou. *E eu também estou comprometida, exatamente como você, porque me importo com ele. Mas o sangue da família governa os dragões; e essa pode ser a chave de que precisamos.*

— Mas por que a Biblioteca permite isso?

— Não sei — admitiu Irene. — Posso dar alguns palpites. Mesmo que não tenhamos uma aliança formal com os dragões, geralmente nos damos melhor com eles do que com os feéricos. Ou, sendo mais cínica, talvez seja para manter os dragões achando que sabem o que estamos aprontando ao deixar alguns navegarem pela superfície. — Ela se virou para olhar para Evariste. — Mas, se quiser provas de Kai em particular, acredite quando eu digo ele me ajudou a eliminar Alberich, correndo um grande risco.

— É, dá para ver que ele é do tipo que mete a mão na massa. — Evariste suspirou e sentou na beira da cama. — Muito bem, vou dar a ele o benefício da dúvida. Só não pense que todos são como ele, está bem? Qing Song é mau. E, mesmo que Hu seja mais amigável, ele ainda é perigoso.

— Ah, eu acredito nisso — disse Irene secamente. — Mas, voltando aos negócios, existe *mesmo* alguma coisa que queira me falar antes que Kai volte? De Bibliotecário para Bibliotecário?

Evariste balançou a cabeça.

— Não foi fácil, mas já falei tudo.

Os dois se assustaram quando a maçaneta da porta virou. Antes que o pânico pudesse se instalar, Kai entrou com um jornal dobrado debaixo do braço.

— Não há nenhuma ameaça imediata, mas está na hora de sairmos daqui. E aqui está parte do motivo. — Ele deu o jornal a Irene. Estava dobrado num artigo específico, e ela ficou boquiaberta ao ler.

— O que foi? — perguntou Evariste.

— Tem a ver com o modo como chegamos a Nova York. — Kai estava claramente se divertindo. — Irene usou a Linguagem para convencer a polícia de que ela era realmente uma agente do FBI, mas a história foi pulverizada assim que saímos. E o capitão Venner acabou dando uma entrevista para um repórter do jornal em que teve de explicar por que nos deixou ir embora.

— Agora você pode acrescentar "mestre hipnotizadora" à minha lista de títulos — murmurou Irene. — Junto com "chefe da máfia". Eu não fazia ideia que o capitão Venner era um contador de histórias tão talentoso.

— Gostei da parte em que você fixou os olhos reluzentes nele, e ele ficou incapaz de se mexer na cadeira.

— Você decorou o artigo todo? — indagou Irene meio irritada.

— Só as melhores partes. — Kai se apoiou na porta. — Ele tinha de racionalizar as coisas de algum jeito, Irene. Tente ser solidária com o pobre coitado. Como poderia explicar o que viu de outro jeito?

— Não é você que está sendo descrito como alguém que tem a sobrancelha de Shakespeare e um olhar profundo de serpente como Satã... — Irene se recompôs. Isso estava saindo do controle. — Muito bem. Acrescente mais um item à lista de problemas que terei se a polícia me encontrar.

— Certo — disse Kai —, e esse é o outro motivo por que precisamos ir embora agora. Acho que este lugar está sendo vigiado. Vi uns dois homens com à paisana lá na frente. Precisamos ir embora antes que tragam reforços.

Irene assentiu.

— Vamos para outro lugar. Evariste, você está na cidade há mais tempo que nós: onde podemos continuar esta conversa?

O "onde" mais próximo era uma delicatessen ali perto, frequentada por estudantes, pelos menos afortunados e por pessoas que queriam beber café em vez de álcool. A alta concentração de estudantes significava que a mistura racial de Irene, Evariste e Kai era menos evidente do que poderia ser em outro lugar. E a falta de álcool provavelmente significava menos gângsteres. Eles escolheram uma mesa de canto com uma boa visão da porta e sentaram para planejar.

Irene tinha refletido sobre a situação.

— Vários pensamentos — disse ela — sem nenhuma ordem específica. Evariste, Qing Song está tão encrencado quanto você. Talvez até mais.

Ela se virou para Kai.

— Kai, se alguém da corte do seu pai fosse encontrado tentando obrigar Bibliotecários a ajudá-lo sequestrando seus dependentes... o que aconteceria com essa pessoa?

— Desgraça pública e perda de comando — disse Kai sem hesitar. — Talvez até morte ou banimento, dependendo do escalão. Mesmo que não tenhamos uma aliança formal, esse não é um comportamento permitido. Meu pai e seus ministros não endossariam essa conduta. Seria uma declaração de hostilidade em si.

— Sim, mas Qing Song disse... — começou Evariste. Depois parou, como se percebesse o quanto tinha sido enganado. — Você quer dizer que ele está tão incriminado quanto eu — completou devagar.

— Exatamente — disse Irene. — Qualquer que fosse o relacionamento dele com Julian e a família, Qing Song ultrapassou muito os limites ao fazer sua filha de refém. E agora que ele perdeu seu rastro, não só perdeu a grande chance de conseguir o livro, mas há uma testemunha solta que pode tornar as coisas politicamente perigosas para ele. Talvez até fatais. A Rainha das Terras do Sul não vai querer um subordinado que provoca esse tipo de confusão. Acima de tudo, ao agir desse jeito, Qing Song colocou a própria família em risco.

— Você quer dizer que outros dragões *se importariam* de verdade com o que ele fez? — perguntou Evariste com cinismo.

Mas Kai tinha se recostado na cadeira ao ouvir as últimas palavras de Irene, como se ela tivesse lhe dado um soco no estômago.

— Eles se importariam — disse Kai baixinho. — Na verdade, se importariam muito. Isso não é um tipo de jogo mesquinho entre dois indivíduos. É um desafio no qual ambos os participantes receberam apoio de seus clãs. Se Qing Song fez o que fez, sem ser provocado, contra um servo de um poder neutro, e seu clã for incriminado, *todos* se arriscam à desgraça. A Rainha exigiria isso. Ele foi tolo de fazer o que fez.

Irene concordou com a cabeça.

— Qing Song pesou a mão. Ele pode estar preparado para se arriscar a morrer, mas não vai arriscar a *família*. E é assim que vamos recuperar a sua filha.

Evariste assentiu devagar; ainda não convencido, mas querendo acreditar.

— Mas vamos ser descobertos mais cedo ou mais tarde, e Qing Song vai nos rastrear — disse. — Não sei se ele consegue me rastrear diretamente. Por isso eu tinha feito as proteções. Mas, mesmo que não consiga me encontrar desse jeito, ele tem contatos com os mafiosos; ou melhor, Hu tem. Não com o chefão daqui, Lucky George, mas com alguns dos contratantes inferiores.

— "Lucky" de sortudo? — perguntou Kai.

— Era Giorgio Rossi originalmente, mas hoje em dia ele é George Ross, se você não quiser perder os dentes — explicou Evariste. — Ele começou com a máfia e fez seu próprio negócio e também levou vários associados consigo. Hoje em dia é totalmente americano. Terra dos livres, lar dos bravos. E, pelo lado meio ilegal, importador de álcool do mundo todo. De qualquer maneira, os gângsteres contratados por Hu estarão nos vigiando. E, mesmo que você consiga chantagear Qing Song para obrigá-lo a devolver a minha filha, ele não vai querer nos deixar ir embora. Nós sabemos demais. Ainda mais se perceber que somos uma ameaça para a família dele, pelo que você está dizendo. Então, o que vamos *fazer*?

Irene olhou para Kai. Seu coração afundou quando percebeu que a olhava como se ela fosse capaz de resolver as coisas. Ele não estava nem *tentando* dar uma contribuição. Ele não devia simplesmente depender dela para ter respostas. Como professora dele... ela fracassara.

Isso era algo que precisava corrigir. E, no fundo da sua mente, uma ideia estava começando a se formar que poderia atingir vários objetivos ao mesmo tempo.

— Onde está o livro? — perguntou ela. — Estou supondo que você o rastreou.

— Está nos arquivos do Museu Metropolitano de Arte — respondeu Evariste prontamente, sua sintaxe mudando como se estivesse respondendo a seu supervisor na Biblioteca. — Estava numa coleção doada pelo juiz Richard Pemberton em 1899. Ele o herdou do pai, coronel Matthew Pemberton, que o trouxe para cá depois da invasão da China. O professor Jamison é o atual curador da coleção.

— Bom trabalho — parabenizou Irene. — Próxima pergunta: você verificou se está lá ou essa é uma suposição com base em pesquisas?

— Não tive coragem de descobrir — admitiu Evariste. — Escondi a pesquisa sobre ele no restante dos documentos que eu estava verificando. E os levei quando fugi.

Um pensamento terrível passou pela mente de Irene.

— Você não os deixou no seu apartamento, não é? Se Qing Song vasculhou o apartamento...

— É, isso teria sido terrível, não é? — comentou Evariste com frieza. — Depois de você me nocautear e me arrastar e tudo o mais. — Estava óbvio que certas coisas ainda não tinham sido perdoadas e esquecidas. — Mas estamos seguros, por enquanto. Eu queimei os papéis assim que estava em segurança. Não preciso deles para me lembrar dos fatos importantes.

Irene relaxou.

— Que alívio.

— Havia alguma coisa no apartamento que devíamos ter trazido? — perguntou Kai. — Imagino que devo pedir desculpas por ter arrastado você de lá e deixado seus livros preferidos para trás.

Evariste parecia querer listar inúmeras coisas, mas, depois de um instante, balançou a cabeça.

— É, tem uns livros lá que eu gostaria de ter guardado. Mas a maioria era para criar a proteção da Biblioteca. Achei que poderiam atrasar Qing Song, se ele tivesse algum... — Ele acenou vagamente com a mão. — Algum jeito de dragão para tentar me encontrar. Mas acho que posso viver sem os livros. E eu estava quase sem dinheiro, de qualquer maneira.

— Ele provavelmente não consegue localizar você diretamente — disse Kai de um jeito reconfortante. — Se estivesse chegando a este mundo, Qing Song poderia encontrar sua localização geral, mas não seria capaz de chegar na casa em que você estava. Ele pegou algo seu? Sangue, hálito, qualquer coisa assim.

— De jeito nenhum — disse Evariste. — Ele estava tendo dificuldades suficientes para me fazer cooperar sem esse tipo de coisa esquisita de dragões. Hum, sem ofensas.

— Suponho que Qing Song tenha financiado sua pesquisa — comentou Irene antes que Kai pudesse se ofender.

— Isso. Mas eu não queria me arriscar a sacar da conta bancária que ele me deu, depois que fugi. Se o banco entrasse em contato com ele...

— Muito bem. A prioridade máxima aqui é Miranda. Qing Song a está mantendo neste mundo ou em outro lugar? Ou você não sabe?

Evariste franziu a testa.

— Não sei — respondeu ele. — Acho que ele a está mantendo na base, onde quer que seja. Ele não me deixou vê-la. — Seus ombros despencaram.

— Certo. — A voz de Irene endureceu. — Então, para começar, vamos colocar as mãos naquele livro para fazer Qing Song nos ouvir. Precisaremos prometer algum tipo de suborno para que ele negocie, mesmo que a gente não pretenda cumprir. Além disso, se ele encontrar o livro, vai deixar este mundo para trás, e a Biblioteca ficaria manchada pelos boatos. Então, precisamos pegá-lo, não importa o que aconteça. E depois, Evariste, vamos deixar perfeitamente claro que ele vai entregar a sua filha e vai deixar você e a Biblioteca em paz no futuro. Porque, se isso não acontecer, toda a família dele vai cair em desgraça assim que revelarmos o que ele fez. Não vou dar o livro para ele. Não vou dar o livro para *nenhum* dos dois. Vou pegar sua filha de volta, e vocês vão voltar para a Biblioteca.

A raiva estava dando foco aos seus pensamentos; mas isso parecia certo. Mesmo que seu plano funcionasse, perder a posição de Bibliotecária Residente poderia ser apenas o início do preço que teria de pagar. Mas, quando olhava para as *suas* consequências pessoais, em contraste com a vida ou a morte da filha de Evariste...

Não havia escolha.

— Vocês dois concordam com isso? — perguntou ela. — Porque, se concordarem, eu tenho um plano.

Evariste cerrou os punhos na beira da mesa.

— Vai funcionar? — perguntou. Ele se virou para Kai. — Você é o dragão. Você sabe como Qing Song pensa. Isso realmente vai funcionar?

Os olhos de Kai brilharam vermelhos por um instante, um flash de carmim no fundo da pupila.

— Ah, sim — disse baixinho. — Qing Song não vai ter nenhuma outra opção. E não consigo me forçar a sentir pena dele.

CAPÍTULO CATORZE

O Plaza Hotel era um enorme prédio quadrado e pálido, enfeitado como um bolo de casamento e grande como alguns castelos. Dava vista para uma praça elegante com estátuas, árvores e fontes arrumadas com bom gosto. E, apesar da localização urbana, se instalava sozinho e impressionante no meio de gramados bem cuidados e caminhos de cascalho. A entrada principal, com pilares, era flanqueada por uma fileira de táxis estacionados, espelhada por um grupo de carruagens puxadas por cavalos do outro lado da rua.

Irene entrou pela porta principal sem hesitar e foi direto à recepção. Seus saltos clicavam de maneira confiante nos azulejos de mosaico que cobriam o chão.

A recepcionista era uma jovem de cabelos louros e lisos que reluziam sob a luz do candelabro no teto. Estava sentada atrás de uma mesa cujo topo era uma peça única de mármore, e a parede atrás dela tinha um conjunto de um metro e oitenta de botões embutidos e tubos de comunicação. Dois recepcionistas presumivelmente inferiores estavam sentados um de cada lado dela, murmurando em bocais de telefones e fazendo anotações.

— Sim, madame? — cumprimentou ela com educação.

— Eu gostaria de uma suíte para hoje à noite — disse Irene, deixando seu sotaque britânico aparecer. Agora ela precisava ser notada. — Talvez para várias noites. Não tenho certeza de quanto tempo vou passar em Nova York.

— Claro, madame — concordou a recepcionista obsequiosamente. — Tem alguma preferência?

Irene balançou a mão em um gesto vago.

— Ah, qualquer coisa que seja habitável para um ser humano. Ouvi dizer que este é *o* lugar para ficar em Nova York. Confio que você não vai me decepcionar.

— Nossas tarifas, madame... — começou a mulher.

Irene olhou para ela e ergueu uma sobrancelha.

— Não me preocupam — interrompeu. — Pode ter certeza que dinheiro não é um problema. Meu conforto é.

— Pode me dar seu nome, madame? — perguntou a recepcionista.

— Jeanette Smith — respondeu Irene. E sorriu.

Os olhos da recepcionista se arregalaram. Ela engoliu em seco.

— Sim, madame — disse rapidamente. — Claro que podemos conseguir uma suíte para a senhora. Há mais alguém no seu grupo?

— Alguns amigos podem se juntar a mim mais tarde — respondeu Irene de um jeito imprudente. — Agora, se não se importa, eu gostaria da suíte para poder repousar. Depois, peça para alguém chamar um táxi para mim. Preciso fazer compras.

Ela se virou e se apoiou na mesa do hotel, vasculhando o saguão. Os azulejos pálidos no chão e as paredes creme faziam o cômodo parecer ainda maior do que já era. Funcionários do hotel, usando uniformes com botões de metal, andavam de um lado para o outro, atravessando o local em passos constantes e silenciosos, como uma corrente elétrica – ou era voltagem? – zumbindo ao redor de um circuito.

(Física nunca tinha sido um ponto forte de Irene. Na verdade, estava na sua lista de pontos fracos, junto com artes visuais, anatomia humana e a capacidade de manter um sotaque americano convincente.) Os hóspedes do hotel entravam e saíam, alguns prestando atenção a ela. Pelo menos por enquanto.

A recepcionista murmurou num dos tubos de comunicação, depois se virou de novo para Irene enquanto um carregador do hotel vinha trotando para pegar suas malas.

— Temos uma suíte no décimo segundo andar, madame, e espero que atenda aos seus critérios. Sobre a questão do pagamento...

Irene enfiou a mão na bolsa, pegou um rolo de notas e jogou na mesa da recepção.

— Entenda que a discrição é de suma importância — disse ela. — Além disso, é possível que alguns amigos tentem me achar aqui. Eles vão perguntar por alguém chamado Marguerite. Imagino que você possa cuidar disso.

— Será um prazer, madame — disse a recepcionista, estendendo a mão tão rápido quanto a pinça de um caranguejo faminto para pegar o dinheiro, fazendo-o desaparecer embaixo da mesa.

Irene sorriu de novo. Porém, o sorriso não chegou aos olhos.

Irene sentou na cama muito elegante depois que o carregador do hotel saiu da suíte igualmente elegante, então passou um minuto apenas respirando fundo e se permitindo relaxar. A tensão tinha se agarrado permanentemente às suas costas e ombros e se enroscado na sua garganta com a ideia do plano à frente. Tudo tinha de dar muito certo.

Ela lembrou a si mesma que era profissional e abriu a mala. Lá dentro estava o mapa turístico meio surrado de Nova

York. Ela ajeitou o mapa sobre a colcha e repetiu a manobra agora hábil com a Linguagem e o medalhão. Indicava uma área no Bronx. Ótimo. Foi lá que eles concordaram que Kai e Evariste iam passar algumas horas sem chamar atenção.

Tudo ali parecia muito errado. Normalmente, a política de Irene era trabalhar à paisana. Desta vez, porém, ela estava prestes a ir para a cidade e ver quanta atenção conseguia atrair, enquanto Kai e Evariste realizavam o roubo do livro por trás dos panos.

Era um risco calculado, baseado no fato de que *ela* era a pessoa que todo mundo tinha visto até agora, enquanto Kai tinha passado a maior parte do tempo nos bastidores. Qing Song ia esperar que ela o levasse até Evariste ou que pudesse usá-la para encontrar o livro. Com um pouco de sorte, ele iria atrás dela como alvo fácil, tirando a pressão de cima dos outros dois. Quanto aos gângsteres locais por um lado e o capitão Venner do outro, Irene só teria de evitar ser assassinada ou presa, mas já estava acostumada a isso.

Hora de seguir com o próximo passo do plano e se concentrar em chamar atenção sem ser assassinada.

Hora de *fazer compras*.

Quando Irene saiu do hotel, percebeu um segundo táxi seguindo o dela. Ficou satisfeita. Se não estivesse chamando atenção para longe de Kai e Evariste, não estaria fazendo seu trabalho.

Tinha passado meia hora na suíte, relaxando e fazendo uma refeição rápida. Era o meio da tarde e estava com fome. Tinha sido tempo suficiente para os funcionários do hotel fazerem ligações telefônicas discretas denunciando sua identidade. Ela ficou tensa ao atravessar o saguão até o táxi que aguardava, só para o caso de outro atentado, mas nada aconteceu. Todos os instintos do corpo dela gritavam para se vestir de maneira mais discreta e sair furtivamente pela entrada de funcionários. Foi difícil lutar contra os hábitos acumulados durante toda a vida.

— Algum lugar onde eu possa comprar roupas decentes — ordenou ela ao motorista. — Minha bagagem foi perdida. E depois uma boa livraria. E também preciso visitar a Biblioteca Pública de Nova York.

Isso deve provocar uma confusão. Os vigias de Qing Song a veriam fazendo *alguma coisa*, mas não saberiam o quê. Será que Qing Song ia pensar que ela estava indo pegar *Jornada ao oeste*? Ou que ia fazer um relatório na Biblioteca?

O que aconteceu foi que ela nem conseguiu chegar à biblioteca antes que a confusão surgisse.

Tinha feito a primeira parada numa loja de roupas muito cara. Jeanette Smith jamais usaria roupas baratas. Jeanette Smith era mais de usar vestidos de seda e casacos de pele – e, mais importante, sapatos que calçavam com perfeição e não dariam bolhas em Irene.

Ela saiu da loja usando um vestido creme curto que ondulava ao redor dos joelhos, cortado até o pescoço na frente e até as omoplatas nas costas, apenas o suficiente para evitar mostrar sua marca da Biblioteca. Tinha um padrão diagonal com escaravelhos em tons de azul-marinho, combinando com o colar e as pulseiras turquesas. O casaco era de veludo preto com mangas largas, com colarinho e punhos de pele de chinchila, e o chapéu combinava com perfeição. E, apesar de não gostar de admitir, a experiência toda de ser mimada e de estar adequadamente vestida tinha melhorado seu humor. Ela agora se sentia mais integrada a esta Nova York. Dentro da personagem.

A segunda parada era na área conhecida como "Fileira de Livros" na Quarta Avenida. Envolvia seis quarteirões e tinha pelo menos quarenta livrarias. Talvez mais. Irene poderia passar dias felizes aqui, mas o plano era continuar se movimentando por Nova York, mantendo os vigias ocupados.

Ela percebeu os homens se aproximando enquanto voltava para o táxi. Não ficou surpresa quando a cercaram e dois deles a arrastaram para o banco traseiro, esmagando-a entre eles, enquanto o terceiro saltou na frente com o motorista e murmurou instruções.

Podia sentir os coldres debaixo dos ternos daqueles homens.

— Vamos a algum lugar? — perguntou.

— Não está acontecendo nada, moça — rosnou o homem à esquerda. — Fique sentada e quieta e estaremos lá daqui a poucos minutos.

A testa do motorista estava pingando de suor. Ele pisou fundo no acelerador, e Irene foi jogada para trás no assento pelo salto súbito do carro para a frente.

— Posso pagar, sabe — ofereceu Irene.

Estava tentando descobrir para quem esses homens trabalhavam. Eram subalternos de Qing Song, gângsteres aleatórios, gângsteres específicos ou policiais à paisana? Tantos inimigos, tão pouco tempo.

— Não precisa se preocupar — continuou o homem à esquerda, como se estivesse lendo um roteiro preparado. — Só tem umas pessoas que querem falar com você...

— Pagar *muito bem* — disse Irene com seriedade. Ela olhou pela janela. A geografia da cidade não lhe dizia nada. Árvores e mesas perto do meio-fio e prédios mais baixos com lojas e delicatessens davam lugar a arranha-céus mais frios e ruas mais anônimas. Ela podia esperar para ver aonde estava sendo levada. Mas podia estar a caminho da sua própria execução pelo crime organizado.

O motorista apertou os freios quando o carro fez uma curva à direita, os pneus gemendo no asfalto. Na parte traseira do carro, todos deslizaram para o lado, o homem à direita de Irene esmagando-a contra o da esquerda e rosnando um pedido de desculpas. Ambos cheiravam a tabaco e pós-barba barato. Irene ouvia os gritos irritados dos outros motoristas quando freavam em resposta.

— Moça, o tipo de dinheiro que você pode oferecer não é suficiente para irritar o chefe. — Seu sequestrador tentou parecer tranquilizador, voltando à vertical e ajeitando as lapelas. — Escute, eles só querem conversar. Você não vai acabar num saco. São só negócios.

— Que reconfortante — murmurou Irene. Ela direcionou as palavras seguintes ao motorista. — Se eles atirarem em mim, provavelmente vão se livrar de você, para garantir que não haja testemunhas.

Ficou óbvio que o motorista já tinha pensado nisso. Ele mastigou nervoso as pontas do bigode. Porém, não desacelerou nem parou.

— Moça, não gosto de fazer isso — murmurou ele. — O irmão da minha mãe, Josef, sempre disse: arrume um emprego de motorista de táxi, rapaz, e você vai acabar trabalhando dia e noite para todos os tipos, sem poder chamar sua alma de sua, dirigindo o táxi em todas as horas que Deus manda só para pagar o aluguel...

— Cale a boca — disse o homem no banco da frente. — Você não viu nada. Deixe a gente e depois vá arrumar novas corridas. E você, moça. Tem de saber como essas coisas funcionam. Não tem como conseguir ajuda. Se ele não gritar, não tem com o que se preocupar.

O carro parou de repente, e isso quase jogou Irene e seus vigias em cima da divisória. Irene poderia ter roubado uma das armas deles durante a confusão, e o pensamento a tranquilizou. Eles não eram tão competentes; eram apenas capangas medíocres trabalhando.

— Certo — disse o homem no banco da frente. — Moça, entre por aquela porta marrom ali e desça a escada, e vá rápido, antes que os policiais alcancem a gente. Tem alguém lá embaixo que quer conversar.

Irene cambaleou para um beco profundamente sombrio. Os prédios de cada lado se erguiam altos o suficiente para bloquear a luz direta do sol a esta hora da tarde. Argamassa caída cobria os buracos entre tijolos decrépitos, e latas de lixo eram espaçadas irregularmente ao longo da calçada, com odores escapando para encher o ar. As portas ao longo do beco eram todas em tons de cinza, marrom e preto, como se estivessem tentando encontrar o tom mais discreto possível. Se Nova York fosse uma música, esta era a pausa sinistra que levava a um clímax intenso.

A porta marrom específica para a qual o sequestrador tinha apontado era notavelmente diferente das outras. Era provável que Vale precisasse apenas de uma olhada para marcá-la como digna de investigação. Alguém tivera o cuidado de varrer a soleira da porta, e não havia nenhuma caçamba por perto.

O táxi continuou parado no meio-fio. Provavelmente, os homens lá dentro estavam esperando para ter certeza de que ela realmente tinha entrado pela porta e não tinha fugido.

Podia ser uma emboscada. Podia ser uma armadilha mortal. Só que, se fosse, raciocinou Irene, já estaria morta.

Havia uma ampla variedade de motivos para atravessar aquela porta marrom e descer a escada. Os motivos variavam de manter seu disfarce (como Jeanette Smith, Chefe da Máfia, Garota com uma Arma na Cinta-Liga) até evitar a polícia, que podia estar rastreando todos eles. Também precisava manter Qing Song e seus capangas convencidos por suas táticas de distração. Mas, no fim das contas, havia um motivo ainda melhor para Irene ir em direção à porta.

Simples curiosidade.

Irene esperava que nenhum de seus inimigos jamais percebesse o quanto ela era impulsionada por um desejo de descobrir como, o quê, onde, quando e, neste caso, quem.

Ninguém abriu a porta. Irene realmente não esperava por isso. Ela a abriu e entrou num corredor estreito iluminado por uma lâmpada balançando, com uma entrada para a escadaria parecida com uma boca escura à esquerda. As paredes caiadas do corredor eram sujas, mas o piso de azulejos estava bem limpo, ainda úmido por uma limpeza recente com um esfregão. Não precisava ser uma grande detetive para deduzir isso. O esfregão estava apoiado ao lado da porta num balde com água marrom suja, parecendo um sentinela.

Ela começou a descer pela escada sem iluminação, com uma das mãos no corrimão surrado. Os degraus de madeira estalavam sob seus novos sapatos apesar de suas tentativas de se mover em silêncio, e ela sabia que quem a esperava lá embaixo podia ouvi-la chegando.

A porta na base da escada estava alguns centímetros entreaberta, delineada pela luz do outro lado. Irene hesitou por um instante, pensando em bater, mas simplesmente a empurrou.

Luzes fortes a ofuscaram. Uma mão agarrou seu pulso e a arrastou para dentro do cômodo, retorcendo seu braço nas costas. O metal frio do cano de uma arma se aninhou na sua nuca.

— Que simpático você se juntar a nós — disse uma voz arrastada além das luzes.

CAPÍTULO QUINZE

— Tive de fazer umas compras antes — respondeu Irene, a boca no piloto automático.

Quando seus olhos se acostumaram às luzes fortes, ela conseguiu absorver um pouco mais do cômodo. Era maior do que esperava, enfatizado pelas paredes e teto caiados, que ultrapassavam a brancura fria e chegavam à esterilidade absoluta. Havia objetos escuros reluzentes pendurados nas paredes. Numa inspeção mais próxima, percebeu que eram armas de todos os formatos e tamanhos, que ela mal reconhecia. Algumas poltronas estavam salpicadas pelo cômodo, estofadas em couro preto. Duas delas ocupadas por homens sentados, com roupas caras e segurando copos de coquetel. Na outra ponta do cômodo, havia uma mesa fustigada pelo clima e meia dúzia de gaveteiros baixos, do tipo que um artesão teria em sua oficina.

O cômodo todo fedia a metal e lubrificante de armas, até a pessoa – era uma mulher, percebeu Irene – que segurava seu braço nas costas. A arma estava pressionada na nuca de Irene, e o metal frio aumentava maravilhosamente sua concentração. Era o tipo de sensação de alerta que costumava vir engarrafado com cafeína e era vendido para universitários ou motoristas de van que ficavam acordados a noite toda. Lembrou a Irene que a curiosidade às vezes tinha um preço alto demais.

O homem que falou antes deu uma risadinha e tomou um gole do copo. Seu sotaque sulista pesado – um pouco pesado demais? – escorria como mel denso.

— Bem, eu diria que as mulheres sempre dão essa desculpa, mas poderia ser injusto com a minha pequena Lily. É a moça que está com uma das armas preferidas dela apontada para você.

E, enquanto ele falava, uma explosão de medo percorreu Irene como uma onda no mar. Ela apertou sua garganta e seu peito, depois se arrastou de volta pelo corpo numa contracorrente congelante que gelou nas suas veias. O cheiro do aço frio parecia queimar suas narinas e o fundo da garganta. Era o medo da morte e tudo que a acompanhava neste lugar: o medo de armas, o medo da violência, o medo do assassinato casual. A tatuagem da Biblioteca nas suas costas doeu em resposta como uma antiga queimadura.

A mulher atrás de Irene a empurrou de lado, virando-a para ficar de cara para a parede, e passou casualmente a mão pelo corpo de Irene. No meio do terror que estava tentando se impor sobre ela, Irene percebeu que a mulher estava procurando armas, revistando-a com profissionalismo e verificando sua bolsa. Tinha diminuído o aperto no pulso de Irene, mas a outra mão mantinha a arma no seu pescoço.

Quando falou, sua voz era clara e sem inflexão, com o mínimo sotaque local de Nova York.

— Ela não está carregada.

— Ora, que surpresa. Vire-a, Lily. Vamos dar mais uma olhada no rosto da srta. Jeanette. Ela veio até aqui para nos visitar. Parece que é o mínimo que podemos fazer.

A mulher virou Irene de novo, girando-a para encarar os

homens. Mais uma vez, a corrente de medo atingiu Irene, ameaçadora como uma arma na boca.

Mas desta vez, ela não o engoliu. Não era o medo dela. Alguém neste cômodo – um *feérico* neste cômodo – estava tentando impô-lo a ela. Saber que o medo era uma força externa fez Irene estrangulá-lo com mais facilidade para que ficasse submisso.

Ela colocou uma mecha de cabelo no lugar.

— O mínimo que você pode fazer é me oferecer um drinque — disse com calma. — Deus sabe que eu vim de longe para conseguir um.

Houve uma pausa, quase um silêncio aturdido, e depois o homem caiu na gargalhada. No entanto, a risada era um pouco forçada, como se a usasse como tapa-buraco enquanto decidia o que fazer a seguir.

— Você tem um sotaque muito fofo, srta. Jeanette. Eu devia contratá-la para ler a lista telefônica para mim o dia todo. Claro, sente-se. Dave, faça um drinque para a mocinha. O que você quer?

— Quero um Black Russian — respondeu Irene enquanto ia em direção à poltrona indicada. Dava para ouvir os passos de Lily atrás dela, os saltos altos batendo no piso de azulejos como uma contagem regressiva.

O segundo homem, que tinha se levantado, parou.

— O que é isso? — perguntou ele.

Ah, que maravilha, pensou Irene. *Mais uma Bibliotecária se envolve numa contaminação intercultural.* Ela não se lembrava quando um Black Russian tinha sido feito pela primeira vez, mas pelo menos sabia a receita.

— Cinco partes de vodca para duas partes de licor de café, se tiver — disse ela. — Ou posso tomar um gin sling, como quer que vocês o façam aqui.

— Talvez a Inglaterra tenha mais a nos ensinar do que eu

imaginava — refletiu o primeiro homem. — Veja o que pode fazer a respeito, Dave. E fique à vontade, srta. Jeanette. Temos algumas coisas para discutir. Suponho que você não saiba quem eu sou.

— Estou imaginando que seja o cavalheiro que chamam de Lucky George — disse Irene. Ela sentou na poltrona e se permitiu analisá-lo de um jeito tão óbvio quanto ele a olhava.

Era um homem pequeno, com cabelo escuro cheio de óleo e cortado bem curto, nariz frouxo e o tipo de barba mal-feita viril que exigia um esforço cuidadoso para manter. O terno de ombros largos era feito para minimizar a cintura e aumentar os ombros, mas não conseguia disfarçar as linhas de um coldre sob o paletó. A gravata era uma obra de arte feita por um artista abstrato ou o resultado de alguém jogando tinta na seda. E os sapatos eram tão lustrosos que o mero contato com o ar deveria embotar o brilho.

Ele girou o drinque no copo e sorriu para Irene, mostrando dentes manchados de tabaco.

— E quem lhe disse isso, srta. Jeanette? Alguém que eu devo conhecer? — *Para poder matar*, seu tom sugeria.

Irene deu de ombros.

— Seu nome não é segredo — respondeu.

Irene analisou discretamente Lily, a mulher que tinha colocado uma arma no seu pescoço. Ela havia dado a volta para se empoleirar no braço da poltrona de George. Lily tinha uma aparência que deveria ser descrita como *linda como uma pintura*. Só que havia alguma coisa desequilibrada na sua presença, como as fundações de um prédio numa história de terror de Lovecraft. O cabelo louro era cortado como um capacete e caía para esconder seu olho esquerdo, mas o olho direito visível analisava Irene como se a medisse para saber o tamanho do caixão. Sua pele tinha a palidez perfeita de alguém que não saía ao sol, e o vestido de cetim violeta grudava no corpo como se fosse uma meia-calça.

George notou a direção do olhar de Irene e deu uma risadinha.

— Dá para ver que você está admirando minha Lily. Sou um homem moderno e avançado, srta. Jeanette. Não me importo se é homem ou mulher: eu emprego quem possa fazer o serviço. E minha pequena Lily... — Ele deu um tapinha na coxa dela pouco acima do joelho, com ar de proprietário. — Ela é a melhor com uma arma em toda a *Big Apple*.

— É bom conhecer um homem de mente aberta — disse Irene de um jeito alegre. A Biblioteca em si podia ser uma organização neutra em termos de gênero, afinal os livros não se importavam se eram lidos ou roubados por homens ou mulheres, mas alguns Bibliotecários precisavam de tempo para abandonar as atitudes de seus mundos de origem. E, embora Irene conseguisse manipular os preconceitos de outras pessoas durante missões, isso não significava que *gostasse* deles. — E é um bom começo para possíveis relações que funcionam.

— Quer dizer que você vai ser direta? — George quis saber.

— Chega um ponto em que é desperdício de tempo e esforço continuar mentindo — disse Irene. — Acho que, no pôquer, podemos chamar de desistir. Então... — Ela se inclinou para a frente na poltrona. — Você conseguiu minha atenção. O que você quer?

— Você é mais abusada do que eu esperava, srta. Jeanette — disse George. Ele se recostou na cadeira e tomou mais um gole do drinque.

— Posso ser sincera? — perguntou Irene.

— Claro, claro. — Ele apontou dois dedos para ela como um cano de revólver em miniatura. — Contanto que você só seja sincera comigo, docinho. Não gostamos de delatores por aqui.

— Também não gostamos lá na minha terra — concordou Irene. Ele a aceitara como uma chefona do crime. Estava na hora de brincar com esse fato. — E é em parte por isso que estou irritada.

— Irritada? — disse George. Lily não moveu a cabeça, e seu rosto continuou sem expressão, mas seu olhar se mexeu para se concentrar em Irene.

— Como eu disse, vou ser sincera. Não era para ser uma visita pública. Alguém andou abrindo mais a boca do que devia. Não sei se o vazamento veio da minha organização ou de Boston, mas, de qualquer maneira, as pessoas agora sabem que estou aqui. Essa não é uma situação sustentável.

— Situação sustentável. Eu *adoro* o seu sotaque. — George tomou um gole. — Então, o que está pensando em fazer em relação a isso, srta. Jeanette?

— Preciso voltar para casa mais cedo do que planejei. A polícia pode aceitar alguns subornos, mas, se você for óbvio demais, os preços sobem e a segurança diminui. O esquema aqui não está funcionando, e há pessoas demais com armas apontadas para mim. Esse jogo não vale o risco. — Irene deu de ombros de novo. — Esse homem vai ficar o dia todo fazendo meu drinque?

— Lily, vá ver onde está Dave — disse George. Ele não desviou o olhar de Irene enquanto a mulher saiu da poltrona e foi até a porta nos fundos do cômodo, suave como uma cobra. — Quer dizer que você só vai largar tudo aqui nos Estados Unidos, srta. Jeanette? Desistir dos negócios e voltar para casa com o rabo entre as pernas?

— Ah, não estou dizendo *isso* — discordou Irene. — Já fiz alguns negócios e gostaria de fazer mais alguns. Odeio desperdiçar meu tempo. É por isso que estou sugerindo que deixemos as formalidades de lado e entremos direto no assunto.

Ela esperava que George apresentasse sua proposta. Assim, tudo que teria de fazer seria concordar, com uma certa negociação para cimentar o papel de mafiosa contrabandista de gin. Era muito menos trabalhoso do que inventar suas próprias mentiras. E isso a tiraria dali em segurança, de modo que pudesse voltar a deixar rastros falsos para Qing Song perseguir.

Irene se viu relaxando nessa parte. Aqui, no meio do território do maior chefe do crime de Nova York, ela estava temporariamente *a salvo* de todas as outras pessoas que a perseguiam. Tinha um personagem a interpretar, e suas mentiras estavam resistindo a uma análise casual. Era o máximo que ela conseguia.

E, para ser sincera, estava se divertindo sendo Jeanette Smith, Chefe do Crime. Era muito menos estressante do que ser Irene Winters, Bibliotecária.

A porta no outro lado do cômodo se abriu, e Lily voltou; os sapatos estalando nos azulejos, duros como as vértebras de um esqueleto. Dave estava logo atrás, com o copo de Irene na mão.

Lily se ajeitou no braço da poltrona de George, numa posição que a faria parecer um gatinho se ela parecesse vulnerável. Mais uma vez, o medo da morte abriu caminho pela coluna de Irene, provocando pânico e obediência. Era como sentar na mira de uma metralhadora.

Agora Irene tinha certeza. A primeira sensação de pavor poderia ter vindo de qualquer pessoa no cômodo. Porém, tinha ido embora com Lily e voltado com ela. Qualquer que fosse a verdade da situação de Boston, havia claramente pelo menos uma feérica na máfia de Nova York, e ela estava sentada bem ali.

A situação tinha acabado de ficar mais complicada.

Irene bebericou o Black Russian. Sabia que podia estar envenenado ou com drogas. Só que, se a *quisessem* morta de verdade, já teriam atirado nela. (Kai reprovaria a história quando a contasse. Talvez ela censurasse só um pouquinho o relato.)

— Nada mal — analisou ela. — Obrigado.

George tomou um longo gole do seu copo.

— Está bem — disse ele. — Essa é a impressão que eu tenho, srta. Jeanette. Você está aqui para encontrar parceiros comerciais. Bem, eu estou querendo importar. Se pudermos concordar nisso, o resto são detalhes para os nossos contadores.

Irene assentiu com a cabeça.

— Certo. Não precisamos de uma conferência poderosa para isso. O percentual para cada lado é importante, mas...
— Ela deu de ombros. — Não tão importante quanto concordarmos em trabalhar juntos. Além disso, você sabe onde estou hospedada. Não estou tentando me esconder. Não de você, pelo menos.

Lentamente, ele apontou um dedo para ela, a compreensão surgindo no rosto.

— É por *isso* que você tem andado pela cidade como uma turista. Estava esperando alguém entrar em contato.

— Admito — disse Irene e observou George dar uma risadinha com o comentário. — Achei que alguém profissional como você entraria em contato antes que eu tivesse de deixar a cidade.

— É — concordou. — Os policiais podem não ter nada definitivo contra você ainda, mas, quanto mais tempo ficar por aqui, mais chances de inventarem alguma coisa só para te acusarem. Mesmo que seja só a Lei de Sullivan.

Irene ergueu uma sobrancelha.

— Ser pega carregada sem porte — esclareceu ele. — Algo que boa metade dos caras e um quarto das bonecas no bar clandestino ao lado podem ter problemas para explicar. Muitas pessoas desta cidade têm medo de pegar um resfriado se saírem sem uma autodefesa preventiva.

— Sou inglesa — disse Irene. — Lidamos com isso de um jeito diferente.

— Então, como você vai lidar com isso quando encontrar quem falou? — perguntou George um pouco casualmente demais.

— Do jeito inglês. — Irene levantou o copo e girou o líquido, observando-o captar a luz. — Quem quer que seja vai desaparecer e nunca mais se vai ouvir falar dessa pessoa. Exceto pela parte em que, de algum jeito, todo mundo vai saber o que aconteceu com ela e por quê.

Ela tomou outro gole do Black Russian, saboreando o choque de cafeína e vodca, mas curtindo o olhar de aprovação de George com a mesma intensidade. Ocorreu-lhe que ela podia estar entrando um *pouco* demais na personagem. Ela ignorou o pensamento. Não era sempre que podia interpretar uma chefe da máfia.

— Muito bem. Agora que nos entendemos, não vou detê-la. Não quero que a polícia venha xeretar. — George apontou com o polegar para a porta nos fundos do cômodo. — Essa porta dá no estabelecimento particular chamado Armstrong's, e você pode tomar um drinque antes de chamar um táxi. Farei contato hoje à noite no seu hotel e poderemos cuidar dos detalhes. E vou espalhar por aí que você tem boas relações comigo e que ninguém deve tentar nada. Está bem assim?

— Parece ótimo — disse Irene. *Especialmente a parte sobre não termos mais nenhuma tentativa de assassinato aleatória.* — Mas tem mais uma coisa que eu gostaria, antes de ir. Queria de ter uma conversa particular com Lily. De mulher para mulher.

George olhou para Lily e deu de ombros.

— Claro, sem problemas. Posso perguntar o motivo?
— Quero conversar sobre armas — respondeu Irene.
George concordou, satisfeito.
— Dê à nossa convidada algo que lhe agrade, Lily querida. Dave, venha comigo. Preciso de outro drinque.

Lily permaneceu sentada no braço da poltrona enquanto os dois homens saíram, analisando Irene com a mesma atenção que um corvo analisaria uma lesma apetitosa.

— Então? — disse ela quando a porta se fechou.
— Alguém está nos ouvindo? — perguntou Irene sem rodeios.
— Não — respondeu Lily. — George sabe que sou bem fiel. Sobre o que você quer falar? E quem é você?
— Tenho uma pergunta antes — disse Irene com cuidado. Ela queria algumas respostas, mas não ao preço de levar um tiro.
— Claro — disse Lily sem hesitar.
— E eu gostaria que você me desse sua palavra, pelo seu nome e seu poder, de que a resposta é verdadeira.

O olho visível de Lily se estreitou. Se ela fosse um corvo, estaria procurando uma bela pedra pontiaguda para esmagar a lesma metafórica.

— Se você pode me perguntar isso é porque sabe demais.
— Ou não sei o suficiente — disse Irene, arrependida. — Mas, se você responder à minha pergunta com a verdade, posso ser mais sincera. Acho que, apenas desta vez, não temos motivos para ser inimigas.
— Quem é você? — perguntou Lily. Depois, com mais cuidado, continuou: — *O que* é você? Você não é uma dragoa.
— Minhas perguntas primeiro — disse Irene. Ela se recostou na poltrona do jeito mais casual que conseguiu e bebericou o drinque.

Lily hesitou, depois suspirou.

— Que confusão. Tudo bem, está combinado. Eu lhe dou minha palavra, pelo meu nome e pelo meu poder, de que vou responder à sua pergunta com a verdade.

— Aceito sua palavra — disse Irene. Os feéricos eram meticulosos em relação a manter seus juramentos, mesmo que inclinados a manter a palavra mais do que o espírito. — Agora me diga: você ou qualquer outro feérico esteve envolvido no bombardeio da Biblioteca Pública de Boston?

Lily encarou Irene sem interesse.

— Não e não de novo. Qual seria o objetivo?

— Foi o que pensei também — admitiu Irene. — E, em resposta à *sua* pergunta, sou uma Bibliotecária.

— Hum, que interessante. — Lily saboreou a palavra. — Ouvi falar do seu tipo, mas nunca conheci uma. Vocês são ladrões de livros, certo? Os acumuladores?

— Não gostamos de definir desse jeito — disse Irene —, mas sim. Para um propósito mais elevado, é claro.

— Continue repetindo isso — disse Lily de maneira solidária. — E qual é o seu nome?

— Tenho muitos nomes, mas uma única natureza — citou Irene. — E, se o meu nome verdadeiro chegasse aos ouvidos de certas pessoas, estaria muito encrencada.

— O que faz você pensar que não está?

— Estamos conversando como pessoas racionais, não é?

— A racionalidade é um conceito arbitrário — comentou Lily. Ela poderia estar discutindo drinques ou meias-calças ou um jogo de cartas. — Alguns diriam que não sou nem um pouco razoável por natureza.

— Então eles não conhecem os feéricos — disse Irene, por experiência. — Você escolheu uma história à qual se moldar e se tornou ela. Você é o que você fez de si mesma.

— Agora você está dizendo uma coisa interessante. —

Lily saiu do braço da poltrona e foi devagar em direção a Irene. Irene não conseguiu deixar de pensar em quantas armas a outra mulher carregava e como conseguia escondê-las sob o vestido apertado na altura do joelho. O cheiro de lubrificante de armas e metal superou o perfume floral doce da mulher quando ela parou na frente de Irene. Os feéricos podiam ter aversão ao ferro frio, mas aparentemente não tinham nenhum problema com o aço. — Por que você não me diz o que acha que eu sou?

— Já conheci sedutores e libertinos — disse Irene. Um deles, Lorde Silver, era uma irritação frequente no mundo de Vale. — Você não é nenhum dos dois.

— Verdade — murmurou Lily. — Tente mais um palpite.

— Já conheci conspiradores maquiavélicos. — E matei um. Mas isso foi em outro país e em outra história, e Irene esperava nunca ter de enfrentar os resultados. — Já conheci contadores de histórias e encantadores de serpentes, lordes e ladies e menestréis.

— Nenhum deles sou eu. — Lily se posicionava como uma arma sacada. — Se estivéssemos em uma história, este seria o seu terceiro palpite.

Irene inspirou fundo. Se adivinhasse errado, poderia ter se excedido pela última vez. Depois que os feéricos se prendiam a padrões de histórias e alegorias narrativas, não queriam deixá-los. E, se um personagem da história adivinhasse errado três vezes, costumava terminar como uma lição para o próximo protagonista.

Mas ela achava que sabia qual arquétipo Lily estava escolhendo incorporar. Tudo se encaixava.

— Você é a assassina fiel — afirmou Irene. — Você é a matadora fria que só se preocupa em seguir as ordens do chefe. Se ele disser para matar, você mata. Se disser para deixar vivo, você deixa. Você não se importa. Sua única preocupação é ser a melhor no seu trabalho. — Ela deliberadamente se obrigou a desviar o olhar para longe de Lily e olhar para o cômodo, para todas as armas penduradas nas paredes. — Você é uma assassina. Você é uma vadia das armas. Você é a executora de George.

Lily se inclinou e pegou a mão livre de Irene, que estava no braço da poltrona. Seus lábios tocaram a mão dela, numa imitação ridícula de saudação de uma cortesã.

— Você tem um verdadeiro dom com as palavras, Bibliotecária.

— Eu leio muito — admitiu Irene. — É um vício.

— E você está acostumada a botar a mão na massa. — Seus dedos traçaram as antigas cicatrizes que atravessavam a palma da mão de Irene. — Talvez esteja certa e não precisemos ser inimigas por enquanto. Posso respeitar outra profissional preparada para sujar as mãos.

— A menos que seu chefe diga o contrário — disse Irene.

— Ah, sim, é claro. — Lily deu a entender que isso era a coisa mais razoável possível e, para ela, refletiu Irene, seria mesmo. — Uma serva como eu não desobedece às ordens.

— Mas por que um chefe humano? — perguntou Irene. — Por que não um feérico?

Lily fez um ruído grosseiro ao soltar a mão de Irene.

— Você já conheceu algum dos caras que gostariam de assumir esse tipo de papel? Eles estariam mais interessados na própria carreira do que na minha. Preciso ficar mais forte antes de servir a alguém que realmente *importa*. Um patrão poderoso precisa de um servo poderoso. Um patrão fraco simplesmente usa os servos como casca de limão mastigada.

— E um chefe humano está disposto a aceitar sugestões em relação às ordens corretas a dar? — adivinhou Irene.

— George é um bom chefe — disse Lily. Ela falava com

uma tolerância afetuosa, como se comentasse sobre um cachorro bem treinado. Era o tipo de tom que combinava com declarações do tipo "E ele sabe ir lá fora para fazer suas necessidades". — Eu o ensinei exatamente como me usar. E ele aceita uma dica quando quero que aceite. Passei um tempo cultivando-o, e não quero desperdício. Então, o que exatamente você está fazendo aqui na minha vizinhança?

Lily tinha inserido a pergunta casualmente, mas não havia dúvida de que queria uma resposta. Irene virou o copo na mão enquanto pensava na melhor resposta.

— Estou procurando uma coisa que foi roubada — disse ela finalmente.

— Um livro? — perguntou Lily.

Irene se sentiu tentada a responder *Não, uma criança* e pedir ajuda de Lily para recuperar a filha de Evariste. Mas isso não ajudaria. Muito pelo contrário. O risco de acabar em dívida com Lily e de comprometer a Biblioteca *desse* jeito empalidecia em comparação ao risco de contar a história toda aos feéricos. Se os feéricos soubessem que um concurso de dragões estava acontecendo no seu meio, não haveria fim para a encrenca que iam provocar. Eles veriam uma fraqueza a explorar – do mesmo jeito que os dragões fariam se as posições fossem invertidas. A situação ia desmoronar mais rápido do que o olho poderia acompanhar. E, se os dragões descobrissem que o vazamento tinha sido feito pela Biblioteca, via Irene...

Ela havia achado que a situação não poderia piorar muito. Estava errada. A situação *sempre* podia piorar.

— Sinto muito — disse ela. — Não posso contar. Mas não tem a ver com você nem com o seu povo.

— Fico feliz por ouvir isso — disse Lily. — Há dragões demais na cidade, ultimamente, e eles estão encrencando comigo e com os meus. Estou preocupada de estarem entrando no meu território. E eu não ia gostar se você estivesse trabalhando com eles. — Ela voltou o olhar para Irene, como o cano de uma arma.

A ameaça implícita ecoou no cômodo.

— Eu *posso* falar com dragões — disse Irene com um sorriso. Mas o medo subiu pelas suas costas e se aninhou no estômago como um bloco de gelo. Ela se obrigou a continuar falando. — Mas isso não é uma desculpa para atirar em mim logo de cara. Nem neles.

— Tem certeza? — De repente, Lily estava com uma arma na mão; um pequeno pedaço lustroso de metal que reluzia como prata sob as luzes do cômodo. Parecia ter sua própria gravidade, atraindo o olhar de Irene como um buraco negro. Lily tinha se movimentado tão rápido que Irene não conseguira acompanhar.

— Tenho certeza que você não vai atirar em mim sem uma ordem do seu chefe — respondeu Irene, com a garganta seca.

Lily sorriu.

— Contanto que você entenda que eu lhe daria um tiro sem a mínima hesitação. Se ele me desse uma ordem.

A arma desapareceu no coldre.

— Agora, quer alguma coisa antes de sairmos?

— Pode não ser a melhor ideia — admitiu Irene. — Não quero arriscar que a polícia me leve por causa da Lei de Sullivan.

— Bem, se mudar de ideia, volte para mim — disse Lily. — Mas vamos nos juntar aos rapazes antes que comecem a se perguntar por que estamos demorando tanto. Os drinques são por minha conta, sem nenhuma obrigação sua. Concorda?

— Combinado — concordou Irene. Ela seguiu Lily em direção à porta do outro lado do cômodo.

Tinha feltro isolante do outro lado e dava para um corredor curto e profundamente acarpetado, que dava em outra porta com feltro. Irene ouviu os sons fracos de música do outro lado.

— Bem-vinda ao Submundo — disse Lily abrindo a porta. Uma onda de barulho, música e fumaça de charuto invadiu o corredor. — Venha sentar à mesa de George, para ele poder se despedir com educação.

— E para que eu possa ser vista com ele, é claro — disse Irene, resignada.

— É assim que funciona — concordou Lily. Ela chutou a porta para fechá-la e seguiu pelo grande salão.

Irene estava muito consciente das pessoas encarando Lily e ela – algumas de maneira óbvia, enquanto outras fingiam disfarçar seu interesse. Era um bar clandestino que servia pessoas que tinham dinheiro para gastar ou para desperdiçar. Todos estavam bem vestidos – até os garçons usavam ternos preto-e-branco perfeitos, e as anfitriãs bajuladoras usavam confecções caras e quase invisíveis com franjas. Alguns casais se balançavam na pequena pista de dança, mas a maioria das pessoas se amontoava nas mesas.

O salão era agitado com uma sensação febril de tensão. A risada era alta demais, hedonista demais. Mulheres usando vestidos de festa com ombros nus e braços pousados como marionetes sob a luz fraca, expondo vislumbres de joelhos ou coxas enquanto bebericavam drinques e brincavam com cigarrilhas compridas. Os homens, usando terno sob medida, com lapelas grandes, ombros largos e gravatas de seda, se exibiam tanto quanto as mulheres. E todos sabiam que a qualquer momento a polícia podia chegar. Irene farejava o nervosismo no ar do mesmo jeito que sentia o cheiro do álcool e da fumaça.

Havia ornamentos com luz elétrica pendurados no teto, mas a luz estava deliberadamente fraca. Ela captava o brilho dos colares, abotoaduras e alfinetes de gravata e reluzia em copos cheios e vazios. O único ponto bem-iluminado do salão todo era o bar: as garrafas atrás cintilavam como uma promessa distante de paraíso nas fronteiras do inferno.

— Por aqui — disse Lily, conduzindo-a pelas mesas espalhadas.

Irene percebeu que, apesar de muitas das frequentadoras femininas e das anfitriãs tolerarem mãos bobas de companheiros masculinos, ninguém tentou passar a mão na bunda de Lily. Não ficou surpresa.

E aí Lily parou. A mesa adiante obviamente era a melhor do bar, com uma visão imponente de todo o salão. E, a menos que estivesse muito enganada, havia uma porta oculta nos ornamentos da parede atrás. George e Dave estavam sentados ali, curtindo seus drinques.

Hu os acompanhava.

CAPÍTULO DEZESSEIS

— Venha sentar, Lily — disse George, chamando-a. — Você também, srta. Jeanette. Esse cavalheiro é como você. Um empreendedor de fora da cidade.

Dave puxou cadeiras para Lily e Irene. Lily pegou a cadeira ao lado do chefe, observando Hu e Irene como se esperasse ver o dragão e a Bibliotecária trocarem códigos secretos e apertos de mãos repletos de significados. O que queria dizer que Irene teve de sentar com Lily de um lado e Hu do outro.

— Este cavalheiro é o sr. Hu — explicou George. — Ele veio de Hong Kong procurando oportunidades de negócio. E esta é a srta. Jeanette Smith, da Inglaterra, que está fazendo algo semelhante. — Ele sorriu para os dois. — Tudo que posso dizer, se um de vocês estiver pensando num contrato exclusivo comigo, bem... negócios são negócios.

— Encantado em conhecê-la, srta. Jeanette Smith — disse Hu. Ele ofereceu a mão para um cumprimento.

Ah, é assim que vamos brincar. Irene apertou a mão dele com educação, consciente de que todos à mesa – e em outras mesas – os observavam.

— Encantada — disse ela. — Que surpresa agradável.

— Para mim também — disse Hu.

Os olhos dele reluziram com malícia.

— Eu adoraria um drinque — disse Irene, virando-se para George. — Uísque puro, se não se importa. Tenho interesse em testar a qualidade da casa.

George estalou os dedos e um garçom apareceu ao seu lado num instante.

— Uísque puro para a senhorita. Gim para minha Lily. Gim tônica para o sr. Hu, e o que foi mesmo que você disse antes? O melhor gelo da casa.

Hu acendeu um cigarro casualmente.

— Pretende ficar em Nova York por muito tempo, srta. Smith? — perguntou ele. — Ou devo chamá-la de Jeanette... Ou outra coisa?

Irene deu de ombros. Do outro lado do salão, a música do piano mudou para algo com um ritmo mais rápido.

— Como George já sabe, só quero terminar meus negócios e sair da cidade.

— Sim, ouvi dizer que você foi interrogada pelo chefe de polícia. — Hu apontou com o cigarro para um jornal dobrado sobre a mesa. — Muito dramático. Você anda mesmo por aí hipnotizando pessoas?

Irene sentiu a tensão de Lily do outro lado, como uma mola encolhida. Ter um dragão à mesa devia ser irritante.

— Suponho que ele teve de inventar alguma desculpa por ter me liberado — disse ela com prazer. — O homem claramente está perdendo tempo como policial. Devia estar escrevendo histórias vagabundas sobre teorias da conspiração.

George e Hu riram, e Dave se juntou a eles um instante depois, numa concordância bajuladora rápida. Lily não riu. Seu olhar se alternava entre Hu e Irene como a mira de uma arma.

— E *por que* ele te liberou? — perguntou George.

— O que você acha? — Irene deu um tapinha na bolsa.

— A conta bancária de um policial é limitada — concordou Hu. — Como a da maioria dos profissionais, na verdade. Médicos, policiais, até bibliotecários...

— Não é o meu problema, felizmente — disse Irene.

— Por favor, srta. Jeanette — disse George enquanto o garçom colocava os drinques diante deles. — Dinheiro é problema de todo mundo. Um homem de negócios sensato não abre mão de uma boa oferta. Nem uma mulher de negócios sensata.

Irene sentiu uma mudança na atmosfera da mesa. Ela pegou o copo e tomou um gole para ganhar tempo. O uísque era adequado – ou, pelo menos, não era *obviamente* feito num alambique de fundo de quintal.

— Estou perdendo alguma coisa? — perguntou ela com leveza.

— Só estou tentando ajudar — disse George. — Tenho um novo parceiro sentado aqui. — Ele inclinou o charuto na direção de Hu. — E outro sentado bem ali. — Desta vez, a ponta acesa do charuto apontou para Irene. — O sr. Hu está dizendo que o chefe dele quer fazer negócios com a Inglaterra. Achei que seria uma boa virada fazer vocês dois entrarem na igreja juntos, por assim dizer.

O sorriso de Hu pareceu um pouco doloroso.

— É verdade que meu superior está procurando um contato adequado. Tínhamos alguém em mente, mas ele parece ter desaparecido... — Ele balançou a cabeça com tristeza. — Meu superior ficou muito chateado. Vai demorar muito para limpar *essa* lista.

— É — comentou George. — É falsa economia desperdiçar seu tempo com gente medíocre.

— Como o "contato" que o sr. Hu estava usando antes? — sugeriu Irene.

— Mas não é quem um homem compra antes que importa — disse George. — É quem continua comprado. Certo?

— Exatamente — concordou Hu. — E erros por ignorância são perdoáveis. Quando se tem uma desobediência contínua e informada é que se deve... descer o chicote. Por assim dizer. — Seu cigarro desceu impetuosamente entre os dedos, a ponta formando um breve arco de claridade.

Irene deu de ombros.

— Se seu chefe, desculpe, seu *superior*, não consegue controlar os próprios funcionários, o problema é dele. Não meu.

— Mas, se você fizer um acordo com o meu chefe, aí se torna seu problema... se bem que esse acordo poderia ser vantajoso para você também — disse Hu de um jeito agradável.

— Isso está indo rápido demais — disse Irene impetuosamente. Ela tomou outro gole de uísque. — Já fiz um acordo hoje. Não vou me apressar a fazer outro.

— Talvez possamos discutir isso enquanto dançamos — sugeriu Hu, apontando com a cabeça para a pista de dança.

— Talvez não — discordou Irene. — Tenho dois pés esquerdos. Você não vai querer nenhum deles pisando nos seus.

Não era bem verdade, mas alguma coisa profundamente enraizada no seu cérebro, situada entre a parte que cuidava do pavor primitivo e a parte que cuidava da avaliação racional de ameaças, era muito contrária à ideia.

— Tenho certeza que conseguimos dar um jeito — disse Hu com um sorriso cobrindo a voz.

— Prefiro não tentar — disse Irene. Ela desejou que jogar o copo de uísque na cara dele fosse uma opção viável. Seria tão gratificante.

— Tem certeza que vocês dois não se conhecem? — perguntou George. — Vocês com certeza estão falando como um casal que tem uma história.

— Nossas organizações já fizeram contato — disse Hu. — Há um território disputado entre nós. Sabe como é.

— Sei mesmo. Bem, preciso circular, então vou deixar vocês dois resolvendo a questão. — George deu um sorriso cheio de dentes para os dois. — Dave, venha comigo. Lily, querida, fique aqui para garantir que ninguém vai matar ninguém.

— Você é quem manda, chefe — disse Lily. Seu olho visível observou Irene e Hu de um jeito zombeteiro quando George se levantou e saiu com Dave logo atrás.

— E você vai se envolver? — Hu perguntou a Lily, assim que George estava fora do alcance do ouvido.

— Não, a menos que eu receba ordens. — Lily lambeu uma gota da borda do copo. — Quero dizer, não me importa o que vocês façam, desde que não perturbem o meu negócio. Eu sei o que vocês são e *adoraria* dar um tiro no seu crânio. Mas, a menos e até que meu chefe me diga para fazer isso, acho que vou me comportar. Sinceramente, é divertido demais ver vocês dois duelarem.

— Não precisamos duelar — disse Irene abruptamente. — Podemos simplesmente parar. Não vou fazer um acordo com seu superior.

— Faça comigo, então — sugeriu Hu. — Um entendimento entre as pessoas que de fato fazem o trabalho.

— O que você quer dizer? — perguntou Irene.

Hu se inclinou por sobre a mesa em direção a Irene. Sua linguagem corporal era aberta, quase vulnerável, ela percebeu. Não era a arrogância casual nem o orgulho blindado de Kai. Hu estava procurando um entendimento. Era quase como se tivesse um risco pessoal envolvido.

— Acredito que somos as pessoas que fazem o trabalho, enquanto nossos superiores recebem as recompensas. E isso é bem razoável. Não sou príncipe, e você não é, bem, o que sua Biblioteca usa para preencher esses papéis. Até a terceira parte à mesa entende isso, creio eu. — Seu olhar em direção a Lily não foi exatamente cortês, mas quase educado. — O que é ordenado no nível mais alto não é necessariamente o que é criado na base. E muitas vezes é mais fácil terminar uma missão primeiro e depois fazer um relatório, quando tudo estiver sob controle.

Lily não respondeu, mas inclinou a cabeça de leve.

Irene considerou a oferta. Se Hu pudesse contornar Qing Song e pegar a filha de Evariste, talvez devesse pelo menos escutá-lo.

— Admito que a vida é diferente para nós da classe trabalhadora — disse ela. — Mas eu sou neutra. E vocês *dois* sabem disso. Não fiz um acordo com Lily e não posso fazer com você.

— Você devia — disse Hu, e sua voz ficou sombria. — Devia mesmo. Seria melhor para você e para qualquer pessoa que esteja escondendo.

Irene ergueu as sobrancelhas e bebericou o drinque.

— Ameaças? De novo? E tão rápido?

Hu deu um trago demorado no cigarro.

— Não. É um aviso amigável, como você disse, entre nós da classe trabalhadora. Meu lorde não é do tipo que gosta de ser enganado, ridicularizado ou traído. Se ele descobrir que você fez alguma dessas coisas, Jeanette ou Marguerite ou qualquer que seja o seu nome, não serei capaz de protegê-la.

— Seu lorde parece achar que tem carta branca para fazer o que quiser — disse Irene, a raiva se acendendo por dentro. — Desde quando ter direitos e privilégios inclui ordenar Bibliotecários para trabalhar para ele? Será que ele percebe o quanto essa posição é perigosa?

— Não me culpe pelo mundo ser como é — disse Hu. — Se você não quer brincar de política, não brinque. Tudo que meu lorde quer é o livro.

— Que livro? — perguntou Lily, curiosa.

Hu deu uma olhada furtiva para ela.

— Já é ruim o suficiente eu ter de sentar ao seu lado. Não vou compartilhar informações.

— Nem se eu puder ajudá-lo a encontrar o livro? — perguntou Lily.

— Com base no jeito que eles estão *me* tratando, uma neutra teórica, como acha que vão tratar *você*? — observou Irene. Ela queria acabar com esse interrogatório antes que fosse mais longe. Especialmente porque Hu a culparia por vazamento de informações. — Além do mais, achei que seu trabalho era atirar em pessoas, não roubar livros.

— Depende se George me mandar roubá-lo — retrucou Lily. — E pense em como um livro faria menos sujeira do que uma pessoa, quando colocado num saco.

Irene afastou inúmeras imagens perturbadoras.

— Ótimo. Longe de mim me meter entre vocês. Só posso dizer que *eu* não estou interessada, e não, obrigada.

Os lábios de Hu enrijeceram. Sob a luz fraca, seus olhos reluziram como esmeraldas.

— Que mulher tola! Estou tentando salvar a sua vida. Pode chamar como quiser, depois de voltar para sua Biblioteca. Não estou tentando *vencer*. Estou tentando encontrar uma solução que não envolva um de nós perdendo.

Irene *gostava* de acordos em que todos saíam ganhando. Mas a oferta de Hu envolveria *ela* fazendo um acordo particular para influenciar a política dos dragões, com tudo que isso significava. E não resolvia nada: em vez disso, envolvia *dois* Bibliotecários transgredindo, em vez de apenas *um*. Com o dobro de chances de a Biblioteca ser arrastada para o buraco junto com eles.

E, mesmo que Qing Song fosse a mão de ferro e Hu fosse a luva de pelica, ambos estavam pedindo a mesma coisa.

Além do mais, só porque Hu podia fazer promessas, isso não significava necessariamente que seria capaz de cumpri-las. Qing Song é quem estava no comando.

— Não — disse ela. — Não posso e não vou aceitar sua oferta. E, só para constar, sim, a Biblioteca *sabe* que estou aqui e por quê. Sumir comigo sem deixar rastro não é uma opção.

Hu se recostou no assento.

— Nunca pensei que fosse — disse ele. — Mas eu queria que não rejeitasse as outras possibilidades.

— Não tente me culpar por isso — disse Irene com calma. Estava mantendo a voz baixa; Lily podia não ser uma causa perdida, mas ela não queria que ninguém das outras mesas ouvisse. Mas a raiva e a frustração deixavam seu tom afiado como uma navalha, e ela viu Hu recuar um pouco em reação. — *Nós* fomos arrastados para isso por causa dos *seus* jogos de poder. Não vou fazer um acordo com você e não vou ser responsável pelas consequências.

— Às vezes, só é possível jogar com as cartas que lhe ofereceram — disse Hu. — E, se você está seguindo ordens, bem, eu também estou.

Os seus olhos foram até a porta, depois para o relógio de pulso. O movimento foi bem casual, mas Lily ficou tensa.

— Qual é o seu jogo? — exigiu saber, com a voz baixa e perigosa.

Hu ergueu uma sobrancelha fina, o cabelo cor de cobre escuro sob a luz fraca. Sua mão se apoiou num bolso interno.

— Por que você acha que estou jogando alguma coisa?

— Porque não sou idiota. — O seu olhar foi até onde George ainda estava andando feliz pelas outras mesas, dando tapinhas em ombros e aceitando gestos de respeito.

— Jeanette, ou qualquer que seja o seu nome, você está sozinha. Minha responsabilidade é com o meu chefe. — Lily levantou da cadeira com a leveza de um lagarto, o cabelo louro captando a luz enquanto seguia em direção a George.

No entanto, antes que conseguisse alcançá-lo, um alarme pungente rasgou a música do piano e a conversa em tons baixos. Irene olhou ao redor, mas não conseguiu identificar de onde vinha. De repente, todos os garçons se movimentavam ao mesmo tempo, apagando todas as evidências de álcool. Eles correram pelo salão, pegando copos e garrafas, antes de se refugiar atrás do bar. Um dos garçons pegou os drinques da mesa de Irene, se movimentando com uma velocidade treinada.

Mais garçons desapareceram atrás do bar do que era fisicamente possível. Irene ouviu o som distante de pés descendo os degraus sob o tumulto crescente e percebeu que devia haver um alçapão e uma escada escondidos. Os garçons estavam arrastando apressadamente persianas para esconder as fileiras de garrafas e encaixando painéis de madeira entalhada para cobri-las. Outros garçons corriam com garrafas de água e suco de frutas, distribuindo tudo com copos limpos.

Irene empurrou a cadeira para se levantar.

— Você sabia da batida policial...

— Eu não me mexeria — disse Hu. Ele estava segurando uma arma, escondendo-a do resto do salão, e estava apontada diretamente para ela. — Eu realmente não faria isso.

— Você vai se meter numa grande encrenca se atirar em mim. — Irene sabia que podia usar a Linguagem para fazer a arma explodir, mas será que conseguiria fazer isso antes de ele puxar o gatilho? — Além do mais, você não me quer morta.

— Não, mas ferida é uma opção perfeitamente válida. — Hu inclinou a cabeça, como se estivesse tentando escutar. — Nós dois podemos ser presos juntos, se você quiser.

Ele está ganhando tempo, Irene percebeu de repente. *Ele só precisa me fazer hesitar por tempo suficiente para a polícia me impedir de escapar...*

A porta ao lado da pista de dança se abriu com um baque, e os policiais entraram num enxame, acotovelando-se no espaço estreito. A música do piano parou de repente, e os dançarinos na pista fizeram o mesmo, exclamando uma irritação exagerada.

— O que está acontecendo aqui? — George exigiu saber, falando alto. Ainda estava com o charuto na mão e parou para soltar uma baforada arrogante. — Quem é responsável por essa invasão violenta de um clube privativo?

As fileiras de policiais se separaram, e o capitão Venner apareceu.

— Recebemos informações de que há álcool sendo vendido neste estabelecimento — disse ele. — Contrariando a Lei de Volstead, sr. Ross.

— Meu nome está nos documentos de propriedade — disse George graciosamente. — Mas estou muito chocado com sua acusação. Todos os cavalheiros e senhoras aqui são cidadãos de bem e cumpridores da lei. Não é mesmo, pessoal?

No meio dos gritos estridentes e o levantamento de copos cheios de água, Irene contou as saídas e as descartou com a mesma rapidez. Só sobrava a saída escondida atrás desta mesa, talvez a saída particular de George, mas ela podia estar errada. E, mesmo que estivesse certa, como poderia passar por ali despercebida?

Hu tinha guardado a arma dentro do paletó e a estava observando de um jeito que provocava arrepios na nuca.

— Meus homens vão só conferir se vocês são mesmo cumpridores da lei — anunciou o capitão Venner. — Rapazes, espalhem-se. Vamos vasculhar este lugar para ver se há alguma coisa que não deveria estar aqui.

— Você está dando um baita passo, Venner — disse George. — Você sabe que seus chefes serão informados se cometer um erro.

Venner apontou um dedo gordo para ele, ecoando inconscientemente o jeito de George brincar com o charuto.

— É. Chefes. E alguns de nós ainda acham que o melhor jeito de lidar com um chefe do *seu* tipo é colocá-los atrás das grades. Sejam americanos ou ingleses. — Seu olhar deslizou pelos clientes e pousou em Irene.

Ela suprimiu o instinto de proteção, que no momento estava gritando para se enfiar embaixo da mesa. Esse não era o tipo de circunstância em que isso ajudaria. Para ser sincera, poucas eram. Em vez disso, ela ergueu o copo de água para o capitão Venner num brinde irônico, consciente de que só manteria George como aliado se fizesse a sua parte.

— Tenho quase certeza de que isso é o que chamamos de difamação, no meu lado da poça — disse ela. — Palavras duras para uma mulher que só veio a Nova York para fazer compras.

— Compras de livros? — murmurou Hu, e Irene quase riu.

O capitão Venner foi até a mesa dela batendo os pés com força.

— Você! Jeanette Smith. A senhorita está presa e vai nos acompanhar.

Irene ficou em pé. Hu não tentou impedi-la desta vez, mas nem precisava. Era exatamente o que ele queria. Ela não conseguiria ajudar Evariste de trás das grades. Vários policiais levaram as mãos aos coldres, mas Irene levantou as mãos, mostrando que estavam vazias.

— Isso é desnecessário. E qual é a acusação, afinal?

— Confie em mim, teremos muitas antes de terminarmos. — O capitão Venner parou a poucos centímetros. E falou mais baixinho: — E não pense que vai fazer aquele truque de hipnotismo comigo de novo.

Uma raiva genuína fez seu queixo duplo franzir. Irene percebeu, com uma pontada de culpa, que sua fúria não era só porque ela distorcera a vontade dele. Ela ofendera seu orgulho profissional de policial. Pela perspectiva dele, ela era uma mestra criminosa que posara de agente do FBI, o hipnotizara e agora estava sentada no bar clandestino administrado por um dos maiores chefões do crime de Nova York. Talvez fosse surreal esperar que pegasse leve.

— Muito bem — disse ela, ganhando tempo e dando um passo atrás. Ela olhou para George. — Sr. Ross, me dê licença por um tempinho. Pode me recomendar um advogado?

O capitão Venner deu um passo em direção a ela.

— Pode ligar para um na delegacia — vociferou.

— Não seja assim, Venner — gritou George. — Não vamos ser duros com uma pobre e impotente turista inglesa sozinha em Nova York. Ela tem um sotaque fofo, não tem? — confidenciou à multidão, que riu na hora certa. — Serei hospitaleiro e mandarei um dos meus advogados para aconselhá-la.

— Claro — disse Venner em tons de profunda amargura. — Todos nós sabemos que você tem todos os advogados da cidade no bolso, Ross. Não precisa nos dizer isso. — Ele se virou para George, permitindo que Irene recuasse mais alguns passos em direção à parede.

— Você sabe muita coisa sobre mim, Venner — disse George. — E sabe que podemos ajudar um ao outro... A sua vida seria muito mais fácil desse jeito.

— Guarde seu dinheiro para os policiais que estão na sua folha de pagamentos — rosnou Venner. — Neste momento, sou eu que estou no comando. Rapazes! Vamos revirar este lugar. Armas e bebidas alcoólicas, vocês sabem os procedimentos. E você, srta. Smith...

Irene sentia a parede nas costas.

— Vou em silêncio — disse ela. — Quero dizer, o que você espera que eu faça? Estale os dedos e diga — ela mudou para a Linguagem e aumentou a voz: — **luzes, apaguem-se!**

E houve uma escuridão total.

CAPÍTULO DEZESSETE

Irene se jogou no chão e começou a engatinhar para o lado no instante em que as luzes se apagaram. Não era uma daquelas situações em que todo mundo ficava quieto nos assentos, esperando as luzes voltarem. O salão foi tomado por gritos, como se animais enjaulados estivessem se virando uns contra os outros na escuridão. Vidros atingiram o chão e quebraram. Ela identificou a voz do capitão Venner no meio da algazarra, gritando para seus homens restaurarem a ordem. Irene esperava que ele encontrasse outra pessoa para prender, além dela. Seria uma pena ter desperdiçado completamente o seu tempo.

Ela passou a ponta dos dedos na parede enquanto engatinhava. De repente, sentiu um sopro de ar mais frio através de uma fenda nos ornamentos. Engolindo um suspiro de alívio, ela seguiu a rachadura para cima e ao redor, se levantando enquanto identificava as dimensões da porta.

Ficando ao lado da porta, ela falou baixinho na Linguagem:

— **Porta, abra-se.**

A porta se abriu para dentro da parede, mas infelizmente o corredor atrás era iluminado. A luz escapou para o salão escuro, atingindo a multidão alvoroçada.

Irene se jogou pela porta, se agachando para ser o menor

alvo possível. Houve um estalo quando uma bala atingiu a parede próxima, e ela ouviu Venner gritar:

— Vão atrás dela!

Com uma pressa apavorada, ela se arremessou no corredor, virando uma esquina e encontrando um lance de escada que abençoadamente subia. A porta no andar de cima estava trancada, mas a Linguagem a abriu e mais umas palavras a fecharam depois que passou.

Irene saiu numa garagem. Era grande e bem iluminada, com diversos carros que pareciam caros e vários mecânicos corpulentos. Eles a olhavam, surpresos, e ela levantou as mãos de novo para mostrar que não estava armada.

— Quem é você? — um deles exigiu saber.

Se essa *era* a rota de escape particular de George, aqueles eram homens dele.

— Estou com George; acabamos de fazer um acordo. Mas o clube está sofrendo uma batida policial. Vocês se importam se eu sair antes que apareçam aqui?

— Eles não vão aparecer aqui — rosnou o porta-voz. — Jim, Luigi, vocês sabem os procedimentos. Moça, é bom você estar falando a verdade.

— George sabe onde estou hospedada. É motivo o suficiente para não mentir para ele. — Irene observou dois homens arrastarem caixotes pesados para colocar em frente à porta pela qual ela havia acabado de passar. — E eu preciso pegar um táxi.

— Por ali. — Ele apontou para uma porta não obstruída.

— Obrigada — agradeceu Irene e enfiou a mão na bolsa para lhe dar algumas notas. Ele as pegou com um cumprimento da cabeça, claramente tranquilizado por esse gesto normal de sanidade diária.

Irene correu porta afora, saindo num beco lateral, e dali

foi para a rua principal. Já era fim da tarde, início da noite: os arranha-céus no alto enchiam a rua de sombras. O trânsito passava barulhento nas duas direções, entulhando a rua com um fluxo de carros e ônibus. As pessoas que tinham acabado de ser liberadas do trabalho passavam apressadas, transformando a calçada num bloco sólido de multidão – um sortimento misturado de idades e raças, sotaques e idiomas, ricos e pobres, todos emburrados juntos num fluxo barulhento e alegre. Irene se perdeu agradecida na multidão ao longo de alguns quarteirões.

Esse seria o momento ideal para *realmente* despistar seus perseguidores e afastá-los para sempre – e depois localizar Evariste e Kai. E talvez devesse reconhecer que estava exagerando, fugindo só para ficar um passo à frente dos inimigos. Policiais, mafiosos e dragões. Ah, e feéricos também. O humor mórbido a fez se perguntar se ela devia acrescentar mais alguém à coleção, para ter um conjunto completo.

Porém, ficar parada se sentindo culpada pela própria imprudência não a levaria a lugar nenhum. Ela abriu caminho pela multidão e chamou um táxi.

— Para onde, senhora? — perguntou o motorista quando entrou no veículo.

— Biblioteca Pública de Nova York — respondeu ela automaticamente. — O mais rápido possível, por favor.

O táxi se afastou do meio-fio e entrou no meio do trânsito, com o motorista buzinando como se o mero poder sônico fosse ajudar a abrir o caminho. Irene segurou a borda do assento e pensou no próximo passo. Provavelmente haveria alguém vigiando a entrada da Biblioteca Pública de Nova York. Tudo que ela precisava fazer para continuar sua distração era se deixar ser vista...

— Por que estamos diminuindo a velocidade? — perguntou ela.

— Inspeção da polícia mais adiante — respondeu o motorista. Ele apontou para o local onde algumas vans estavam bloqueando metade da rua no próximo cruzamento. Irene reconheceu o mesmo modelo que transportou ela e Kai até a delegacia. Tinha acontecido hoje de manhã? Parecia muito tempo atrás. — Parece que estão procurando alguém.

Irene sentiu o estômago se encolher. Eles *podiam* estar procurando quaisquer criminosos, mas tinha a sensação de que seu nome estava no topo da lista.

Claro que havia um método-padrão para lidar com isso – e seria o jeito perfeito de manter os cães no seu rastro.

Faltavam dois carros. Depois um. E em seguida era o seu táxi.

O policial que verificou o motorista não a viu imediatamente, mas o que estava espiando dentro do carro sorriu quando a viu, com o prazer de um homem que pegou o bilhete de loteria vencedor.

— Ei, você não é...

— **Policial, você percebe que eu não sou a pessoa que você está procurando** — disse Irene muito depressa. Essa frase tinha pegado extremamente rápido entre os Bibliotecários, depois que entrou para a ficção popular. Ela decidiu aumentar a aposta. — **Na verdade, você percebe que sou uma mulher grávida prestes a dar à luz e que preciso chegar ao hospital.**

O motorista franziu a testa para ela no espelho, desnorteado, mas os dois policiais reagiram como se a Linguagem tivesse ajustado suas percepções.

— Claro, senhora — disse o que estava olhando para ela. Ele recuou e soprou o apito, acenando para os carros pararem enquanto o outro policial fazia um sinal para o veículo dela seguir em frente.

Felizmente, o motorista não hesitou: pisou fundo no acelerador, e o táxi deu um solavanco para a frente ao som de buzinas mais aflitas, antes de queimar o pneu na rua. Demorou alguns minutos para ele dizer:

— Que diabos...

— Simplesmente continue dirigindo e eu pago o dobro — disse Irene.

— Certo. — Uma curva depois, ele falou de novo. — Você é ela, não é? A chefona inglesa?

— Se eu fosse, ia dizer? — Irene estava ouvindo o som de sirenes policiais atrás deles.

— Claro que sim — disse o motorista de um jeito alegre. — Quero dizer, ei, estamos em Nova York: pessoas como você são famosas aqui! Escute, se for você, pode me dar um autógrafo?

Ele jogou um caderno e um cotoco de lápis para ela enquanto dirigia o táxi com uma mão só. Irene trincou os dentes e rabiscou *Jeanette Smith*.

— É para alguém específico? — perguntou ela.

— É para a minha filha. Sabe, estou sempre dizendo a ela que as mulheres podem ser bem-sucedidas neste mundo...

— Espere um instante — orientou Irene. Ela ouvia as sirenes ao longe. Pegou várias notas na bolsa agora esvaziada e passou para ele com o autógrafo. — Vou saltar e você continua em frente, e mantenha os policiais no seu rastro pelo tempo que for possível. Diga o que quiser quando o alcançarem. Está bem?

— Pode deixar comigo. Vou deixar você na próxima esquina; a biblioteca fica a dois quarteirões de lá.

— Bom garoto. — Irene se preparou para sair.

Dez segundos depois, ela estava na calçada e se misturando a alguns funcionários de escritório, enquanto o táxi seguia acelerado. A polícia veio atrás cerca de meio minuto depois, dando um nó no trânsito porque exigia o direito de passagem, obrigando os outros carros a irem para as laterais da rua.

Irene parou por um instante para recuperar o fôlego. As ruas aqui não eram tão agitadas quanto as que havia deixado para trás, o que significava menos cobertura potencial para chegar à Biblioteca Pública de Nova York. E as ruas eram mais largas. Dos dois lados, os prédios se erguiam como encostas de montanha, lisos como mica moída. No nível da rua havia cartazes de lojas e restaurantes, pessoas entrando e saindo, luzes, barulho, ação –, mas, acima dela, Nova York inteira parecia estar observando.

Não havia tempo para trocar toda a roupa: a polícia, os mafiosos e os homens de Hu estavam perto demais. Ela precisava achar um jeito de se esconder. Precisava de inspiração divina. Precisava de um milagre.

O ruído estridente de uma banda de metal e de pés batendo se tornou audível apesar dos pneus guinchando e das buzinas de carro gritando. Do outro lado da rua, um grupo estava marchando com cartazes levantados e cabeças erguidas. As palavras de ordem nos cartazes declaravam: VOTE SECO, ÁLCOOL É VENENO, LÁBIOS QUE ENCOSTAM EM BEBIDAS ÁLCOOLICAS NUNCA DEVEM ENCOSTAR NOS MEUS e sentimentos semelhantes.

Por um instante, Irene se perguntou se isso era um pouco conveniente *demais*. Coincidências como esta podem ocorrer num mundo de caos intenso, mas eram menos prováveis em outros lugares. No entanto, os jornais tinham alertado sobre marchas pela abstenção alcoólica na cidade hoje. Era ideal.

Ela atravessou a rua e se instalou na parte de trás da fila. Baixou a cabeça, procurando uma expressão de dedicação sincera à Causa. Outros pedestres estavam parando para zombar do grupo ou evitando até olhar. E, neste momento, isso era exatamente o que Irene queria. Ela abria e fechava a boca no ritmo dos hinos que as manifestantes estavam cantando e murmurava junto com o coro.

O sol estava se pondo ao longe, num brilho triunfante de vermelhos e laranjas quando a marcha parou em frente a um prédio grande – não muito longe do destino dela. Diversas mulheres mais musculosas montaram depressa um palanque improvisado com tábuas e caixas que estavam carregando. Havia divisões claras entre as manifestantes: as da classe alta ficavam para trás e davam ordens, enquanto as de classe baixa faziam o trabalho. Algumas coisas não mudavam, não importava quantos mundos você visitava.

Dois carros de polícia passaram fazendo barulho, mas, para alívio de Irene, não pararam.

Antes que ela conseguisse escapar para a biblioteca, porém, uma mão deu um tapinha no seu ombro.

— Nunca vi você por aqui — disse a mulher ao lado dela.

— Também não a reconheço — respondeu Irene, sorrindo agradavelmente enquanto analisava a outra mulher. Era bem vestida e elegante, mas não com roupas caras, e calçava um sapato de salto alto brilhoso e não algo que seria confortável para caminhar. — Você trabalha aqui perto? — ela arriscou um palpite.

— Sou secretária jurídica na Sallust and Floddens — respondeu a mulher, oferecendo a mão para Irene apertar. — Lina Johnson. Prazer em conhecê-la. Adorei o casaco. Você é britânica?

— Não consigo esconder — admitiu Irene. Ela percorreu sua lista mental de pseudônimos. Se o nome "Rosalie" tivesse chegado aos jornais, não seria seguro usá-lo. — Clarice Backson — disse ela, usando um pseudônimo mais antigo. Pelo menos estaria em segurança se algum dragão o reconhecesse. — Estou de férias da Inglaterra. Quando vi a marcha, senti que precisava me juntar a vocês. Espero que não se importe.

— Me importar? Claro que não! — interrompeu outra mulher. — Se mais mulheres estivessem dispostas a defender suas crenças, teríamos um país melhor. Precisamos de mais cidadãs como você.

Houve cumprimentos de aprovação ao redor. Irene estava se parabenizando pelas habilidades de se misturar quando reconheceu dois homens de George se aproximando. E eles estavam olhando para as mulheres.

— Talvez vocês possam me contar como estão atuando por aqui — disse ela às mulheres que perguntavam, virando-se de costas para os mafiosos. — Preciso de sugestões para levar para casa.

O fluxo de comentários significava que ela podia ficar em silêncio, escondendo o sotaque inglês revelador enquanto os mafiosos passavam. Sua garganta estava seca de nervoso. Era horrível estar tão *perto* da Biblioteca Pública de Nova York. Ter seu objetivo à vista tornava muito mais difícil manter sua posição. Ela esperava que Kai e Evariste estivessem se saindo melhor.

— Você devia ser uma das nossas oradoras — sugeriu Lina Johnson. — Poderia nos contar como nossas irmãs britânicas estão lutando a boa luta!

— Ah, não — disse Irene rapidamente. — Não sou boa para falar em público.

Mas a ideia infelizmente se espalhou.

— Você só precisa falar com o coração, srta. Backson — disse outra mulher com firmeza. — Fique em pé ali e conte a verdade de Deus.

— Não, é sério, eu jamais poderia... — disse Irene. Não estava funcionando. Ela estava sendo empurrada pelo meio da multidão por suas admiradoras em direção ao palanque. Mulheres decididas com uma causa aceitavam ainda menos desculpas do que o gângster mediano, quando se tratava de conseguir o que queriam, e o que queriam neste momento era que Irene fizesse um discurso. — Acho que não...

Então ela viu os gângsteres se voltando para o grupo de manifestantes. E Hu estava entre eles.

Irene reavaliou rapidamente suas opções: estava sem tempo e sem sorte. A melhor opção agora era enrolar para conseguir algum tempo.

—... mas, se vocês dizem, acho que posso tentar — disse e se deixou ser empurrada para a frente.

Irene respirou fundo e subiu quando a oradora anterior desceu. Estava a apenas alguns centímetros do chão, mas o mar de rostos olhando para ela sob a luz do sol se pondo fez seu estômago boiar de vertigem. Ou talvez fosse apenas medo de palco. Agora que tinha uma visão melhor, dava para ver mais homens de George – parecendo perigosamente em alerta.

Eles ainda não a tinham notado. Bem, decidiu Irene, ela podia muito bem fazer isso durar o máximo possível.

— Irmãos e irmãs — começou ela e viu a cabeça de Hu virar na sua direção. — Estamos marchando para lutar contra um demônio, e esse demônio é o álcool. — Ela respirou fundo, aumentando a voz. — Algumas de vocês podem nunca ter visitado a Inglaterra. Algumas podem pensar nela como uma terra natal distante, uma antiga terra mãe que não faz nada de errado. Só que o meu país, a terra onde nasci, está amaldiçoada pelo álcool.

Ela se virou de um lado para o outro, fazendo contato visual com os membros da audiência.

— Podem rir, mas vocês nunca viram os palácios de gim da Inglaterra! Construções douradas de vidro e ferro, onde o barman distribui copos de gim destruidoramente forte para todos que chegam! Já estive lá. Eu vi. E saí e vi os bêbados largados na sarjeta, *implorando* por mais um copo do líquido maldito! Do mais alto ao mais baixo, do mais rico ao mais pobre, o álcool está estampado no rosto da Inglaterra como uma ferida purulenta. Os Membros do Parlamento bebem vinhos caros na própria Casa onde debatem as leis! — Ela fez uma pausa e, para sua surpresa, recebeu alguns aplausos. — A pobre mãe em seu casebre vê o marido sair para beber as economias! Quando ele volta para casa, tarde da noite, cambaleando e cego de bêbado, responde às suas súplicas lamentáveis por dinheiro com socos e xingamentos!

Os gângsteres estavam se espalhando num círculo, agora, espaçados ao redor do palanque para bloquear qualquer fuga. Hu fez um sinal com a cabeça para ela, de um jeito amigável, no gesto tradicional de *corra e termine*.

E isso era a última coisa que Irene pretendia fazer.

— Deixe-me contar sobre a depravação e a devassidão dos ricos e famosos da Inglaterra — declarou em meio a um silêncio subitamente interessado. Até alguns dos gângsteres estavam escutando. — Bem, só no ano passado...

Passou-se meia hora até ela ficar sem palavras. Hu estava esperando para apertar a mão dela.

— Você vai fazer uma cena? — perguntou ele baixinho.

Irene suspirou.

— Vou em silêncio. Alguma chance de um drinque?

CAPÍTULO DEZOITO

— O que precisamos é de um disfarce muito bom para você — disse Kai. — Os vigias de Qing Song estarão por toda parte. — Ele deu a volta ao redor de Evariste, inspecionando-o de um jeito pensativo. O homem era de estatura mediana, com pele escura desfigurada por uma palidez dissimulada. O cabelo preto era penteado de um jeito simples e desfavorável, e o rosto tinha boas linhas sólidas, com um maxilar firme e sobrancelhas fortes. As roupas eram bem-feitas e tinham um corte exclusivo, mas mostravam traços de demasiado uso recente e pouca lavagem.

Eles estavam em outro hotel miserável, com apenas uma quantidade limitada de tempo até alguém – criminosos, policiais ou gângsteres – os alcançar.

— Você está falando como se eu já não tivesse pensado nisso — disse Evariste com amargura. Estava sentado na beira da cama, apoiando o queixo barbeado nas mãos. — Existem poucas maneiras de mudar minha aparência. Ainda mais quando alguns deles me viram cara a cara.

— Ataduras, talvez? Você poderia ser um veterano de guerra ferido...

— Não houve guerras recentes neste mundo — disse Evariste. — Ou, pelo menos, nenhuma em que os Estados Unidos tenham se envolvido.

— Estou *tentando* ajudar aqui — disse Kai. Ele sufocou uma chama de irritação. Evariste estava estressado havia semanas. Kai simplesmente teria de ser tolerante. — Não podemos mudar a cor da sua pele, e seu cabelo é curto demais para fazer um penteado novo. Não podemos disfarçá-lo como mulher...

— Espere. Pare. — Evariste o encarou. — Você considerou isso seriamente, mesmo que por um instante?

— Só estou repassando as opções — observou Kai. — Além do mais, Irene se disfarçou de homem uma ou duas vezes. Apesar de não ter ficado muito convincente.

— Pare de tentar me fazer confiar em você — disse Evariste. — Não vai funcionar.

— Irene achou que podíamos trabalhar juntos. Você vai discutir com ela?

— Ela não está aqui para eu discutir. — Evariste olhou para o relógio de pulso. — Ela nos deixou para fazer o trabalho pesado enquanto foi fazer compras.

Kai estava prestes a rosnar para ele por essa falta de respeito casual, mas sentiu os tons subjacentes de medo na voz do outro Bibliotecário. Em vez disso, disse:

— Você está se iludindo, se pensa assim.

— Ela deixou você como cobertura, não foi? Se Qing Song se aproximar demais, vai recuar, porque não vai querer brincar com a *propriedade* de outro dragão. — Evariste rolou a palavra "propriedade" na língua como se a quisesse cuspir.

— Isso é errado de tantas formas que eu nem sei começar a explicar quantas — disse Kai.

— É? Hu disse que outros dragões saberiam que eu estava sob a autoridade de Qing Song...

— Como? Porque você contou? Não é como se eu conseguisse sentir o cheiro dele em você.

Evariste estremeceu, depois tentou fazer o movimento parecer deliberado, e não nervoso.

— Nem tente.

— Tentar o quê?

— Me farejar.

Kai cruzou os braços e olhou para Evariste. Lembranças dos dias passados numa gangue de rua se infiltraram na sua dicção.

— Esqueça essa atitude. Não estou pedindo que goste de mim. Estou dizendo para trabalhar comigo. Você é profissional, não é?

— Está bem — respondeu Evariste. — Ótimo. Me dê sua palavra, ou qualquer coisa em que os dragões acreditem, de que nenhum dragão que você conhece ou em quem confia jamais, *jamais* faria um refém e chantagearia alguém para conseguir o que ele quer. Ou o que ela quer. Não vamos usar um gênero específico. E, ei, vamos supor que pensem que estão fazendo isso por um motivo muito bom. Você pode me prometer que nenhum dos seus dragões *legais* faria uma coisa dessas?

Todos os tendões do corpo de Kai queriam socar o humano insolente e jogá-lo no outro lado do quarto. Ele não estava acostumado a ser criticado desse jeito. Mas, em vez disso, ele disse:

— Você quer sua filha de volta ou não?

Evariste olhou para ele por um longo instante. Depois se jogou de novo na cama.

— Dane-se você e o seu pedestal — disse ele. — Você sabe que eu quero.

— Então, deixe de ser um pé no... — Kai se lembrou que era da realeza. — Recomponha-se e me ajude. Você devia ter um plano para entrar no Museu Metropolitano.

— Eu tinha um plano, sim! Mas isso foi antes de *alguém* encher a Museum Mile com um monte de capangas que conhecem a minha aparência. Ele pode não saber em *qual* museu está, mas viu a pesquisa inicial e pode ter certeza de que está em um deles.

Kai ignorou a atitude. Não conseguia entender por que Evariste era tão hostil ao planejar a operação.

— Você deve ter feito tarefas assim antes — disse, encorajando-o.

Houve uma pausa. E Evariste disse, contrariado:

— Não muitas. Ou melhor, nada como *isso*. Pelo modo como você está se comportando, tenho a impressão de que fez mais do que eu.

— Mas você tem a marca da Biblioteca. — Kai tinha verificado isso enquanto Evariste ainda estava inconsciente. Preferia ter certeza. — Você é um Bibliotecário pleno, como Irene.

— Alguns são melhores em pesquisas — disse Evariste por entre os dentes cerrados. — Disfarces não são a minha praia. Não sou bom com disfarces.

Kai sentou na cadeira.

— Sabe, teria ajudado se você tivesse falado isso antes. Mais ou menos quando nós estávamos planejando isso.

— Defina "nós". Irene estava planejando. Você estava concordando com tudo que ela dizia. Eu só... — A indignação de Evariste se perdeu no ar. Sua voz falhou. — Eu não tinha ideias melhores. Só queria minha filha de volta. Eu nem sabia que ela existia, passei anos trabalhando na Biblioteca sem estar ao lado dela...

Kai inspirou, depois expirou, controlando sua frustração.

— Certo. Vamos pensar nisso como uma operação militar. As forças inimigas consistem em atiradores trabalhando para as gangues locais, que podem conhecer a sua aparência. — Ele levantou um dedo. — E possivelmente a polícia, se tiverem recebido suborno. — Outro dedo. — E Qing Song e Hu, que certamente vão me reconhecer como dragão se me virem. — E, se eles achassem que estava atrás do livro para influenciar o concurso... bem, acidentes podiam acontecer. Não deviam. Mas aconteciam.

Evariste assentiu. Felizmente, não conseguia ouvir os pensamentos de Kai.

— É. Considere que eles têm uns vinte homens espalhados pela Mile, talvez mais.

— Não há nenhuma polícia secreta por aqui nesta época e lugar da qual podemos fingir fazer parte, não é? — perguntou Kai com esperanças.

— Não — respondeu Evariste. — Tem o FBI e as forças-tarefa antibebidas, mas não são a mesma coisa. E, se tentarmos aparecer na porta, alegando que estamos aqui para invadir uma destilaria secreta embaixo do Museu Metropolitano de Arte, não só vamos ser notados como a cidade toda vai rir da nossa cara.

— Não era isso que eu tinha em mente — disse Kai com dignidade, deixando a ideia de lado com relutância. — Temos de entrar lá sem sermos percebidos... Podíamos subornar alguém da equipe de limpeza e entrar assim, mas não temos tempo.

Kai fez uma pausa e mediu Evariste dos pés à cabeça. Uma ideia tinha acabado de surgir na sua cabeça, totalmente formada e plausível.

— Não tenho certeza se gosto do jeito como você está me olhando — disse Evariste.

— Pode haver dezenas de capangas te vigiando — disse Kai —, mas eles não conseguem enxergar através de uma madeira sólida. Vou nos colocar num caixote e mandar para lá como obras de arte.

Evariste o encarou.

— Isso é maluquice.

— Mas funcionaria?

Houve uma longa pausa. E Evariste disse:

— Sabe que pode até funcionar?

CAPÍTULO DEZENOVE

Os sons do início da noite na Quinta Avenida — e na Rua 55 — entravam pelas portas abertas da sacada, que iam do chão ao teto. O céu lá fora estava com aquele tom perfeito de azul-claro ao entardecer que aparecia depois do pôr do sol, mas antes de a noite cair por completo. O crepúsculo se espalhava como uma cortina sobre Nova York, esperando ser aberta para o divertimento da noite. E, aqui, neste nível acima de Nova York, era *possível* ver o céu sem os prédios obstruírem o caminho.

Qing Song estava sentado numa das poltronas grandes da suíte, com um livro aberto no colo. Dois de seus lobos estavam um em cada lado da cadeira, a cabeça inclinada como se o ouvissem ler para eles. Os outros estavam espalhados pelo quarto como tapetes tridimensionais incomuns.

— Estou vendo que você a encontrou — comentou com Hu.

— Com alguma dificuldade, milorde — disse Hu. — Pensei até que ela estava tentando ver o máximo possível de pontos turísticos.

Um fio de desconforto percorreu as costas de Irene. Pelo bem de Kai, ela não podia se dar ao luxo de suspeitarem que ela os conduzia por um rastro falso.

— Bem, estou aqui, agora — disse com frieza. — E eu gostaria que esse cavalheiro — ela inclinou a cabeça para o capanga atrás de si — apontasse gentilmente sua arma para outro lugar.

Qing Song fez um gesto, e Irene sentiu a pressão da arma sair das costelas.

— Claro — disse ele. — Fico feliz porque não houve necessidade de nada mais extremo. Humanos são criaturas muito frágeis. Até mesmo Bibliotecários.

Irene teria de ser surda para deixar passar a mudança de Qing Song de cortesia para ameaças maldisfarçadas. Talvez ele tivesse decidido que não havia mais necessidade de se esconder.

— Damos um jeito de sobreviver — disse ela. — Alguma notícia sobre sua estátua de jade roubada?

Qing Song fechou o livro.

— Você pode se surpreender ao saber que não fui totalmente sincero com você mais cedo.

Ele a analisou com atenção. Os lobos ao lado levantaram a cabeça para olhar para ela, os olhos absolutamente impassíveis, como se estivessem analisando seu peso em quilos de carne.

— Estou prestes a fazer um pedido. Vai ser vantajoso você ouvi-lo. Será ainda mais vantajoso se aceitar.

— Você tem toda a minha atenção — disse Irene com educação.

Por cima do ombro dele, na vidraça aberta, ela via o reflexo do quarto. Os dois capangas que estavam sentados um de cada lado no carro ainda estavam alguns passos atrás dela. Hu tinha atravessado até o aparador e estava enchendo um copo com água. E os lobos, é claro, estavam por todo lado. Correr em direção à vidraça parecia impossível.

Porém, se Qing Song estava prestes a se abrir sobre o que estava aprontando, os próximos minutos seriam muito interessantes.

— Estou procurando por um livro específico — disse Qing Song. — O pedido é urgente. Meu pesquisador anterior foi sequestrado, mas ainda tenho o material dele. Se você conseguir encontrá-lo nos próximos dois dias, terá minha gratidão. Eu e minha família vamos nos lembrar da sua conduta.

Irene teve de admirar o modo como ele explicou a ausência de Evariste.

— Sequestrado? — perguntou ela.

— Interferência feérica. — O rosto de Qing Song parecia de pedra. — Eles estragam tudo em que tocam.

— Então, quando nos conhecemos hoje de manhã...

— Eu o estava rastreando — admitiu ele. — O rastro me levou à porta do seu colega Bibliotecário. Ele pode ser mais uma vítima dos esquemas deles. Mas, por enquanto, minha prioridade é localizar o livro. Acredito que possa contar com o seu serviço.

— Mas pode ser que eu não consiga encontrar seu livro "nos próximos dois dias" — argumentou ela. — Sou uma Bibliotecária, não uma milagreira.

— Ficarei satisfeito apenas com seus melhores esforços — disse Qing Song. A voz estava inflexível. — Você vai ficar aqui. Hu vai fornecer tudo que você pedir.

— Você está supondo que vou dizer sim. — Irene tentou avaliar o humor dele, mas os lobos não estavam dando pistas desta vez.

— Acho que você não pode se dar ao luxo de dizer não. E, se você valoriza a saúde e a segurança de outros servos da Biblioteca, vai me obedecer.

— Você está me pedindo para quebrar o princípio de neutralidade da Biblioteca — disse Irene. A raiva distorcia sua voz. — Por que um livro é *tão* importante a ponto de se colocar contra toda a Biblioteca, quebrando uma trégua que existe há mais tempo do que nossas vidas, se eu não ajudar a encontrá-lo?

— Você não precisa saber — respondeu Qing Song. Ele agora a estava tratando como subordinada, como se ela já tivesse aceitado. — E vai caber a você saber o que dizer à sua Biblioteca, depois que encontrar o livro.

Ele a observou e esperou.

Porém, antes que Irene pudesse decidir exatamente como ia dizer não, houve uma batida à porta.

Qing Song levantou a mão e olhou para Hu.

— Investigue — ordenou.

Hu se mexeu para abrir a porta, depois deu um passo para trás, atordoado, quando a pessoa do outro lado entrou no quarto. Os dois capangas colocaram a mão dentro do paletó, mas as tiraram quando viram que era uma mulher. Qing Song ficou de pé.

Era Jin Zhi.

Ela chutou casualmente a porta atrás de si. O cabelo dourado estava preso numa espiral solta ao redor da cabeça, e o casaco noturno era um roupão dourado de mangas largas drapeado como uma toga. Ela simplesmente entrou, confiante que o resto do mundo ia se recompor e ficar pronto para receber ordens.

— Boa noite, Qing Song — disse ela. — Tenho certeza que não se importa de eu me juntar a você.

Foi o treinamento que manteve a expressão de leve confusão de Irene: seu estômago estava desabando como o elevador expresso que descia para a Segurança na Biblioteca.

Jin Zhi *sabia quem era Irene*. Se ela compartilhasse essa informação com Qing Song e ele percebesse que Irene mentira desde o início...

— Seja bem-vinda aos meus aposentos, por menores que sejam — disse Qing Song. A voz era sem emoção, mas os lobos estavam todos despertos, observando Jin Zhi com olhos em chamas. — Achei que você estivesse na China. Posso perguntar o que a traz a este lugar, sozinha e sem servos?

— Servos nem sempre são confiáveis — disse Jin Zhi. — E a China não revelou o que eu buscava. Você deve se sentir do mesmo jeito, senão não estaria aqui. — Ela tirou o casaco e permitiu que Hu o levasse, o que ele fez sem dar uma palavra. O vestido por baixo tinha cauda e era de um tom harmonizante de dourado, esculpido para deixar seus ombros nus. Mesmo sem salto alto, ela era alguns centímetros mais alta que Hu; com eles, era facilmente maior, dominando o quarto como uma chama aberta. Seus olhos foram de Qing Song até Irene e se estreitaram. — Que companhia curiosa.

— Uma oferta de emprego — disse Qing Song secamente. — Um assunto sem importância. Sua visita é prioridade, claro.

— Um assunto sem importância? — Jin Zhi atravessou o quarto para sentar numa cadeira, enquanto Qing Song voltava a sentar. — Devido a nossas circunstâncias, não sei se chamaria contratar uma serva da Biblioteca de assunto *sem importância*. Pelo que me lembro, somos absolutamente proibidos de pedir ajuda à Biblioteca.

Irene sentiu o estômago se dobrar lentamente. Os dragões tinham sido *ordenados* a não pedir ajuda de Bibliotecários? Então Qing Song não tinha apenas contrariado um costume – ele tinha quebrado todas as regras da competição. Ele não podia permitir a mínima chance de essa informação se espalhar. Evariste nunca teria sobrevivido se entregasse o livro. E, quanto à sobrevivência de Irene...

E Jin Zhi tinha acabado de revelar que sabia que Irene era uma Bibliotecária, mesmo que Qing Song não tivesse percebido isso. *Ainda bem que Qing Song tem tanta coisa na cabeça*, pensou Irene agradecida. Se ele tivesse percebido o deslize de Jin Zhi e achado que as duas estavam em conluio, a situação teria perdido os traços de civilidade que ainda lhe restavam.

— Não estou pedindo ajuda — disse Qing Song de um jeito desdenhoso. Ele fez um sinal para Hu, que se moveu em silêncio para lhe servir água e oferecer um copo a Jin Zhi. — Estou ordenando. Há uma diferença.

Jin Zhi apontou um dedo para Irene.

— Ela aceitou seu serviço, então?

A boca de Qing Song enrijeceu muito levemente.

— A Bibliotecária Marguerite estava prestes a me fazer um juramento — disse ele.

Os lábios de Jin Zhi se abriram lentamente num sorriso. Ela pegou o copo da mão de Hu e se virou para Irene.

— Que interessante. Talvez eu também devesse fazer uma oferta pelo serviço dela. Posso oferecer bons termos.

Ela descobriu que Qing Song não sabe quem sou. Irene sentiu um precipício metafórico se abrir diante de si. *E vai usar isso.*

— É extremamente descortês tentar roubar meus servos — disse Qing Song com frieza. Mas isso era algo que ele claramente não tinha considerado.

Jin Zhi riu.

— Qing Song, eu teria pena de você se não o conhecesse tão bem. Vou fazer qualquer oferta que eu quiser. Ou você quer me expulsar?

Os dedos de Qing Song apertaram o braço da poltrona, mas ele não respondeu. Aparentemente, as regras de combate entre dragões do alto escalão evitavam esse tipo de ação. Ele lançou um olhar rápido para Hu, que mexeu um ombro muito levemente em retorno: um questionamento do tipo "Você consegue pensar em alguma coisa?" e uma resposta que dizia "Não tem jeito". Hu podia ser o servo, mas parecia que Qing Song confiava muito na opinião dele.

— Muito bem, então. — Jin Zhi se virou para Irene. — Marguerite. — Ela pronunciou o nome como se fosse um bloco de mel, prolongando as sílabas. — Não sei quanto Qing Song lhe ofereceu, mas imagino que eu possa oferecer mais. Além da minha gratidão pessoal e da minha garantia da sua segurança.

— Minha segurança? — comentou Irene, interrompendo o próprio silêncio.

— Contra o resto deste quarto, para começar. — A curva do seu sorriso era, como Kai tinha comentado um dia antes, muito graciosa. — Você deve estar consciente de que está numa posição perigosa.

— Acredite em mim, madame — disse Irene —, estou bem consciente desse fato.

— Então, por que hesitar?

— Talvez porque não seja do tipo que se intimida por ameaças — disse Qing Song.

— Não estou ameaçando — retrucou Jin Zhi. Desta vez, havia um toque de veneno sob o mel. — Ela está em perigo, mas não fui eu que a coloquei nessa posição.

— Um homem racional mantém seu temperamento sob controle — disse Qing Song. — Mesmo que ela possa me ofender ao recusar, dificilmente vou me comportar como uma *criança*.

Por algum motivo, isso fez Jin Zhi se retorcer, o corpo todo ficando rígido enquanto o copo se estilhaçava na mão. A água escorreu pelos seus dedos com um breve padrão de escamas.

— Aparentemente, você não tem nada melhor para fazer do que evocar insultos antigos.

— E, aparentemente, *você* não tem nada melhor para fazer do que repeti-los. — O tom de Qing Song era malicioso.

Irene olhou para o reflexo na vidraça. Os homens atrás dela ainda estavam na mesma posição, mas sua atenção estava em Qing Song e Jin Zhi, e não nela. Por enquanto, os dois batiam boca e também não estavam olhando para ela.

Infelizmente, era apenas uma questão de tempo até os dragões se virarem para ela e exigirem uma resposta.

Ela devia ter ficado com medo. Devia ter ficado *apavorada*. Porém, um bolo de raiva estava crescendo dentro dela. Se Jin Zhi queria brincar de *usar a Bibliotecária* do mesmo jeito que Qing Song, ia receber exatamente o mesmo tratamento. Eram eles que estavam quebrando as próprias regras preciosas da competição. Se tinham dado espaço para uma chantagem ao fazerem isso, a culpa era dos dois. Estava na hora de sair daqui.

Ela deu um passo para a frente, e os dois dragões se viraram para olhar para ela.

— Madame. Senhor. Antes de prosseguirmos, eu gostaria de deixar absolutamente claro que a Biblioteca sabe que estou aqui e o que estou investigando. Vocês não podem simplesmente estalar os dedos e me fazer desaparecer. Por mais que seus poderes sejam enormes e suas famílias sejam nobres.

— Devo repetir o que eu disse? — perguntou Qing Song.

— Não estou fazendo esse tipo de ameaça.

— Vamos pelo menos concordar que todo mundo neste quarto está me ameaçando de algum jeito — disse Irene. E foi ali que ela destruiu seu disfarce e dançou sobre os restos. — E meu nome não é Marguerite.

Jin Zhi se recostou na cadeira, surpresa. Ela claramente não esperava que Irene destruísse o próprio disfarce por livre e espontânea vontade. Por um instante, seus olhos demonstraram confusão, e não ponderação.

Qing Song, por outro lado, se inclinou para a frente. Seus dedos se enterraram no braço da poltrona e, por todo o quarto, os lobos se agitaram, levantando a cabeça e concentrando os olhos em Irene.

— Você mentiu para mim? — ele exigiu saber. Havia um tom subjacente na sua voz, como o vento nas florestas densas.

— Não fui totalmente sincera com você — disse Irene. Ela viu os lábios se retesarem quando ela jogou as palavras dele de volta. — Nem fui sincera com Hu. Vim a este mundo para investigar o que aconteceu com um dos nossos Bibliotecários, Evariste. Acho que vocês conhecem o nome.

Qing Song ficou calado.

Irene sentia a frieza se insinuando na própria voz.

— Sabemos do seu acordo com ele. — Ela viu o breve flash de suspeita confirmada no rosto de Jin Zhi e se perguntou depressa como ela saberia disso, para começar. — Ele está fora de cena. Por enquanto.

— Fora de cena? — indagou Qing Song lentamente.

— Sob investigação. — Irene olhou para ele. — Algo assim pode chegar longe. Até a família dele, por exemplo. Seria uma pena se ela chegasse à *sua* também, já que estou percebendo que você quebrou várias regras.

Qing Song não esperava por isso. O braço da poltrona estalou quando sua mão se enterrou nele, e suas unhas rasgaram o couro. Irene percebeu os padrões de escamas se contraírem na pele do rosto e das mãos dele, num tom profundo de esmeralda, escuro como folhas de azevinho. Sua raiva estava palpável no ar, densa como a tensão antes de um terremoto.

— Você... como *ousa* ameaçar a minha família...

— Você vai entregar sua refém — disse Irene, interrompendo-o. — E, em troca, vamos manter silêncio sobre as suas ações. Você não vai fazer nenhuma tentativa de se vingar de Evariste. — Ela deu um passo para a frente, a marca da Biblioteca ardendo nos ombros diante do poder dele, sua raiva um fogo mais profundo e quente dentro dela. — Esse é o único acordo que vou oferecer. Sugiro que o aceite.

— Vou descobrir seu nome verdadeiro — rosnou Qing Song. Uma luz vermelha piscou nas profundezas do seu olhar. — Vou me lembrar dele por muito tempo.

— Irene — disse ela, vendo os olhos dele se arregalarem. — Algumas pessoas me chamam de Irene Winters.

O braço esquerdo de Hu agarrou a garganta dela por trás, com força suficiente para ela não conseguir respirar. Ele pegou o pulso direito dela com a mão livre, girando-o atrás dela enquanto ela buscava ar, tentando falar – usar a Linguagem – e fracassando.

— Milorde — disse ele —, ela está mentindo.

CAPÍTULO VINTE

— Cuidado, agora — disse o homem no comando do grupo. Ele deu um tapinha na lateral do caixote que continha Evariste e Kai. — Tem coisas caras aí dentro. Valem mais do que o seu salário.

Kai ouviu os outros homens que carregavam o caixote grunhirem, concordando. Por um instante, previu um percurso mais suave para eles dois.

Não aconteceu.

As últimas duas horas tinham sido uma sequência frustrante de passos, cada um deles com o prazo se esgotando como o pavio aceso de uma bomba. O primeiro passo tinha sido encontrar um bar clandestino onde houvesse homens para contratar. O segundo, convencê-los de que, como parte de uma piada, Kai queria que ele e um amigo fossem carregados para dentro do Museu Metropolitano de Arte, encaixotados como uma nova exposição. O suborno ajudou. Mas tudo isso tomara tempo demais, e já era quase hora do pôr do sol.

— O que você tem aí? — alguém exigiu saber. Um dos seguranças do museu, supôs Kai.

Uma pausa enquanto o líder dos carregadores de caixote vasculhava o bolso.

— É um conjunto de esculturas da Dinastia Ming — respondeu ele, lendo o bilhete que Kai tinha preparado. — Para ser entregue na sala do professor Jamison. Tenho uma carta do professor também.

Outra pausa. Kai resistiu à vontade de empurrar a tampa do caixote e abri-la e perguntar se ia demorar o dia todo.

— Bom, se está combinado... — disse enfim o guarda, depois de um atraso longo demais. — É melhor vocês levarem lá para cima. O professor Jamison fica no terceiro andar, junto com a seção de Arte Asiática. Peters vai subir com vocês, para mostrar o caminho. O professor saiu para almoçar, mas volta em breve.

Cinco minutos depois, o caixote tinha sido depositado no escritório do professor Jamison. Kai ouviu a porta bater e o som dos pés sumindo no corredor. Deu mais cinco minutos antes de cutucar Evariste, que estava tenso como uma corda de arco.

— Agora — sussurrou ele.

— Graças a Deus — murmurou Evariste. — **Amarras do caixote, desfaçam-se. Tampa do caixote, abra-se.**

Kai se endireitou com um suspiro de alívio, empurrando a tampa toda do caixote. Ele olhou ao redor do escritório. Era parte de um pequeno conjunto de salas – um escritório de verdade e dois depósitos que outrora foram pequenas antessalas dignas. Agora estavam repletas de pilhas desordenadas de anotações. Arranha-céus em miniatura de livros se erguiam em direção ao teto como se fossem obstruir a luz. O leve odor de queijo podre sugeria que havia sanduíches perdidos no meio dos descartes escondidos de papel e nunca foram encontrados.

Evariste massageou a lombar e analisou a área.

— Merda — disse ele de maneira sucinta. — Não temos tempo para vasculhar tudo. O livro pode estar em qualquer lugar.

— Então sugiro que comecemos — disse Kai com firmeza. Ele verificou se a porta estava trancada. — Antes que o professor Jamison volte do almoço.

— Isso se ele voltar. — Evariste olhou para o relógio de pulso. — Já são quase cinco horas.

— Quanto mais tempo ele ficar fora, melhor para nós — disse Kai.

Eles tinham caminhado pelo cômodo, verificando tudo que encontravam e descartando o que não era seu alvo numa grande pilha, e estavam prestes a vasculhar os depósitos. Foi aí que Kai ouviu passos e uma chave girando na fechadura. Ele gesticulou para Evariste fazer silêncio e foi para o lado da porta.

A porta se abriu e um homem idoso entrou. Ele já tinha fechado a porta e estava tirando o chapéu quando percebeu o estado do escritório.

— O que... — começou ele.

Kai colocou a mão sobre a boca do homem, segurando seu pulso com a outra.

— Não diga nem uma palavra — alertou.

O homem ficou calado, permitindo que Kai e Evariste o arrastassem até uma das poltronas e o amarrassem ali com a própria gravata. Kai trancou a porta de novo.

— Agora — disse ele, se sentindo um pouco culpado —, entendo que você pode estar preocupado. Você é o professor Jamison, certo?

— Sou — respondeu o homem. Ele estava olhando para os dois com fascínio. O cabelo grisalho tinha entradas, deixando a maior parte da cabeça careca, e o vermelho do nariz e as manchas no paletó sugeriam que o almoço tinha sido regado a álcool. — Me digam: vocês são Tongs?

— Não — respondeu Kai, meio confuso.

— Triads?
— Não.
— Yakuza? — Ele olhou para Evariste. — Sociedade dos Leopardos?
— De jeito nenhum — disse Kai. — Você está esperando por eles?
— Já previ isso há algum tempo — disse o professor de um jeito sombrio. — É a consequência lógica de remover artefatos valiosos de culturas nativas. Esse tipo de estímulo à ganância americana, a custo da dignidade e da autodeterminação das culturas em questão, com certeza vai gerar resultados no longo prazo...
— Se você realmente acredita nisso — interrompeu Evariste —, por que trabalha aqui?
O professor Jamison deu de ombros.
— Um homem precisa comer, querido rapaz, e existem pouquíssimos empregos no mercado, a menos que você esteja no comércio de álcool.
— Muito bem — disse Kai devagar. — Se você ficar quieto, sairemos daqui assim que encontrarmos o que estamos procurando...
— Me diga o que é — sugeriu o professor. — Talvez eu possa ajudar.
Era fácil demais. Kai olhou para Evariste e recebeu um leve balanço de cabeça em resposta. Estava claro que Evariste também não confiava no homem.
— Acho que podemos nos virar — disse ele.
— Parece justo — disse o professor, dando de ombros. — Acho que não posso pedir para vocês tirarem um pouco de poeira enquanto estão movendo os livros, não é? Faz tempo que os faxineiros não aparecem.
— Não — respondeu Kai com firmeza. Tirar pó era coisa para servos.

Kai acenou para Evariste no primeiro depósito. Ele queria atacar o segundo, mas alguma coisa estava despertando seu sentido de alerta. O professor tinha cedido rápido demais. Podia ser porque era covarde ou estava bêbado ou... porque estava esperando alguém aparecer a qualquer momento.

— Sinto muito por isso — disse Kai. Ele pegou o lenço do professor no bolso do colete e enfiou na boca do homem. — Vou pedir desculpas mais tarde, se isso realmente tiver sido sem motivos...

Passos lá fora. A maçaneta da porta se mexeu. Uma voz feminina chamou:

— Professor Jamison?

Evariste apareceu na porta do depósito com uma expressão de pavor no rosto.

Kai abriu a porta alguns centímetros. Felizmente, o professor não estava na linha de visão.

— Posso ajudar? — perguntou educadamente.

A mulher jovem e magra do outro lado da porta usava um jaleco de algodão branco sobre o terninho azul-royal elegante e carregava um par de luvas brancas de algodão.

— Estou aqui para ver o professor Jamison — disse ela. — É sobre o trabalho de arquivo que ele queria fazer.

— Sinto informar que o professor está indisposto — disse Kai.

— Indisposto? — ecoou a mulher. — Ninguém me falou que ele estava doente.

— Ele teve um almoço demorado. Um almoço *muito* demorado. — Kai se perguntou até onde poderia ir para insinuar *coma alcoólico*. — Ele achou que precisava de um cochilo.

Houve um barulho de ronco dentro do escritório; provavelmente o professor tentando ser ouvido apesar da mordaça.

— Viu? — disse Kai, esperançoso. — Indigestão também.

A mulher revirou os olhos para o alto.

— Bem, escute o que vou dizer: não me importa se o velho beberrão está acordado, dormindo ou tão bêbado que não consegue ficar em pé. Estou aqui para pegar o exemplar dele de *Comentários sobre o romance dos três reinos*, de Melchett. Então, se puder me dar licença...

Ela espiou dentro da sala e arregalou os olhos.

Com um xingamento silencioso, Kai segurou o ombro dela e a arrastou para dentro da sala, girando para chutar a porta e fechá-la. Ele cobriu a sua boca com firmeza.

— Evariste — disse ele. — Pegue outra cadeira.

— Não podemos fazer isso o tempo todo — protestou Evariste. — Vamos ficar sem cadeiras.

— Espero que não haja mais visitas. — A mulher estava se contorcendo nos braços de Kai. — Escute — disse ele, tentando parecer calmo —, não crie confusão, assim não vamos amordaçá-la. Só estamos aqui para pegar um livro. Não queremos machucar ninguém.

A mulher relaxou um pouco. Quando Evariste amarrou as mãos dela atrás da cadeira (com a gravata *dele*, desta vez), ela perguntou:

— Vocês estão com Lucky George?

— Talvez — respondeu Kai. — Se estivéssemos, não poderíamos admitir. Você sabe como funciona.

— Certo. — Ela apontou com a cabeça para o professor, que estava lutando contra a mordaça. — Deixe-me adivinhar. Ele andou apostando em cavalos de novo, e vocês estão aqui para cobrar as dívidas.

— Tudo isso vai acabar muito em breve — disse Kai, tranquilizando-a, disfarçando seu próprio nervosismo crescente. Quantas outras pessoas entrariam aqui enquanto estivessem vasculhando o local? Ou poderiam vir verificar o que tinha acontecido com essa mulher? — Só um instante.

Ele foi até o professor e tirou a mordaça.

— Escute — disse ele, se ajoelhando ao lado da cadeira. — Queremos acabar logo com isso tanto quanto você. Acho bom você cooperar. Onde está a Coleção de Pemberton?

— O quê? — disse o professor Jamison, sem parecer convincente.

— A coleção doada pelo juiz Richard Pemberton em 1899 — respondeu Evariste. — Pela qual você supostamente é responsável.

— Ah, essa coleção. — O professor pareceu vago. — Agora que você mencionou, acho que está guardada nos Cloisters; você sabe, no Fort Tryon Park...?

Era uma tentativa corajosa. Kai a respeitava. Não queria machucar nenhum dos dois prisioneiros. Nenhum deles merecia. E cada parte de si se revoltava contra a ideia de torturar dois inocentes impotentes para obter informações. Mas o que ele devia *fazer*?

O que a mulher disse antes lhe deu uma ideia. Ele foi até a mesa, onde o telefone estava meio enterrado sob uma montanha de papéis descartados.

— É uma pena eu ter de fazer isso — disse para Evariste.

— É mesmo — concordou Evariste, com um tom desconfiado na voz. — Olhe, não precisamos machucar essas pessoas...

Qing Song ou Hu poderiam ter feito isso, Kai percebeu, e Evariste o estava julgando pelos padrões deles. A sensação era surpreendentemente incômoda.

— Você está certo — disse ele. — Precisamos ligar para o chefe e descobrir como *ele* quer que a gente resolva a situação, já que os nossos amigos aqui não estão dispostos a falar.

— É, é uma pena mesmo — disse Evariste, com uma segurança crescente. — Você sabe como é o chefe quando não consegue o que quer. Ainda assim, nada de arrancar a pele das *nossas* costas, está bem?

O professor e a mulher ficaram pálidos. A mulher foi a primeira a recuperar a voz.

— Vocês querem a Coleção de Pemberton? Só isso?

— Só isso — garantiu Kai. — Depois nós resolvemos tudo.

— Lá embaixo, no porão — disse muito rapidamente. — Passando pela recepção, segunda à direita, com um cartaz "Seção de Arte Asiática", terceira sala à esquerda, verifiquem os armários à direita na entrada da seção e o índice completo estará lá.

— Maria! — protestou o professor. Só que o tom de culpa na sua voz sugeriu a Kai que ele estava prestes a abrir o bico.

— Isso é ótimo — disse Kai. — Vamos deixar vocês aqui. Devem soltá-los quando o segurança fizer as rondas noturnas.

— Mas o museu só fecha às nove da noite! — protestou a mulher.

— Confie em mim — disse Kai, contornando-a para colocar uma mordaça na sua boca. — Poderia ser pior.

Eram quase seis horas quando desceram até o porão, deixando um cartaz de NÃO PERTURBE na porta do professor. As multidões de visitantes estavam diminuindo, e a luz que entrava pelas janelas era sombreada com as cores do pôr do sol, pintando as exposições com tons vermelhos e laranja.

— Estou surpreso por eles não terem colocado *Jornada ao oeste* em exibição, considerando todos os clássicos aqui — disse ele baixinho para Evariste, mantendo um tom de conversa.

— Pela descrição no catálogo, acho que o exemplar não deve estar em ótimas condições — comentou Evariste. — Por isso não é prioridade para a exposição.

— Pelo menos não temos de levar a procedência também.

— Kai inclinou o chapéu para uma jovem que estava sorrindo para ele.

Evariste lhe deu uma olhada levemente horrorizada.

— Você está curtindo inventar maneiras de piorar isso, não é? Como provamos que é o livro correto, sem esfregar a procedência no nariz de Qing Song?

— Irene vai pensar em alguma coisa — disse Kai, confiante. — Ela é muito persuasiva.

— É — murmurou Evariste. — Afinal, ela nos convenceu a fazer isso.

A lealdade exigia algum tipo de resposta. Infelizmente, nada convincente lhe veio à mente.

Os elevadores para o porão ficavam meio escondidos atrás de grandes mostruários de arte medieval e bizantina, que ocupavam várias salas. O metal polido e as portas de madeira dos elevadores também pareciam obras de arte. Já o porão tinha sido projetado para um armazenamento eficiente e limpo, com paredes e pisos de azulejos brancos.

A esta hora do dia, a única pessoa por ali era o escrevente sentado à mesa de recepção. Kai ficou para trás, deixando Evariste assumir a liderança.

— Boa tarde — disse Evariste com educação. — O professor Jamison nos mandou aqui para pegar uns textos na seção de Arte Asiática.

O escrevente fungou. Era um sujeito magro, o queixo destacado como um promontório e com olhos suspeitos injetados de sangue. Infelizmente, havia um botão de alarme na mesa, ao alcance da sua mão.

— A recepção de entrada é no térreo — rebateu secamente. — Apenas graduados e superiores têm acesso a esses arquivos. Se quiserem procurar alguma coisa, precisam comprovar a identidade e apresentar cartas de pelo menos alguns professores. Isto aqui não é nenhuma biblioteca pública.

— Mas eu sou graduado — disse Evariste de um jeito persuasivo. — Fiz a graduação em...

— No Harlem? — o escrevente bufou. — Não me venha com essa, rapaz. Já vi o seu tipo antes.

A boca de Evariste enrijeceu, e havia um brilho muito desagradável nos seus olhos.

— **Você percebe que estou lhe mostrando todos os documentos de tudo que você precisa para me dar acesso aos arquivos** — disse com firmeza na Linguagem.

O escrevente franziu a testa.

— Você pode me dar todos os documentos que quiser, rapaz, mas não vai atravessar essas portas até eu dar uma palavrinha com o meu chefe. Ele sabe lidar com pessoas como você. — Ele estendeu a mão para o telefone. Aparentemente, a Linguagem podia superar suas percepções, mas não alterava seus preconceitos.

Evariste olhou para Kai, e a expressão no seu rosto era um claro convite à violência.

Kai deu um passo à frente e segurou o pulso do escrevente, arrastando-o por sobre a mesa. Enquanto o escrevente ofegava em busca de ar, Kai levou a ponta da mão livre até a nuca do homem. Ele desmaiou sem emitir um único som, caindo sobre a mesa.

— Sinto muito — disse Evariste dando de ombros. Seu tom demonstrava mais um pedido de desculpas simulado do que uma expressão genuína de arrependimento. — Acho que é agora que o amarramos e o escondemos até mais tarde.

Kai pensou no assunto.

— Se fizermos isso, vamos disparar um alarme quando descobrirem que ele sumiu. Ele deve ficar inconsciente por pelo menos meia hora... — Ele colocou o escrevente de volta na cadeira e arrumou o homem com as mãos sobre a barriga, o queixo apoiado no peito como se estivesse dormindo. Ele também enfiou a mão embaixo da mesa e arrancou o fio do alarme. — Pronto. Isso vai nos fazer ganhar um pouco mais de tempo.

Quando entraram na seção de arquivos, ficou claro que iam *precisar* de cada segundo de tempo. Kai ficou agradecido pelas orientações da mulher, mas, mesmo assim, o lugar era grande. Ele costumava aprovar grandes coleções, mas eram um incômodo quando você precisava passar por elas para roubar alguma coisa.

— Eu preferia estar fazendo isso à noite — disse Evariste baixinho enquanto eles se apressavam pelos corredores. — Não haveria tanta probabilidade de esbarrarmos em ninguém.

Kai concordou com a cabeça.

— É. Mas não tínhamos tempo. — Ele imaginou o sussurro fervoroso da cidade sobre eles, o zumbido constante e o fluxo de negócios e atividade, e Irene flutuando por ali como uma única borboleta com uma matilha de lobos no seu rastro. A imagem não tinha equilíbrio poético, e ele franziu a testa. — Quem persegue borboletas? — perguntou ele.

Evariste olhou para ele de esguelha.

— O que diabos isso tem a ver com alguma coisa? — perguntou.

Kai retornou o olhar com desdém.

— Metáfora poética — respondeu.

Alguns minutos depois, eles finalmente estavam abrindo um armário pequeno de canto.

Os livros ali dentro tinham sido cuidadosamente organizados, parecidos com um daqueles quebra-cabeças em que se tinha que encaixar um bloco num espaço limitado. A pessoa que os arquivara tinha tomado um cuidado extremo para não esmagá-los nem espremê-los, mas claramente tinha achado necessário usar cada fração de espaço.

— Cuidado — disse Evariste, assumindo o controle abruptamente. Ele começou a levantar os livros do armário, colocando-os um por um na mesa do cômodo. — Não, não é esse nem o outro... espere, *aqui* estão. Seis volumes. Todos ali.

Os volumes que ele tirou das profundezas do armário não estavam em condições ideais. Kai entendeu por que o museu preferira colocar outros livros mais evidentemente impressionantes no mostruário. No entanto, quando abriu um volume e começou a folhear, ficou aliviado ao ver que a condição interna estava ótima. As páginas estavam presas com firmeza, o papel amarelado era sólido e intocado pela umidade e por insetos, e a tinta estava clara. Ele abriu a boca para parabenizar Evariste.

E um alarme irrompeu com repiques agudos, rasgando o silêncio dos arquivos como uma serra elétrica.

CAPÍTULO VINTE E UM

O braço de Hu era como uma barra de ferro contra a garganta de Irene, cortando sua respiração e sua fala. Isso lhe trouxe lembranças indesejadas de fazer a mesma coisa com Evariste. Pensamentos inúteis sobre justiça poética giravam de maneira estonteante na sua cabeça. Ela tentou colocar os dedos da mão livre por baixo do braço de Hu e soltá-lo da garganta. Pisou nos pés dele, jogando todo o peso ali, depois chutou para trás para atingir as rótulas.

Tudo que ela conseguiu foi a satisfação, por meio do zumbido nos ouvidos, de ouvi-lo grunhir de dor.

— Milorde — disse ele através do que pareciam dentes trincados —, sei que você reservou a dose para o outro Bibliotecário, mas, nessas circunstâncias...

— Grande verdade. — Qing Song se levantou da cadeira e colocou a mão dentro do paletó.

O que quer que fosse, não podia ser bom. O pânico funcionou quase tão bem quanto o oxigênio para renovar suas energias. Ela tentou se equilibrar e enganchar o pé atrás do tornozelo de Hu, mas ele simplesmente mudou o apoio do corpo. Ele puxou o braço dela com mais força, arrastando-a para ficar na ponta dos pés.

A visão de Irene estava borrada, riscada por flashes de luz. Qing Song agora estava em pé ao lado dela, segurando alguma coisa gelada nos seus lábios. *Como se estivesse dando um medicamento para um dos lobos de estimação...*

Com a última gota de consciência, ela tentou manter a boca fechada, mas o aperto de Hu na sua garganta se afrouxou, fazendo-a ofegar em busca de ar, respirando em grandes arfadas estressantes. Um líquido frio desceu pela sua garganta. Ela engasgou com ele, pouco consciente de qualquer coisa exceto seu esforço para respirar.

Quando o quarto se estabilizou, ela se conscientizou que Hu havia soltado sua garganta. Ele estava dizendo alguma coisa para um dos dois gângsteres. Quanto mais ela ouvia, menos pareciam úteis.

—... algemas?

— Costumamos deixar isso para os policiais, sr. Hu — respondeu o gângster.

— Muito bem. Então a segure, por enquanto. Acho que ela não vai dar trabalho. — O braço livre dela foi retorcido nas costas, para se juntar ao que já estava preso, e as mãos de um desconhecido a seguraram com firmeza. Qing Song a analisava de maneira crítica, e Hu apareceu na frente dela de novo. — Você não vai causar mais problemas, não é, srta. Winters?

Irene abriu a boca para falar.

Não saiu nada.

Alguma coisa na sua garganta estava dormente. Ela tentava formular as palavras, mas não conseguia emitir nenhum som. Percebeu, desesperada, que a Linguagem estava fora de alcance. Um pânico absoluto a fez se debater contra o aperto do homem que a segurava, até o bom senso fazê-la parar. Mas o medo não desapareceu. Estava impotente como jamais estivera.

— Onde você conseguiu esse negócio? — Jin Zhi apontou para o frasco que Qing Song estava guardando de novo no bolso interno do paletó. — Achei que era reservado para... casos especiais.

Como Bibliotecários muito importantes?, Irene se perguntou. Ela supôs que não deveria ficar surpresa *demais* com o fato de as cortes de dragões terem algo especificamente adaptado para lidar com Bibliotecários, apesar de ser uma descoberta preocupante. No entanto, neste momento, estava mais preocupada com o tempo que levava para se esgotar. Ela ainda poderia *escrever* na Linguagem, mas não amarrada desse jeito.

Qing Song ignorou a pergunta e Irene.

— O assunto urgente é o que fazer a seguir. Hu, você disse que achava que ela estava mentindo sobre a Biblioteca saber o que está acontecendo aqui.

— Milorde, nós a observamos a maior parte do dia. — Hu ajeitou distraidamente o paletó. — Se ela soubesse de tudo quando chegou a Boston, ou até mesmo a Nova York, não teria agido como agiu. Se tudo que queria era lhe dizer para deixar o outro Bibliotecário em paz, teria vindo direto até aqui, em vez de ter sido arrastada até a sua presença. Mas já vimos que é uma mentirosa sem vergonha: fala qualquer coisa para convencer a pessoa a soltá-la. Não podemos confiar em uma palavra do que ela diz.

Mostre-me uma única pessoa neste quarto que falou a verdade hoje, pensou Irene, venenosa. *Exceto os lobos. E os gângsteres.*

— Sim, mas e o filho de Ao Guang? — comentou Jin Zhi. — Ela é conhecida por andar acompanhada dele. Ele pode estar envolvido. E o outro Bibliotecário?

Qing Song a rodeou.

— Você parece saber demais sobre os meus assuntos.

— Não seja ridículo — disse Jin Zhi, um pouco rápido demais. — Eu *ouvi* os últimos cinco minutos, afinal. Ouvi o que ela disse. Você tinha um Bibliotecário na mão. Ela o tirou de você. E agora temos outra Bibliotecária, mas ela não está pronta para cooperar. Por enquanto. Ou, pior ainda, pode estar cooperando com outra pessoa.

Só que isso não está certo, pensou Irene. *Mesmo que Qing Song não tenha percebido. Como é que Jin Zhi sabia dessas coisas? E como ela sabia que Qing Song estava empregando um Bibliotecário, mas não sobre a fuga de Evariste até ainda agora...*

Mas as palavras de Jin Zhi fizeram Qing Song hesitar.

— Você não pode estar falando sério — disse finalmente.

— E se Ao Guang quiser influenciar qual de nós dois vai ocupar o cargo? Se oferecesse o livro a um de nós em termos de obrigação ou aliança, poderíamos nos dar ao luxo de recusar? Seria a oportunidade perfeita para o Rei do Oceano Leste colocar um pezinho nos assuntos da Rainha das Terras do Sul. E estamos vendo a Bibliotecária de estimação do rapaz se metendo nos nossos assuntos, caçando o livro para seus próprios fins. Estou errada?

Irene quase admirava o modo como Jin Zhi encobria o fato de que *ela* havia pedido a Irene para se envolver – mesmo que fosse só para evitar que Qing Song recebesse ajuda de um Bibliotecário. Mas sentiu um pânico crescente pelo modo como isso estava atingindo Kai e ela. E o pai de Kai, Ao Guang, o Rei do Oceano Leste. A ideia de envolvê-lo nessa confusão – e culpar a Biblioteca por isso – era um novo jeito horrível pelo qual as coisas podiam dar errado.

Ela se esforçou freneticamente para falar de novo, mas nada saía: ela formava as palavras na Linguagem, mas não conseguia lhes dar voz.

Qing Song ponderou.

— Você pode estar certa — disse ele, contrariado. — Se ela está agindo como serva dele o tempo todo, isso pode explicar um grande acordo. Hu, você pode confirmar?

Hu pareceu relutante em assumir os holofotes.

— A Bibliotecária esteve na companhia de outro homem mais cedo, milorde. Os fotógrafos não conseguiram tirar uma foto dele. A melhor descrição que deram é que ele tinha cabelo escuro e era bonito. Naquele momento, ela disse que era outro Bibliotecário...

— Já percebemos que ela é mentirosa — interrompeu Jin Zhi. — Não sei como eles conseguem fazer direito os pequenos roubos. Mas já lhe ocorreu que, se ela está aqui e ele não, ele deve estar ocupado fazendo outra coisa?

Irene olhou para o reflexo dos atiradores no espelho. Ambos faziam um bom trabalho de parecer distraídos, mas tinha certeza de que estavam prestando atenção. A parte profissional da sua mente observou que conspiradores experientes não discutiam esse tipo de coisa na frente de serviçais.

Ou, pelo menos, não na frente de serviçais que iam sobreviver às próximas horas.

Qing Song analisou Irene de esguelha, como se estivesse avaliando o preço de um móvel de segunda mão.

— Você acha que o filho trocaria o livro por ela? — perguntou.

Irene obrigou todas as emoções reveladoras a ficarem longe do seu rosto. Porque, sim, Kai *provavelmente* entregaria o livro, e isso deixaria Qing Song com a filha de Evariste, comprometeria Irene e Kai e levaria a situação ainda mais à beira do precipício. Ela mexeu o ombro num movimento silencioso, tentando comunicar que Kai não trocaria uma fatia de torrada fria por ela.

— Ajudaria se ela pudesse falar — disse Jin Zhi. — Mas provavelmente ia mentir de novo. Quanto tempo para a droga perder o efeito?

— Deve durar pelo menos algumas horas — disse Qing Song. — Mal foi testado nessas pessoas. Só em... — Ele fez uma pausa, os olhos indo até os guardas, e deixou a frase morrer, dando de ombros de maneira significativa.

Jin Zhi foi em direção a ele.

— Qing Song, por mais que eu me arrependa de fazer isso, vou sugerir uma aliança.

Qing Song pareceu tão entusiasmado quanto Jin Zhi.

— Sério — disse ele. — Uma aliança. Com você.

— Eu sei que não é convencional — disse Jin Zhi. — Mas Sua Majestade é conhecida por recompensar resultados e ignorar as tradições. Vou ser sincera com você. Minhas buscas na China foram infrutíferas. Temos mais três dias: não há tempo a perder. Se conseguirmos levar o livro a Sua Majestade juntos, talvez ela nos dê outro desafio, que nos permita competir de maneira *justa*. — Ela analisou Qing Song com cuidado. — Milorde da Floresta do Inverno, já lhe ocorreu que *nós dois* podemos morrer por causa disso? E do que adiantaria? Nossas famílias vão nos agradecer, se nós dois fracassarmos e envergonharmos a sua reputação de ambas? Temos mais a ganhar olhando para a situação por um novo ângulo. — Seu tom ficou azedo. — Como usar uma Bibliotecária.

— Como sempre, você fez uma argumentação convincente — disse Qing Song. Seu tom era neutro, mas os lobos estavam ficando eriçados e espreguiçando, o focinho pesado se abrindo brevemente para mostrar longas fileiras brancas de dentes. Hu fez um pequeno gesto de contradição, negação até, mas Qing Song o ignorou. — Então mantemos a Bibliotecária como refém. Se o filho de Ao Guang fizer contato conosco, estamos preparados para trocá-la pelo livro. Se os meus homens localizarem o outro Bibliotecário, pode ser que ele também esteja com o livro. Porém, se nenhuma opção for a nosso favor, qual é a ideia? O que fazemos com ela?

— Seria um desperdício matá-la — disse Jin Zhi. Ela nem se preocupou em olhar para Irene. — Mas é arriscado demais mantê-la aqui. Coloque-a num dos nossos territórios particulares. Mesmo que o filho de Ao Guang consiga rastreá-la, ele não pode invadir sem violar nosso território e transformar tudo num assunto político. Mantenha-a longe de livros, use drogas e algemas, é claro, e ela deve ficar segura o suficiente.

Por um instante, Hu captou o olho de Irene, e a expressão no rosto dele foi de arrependimento solidário. *Eu tentei te alertar*, os olhos dele pareciam dizer.

Pânico e fúria perseguiam um ao outro no cérebro de Irene como gatos raivosos. Ela sabia o que a Biblioteca ia fazer se isso terminasse: eles negariam ter conhecimento das ações dela, alegariam que ela devia estar trabalhando por conta própria; exatamente como Melusine a alertara. Mas nem isso poderia ser suficiente para salvar a Biblioteca das consequências políticas. E certamente não salvaria Irene. *Drogas e algemas.* As palavras sussurravam no fundo da sua mente como uma caixinha de música saída das profundezas de um pesadelo e não iam embora.

— E qual de nós fica com ela? — Qing Song quis saber.

— Eu. — Jin Zhi levantou a mão para interromper suas objeções antes que ele pudesse fazê-las. — Um de nós tem de fazer isso. Por que não eu?

Qing Song não amenizou as palavras.

— Porque não confio em você.

— E eu devo confiar em você se *ficar* com ela? — perguntou Jin Zhi. — Depois de tudo que fez?

— Você tem o hábito de usar o que outras pessoas lhe dão. De que outra maneira você me encontrou aqui, exceto rastreando meu símbolo pessoal? — Um tom subjacente de amargura passou pela voz de Qing Song como um veio de ouro na pedra. — Já trocamos símbolos pessoais e promessas, mas foi *você* que disse que o meu tempo tinha passado. E agora você me procura e propõe uma nova aliança. Como posso confiar em *você*?

Irene mudou o peso das pernas e aproveitou a oportunidade para verificar o aperto do guarda nos seus braços. Ele ainda estava segurando com firmeza, mas menos do que antes. Se ao menos conseguisse criar uma distração... Qing Song e Jin Zhi pareciam absorvidos, remoendo o que parecia um antigo caso de amor e separação. Mas também percebia o desespero na voz dos dois. Estavam quase tão imobilizados quanto ela, sem nenhuma saída exceto conseguir o livro. Para eles, Irene, Evariste e a filha – e este mundo todo, e a Biblioteca em si – eram danos colaterais aceitáveis.

Se a raiva pura tivesse, de algum jeito, conseguido fazê-la ser capaz de usar a Linguagem naquele momento, Irene teria queimado o quarto todo, com eles dentro.

Hu se absteve de comentar, como subordinado. Porém, o toque de azedume na sua expressão sugeria que não estava gostando da discussão. Seus olhos estavam distantes, pensativos, como se estivesse tentando formular um protesto eficaz ao plano.

Uma música fraca entrou pelas janelas abertas, um acompanhamento para o debate entre Jin Zhi e Qing Song sobre como iam evitar a traição mútua, quem teria a custódia da Bibliotecária, de quem era a culpa agora e de quem tinha sido a culpa quinze anos atrás.

O toque do telefone atravessou o quarto como uma faca, cortando toda a conversa. Qing Song e Jin Zhi se viraram para olhar para o dispositivo como se ele tivesse de ser executado por comportamento impróprio.

Hu pegou o aparelho.

— Alô? — disse ele.

Uma pausa.

Ele se virou para Qing Song.

— Milorde, "Lucky" George Ross solicita uma audiência.

— Ele tem minha permissão — disse Qing Song sem hesitar. — Diga para ele se aproximar.

— Tem certeza de que essa é uma boa ideia? — perguntou Jin Zhi enquanto Hu murmurava ao telefone. Ela fez um sinal com a cabeça, muito de leve, em direção a Irene e aos dois guardas.

— Esses homens estão a meu serviço. Confio na discrição deles; e George pode ser útil. — Qing Song não se moveu, mas os lobos se levantaram simultaneamente e foram em direção aos homens. E Irene. — E meus animais de estimação conhecem o cheiro deles, se for necessário. Eles podem e vão encontrá-los.

Irene ouviu o homem prendendo a respiração e sentiu as mãos suadas apertarem seus pulsos. Não tinha certeza absoluta de por quanto tempo os dois homens continuariam fiéis, mas não tinha dúvida de que, pelos próximos minutos, eles permaneceriam assim.

Um dos lobos sentou aos pés de Irene. Seus olhos eram cor de âmbar profundo, claros e densos como mel. Era estranho, Irene decidiu com a calma do pavor, que um único lobo fosse tão mais assustador do que todos os lobisomens que encarara no passado. Talvez porque Irene tinha sido capaz de usar a Linguagem na época: não estivera desarmada. Ou talvez porque os lobisomens eram pessoas, no fim das contas, e Irene sabia lidar com pessoas. Só que ela não podia mentir para um animal – só fugir dele ou matá-lo. E, neste exato momento, não podia fazer nenhuma das duas coisas.

— E ela? — Jin Zhi indicou Irene.

— Ela não pode falar nada. Além do mais, prefiro deixá-la sob o meu olhar do que em outro quarto, mesmo que sob vigilância. A mulher é escorregadia.

Irene decidiu classificar isso como elogio.

Hu desligou o telefone.

— George Ross vai se juntar a nós em um instante, milorde. Vai trazer assistentes.

— Acha que ele vai saber alguma coisa útil? — indagou Jin Zhi, direcionando a pergunta a Qing Song. Ela mal olhava para Hu; aparentemente, ele estava abaixo da sua percepção.

— Se souber, talvez não haja necessidade de uma aliança — disse Qing Song com arrogância. Ele se recostou na cadeira.

— Supondo que é com *você* que ele vai fazer um acordo — disse Jin Zhi com um sorriso.

A expressão de Qing Song congelou.

Houve uma batida à porta da suíte.

Hu fez um sinal com a cabeça para um dos dois gângsteres, que foi abrir a porta. Os lobos foram na frente, antes de se instalarem de novo no chão. Seus olhos mostravam fendas amarelas sob as pálpebras semifechadas.

George entrou com Lily um passo atrás, envolta em peles pálidas que poderiam esconder meia dúzia de pistolas. Seu olho visível estava semicerrado e perigoso. Atrás deles, como uma comitiva da realeza, vinham mais dois atiradores. O lugar estava ficando lotado.

Essa era uma possível distração, e Irene pensou em como poderia usá-la. Mas também sentia o nível de perigo no quarto subindo como um termômetro em água fervente. Se alguém desse um tiro, uma bala podia atingir qualquer pessoa. Incluindo ela. Irene *realmente* não queria um relatório póstumo terminando com *Levou um tiro por engano e morreu.*

— Que bom você me receber — disse George. Ele sentou numa poltrona e cruzou as pernas. — Agradeço pelo convite imediato para subir.

Jin Zhi e Qing Song encaravam Lily, os rostos como máscaras congeladas de aversão. Levou um instante para Qing Song voltar sua atenção para George.

— Como posso ajudar? — perguntou friamente.

— Acho que é mais uma questão de como eu posso te ajudar — disse George. Ele colocou a mão dentro do paletó. — Se importa se eu fumar?

Qing Song acenou com a mão.

— Como quiser.

George estendeu o ritual de acender o charuto, claramente usando essa pitada de incivilidade para afirmar o próprio status. Ele enfim apontou para Irene com o charuto.

— Estou vendo que está com a srta. Jeanette. Se quiser que ela saia do quarto antes...

— Garanto que ela não vai dar um pio sobre o assunto — respondeu Qing Song. O movimento dos lábios era o mais próximo de um sorriso que Irene jamais o tinha visto dar. — Estou mais interessado em saber por que você está aqui.

— Bem... — George arrastou a palavra de maneira voluptuosa. — Sei que você está procurando uma coisa nas últimas semanas. Ou devo dizer alguém?

— Os dois são possíveis — concordou Qing Song.

George assentiu com a cabeça e deu uma baforada com o charuto.

— Sabe, sr. Qing, posso chamá-lo assim?, só porque você não estava contratando os *meus* homens não quer dizer que eu não ouvi falar da sua pequena perseguição. Muitas pessoas por aí estão muito ansiosas para me fazer um favor e me agradar. Então, quando seu homem Hu veio me ver hoje à tarde, eu já tinha uma ideia do que você estava procurando e onde começar a procurar.

— E aonde você quer chegar? — perguntou Qing Song. Um dos lobos abriu a boca e passou a língua delicadamente nos dentes.

— Não faz muito tempo que um dos meus funcionários recebeu um telefonema — disse George. — Muitos estrangeiros são muito ignorantes sobre como o Sindicato dos Caminhoneiros funciona aqui em Nova York. Eles acham que qualquer pessoa pode fazer entregas em museus. Não parecem entender que é necessário um especialista para manusear esse tipo de coisa delicada e que especialistas não gostam de amadores atrapalhando. É o tipo de coisa que leva esses amadores a se acidentarem. — Ele acenou tristemente com o charuto. — E isso significa que eu ouço falar desse tipo de coisa.

Por dentro, Irene estava somando dois mais dois e obtendo um quatro apavorante. O que Kai e Evariste tinham tentado? E será que já eram prisioneiros? Ela tinha corrido todos esses riscos para mantê-los em segurança...

Hu deu um passo à frente e murmurou no ouvido de Qing Song, que fez um sinal de positivo com a cabeça.

— Então, seu pessoal sabe o paradeiro do homem que estou procurando. Onde ele está?

— No momento, está sendo seguido — disse George —, e em breve também vai ser ensacado. E é por isso que estou aqui. Achei que você ia querer discutir um preço.

— Preço? — disse Qing Song. — Achei que já tínhamos um acordo.

— Acordos voam pela janela quando uma pessoa tem o que todo mundo quer. É questão de oferta e demanda. — Ele apontou de novo para Irene. — A srta. Jeanette aqui, ela sabe quando se dobrar e fazer um acordo. Espero que você pense do mesmo jeito.

— E você também está aberto a ofertas de outras pessoas? — perguntou Jin Zhi suavemente, o tom de voz parecendo seda.

— Estou preparado para escutar, se puder me mostrar o dinheiro — disse George com generosidade. — Sei que o sr. Qing aqui tem muita grana, mas eu gosto de ter certeza que meus clientes conseguem pagar o que devem. A menos que o sr. Qing queira dar seu aval.

O rosto de Jin Zhi ficou imóvel. Ela claramente não esperava isso. Achava que só a palavra seria suficiente.

A expressão de puro prazer que piscou nos olhos de Qing Song foi quase rápida demais para Irene captar.

— Relutantemente, devo declinar — disse ele. — Não tenho certeza se a moça é um risco seguro.

— Pronto — disse George dando de ombros. — Então, sr. Qing, acho que somos só nós dois.

Os olhos de Jin Zhi brilharam como rubis, e padrões de escama marcaram transitoriamente seus braços como renda, por tão pouco tempo que era possível alguém achar que tinha imaginado ser apenas um truque de luz.

— Não estou acostumada a ser dispensada desse jeito — disse ela, a voz sibilando como água em metal derretido.

— Sou um homem de negócios, queridinha. Não tenho tempo para pessoas que não podem pagar as contas. — George se virou de novo para Qing Song. — Podemos falar de preço?

Em três passos, Jin Zhi estava em pé diante dele. Sua mão direita se fechou ao redor do pescoço dele e o ergueu da poltrona. Os músculos do seu braço se destacavam como metal polido enquanto o segurava ali, pendurado no ar, os pés chutando a trinta centímetros do chão.

— Vamos começar com um pedido de desculpas — murmurou ela — e depois...

— Você vai soltá-lo. — Lily tinha dado um passo à frente, o casaco de pele balançando aberto, e estava com uma pistola em cada mão. Ela mexeu a arma na mão direita para cobrir o quarto e apertou as costelas de Jin Zhi com a arma na mão esquerda. — Ou vamos ver o tamanho do buraco que consigo fazer na sua coluna.

A mão livre de Jin Zhi pegou o pulso esquerdo de Lily, afastando a arma do próprio corpo.

O quarto de repente ficou cheio de homens gritando e lobos rosnando.

Irene pisou com o salto no pé do homem que a segurava, jogou a cabeça para trás, bateu no nariz dele e soltou os braços. Ele a segurou, mas ela se afastou dançando.

Nunca conseguiria chegar até a porta. Mas havia outra saída, e estava desesperada o suficiente para tentá-la.

No instante seguinte, ela estava atravessando as janelas e se balançando na beira da sacada.

CAPÍTULO VINTE E DOIS

Evariste quase deixou cair o livro que segurava.

Kai demonstrou mais controle. Para ser sincero, estava esperando algo dar errado – bem, *mais* errado –, então foi um alívio quando aconteceu. As coisas podiam ser piores, lembrou a si mesmo. Ainda não estavam sendo surrados por multidões de capangas enquanto eram estrangulados por soberanos feéricos malignos. A situação ainda estava sob controle.

— No pior cenário, estão evacuando o museu antes de virem atrás de nós — disse ele. — Você consegue abrir uma porta para a Biblioteca daqui?

Evariste franziu a testa, olhando ao redor de um jeito avaliador.

— Provavelmente. Há livros suficientes. Você está dizendo que devemos fugir?

— Não, não é isso — disse Kai. — Nós, quero dizer, *você* abre uma porta para a Biblioteca, leva os livros e deixa lá, depois volta e fecha a porta. Os livros ficam em segurança, nós os recuperamos quando tivermos uma oportunidade e, nesse meio-tempo, ainda estamos com os livros, e eles não. — Ele ouvia pés correndo e portas batendo enquanto as poucas pessoas restantes evacuavam a seção de arquivos. — Depois saímos daqui e entramos em contato com Irene. — *E Irene pode decidir qual será o próximo passo,* pensou aliviado.

Evariste assentiu. Ele pegou a pilha de meia dúzia de volumes nos braços, cambaleando um pouco com o peso, e chutou a porta mais próxima para fechá-la. Sua testa formou rugas quando ele se concentrou.

— **Abra para a Biblioteca** — disse, a voz assumindo um tom penetrante de autoridade, profunda com a harmonia da Linguagem.

Ele estendeu a mão para abrir a porta, esforçando-se para manter os livros equilibrados. A porta se abriu e revelou um cômodo diferente adiante, alto e arqueado, com prateleiras e paredes de madeira pálida. Um candelabro elétrico enchia a câmara de luz. O cheiro de livros graciosamente velhos atravessou a fresta para se misturar aos odores de poeira e preservação química do arquivo.

— Mantenha a porta aberta — ordenou Evariste. Ele entrou na Biblioteca cambaleando com os livros e atravessou até a mesa mais próxima, colocando-os ali com uma arfada de alívio, depois pegou papel e caneta para rabiscar um bilhete rápido.

Kai segurou a maçaneta da porta e colocou o pé no vão, só por garantia. Ele sentia a madeira da porta tremendo sob suas mãos, vibrando com a tensão de ser obrigada a manter aberto um espaço entre mundos. Ele tinha visto Irene manter uma porta como esta aberta por alguns minutos. Porém, Kai não tinha certeza se Evariste tinha a mesma força enraizada dela. E talvez fosse melhor se ele ficasse na Biblioteca...

Evariste era um fator de incerteza. Não era confiável. Se Kai simplesmente fechasse a porta e interrompesse a ligação temporária entre este mundo e a Biblioteca, Evariste poderia levar horas para conseguir voltar. Seria mais fácil cuidar de tudo sem ele.

E você o impediria de tentar salvar a filha?, ecoou uma voz fria e firme como a do pai de Kai no fundo da sua mente. *Você negaria a ele o direito de corrigir os próprios erros?*

Então, Evariste entrou tropeçando de volta pela porta, empurrou Kai para sair da frente e a fechou com força.

— Designação B-349 da Biblioteca, ficção científica francesa do século XIX — relatou ele. — Para o caso de você precisar avisar a Irene. Agora, podemos sair daqui?

O alarme de incêndio ainda estava gritando ao fundo, mas Kai demorou um instante para dar uma olhada nos outros livros que o juiz Pemberton tinha incluído no seu legado.

— Aqui — disse ele, selecionando alguns. — Carregue estes. Pode ser que eu precise ficar com as mãos livres.

— Por que diabos estamos levando *O sonho da câmara vermelha?* — perguntou Evariste. — Leitura leve, se ficarmos presos no metrô?

— Não, para o caso de sermos interceptados por alguns capangas de Qing Song que não saibam ler em chinês — disse Kai de um jeito alegre.

— Ah. Certo. Ei, não é má ideia. — Evariste fez uma pausa. — Se bem que, se vamos jogá-los fora de qualquer maneira, por que não levar *A investidura dos deuses*...

— Porque eu gosto de *A investidura dos deuses* — disse Kai com firmeza — e não gosto de *O sonho da câmara vermelha*.

— Idealização típica de dragões para heróis e divindades com o objetivo de justificar o mandato divino — murmurou Evariste bem baixinho. — Vamos tentar encontrar uma sacola na saída daqui, está bem? Para não carregarmos esses livros no colo como se fossem bebês pelo resto do dia.

— Certo — concordou Kai.

O local já estava deserto quando saíram pelos corredores serpenteantes brancos e vazios, passando por armários que gemiam com o peso do conteúdo e caixotes ainda não classificados. Kai virou a cabeça de um lado para o outro, escutando, mas o gemido constante do alarme de incêndio afogava todos os sons mais baixos. Ao longe, com um sentido que não era a audição, sentia o lento pulsar dos rios que atravessavam a cidade de Nova York. Porém estavam distantes demais para serem úteis.

Ele e Evariste passaram pela mesa onde o escrevente estivera sentado – devia ter sido ele que disparara o alarme – e chegaram ao elevador bem quando o alarme foi interrompido.

O elevador não estava funcionando.

Kai observou a escada ao lado. Seria uma emboscada conveniente demais.

— Malditos protocolos de segurança que desligam os elevadores durante alarmes de incêndio — resmungou Evariste. — O que fazemos se eles estiverem esperando no topo da escada?

Kai pensou na questão.

— Existem diversas escadas do porão até o térreo, certo? — Quando Evariste fez que sim com a cabeça, ele continuou: — Então podem colocar pessoas para esperar no topo de todas elas.

— Quer apostar? — perguntou Evariste com amargura.

— Recomponha-se! — Kai tentou provocar determinação em Evariste. — Entramos aqui, conseguimos o livro-alvo; nós *podemos* fazer isso. Se conseguirmos subir até o térreo, não precisamos nos preocupar com a entrada principal. Há muitas janelas.

— Achei que você tinha treinamento militar — retrucou Evariste. — Não podemos subir as escadas e passar por oponentes com armas, já que nem estamos armados. É pura idiotice. Vamos levar um tiro! A Linguagem não interrompe tiros!

— Quem lhe disse que eu tinha treinamento militar? — perguntou Kai, mudando de assunto.

— Todos os dragões têm, não? Qing Song só falava da batalha dele e da batalha...

— Ei, vocês — gritou uma voz de um ponto mais alto da escada.

Kai se virou para olhar, ficando entre Evariste e a escadaria. Havia dois homens no patamar, onde a escada dobrava para subir até o térreo. Ambos carregavam tommys à vista. Mas as armas não estavam apontadas para Kai e Evariste. Ainda. Já era alguma coisa.

— É isso aí — disse o homem que tinha falado mais cedo. — Agora, mãos na cabeça, rapazes, e subam a escada em fila única. Não nos causem problemas e não vamos causar para vocês.

— E estes livros? — perguntou Evariste, apontando com o queixo para os quatro volumes nos braços.

O primeiro que falou fez uma pausa, tentando descobrir como lidar com essa brecha no que era claramente um Discurso Padrão para Sequestrar Vítimas.

Seu companheiro suspirou.

— Não coloque as mãos na cabeça. Segure seus livros. Seu amigo coloca as mãos na cabeça. Agora, podemos continuar com isso antes que o chefe se irrite?

Kai levantou as mãos devagar, se virando para Evariste.

— Tem certeza de que somos as pessoas que esses homens estão procurando? — perguntou, tentando transmitir uma mensagem.

— Eu estava prestes a dizer isso — murmurou Evariste. Mais alto, ele disse na Linguagem: — **Vocês, homens armados, percebem que não somos as pessoas que estão procurando e que somos apenas passantes apavorados que deveriam ter permissão para ir embora.**

Os gângsteres franziram a testa, e o segundo acenou com a arma para eles subirem.

— Continuem andando e não parem — ele os instruiu de um jeito amigável, mas casualmente ameaçador. — O que está acontecendo aqui não é da conta de vocês.

— Não mesmo — concordou Kai. Ele pegou o cotovelo de Evariste, apoiando-o discretamente enquanto subiam a escada. — Você não consegue ir mais rápido? — sibilou.

— Talvez se eu não estivesse carregando vários livros pesados... — murmurou Evariste em resposta.

Eles passaram pelos dois gângsteres e se apressaram até o térreo.

— Isso é ruim. Não sei como nos rastrearam até aqui. — Evariste olhou ao redor, se orientando, depois fez um sinal com a cabeça para a esquerda. — Por ali, até o Grande Salão e pela saída. Tente agir naturalmente...

— Parem! — veio um grito de trás.

Passos vieram correndo da direção do Grande Salão, barulhentos no mármore. Kai e Evariste fizeram um desvio apressado para a direita, passando pelos sarcófagos egípcios e por modelos em argila de entradas de tumbas, seguidos pelos gritos ecoantes dos perseguidores.

— Quantas... pessoas... ele colocou para me perseguir? — ofegou Evariste.

— Muitas — grunhiu Kai.

Eles entraram num salão amplo cuja parede leste era coberta de janelas inclinadas. Algo que parecia uma entrada original de templo egípcio de arenito ficava no meio. Infelizmente, os atiradores em frente à janela eram de uma linhagem muito mais recente. As tommys reluziam sob as fortes luzes do museu.

— Não vamos fazer nada com pressa — disse um deles. Ele ajeitou a arma e apontou para o chão em frente a Kai e Evariste.

— A fuga de vocês foi muito boa. Respeito isso. Mas só preciso de um dos dois. Então, pensando no interesse de manter os dois vivos, que tal um acordo para acabar com as gracinhas?

— Quando você diz que só precisa de um de nós — perguntou Kai num tom de interesse acadêmico —, quer dizer que qualquer um serve ou é um caso em que você só quer um de nós e o outro é infelizmente dispensável?

— Acertou em cheio — disse o gângster. — Só preciso do sr. Evariste Jones ali. Então, se Jones quiser que *você* continue vivo... — Ele deu de ombros para Kai, tentando transmitir uma mensagem.

— Cuidado com o que Jones diz, chefe — gritou alguém atrás deles. Parecia o homem pelo qual tinham passado na escada. — Ele faz um tipo de magia com a voz.

Isso provocou uma agitação e murmúrios entre os atiradores reunidos, mas infelizmente não convenceu nenhum deles a apontar a arma para outro lado.

Kai mapeou o salão. A posição deles não era boa. Estavam longe demais da construção de arenito para se esconderem atrás dela. Embora as janelas a oeste oferecessem algumas possibilidades, o vidro parecia grosso demais para um homem quebrá-lo com facilidade. E a Linguagem de Evariste não era mais rápida que um tiro.

Felizmente, ele tinha um plano.

— Se importa se eu fumar? — perguntou.

— Contanto que tenha muito cuidado com as mãos e não tente nada idiota — disse o líder.

Kai ignorou o modo como Evariste estava olhando para ele – alguma coisa entre esperança desesperada de que Kai pudesse resolver isso e descrença porque tinha escolhido este momento para fumar – e enfiou a mão com cuidado num bolso interno do paletó. Embora não costumasse fumar, tinha guardado uma cigarreira e um isqueiro quando ele e Irene estavam se equipando na noite passada, na loja de departamentos. Nunca dava para saber quando essas coisas podiam ser úteis.

— Obrigado — disse ele. — Estou uma pilha de nervos. E se importa se o meu amigo aqui colocar os livros no chão antes de irmos com vocês? Não precisamos lotar o carro.

O líder inclinou a cabeça para um lado.

— Não é assim que vamos brincar, camarada. Pelo que me falaram, temos de levar Jones e os livros. Metade da cidade está procurando por eles, então acho que não vamos deixá-lo abandonar os livros agora. — Parecia que Kai valia muito menos do que os livros.

— A cidade está cheia de leitores — disse Kai para Evariste. Ele abriu o isqueiro e encostou a chama no cigarro. — Quem ia pensar que tantas pessoas iam querer um exemplar de — e mudou para chinês — *esteja preparado para quebrar a janela de vidro quando eu mandar.*

Evariste manteve o rosto imóvel, mas seus olhos se iluminaram.

— É o sistema de educação de Nova York — comentou. — Ouvi dizer que é o melhor do mundo.

Kai fez que sim com a cabeça. E foi então que ele soltou o cigarro no chão, pegou o ombro de Evariste para puxar a braçada de livros para si e segurou a chama do isqueiro perto deles, a uma fração de centímetro de atear fogo aos volumes.

— Baixem as armas — disse ele com calma. — Todo mundo. Ou os livros viram fumaça. E aí vocês vão ter de explicar isso para o seu chefe.

Uma dezena de canos de armas apontaram diretamente para ele.

— Tente e você está morto — vociferou o líder.

— O que você está fazendo? — Evariste se debatia contra Kai, tentando se afastar da chama. — Você *não pode* fazer isso!

— Posso e vou. — Kai colocou na voz todo o comando que tinha aprendido na corte do pai, toda a firmeza e certeza do sangue nobre. — Para trás. Todos vocês. Ou vão ter o homem, mas não os livros, e Qing Song vai arrancar a cabeça de cada um.

— Não estamos trabalhando para ele — desdenhou o líder. — Acho bom você verificar os fatos antes de levantar a mão desse jeito.

Kai piscou.

— Jin Zhi, então. — Ele manteve a chama do isqueiro constante.

O líder deu de ombros.

— Nunca ouvi falar. *Nós* trabalhamos para Lucky George.

Kai passou um instante se perguntando exatamente por que o chefe do crime local tinha se juntado à caçada.

— Mesmo assim — disse. — Se não quiserem que os livros virem fumaça, fiquem para trás. — Ele deu um passo para o lado, arrastando Evariste consigo, indo em direção ao abrigo de um dos arcos de arenito.

— Você não vai conseguir sair daqui. — O líder fez um sinal discreto em direção aos homens atrás de Kai e Evariste, e eles começaram a fechar o cerco. — O chefe não vai ficar feliz com isso. E, quando George não está feliz, ninguém fica feliz.

— Então todos nós temos um problema, porque se não sairmos daqui o *meu* chefe não vai ficar feliz — disse Kai. Mais dois passos para o lado. Eles estavam quase embaixo da curva do arco. — Chefes. Vai entender. — Um passo final. — Mas você tem razão.

— Quer dizer que você vai parar de bancar o espertinho? — disse o líder, desconfiado.

— Agora — disse Kai pelo canto da boca para Evariste. Evariste estava esperando a ordem.

— **Vidro, quebre-se!** — gritou ele.

No mesmo instante, Kai soltou o isqueiro e se jogou no chão, rolando para cima de Evariste. Dragões eram menos vulneráveis do que humanos. Ele esperava que fosse suficiente.

Kai teve um instante para ficar tenso com a expectativa dos tiros se aproximando. Em seguida, a parede de janelas do chão ao teto se estilhaçou, com um barulho tão alto de painéis quebrando e estilhaços caindo que afogou todas as tentativas de pensamento consciente. Kai cobriu a cabeça com os braços, tentando bloquear o som. Fragmentos de vidro caíam ao seu redor ou ricocheteavam no chão, quicando como gotas de chuva letais. Alguns pedaços atravessaram suas roupas e sua pele, tirando sangue das mãos e do pescoço. Ele sentiu Evariste tremendo embaixo de si, preso e indefeso – e, alguns segundos depois, ouviu o grito dos gângsteres que tinham sobrevivido.

Quando Kai levantou a cabeça, viu que vários não tinham.

No entanto, se ladrões humanos eram burros o suficiente para colocar a vida em risco, uma morte limpa e rápida era uma resposta moderada e razoável. Todos os dragões que ele conhecia concordariam. Até Irene seria prática em relação a isso. Provavelmente.

Se bem que ele tinha de admitir, olhando ao redor, que a dimensão disso era um pouco... exagerada.

— Levante, agora — disse ele, puxando Evariste para ficar de pé e pegando um volume que tinha se extraviado. — Vamos!

Evariste pressionou os nós dos dedos na boca com força enquanto olhava ao redor – o vidro quebrado para todo lado, os corpos caídos, o sangue, os homens se esforçando para levantar e caindo – e a cor sumiu do seu rosto.

— Eu não... — começou ele, depois parou, como se não soubesse o que queria negar.

Não havia tempo para isso. Mas Kai não conseguiu ignorar a dor que estava tão evidente no rosto do outro homem.

— Você não fez isso — falou. — Você não *agravou* isso. Nossa missão é acabar com isso tudo, aqui e agora, e salvar a sua filha. Quer que eu culpe os outros dragões? Tudo bem. Qing Song desencadeou coisas que não consegue controlar. Ajude-me a impedi-las de *piorar*. Ajude-me a manter sua Biblioteca em segurança. — Ele encontrou os olhos de Evariste. — Por favor.

Evariste respirou fundo e concordou.

Os dois saíram cambaleando pela estrutura vazia de molduras de janelas e chegaram às sombras noturnas do Central Park.

— Precisamos de um táxi — disse Kai. — Depois precisamos fazer contato com Irene...

— Se conseguirmos. — Evariste tinha se recomposto. — E se George também estiver com ela?

Kai mostrou os dentes.

— Se isso acontecer, sinto pena do George.

CAPÍTULO VINTE E TRÊS

A sacada era de pedra sólida, com o mesmo mármore do resto do hotel. E tinha balaustradas pesadas de ferro batido e entrelaçado para impedir suicidas teóricos de se jogarem.

No geral, Irene achava que descer pela parte externa do hotel era um pouco melhor do que ficar lá dentro. A diferença real era discutível.

Quando olhou pelo parapeito, ela viu que havia outra sacada logo abaixo desta. Era apenas uma questão de ir daqui para ali. Não era pior, em teoria, do que os problemas matemáticos que se faziam nas escolas, envolvendo vetores, ângulos e distâncias. Num nível prático, havia a questão de escorregar, cair e morrer.

Ela sempre soube que sua forte capacidade de autoengano e de ignorar realidades desagradáveis tinha de ser útil *em algum lugar*.

Irene chutou os sapatos e se inclinou por sobre o parapeito para jogá-los na sacada abaixo. Em seguida, escalou a balaustrada de ferro.

O som da Quinta Avenida lá embaixo subia pulsando, ameaçando interromper sua concentração. As buzinas tocando e os pneus cantando, o zumbido de vozes, até mesmo fios distantes de música de clubes ou rádios, longe como o canto dos pássaros...

Dentro da suíte, o uivo de um lobo foi interrompido por dois tiros rápidos.

Irene engoliu, a garganta muito seca. *Primeiro andar. Imagine que é o primeiro andar.* Ela se agachou na parte externa da balaustrada, descendo com as mãos o mais perto possível da beira da sacada. Depois, respirou fundo e soltou o pé, deixando o corpo cair livremente, ficando pendurada pelas mãos sobre a Quinta Avenida.

Num palpite tosco e apavorado, o piso da próxima sacada estava a uns três metros de distância. E é claro que ela estava pendurada *fora* do alcance, e não numa descida direta. Esse era o tipo de coisa em que Kai era muito melhor do que ela.

Um grito veio da sacada que ela acabara de desocupar.

— Ela não está aqui! Deve ter pulado!

— Não, espere — veio outra voz, inutilmente observadora. — Vejo as mãos dela, está pendurada na...

Não havia mais tempo. Irene balançou o corpo para a frente, o medo se acumulando no estômago, depois para trás, como se estivesse se exercitando numa academia – ela nunca conseguia se lembrar de todos os nomes: eram cordas ou argolas ou barras paralelas? – depois de novo para a frente. E, antes que alguém acima dela conseguisse segurar suas mãos, se soltou e caiu.

Era uma daquelas quedas que duravam tempo suficiente para Irene visualizar tudo dando errado, e ao mesmo tempo ela atingiu a sacada antes que pudesse pensar duas vezes. Tocou no chão com um baque e se deixou rolar para à frente, levantando os braços para cobrir a cabeça. Em seguida, arrebentou as janelas do chão ao teto do apartamento com um barulho de vidro quebrando, alto o suficiente para ouvirem do andar de cima.

O cômodo que invadiu estava com as luzes acesas, mas não havia ninguém dentro. Um grito agudo veio do banheiro.

— Socorro! Socorro, ladrões!

Irene teria gritado alguma coisa reconfortante em resposta, mas não conseguia falar. E, de qualquer maneira, teve dificuldade para pensar em alguma coisa que fosse reconfortante nessas circunstâncias. Ela cambaleou e ficou de pé, sacudiu o vidro quebrado do vestido e do casaco e recuperou os sapatos. Hora de correr e continuar correndo.

Não havia ninguém no corredor do lado de fora, e por um instante, Irene pensou que tinha escapado livre e tranquila. Então ouviu o uivo de lobos.

Elevador ou escada? Era uma aposta. A visão da porta do elevador se abrindo na sua frente deixou clara a decisão. Irene correu até ele, empurrando os hóspedes que estavam saindo, e abriu caminho para entrar. Não havia ninguém dentro, exceto um ascensorista magro e jovem, mal saído da adolescência, de boné, roupa cheia de botões e pomo de Adão destacado, que lhe deu um sorriso esperançoso.

— Posso ajudar, madame?

Descer, Irene gesticulou. Caso não estivesse claro o suficiente, ela apontou com urgência para a grande alavanca ao lado do ascensorista.

— Não se preocupe, madame — disse o jovem de um jeito solícito enquanto estendia a mão para uma das alavancas ao lado dele. Irene vasculhou a memória em busca do atual estado da tecnologia de elevadores: uma alavanca para as portas, a outra para subir e descer. — Temos os melhores elevadores de toda Nova York aqui... — Ele interrompeu a fala ao ouvir gritos e uivos. — Santa Mãe de Deus, os lobos estão soltos!

Quatro dos lobos gigantes estavam correndo e se aproximando do elevador. Os hóspedes se jogavam para longe deles e batendo nas portas dos quartos mais próximos. E o ascensorista estava simplesmente parado ali, boquiaberto e em choque.

Irene xingou mentalmente e agarrou a alavanca que o ascensorista ia segurar, puxando-a com toda a força. A porta se fechou deslizando suavemente, batendo na frente do focinho dos lobos que se aproximavam. O uivo frustrado estremeceu através da porta fechada.

O ascensorista estava pálido.

— Temos de chamar a polícia — gaguejou ele.

Irene estava mais preocupada com sua segurança imediata. Tinha de supor que tudo que os lobos sabiam Qing Song também sabia. O que significava que ele sabia que ela estava no elevador. Qing Song não soltaria os lobos em cima de civis aleatórios. Porém, não queria descobrir exatamente como uma matilha de lobos a impediria de fugir. Suspeitava que, dependendo do humor de Qing Song, aleijar era o mínimo.

— Não se preocupe, madame — disse o ascensorista, conseguindo se recompor. Ele puxou a outra alavanca para si e o elevador começou a descer lentamente. Sobre a porta, um indicador parecido com um ponteiro de relógio com um buraco no meio deslizava por um arco de números dos andares.

— Está com medo demais para falar? Bem, só tem um jeito de resolver. Quando chegarmos ao térreo, vamos chamar a polícia. Minha avó, ela é do velho continente, e ela disse que, quando os lobos provam um pedaço de carne, a única resposta é um tiro...

Irene assentiu, em silêncio, enquanto observava o indicador deslizar pelos números dos andares um por um. *Dez. Nove. Oito. Sete.*

E o elevador parou de repente e as luzes se apagaram.

O pânico sufocou a garganta de Irene no silêncio súbito. A escuridão parecia se fechar ao seu redor. Ela estendeu a mão para a parede, idiotamente aliviada por ainda estar ali, e se obrigou a pensar apesar do medo. O elevador não ia cair. Não ia mesmo. Bem, provavelmente não.

Ela enfiou a mão no bolso do casaco. A única coisa que tinha conseguido esconder enquanto os gângsteres a revistavam tinha sido um lápis de sobrancelha – uma ferramenta de maquiagem feminina, que eles não viram –, mas pelo menos era alguma coisa com a qual podia escrever. Se ao menos conseguisse enxergar para escrever...

Houve um ruído vindo de onde o ascensorista estava em pé, e um clique. E a luz de uma lanterna atravessou a escuridão. O círculo de luminescência subiu até o arco de números de andares, e Irene percebeu que o indicador estava preso entre o seis e o sete.

O que está acontecendo?, escreveu na parede do elevador e puxou o ascensorista para ele ver as palavras.

— Deve... deve ter sido algum problema com a mecânica, madame — gaguejou ele. — Mas não se preocupe, tenho certeza que a gerência vai conseguir alguém para resolver isso em breve, e eles vão fazer o elevador descer até o próximo andar e nos deixar sair...

Irene se viu quase tão irritada pelas repetições de que não deveria se preocupar do que pela situação. Ela se obrigou a se concentrar. Se considerasse o pior – e ela estava fazendo isso –, um dos seus perseguidores no andar mais alto tinha parado o elevador entre um andar e outro. E tudo que eles teriam de fazer era esperar até o elevador abrir para capturá-la.

O que significava que ela tinha de sair dali o quanto antes. *Onde é a saída de emergência?*, escreveu na parede.

Os olhos do mensageiro o traíram e foram até o teto.

— Isso realmente não é necessário, madame. É mais seguro ficarmos aqui. De verdade. Não precisa se preocupar em cair nem nada.

Essa era a *última* coisa que a preocupava. Embora certas pessoas pudessem achar que era um jeito muito conveniente de sair de cena. Bibliotecários mortos não contam histórias. Ela teria morrido num trágico acidente de elevador. Uma pena, mas acidentes acontecem...

A máfia está me perseguindo, ela escreveu na parede. *Se me pegarem, vão me matar.* Analisando a moral do ascensorista, ela tentou uma palavra que supostamente tinha sua própria magia. *Por favor.*

A relutância do ascensorista estava visível em seu rosto, mas ele fez que sim com a cabeça devagar.

— Está bem, madame. Tem um alçapão ali no teto; supostamente dá para subir por ali, mas não sei muito bem como conseguimos alcançá-lo...

Irene não parou para pedir permissão. Ela deu um passo à frente, agarrou com força a cintura do ascensorista enquanto ele gritava e tentava recuar, e o ergueu até o alçapão. Felizmente ele segurou rápido, e num instante ela o ouviu soltando as fechaduras.

— É bem pesado, madame...

Irene o ouviu ofegando, depois um baque. Ela olhou para o alto e viu que ele tinha soltado o painel e empurrado para cima. Agora havia um buraco negro no teto elegante, envolto no halo da luz trêmula da lanterna. A poeira entrou por ali, e o cheiro de óleo deixou o ar carregado.

O ascensorista puxou o próprio corpo para cima enquanto ela o apoiava, os pés pisando nos ombros de Irene e deixando manchas no casaco. Ele levou a lanterna consigo, é claro.

— Não tenho certeza se consigo puxá-la para cima, madame — balbuciou.

Ela saltou até a borda do buraco no teto, agarrando-o e, com algumas arfadas e um certo esforço, impulsionou o próprio corpo para cima e passou pelo buraco. Seu antigo técnico de ginástica poderia lhe dar alguns pontos pelo esforço, mas tiraria vários outros pela falta de elegância. Mas ela havia passado.

O poço escuro do elevador era cheio de cabos oleosos e poeira. A uns dois metros acima de onde eles estavam, a lanterna iluminava fracamente as portas do elevador. Devia ser o sétimo andar, por onde eles tinham acabado de passar.

Ela apontou para ali, tentando dizer alguma coisa.

— Não podemos abrir as portas do elevador se não houver um elevador ali — sussurrou o ascensorista. Ele parecia arrasado.

Irene deu um tapinha no seu ombro. E começou a subir. Havia apoios suficientes nos cabos retorcidos para ela subir até as portas fechadas na parede. Ela teve tempo para fazer uma oração rápida para qualquer deidade que pudesse estar ouvindo e interessada, enquanto se esticava em direção às portas, com o lápis de sobrancelha em uma das mãos e se segurando aos cabos com a outra. *Por favor, que os meus perseguidores estejam no andar abaixo deste...*

Porta, abra-**se**, ela escreveu na semiescuridão.

Com um ruído agonizante de metal contra metal, a porta obedeceu.

Não havia ninguém do outro lado.

— Santa Mãe de Deus e todos os seus anjos — murmurou o ascensorista, mas não reclamou. Ele subiu cambaleando pelos cabos e atravessou a porta aberta atrás de Irene. — Madame, não quero parecer ingrato, mas...

Irene assentiu. Fez um sinal de positivo com o polegar e correu para a escada.

O térreo era uma multidão borbulhante de pessoas correndo em todas as direções e exigindo respostas. Irene usou os cotovelos para atravessá-la. Dava para ouvir os lobos num andar superior. Era apenas uma questão de tempo até eles captarem o seu aroma. Se conseguisse um táxi ou roubasse um carro, poderia interromper o rastro. Mas será que Kai e Evariste eram prisioneiros? E exatamente quanto de Nova York ela teria de destruir, se eles fossem?

Os lobos estavam ficando mais barulhentos. Irene cambaleou para a calçada e procurou um táxi.

Não havia nenhum.

Mas havia carros de polícia.

Um pequeno grupo de policiais, ou qualquer que fosse o coletivo atual – tropa? esquadrão? – estava se organizando em V, com o capitão Venner no comando. Alguma coincidência maligna o fez olhar bem no instante em que Irene apareceu, e ele apontou para ela. Irene ouviu seu grito de "Peguem aquela mulher!" com bastante clareza.

Irene pesou a opção de voltar para o hotel contra ser arrastada para a delegacia. A delegacia venceu de lavada. Ela ergueu as mãos.

— Alguma coisa a dizer a seu favor? — exigiu o capitão Venner de um jeito azedo.

Irene deu de ombros.

— Bem, moça, vamos mantê-la em um dos nossos camburões até resolvermos esse probleminha com os lobos, depois você vai para a delegacia conosco. E desta vez vai responder a *todas* as minhas perguntas.

Irene recuou. Não ia ficar trancada num carro de polícia e ao alcance dos lobos ou do seu mestre.

— O gato comeu sua língua? — perguntou o capitão Venner. — Você não parava de falar, antes.

Irene tocou na garganta e tentou fazer gestos sugerindo que estava sofrendo de uma laringite temporária, mas grave. Parecia tão patética quanto possível.

Infelizmente, não pareceu funcionar. O capitão Venner já tinha sido enganado muitas vezes num dia só.

— Bitters, Johns, algemem e fiquem com ela... — começou ele.

E os lobos saíram brotando do hotel. As pessoas se espalharam em todas as direções, gritando. Só havia quatro, agora, mas os focinhos e a pelagem estavam marcados com sangue.

O capitão Venner era um policial bom o suficiente para reconhecer que lobos se aproximando eram a ameaça maior.

— Abram fogo! — gritou ele.

Irene aproveitou a distração e disparou pela Quinta Avenida.

Os lobos se separaram em volta da polícia como o mar ao redor de um quebra-mar, seguindo-a.

O tráfego descia pela rua num fluxo de metal e borracha e fumaça. Outros na frente dela, fugindo dos lobos enlouquecidos, estavam se embolando para entrar nas portas abertas mais próximas. Os prédios desta Nova York se erguiam como montanhas distantes, deixando-a nas sombras profundas. Ela procurou desesperadamente uma saída por perto. O trânsito era uma barreira impenetrável no centro da Quinta Avenida, e todas as portas por onde passou estavam fechadas.

Irene seguia em direção ao Museu Mile e ao Museu Metropolitano de Arte e sabia que poderia estar conduzindo os lobos direto para Kai e Evariste. Ela precisava de um lugar para se esconder. Mas as portas das lojas estavam se fechando diante dela enquanto os lobos uivavam, e nenhum táxi respondia aos seus acenos desesperados.

Os lobos uivaram de novo. O barulho parecia estar logo atrás dela. Irene lutou contra a tentação de virar e ver a que distância estavam.

E algo a atingiu por trás. Ela caiu no chão, e só seu treinamento a fez rolar com a queda e levantar o cotovelo num contra-ataque. Ele atingiu alguma coisa – provavelmente um lobo –, mas um par de mandíbulas prendeu seu antebraço com firmeza. Não era suficiente para rasgar a pele, mas avisava que essa opção definitivamente era possível.

Um dos lobos estava com metade do corpo em cima dela, os olhos observando-a com uma inteligência inumana, a mandíbula cravada no seu braço. Os outros estavam agrupados ao redor, esperando.

Irene lutou pela capacidade de falar. Até a linguagem normal teria sido suficiente. Ela poderia tentar argumentar, mentir, prometer, seduzir, implorar – podia até ter tentado dizer *por favor*. Mas nada saía.

O trânsito fluía. Ninguém parava.

Irene olhou para o céu noturno e se deixou relaxar. Uma curiosidade mórbida a fez pensar se os lobos iam arrastá-la de volta até o St. Regis Hotel e, se o fizessem, se a arrastariam pelas pernas, pelos braços ou pela nuca. Ou talvez esperassem que ela fosse andando. Nesse caso, teriam de esperar um bocado.

— Lá estão eles! — gritou alguém na direção do St. Regis Hotel. Pergunta respondida. Se os lobos não conseguiam arrastá-la, servos humanos conseguiam, e ninguém ia interferir...

Houve um guinchado de freios quando um carro parou, e um ruído selvagem de buzina quando outros carros reclamavam. A voz de Evariste atravessou o barulho.

— **Lobos, saiam de cima dela!**

O lobo que estava com o braço de Irene na mandíbula a soltou, recuando com um rosnado e balançando a cabeça frustrado. Os outros recuaram um passo ou dois, se movendo com a lentidão de criaturas que lutam contra as próprias ordens. Irene cambaleou e ficou de pé, olhando ao redor com uma esperança selvagem súbita.

Evariste e Kai estavam saindo de um táxi. Evariste usava uma camisa social e tinha vários objetos retangulares amontoados nos braços, enrolados no paletó. Kai estava vindo na sua direção, transpirando ira, e, ao vê-lo, todos os lobos colocaram as orelhas para trás e rosnaram.

— Sente — disse Kai. Ele estalou os dedos e apontou para o chão.

Os lobos ignoraram seu comando e foram rodear Irene outra vez, os rosnados latejando na garganta.

— Vocês estão ameaçando o que é meu? — Os olhos de Kai reluziram como rubis sob os postes de rua. Padrões de escamas correram como musgo ao longo da pele tingida de azul das suas mãos e do seu rosto, e suas unhas captaram a luz e cintilaram como joias. — Estão me desafiando?

E era isso. Kai tinha se envolvido publicamente na situação. Irene ficou grata pelo resgate – não havia palavras para dizer o *quanto* –, mas essa era uma das coisas que ela mais queria evitar.

— Vossa Alteza! — Irene se virou. Era Hu, com dois homens de confiança. Os dois gângsteres estavam com a arma sacada. — Não precisamos ser hostis. Você se meteu nos assuntos particulares do meu lorde Qing Song, mas ele está disposto a ignorar isso e devolver sua propriedade, se entregar o homem que está com você.

— Ele está sob minha proteção — respondeu Kai sem hesitar nem por um instante. — Seu mestre vai tirar os lobos e devolver a *minha* colega imediatamente ou eu arranco a cabeça dele.

— Isso não vai servir de nada, se ela estiver morta — retrucou Hu. — E o fato de você ganhar dele numa briga é discutível. Sugiro que negociemos, Vossa Alteza. Senão os dois lados vão sair perdendo.

Kai lançou um olhar para Irene.

— Então? — ele quis saber.

A esta altura, Irene tinha uma boa estimativa do quanto Hu era trapaceiro: ele não ia sugerir que sentassem para conversar se não esperasse ganhar. A menos que estivesse ganhando tempo para Qing Song e Jin Zhi chegarem. E ela estava sem poderes para alertar Kai.

Porém, não estava totalmente impotente.

E igualmente importante era o fato de que os dragões estavam olhando um para o outro, como peixes siameses brigando, considerando um ao outro como principais adversários. Até os lobos de Qing Song estavam observando Kai agora, e não Irene.

Ela levou a mão à garganta e fez o possível para transmitir *não consigo falar*.

— O que você fez com ela? — Kai exigiu saber.

— O que você acha? — respondeu Hu. — Ela está saudável, como pode ver. Mas, se quiser que seja devolvida como a deixou, Vossa Alteza, precisamos discutir os termos.

Irene captou o olhar de Evariste. Ele estava a alguns passos atrás de Kai, ainda agarrado ao pacote. Ele retribuiu o olhar de Irene, depois ergueu uma sobrancelha. Dizia, com a clareza das palavras: *O que fazemos agora?*

Se eles acabassem com a ameaça do lobo, Hu não conseguiria segurar Irene. E não conseguiria manipular Kai. Enquanto Kai e Hu continuavam a trocar palavras, Irene apontou para a calçada, depois indicou os lobos ao redor. Em seguida, virou a mão para cima e juntou os dedos, num movimento de apreensão.

Evariste fez um sinal de leve com a cabeça. Quando Kai estava abrindo a boca para falar de novo, Evariste disse num tom coloquial:

— Calçada, prenda os lobos.

O concreto se ergueu, silencioso e suave como óleo, subindo vários centímetros ao redor das pernas dos lobos e prendendo-os onde estavam. Irene já estava se movendo, jogando-se entre os animais com uma pressa desesperada enquanto eles gemiam em choque, antes que suas mandíbulas pudessem mordê-la.

Ela saiu cambaleando para a frente enquanto os lobos uivavam em fúria, e Kai deu um passo à frente para pegá-la. Ele a jogou para trás de si e se virou triunfante para Hu.

— Nada de termos.

— Nada de termos? — argumentou Hu. — Agora você consegue parar balas de revólver, Vossa Alteza? Porque acho que os seus Bibliotecários ainda estão vulneráveis.

— E eu acho que você está sem sorte. — Evariste agarrava a pilha de livros com tanta força que suas mãos estavam tremendo, mas deu um passo à frente para ficar ao lado de Kai. — Quer saber o que consigo fazer com essas armas? O que consigo fazer com *você*?

E aí a noite se dividiu com uma súbita explosão de luz que atravessou o céu. Os postes de rua piscaram e apagaram. O topo do St. Regis Hotel se abriu, as pedras e as sacadas rachando como casca de ovo, enquanto dois dragões se elevavam até o céu noturno: um, dourado ardente, o outro, esmeralda escura, ambos rasgando um ao outro com fúria.

O rugido misturado dos dois cortava o céu, fazendo Nova York tremer, e a realidade vibrou.

CAPÍTULO VINTE E QUATRO

Irene achava que Nova York seria barulhenta à noite. Agora tinha um padrão totalmente novo para comparar. As pessoas gritavam e corriam conforme os dragões se confrontavam na escuridão lá em cima, sem a menor ideia do que fazer ou para onde ir, exceto escapar de algum jeito: o ninho de formigas que era Nova York tinha sido incitado ao pânico. O fluxo de tráfego pela Quinta Avenida se dissolveu numa dezena de fluxos e contrafluxos conforme os motoristas se inclinavam para fora para ver o que estava acontecendo. Freios guinchavam e o metal se amassava quando os carros colidiam.

De certo modo, o barulho era quase alto demais para ser entendido. Aqui no nível da rua, o pequeno grupo parecia ter sido cercado por uma casca temporária de calmaria, que podia ser quebrada pela violência a qualquer segundo.

Hu só precisou de um instante para se recompor. Ele deu um passo para a frente.

— Vossa Alteza, você precisa fazê-los parar.

Kai olhou para ele com uma descrença vazia, o braço envolvendo a cintura de Irene num aperto que parecia mais possessivo do que protetor.

— Não é da minha conta se eles quiserem se matar. Eu diria que os dois demonstram excelente capacidade de julgamento.

— Por mim, tudo bem — disse Evariste com agressividade. — Não tenho nada com isso. Se eles quiserem se rasgar, fiquem à vontade e boa sorte para eles.

Hu ignorou Evariste. Seu rosto estava totalmente branco sob a luz dos postes de rua.

— Isso pode muito bem chamar a atenção da Rainha e afetar o equilíbrio deste mundo. Claro que Vossa Alteza não quer ser denunciado como instigador dessa... situação.

Irene sabia que a única preocupação dele era a batalha entre os dragões. Tudo isso – as gangues, o tiroteio, e agora a crescente confusão e os danos, a cidade se destruindo – era apenas um *percalço* insignificante em comparação com a política particular dos dragões. O pensamento queimou dentro dela com uma nova raiva. No entanto, o medo se infiltrou: a ameaça de Hu tinha dentes.

Kai olhou ao redor para a confusão e para o céu noturno turbulento, o rosto distante como se estivesse lendo um relato no jornal.

— Não quero me meter no território e nos negócios do seu lorde — disse com frieza. — Além disso, o que espera que eu faça? Me jogue entre os dois e espere que eles parem a tempo? Mesmo se eu erguesse um rio contra eles, poderia não ser suficiente para fazê-los parar.

Irene precisava que sua voz voltasse, bem neste minuto, para contribuir com a discussão. Ela tossiu alto.

Kai encontrou os olhos dela, e sua expressão foi aliviada pela percepção de que ela precisava dizer alguma coisa.

— Claro — acrescentou ele —, se você tiver o antídoto para o que foi feito com Irene, isso afetaria a minha decisão.

Hu deu de ombros.

— Sinto muito, Vossa Alteza. Meu lorde está com ele. — Ele olhou para o topo destruído do St. Regis Hotel. — Bem, estava. Pode levar um tempinho para pegá-lo. Se você argumentasse com meu lorde e com lady Jin Zhi enquanto eu cuido da srta. Winters...

Irene deixou clara sua opinião sobre o assunto com uma fungada saudável. Ela arrancou o braço de Kai da cintura, apontou para a garganta e fez mímica de beber alguma coisa, olhando com esperança para Kai e Evariste. Se Kai soubesse o que era, também poderia conhecer um jeito de resolver.

Kai balançou a cabeça.

— Sinto muito, Irene. Não sei o que ele lhe deu.

— E, se eu não souber como se chama... — Evariste deixou a voz morrer, a testa franzida de tanto pensar. Era muito bom um Bibliotecário ter a Linguagem, mas, se não tinha as palavras, o poder era inútil.

Entre o pânico e a fúria, Irene se perguntou: o que *era* a droga que tinham lhe dado? Magia comum, se é que se poderia usar esse termo, não teria funcionado num Bibliotecário. E uma droga paralisante teria afetado a boca e a garganta também, não só as cordas vocais.

O que significava que era algum tipo de magia dragônica. Ela já tinha visto magias feéricas poderosas o suficiente para prender dragões; Kai tinha sido atingido para impedi-lo de usar seus poderes. Então, por que os dragões não poderiam criar alguma coisa que bloquearia as habilidades de um Bibliotecário?

Ela levantou a mão para Kai – *espere* – e foi até Evariste, pegando o lápis de sobrancelha surrado e procurando um lugar para escrever.

Talvez Evariste, mais do que qualquer pessoa presente, entendesse exatamente como ela estava se sentindo. Ele afastou o paletó dos livros que estava carregando, oferecendo a ela uma capa para escrever.

Irene olhou para a capa do livro de cima. Seus olhos se arregalaram antes que conseguisse impedir a reação. *Não era o livro Jornada ao oeste. Era O sonho da câmara vermelha.*

Evariste fez um leve sinal com a cabeça ao perceber.

— Está tudo sob controle — murmurou. — Como todo o resto neste momento.

Irene se recompôs. *Limpeza simbólica,* ela escreveu na capa. *Consiga água, a mais pura possível. Use a Linguagem; diga que ela vai lavar a minha garganta da influência dos dragões enquanto eu bebo.*

Hu viu o que ela estava fazendo, e sua inspiração horrorizada foi quase audível apesar de todo o barulho ao redor.

— Não escreva nos livros! — ele quase gritou, de um jeito digno de um Bibliotecário.

Kai se colocou entre Hu, Irene e Evariste, antes que Hu pudesse lançar um ataque de dragão para tirar os livros das mãos deles.

— Tem certeza de que não consegue pegar o antídoto? Antes que a gente desfigure a leitura pessoal da Rainha ainda mais?

O rosto de Hu estava rígido de frustração.

— Meu lorde está com ele. Não está comigo. Vossa Alteza, não temos muito tempo...

Os dois dragões se bateram de novo no céu, enroscando-se um no outro como os elos de uma corrente, antes de se soltarem. O rugido se espalhou em ondas pela cidade. As luzes da rua piscaram alucinadas enquanto os postes tremiam e vibravam. As pessoas abandonavam os carros, fugindo a pé.

Irene sabia mais ou menos qual era o tamanho de Kai como dragão. Os dois dragões eram maiores do que ele. Sem dúvida que, com o tempo – talvez muito tempo –, seu sangue real o faria maior do que os dois, mas, no momento, ele era jovem. Apenas nesses termos, ele perderia no peso e no tamanho numa luta aberta contra um dos dois dragões. Se juntassem forças contra ele, Kai poderia até se arriscar a ficar aleijado ou morrer. Ela *não podia* simplesmente mandá-lo lá para cima e pedir para impedi-los.

Porém, isso *não podia* continuar. Não pelo bem dos dragões, mas pelo bem desta Nova York e de todo este mundo. Ter dois dragões brigando pode significar muito mais do que simples danos físicos. Poderia significar que o mundo em si seria desestabilizado de algum jeito.

Evariste estava franzindo a testa para as instruções escritas de Irene, mas enfim concordou com a cabeça.

— Precisamos de água! — gritou ele para Kai.

Os capangas de reforço de Hu pareciam abalados pelos eventos, mas estavam escutando a conversa. Antes que Hu pudesse mandá-los calarem a boca, um deles falou, apontando para uma rua lateral.

— Tem uma taverna ali — sugeriu ele. — Porta marrom, terceira à direita, bata três vezes e chame Louie...

— Certo. — Kai foi até lá, com Irene e Evariste se apressando para acompanhar o passo. Hu foi atrás, protestando, os capangas que o seguiam e pareciam cada vez mais confusos.

De fato havia um bar clandestino ali, e estava bem movimentado. Muitos estavam reagindo à crise ficando bêbados, e Irene não podia culpá-los. Era uma resposta perfeitamente sensata à situação, e apoiava os negócios locais. Todo mundo saía ganhando.

— Água — disse Kai, abrindo caminho até o bar e indo direto ao assunto. — Um copo grande da água mais pura que você tem.

O homem atrás do bar o encarou, depois deu de ombros.

— Quer gelo?

— Perder tempo com isso é uma péssima ideia — disse Hu.

Os lobos tinham ficado presos no concreto. Evariste estava ignorando solenemente às insinuações de Hu de que se ria uma boa ideia soltá-los, que daria a Qing Song um motivo para retribuir o favor, etc, etc. Uma pequena parte de Irene esperava que ninguém matasse os lobos enquanto eles estavam impotentes, mas o pensamento estava bem no fim da sua lista de prioridades.

— Pelo contrário, acho que é uma ideia extremamente boa — retrucou Kai. — Acho que curar Irene é uma ideia muito melhor do que eu me jogar no meio da briga e piorar as coisas.

— Bem, se a srta. Winters precisa contribuir para a discussão, ela não pode simplesmente escrever? — sugeriu Hu. — Fazer gargarejo com água não vai restaurar a voz dela.

O barman empurrou o copo de água por sobre o balcão, cheio de gelo. Kai o pegou e entregou a Evariste.

— É suficiente? — perguntou ele.

— Me dê um instante. — Evariste deixou a pilha de livros no chão, olhou de esguelha para Hu e apoiou um pé com firmeza no topo.

Hu se encolheu.

— Você não vai melhorar sua posição de barganha destruindo os livros na minha frente — disse ele.

— Depois de toda essa merda, não vou desistir deles. — Evariste voltou sua atenção para o copo, escolhendo as palavras. — **Água no copo diante de mim, deixe suas impurezas entrarem nos cubos de gelo até ficar pura.**

Só porque a maioria das pessoas no bar clandestino estava ocupada se embebedando, isso não significava que iam ignorar uma diversão gratuita. Quando os cubos de gelo começaram a ficar turvos e foscos, houve gritos de risada e comentários incrédulos.

— Eu sempre soube que o seu gim era água suja — comentou um homem com o barman —, mas parece que a sua água é ainda pior.

— Pronta? — perguntou Evariste a Irene. Ele tirou os cubos de gelo turvos do copo e entregou a ela.

Irene assentiu.

Ela inclinou a cabeça para trás e tomou um longo gole de água, depois outro. Era absolutamente sem sabor e estranhamente sem graça. Se ao menos tivesse pensado numa cura simbólica envolvendo conhaque.

— **A água que Irene está bebendo está lavando sua garganta e tirando todas as outras influências:** — disse Evariste — **de dragões, feéricos ou qualquer outra coisa, de modo que ela vai poder voltar a falar livremente.** — Ele franziu a testa, a boca rígida de concentração, e balançou visivelmente, estendendo a mão para se segurar no bar.

Irene caiu de joelhos, soltando o copo e segurando a garganta e o estômago. A água desceu pela garganta como vidro quebrado, como se alguém estivesse esfregando o esôfago com uma escova de metal. Sua respiração serrava dolorosamente os pulmões, e ela teria gritado, mas não conseguiu fazer o som sair. Ela ouvia o estômago borbulhando, e o cérebro fornecia imagens violentamente perturbadoras de fluidos em guerra dentro dela. Tinha vaga consciência de que estava encolhida no chão, com Kai apoiando-a. A multidão do bar clandestino tinha recuado para lhe dar espaço, alguns até tendo a gentileza de chamar médicos. No entanto, nada importava além das garras que arranhavam sua garganta por dentro e a escavavam...

E aí, como gelo dissolvendo na chuva, tudo desapareceu.

Irene inspirou de um jeito misericordiosamente sem dor, depois respirou de novo e tentou falar.

— Acho que preciso de um conhaque — resmungou.

Foi nesse momento que Hu e seus homens se moveram. Um dos capangas atacou Evariste. Deu um soco forte no seu estômago, o agarrou pela gravata e bateu sua cabeça no bar. O outro manteve a arma em Kai e Irene, enquanto Hu dava um passo para a frente e pegava a pilha de livros.

— Vou ficar com isso, Vossa Alteza — disse ele com arrogância. — Meu lorde vai poder dar explicações com muito mais facilidade se estiver com os livros em mãos. — Quase como uma formalidade, ele virou o paletó de Evariste para inspecionar o prêmio.

Ele encarou.

Irene já tinha lido a frase *Ele congelou como se tivesse virado pedra*, mas nunca vira acontecer. Por um instante, a única coisa viva no rosto de Hu eram os olhos, repletos de pavor enquanto sua postura caía como um castelo de cartas. Não apenas ele não tinha o que queria, como tinha uma grande chance de jamais conseguir.

Antes que Hu pensasse no que fazer em seguida, Irene disse:

— **Todas as armas ao alcance da minha voz, abram-se e expulsem as balas.**

A confusão resultante deu a Kai a oportunidade de derrubar os capangas de Hu. Irene conferiu Evariste, que estava grunhindo, e o ajudou a se levantar.

— Pode me dar um conhaque? — ela pediu ao barman. — Dois conhaques, na verdade?

Ele a estava encarando como se ela fosse uma espécime no zoológico.

— Moça, o que diabos você acabou de fazer?

— Olhem para ela — disse outro homem, apontando. — É *ela*. É Jeanette Smith!

— Sim. Certo. Tudo bem. — Irene inspirou fundo no silêncio súbito. — Também sou uma hipnotizadora treinada e posso controlar a vontade de todos ao meu redor. E neste momento — ela olhou diretamente nos olhos do barman —, quero muito, *muito* dois conhaques.

— Você quer tomar um drinque agora? — Kai exigiu saber.

— Precisamos descobrir o que vamos fazer a seguir; e eu posso muito bem tomar um drinque enquanto faço isso.

Não era apenas um dos princípios fundamentais da Biblioteca; era um dos princípios fundamentais da humanidade, visto em todos os lugares e culturas. Não era altruísmo, ética nem simpatia pelas pessoas em dificuldade. Era um caso de limpar a bagunça que tinham feito.

O salão lotado se agitou quando alguns recém-chegados abriram caminho porta a dentro. A multidão de beberrões se separou para dar espaço para eles, e Irene reconheceu George com alguns de seus homens de confiança. Lily estava um passo atrás, com uma pasta de couro na mão, o rosto assassino quando viu Kai.

— Você. — George apontou o dedo com anel de diamante para Irene. — E você. — Ele apontou para Hu. — Não posso dizer que sei o que estão aprontando na minha cidade, mas, como dizem os britânicos, não estou gostando. Não estou gostando nem um pouco. E, quanto a vocês. — O dedo apontou para Kai e Evariste, e seu tom de voz mudou de furioso para letal. — No instante em que saírem daqui, acho bom começarem a correr. E, depois do que fizeram com os meus homens, não importa se correm rápido, não vai ser rápido o suficiente...

— Pare. — Irene ficou surpresa ao perceber que o interrompera. O salão ficou ainda mais silencioso, mudando para uma expectativa horrorizada. — Sr. Ross. George. Neste momento, só queremos sair da cidade e do seu caminho. Mas há um problema maior do que *nós*, que são os dragões.

O barman estava preparando um drinque em silêncio e o deslizou por sobre o bar. George tomou um gole.

— Moça, se você acha que não percebi que temos dois dinossauros voadores gigantescos lá fora, você bebeu demais. Não podemos simplesmente esperar o exército mandar aviões para derrubá-los. Mas, por sorte, minha Lily aqui tem uma resposta para isso.

Kai tinha se encolhido ao ouvir *dinossauros voadores gigantescos*, mas, quando viu a curva do sorriso de Lily, ele endureceu.

— O que você quer dizer? — perguntou.

— Quero dizer que sou tão boa atirando com rifles quanto com pistolas — disse Lily, o olho em Kai como se o estivesse analisando como outro alvo —, e ainda não encontrei um tiro que eu não acerte.

— Balas comuns não vão machucá-los — disse Kai.

— Eu não falei em usar balas humanas simples. — Lily olhou para Irene. — E você? Devo colocar seu nome numa delas também?

Irene colocou o copo no bar com um clique.

— Não — disse com firmeza. Devia haver um jeito de escapar, no qual todos saíssem com vida. Ela quase conseguia enxergar. Só precisava de tempo para pensar.

— Acho que facilita a minha vida — disse Lily. Apesar de haver um toque de decepção na sua voz.

Kai baixou a voz.

— Irene, se houver uma chance de ela *conseguir* machucá-los, não podemos deixá-la...

— Eu sei — concordou Irene.

Não podiam deixar Lily fazer isso, mas sem dúvida ela diria: *como vocês vão me impedir?* Se Lily podia infundir o poder feérico nas balas, elas realmente poderiam ser suficientes para ferir ou matar um dragão. E, se Lily atirasse em dois dragões da nobreza, este mundo se tornaria um campo de batalha entre feéricos e dragões.

O que significava que Irene tinha de pôr um ponto final em tudo aqui e agora.

Ela tinha Kai, que podia levantar o rio. Tinha Hu, que estava recuando em direção à porta. Porém, Hu só queria que a briga parasse nos próprios termos. Mas ele era prático: podia persuadir Qing Song a negociar, depois que todos estivessem longe dali. Tinha Evariste, com suas habilidades de Bibliotecário. Tinha uma vadia das armas, que poderia lhe dar ouvidos se ela oferecesse uma alternativa melhor. Tinha o chefe do crime local de Nova York. E tinha os recursos deste bar com todos os seus defeitos.

O amargor do conhaque ainda queimava sua garganta e, quando engoliu, Irene viu um plano que poderia funcionar. Mas, como metade das pessoas deste salão sequer consideraria em concordar com ele, também precisava de uma mentira plausível.

— Sr. Ross — disse ela. — George. E se eu puder lhe oferecer outra solução?

— Não sei — disse George. — O que você tem?

— Lily — respondeu Irene. — Você tem alguma coisa que dispara balas tranquilizantes?

Lily deu de ombros.

— Tenho armas que disparam qualquer coisa que você queira. Mas, se acha que vou perder meu tempo drogando aqueles dois, quando poderia matá-los, você está sonhando.

Kai também estava franzindo a testa.

— Irene — começou ele —, não existe uma droga forte o suficiente para afetar aqueles dois; pelo menos, não do tamanho de uma bala.

Irene abriu discretamente os dedos no sinal de *cinco minutos* que dera a ele mais cedo, em Boston.

— Só um instante — pediu. Ela afastou Lily e baixou a voz, murmurando no ouvido da mulher. — Tenho um plano.

E vou tirar aqueles dragões daqui sem destruir Nova York ou fazer as famílias deles irem atrás de você. Mas preciso da sua ajuda. Sua e de George.

— Lily? — disse George, desconfiado.

— Só um instante, chefe — respondeu Lily. Seu olho visível estava frio como aço congelado. — Você vai me dar sua palavra? — sussurrou para Irene.

Irene engoliu em seco. Essa era uma promessa séria, com base num plano que ainda nem tinha formulado por completo. Mas, se quisesse a cooperação de Lily e de George, teria de convencê-la agora.

— Juro pelo meu nome e pelo meu poder que pretendo fazer os dragões pararem de brigar e tirá-los deste mundo o mais rápido possível — murmurou ela. — Mas preciso que você pegue sua arma de tranquilizante, preciso que aja como se achasse que isso vai funcionar, e preciso que George coloque alguns caminhões de bebidas com alto teor alcoólico perto do rio no local que combinarmos. Os caminhões precisam parecer discretos, para que ninguém desconfie. Combinado?

Lily hesitou. Depois disse por fim, alto o suficiente para ser ouvida:

— Combinado.

A porta se abriu de novo, bloqueando Hu, que quase tinha conseguido alcançá-la. O capitão Venner estava parado ali, com vários policiais ocupando o espaço atrás dele.

— Não sei que diabos está acontecendo, mas sei que tem dedo seu — começou ele —, e vocês todos estão...

— Perfeito. — Irene deu um passo à frente, consciente de todos os olhos em si. — Você também pode ser útil. Cavalheiros, Lily, nós podemos parar esses dragões. Mas vou precisar da ajuda de todos.

Houve um silêncio que oscilava entre fé e confiança (Kai) até descrença horrorizada (Evariste) e um tipo de harmonia entre desconfiança de alto nível (Hu e capitão Venner) e consideração (George e Lily). Todo o resto contribuía com uma incompreensão boquiaberta.

Finalmente, George disse:

— Diga o que tem em mente, srta. Smith. Estou interessado.

CAPÍTULO VINTE E CINCO

— Kai. — Irene se virou para ele, tentando parecer confiante. Se uma única pessoa ali parasse de confiar nela, ela poderia perder todos eles. — Você acha que, se tentasse fazer os dragões pararem de brigar, eles se voltariam contra você?

Kai se encolheu, mas fez que sim com a cabeça.

— Não tenho autoridade para dar ordens a eles. Tecnicamente, sou de um escalão mais alto, mas não posso provar. Se virasse uma briga, meu poder sobre os elementos é maior que o deles, mas ambos me vencem fisicamente. E não tem ninguém aqui para dar testemunho por eles — acrescentou de um jeito amargo —, pelo menos ninguém que não esteja a serviço dos dois. E assim não teriam de responder por isso.

— Certo. — Irene apontou o dedo para ele. — Você é a isca.

— Mais detalhes, por favor — disse Kai de um jeito queixoso.

— Um segundo... George. — Ela colocou seu melhor sorriso no rosto. — Você já viu que eu sei fazer algumas coisas incomuns.

— Já vi você apagar as luzes — concordou George — e ainda não descobri como diabos conseguiu.

O capitão Venner bufou.

— A mulher é hipnotizadora. Ela deu a um dos seus garçons uma ordem pós-hipnótica para apagar todas as luzes quando desse o sinal.

Essa era uma bela desculpa e Irene resolveu se lembrar dela.

— Estamos com pressa. Posso fazer uns truques de salão para impressionar você ou posso continuar explicando o plano.

George fez que sim com a cabeça e um gesto de *Continue*.

— Kai vai atrair os dragões para um ponto pré-combinado sobre o rio. Lily vai estar à espera com a arma de tranquilizantes. Evariste e eu vamos guiar as balas para atingirem os dragões. Eles vão ser abatidos e cair no rio. Problema resolvido.

Ela percebia a incerteza no rosto de Kai pelo canto do olho. Ignorou por enquanto. Ele sabia como a sugestão não era plausível, mas, por enquanto, estava confiando nela e não discordando em público. Ela explicaria para ele – e Evariste – o que tinha em mente no instante em que saíssem do alcance dos ouvidos de Hu. Porque o que ela tinha em mente era muito, muito mais destrutivo.

— Ainda acho que devíamos simplesmente atirar neles — disse Lily. Seu olho visível estava sedento. — Por que está tão interessada em salvá-los, Jeanette? De que lado você está de verdade?

— Viu, esse é um dos motivos para eu empregar Lily — comentou George com o capitão Venner. — Ela faz todas as perguntas certas.

— Estou do lado que quer acabar com essa luta antes que Nova York fique mais destruída — vociferou Irene. — Você viu que eu era prisioneira na suíte de Qing Song; você acha mesmo que estou do lado dele? Quando ele fez os lobos me perseguirem pelas ruas? E acredito que você conseguiria atirar em *um* deles sem a nossa ajuda. Mas será que também conseguiria atingir o segundo? Antes que se virasse contra *você*?

— Eu poderia tentar — disse Lily, tranquila como gelo.

Porém havia um tom de incerteza na sua voz, e Irene ficou aliviada ao percebê-lo. Lily *não tinha* certeza de que conseguiria atingir os dois. E Lily não queria ser assassinada. Ela ia cumprir a parte dela no acordo.

— Você não é Jeanette Smith — acusou o capitão Venner. — Também não é uma agente do FBI. Então, quem *diabos* você é, e o que está acontecendo?

Um sorriso passou pelo rosto de Lily. Ela se virou para George.

— Não temos tempo para isso, chefe. Acho que ela consegue fazer o que está dizendo, mas precisamos fazer agora.

— Então parece que esta é uma das poucas vezes em que você e eu estaremos no mesmo lado — disse George para o capitão Venner. Ele engoliu o drinque todo. — Parece que vamos precisar de espaço para trabalhar. Não quero nenhum dos meus clientes se machucando quando os lagartos caírem. Você e os outros policiais vão colaborar e limpar a área?

O capitão Venner engoliu um rosnado.

— Ótimo. Se esse for o único jeito de impedi-los. Onde fazer isso?

Irene relaxou por um instante. Todos estavam concordando. Ela *conseguia* fazer isso.

Ela avistou Hu, prestes a sair do salão.

Lily percebeu a direção do olhar de Irene e, sem hesitar por um instante, apontou uma arma para a cabeça de Hu. Seu dedo estava apertando o gatilho quando Irene voou no seu pulso.

O tiro atingiu a moldura da porta pouco acima da cabeça de Hu. Ele congelou.

— Ninguém vai morrer — disse Irene com os dentes trincados. — Esse é o *meu* preço.

— Eles simplesmente vão embora? — Lily quis saber.

Sua arma estava mirando a cabeça de Hu de novo. — Depois de tudo isso?

Irene olhou nos olhos de Lily.

— Hu não é a maior ameaça no momento.

— Ah, se vamos fazer ameaças... — comentou Kai, seu tom repleto de raiva.

— Hu. Volte para cá e feche a porta. — Irene esperou Hu fechar a porta e se afastar dela em segurança antes de olhar para Kai. — Admiro seus sentimentos. Mas está bem claro aqui quem está ofendendo quem. E Lily não é a pessoa que desencadeou esse desastre.

George deu um passo à frente, abaixando o braço de Lily que estava com a arma. Ela permitiu.

— Srta. Smith, já que não temos nada melhor para chamá-la, você diria que quer fazer isso em algum lugar ao longo do Hudson?

— O rio — explicou Evariste, quando Irene piscou numa confusão momentânea.

— Certo, o rio. Temos um mapa aqui. — George apontou para o mapa, que estava aberto sobre o bar. A multidão estava sendo controlada por uma combinação dos capangas de George e dos policiais do capitão Venner. — Onde você quer a emboscada?

Irene chamou Kai.

— Onde você trabalharia melhor? — perguntou ela. — Se eles achassem que você estava fugindo deles e indo para o rio, até onde poderia levá-los?

Kai franziu a testa para o mapa.

— Aqui serve? — indagou ele, apontando. — A mais ou menos meio quilômetro daquelas docas, de modo que a gente não precise lidar com os navios?

— Claro — disse George. — Há muitos pontos bons ali de onde Lily pode atirar. Lily, diga a um dos rapazes quais armas especiais você quer da sua coleção, e eles vão trazê-las. Você consegue limpar a área, Venner?

O capitão Venner confirmou com a cabeça.

— Vou andando. Vejo vocês lá.

Irene se viu sendo apressada para fora, junto com Kai, Evariste e Hu. Isso lhe deu a chance de murmurar o verdadeiro plano no ouvido de Kai. A mão dele apertou a sua, e ele concordou com a cabeça. Foram enfiados num carro que esperava com um dos homens de George ao volante e outro como guarda. Parecia que George não queria arriscar que fugissem.

A noite estava quente como um anoitecer de agosto, e ventos de poeira golpeavam o ar. As calçadas estavam cheias de pessoas em pânico, fugindo em diversas direções ao mesmo tempo, a um fio de uma confusão absoluta. Isso não expressava os piores medos de Irene *ainda* – prédios caindo, arranha-céus em colapso, terremotos e trovões e ruínas que ela imaginava –, mas a ameaça da futura destruição estava suspensa no ar como uma promessa. A terra parecia pulsar sob ela em alerta. Todo mundo na cidade sentia os dragões e o poder que eles emanavam. Era como ser um inseto sob uma lente de aumento. Você só estava seguro se o foco não caísse em você. Nova York não precisava ser fisicamente destruída nesse ritmo – ela simplesmente ia se rasgar.

Um rugido cortou a noite, mais alto que o trânsito colidindo ou as multidões gritando, e Irene sentiu a terra tremer em resposta.

— Por que os dragões estão fazendo isso? — Evariste quis saber. — Eles só estão lutando *um contra o outro*, não precisam... — Ele acenou as mãos, tentando ilustrar o chão tremendo sob eles. — Fazer *esse* tipo de coisa!

O carro deu um solavanco ao fazer uma virada súbita na esquina e todos eles precisaram se segurar. O tráfego que ainda restava nas ruas tinha abandonado questões menores como limites de velocidade e leis de trânsito e estava indo o mais rápido possível. Eles não tinham atingido nada – por enquanto.

— Nenhum deles vai recusar uma vantagem agora, com os dois tão empatados — disse Kai, tenso. Ele estava no banco traseiro ao lado de Irene, com Evariste do outro lado, e Hu estava dividindo o banco da frente com o capanga de George. — Apesar de Jin Zhi ter uma vantagem, se conseguir ficar no ar. Vai ser mais difícil Qing Song invocar a terra contra ela.

Irene sentiu um calafrio apesar do aumento de temperatura. Tinha uma hipótese sobre qual era a afinidade elemental metafórica de Jin Zhi: calor. Todos os dragões que ela conhecera até agora tinham algum tipo de afinidade com um elemento natural ou simbólico, mesmo que não se encaixasse nos padrões ocidentais ou chineses. A de Kai era com a água, a do tio dele, Ao Shun, com a chuva ou as tempestades, a de Li Ming, com o frio e o gelo... ela se perguntou qual era a de Hu.

Hu estava olhando pela janela num silêncio mal-humorado. Estava tão tenso quanto Kai, e Irene achou que ele estava genuinamente preocupado com seu lorde e mestre.

— Você vai cooperar? — perguntou a ele.

— Você não está me dando muita escolha — disse Hu com uma voz tensa. — Só espero, pelo seu bem, que você consiga fazer funcionar.

— Falando nisso — disse Irene, e mudou para chinês —, *precisamos considerar as consequências.* — Ela sabia que Kai falava chinês e, se Evariste tinha conseguido rastrear *Jornada ao oeste*, também entendia. Mais importante: os dois capangas na frente do carro provavelmente *não conseguiam* entender.

— O que você quer dizer? — perguntou Kai no mesmo idioma. Sua escolha de palavras era educada, de aluno para professora, e fez Hu franzir a testa.

— Quero dizer que pode ser que a gente precise de uma fuga rápida. Então, esteja preparado. Por favor, esteja pronto para usar o rio contra os atiradores de George, se eu lhe der um sinal. — Ela voltou a falar em inglês, bem quando o gângster no banco da frente se virou para encará-los. — Evariste, vamos precisar coordenar nossas palavras e falas em uníssono. Vai ampliar o efeito da Linguagem. Você já fez isso?

— Não — disse Evariste, dando uma olhada de esguelha para ela. — Você já?

— Também não — disse Irene. Ela sentiu uma empolgação desvairada caindo sobre si. Era a sensação conhecida demais de estar tão afundada em problemas que não podia ficar pior: esperando que os seus pés atingissem o fundo antes de as narinas submergirem. Ela se lembrou das velhas falas de Macbeth: *A tal ponto estou atolado no sangue* etc. Só que *sempre* podia piorar.

Seja positiva, aconselhou a si mesma. Kai sabia o que tinha de fazer.

Dois corpos reluzentes colidiram no céu noturno com um baque que estilhaçou o vidro dos postes e das janelas dos prédios de toda a rua. O carro deles chacoalhou sobre os pneus, e o motorista xingou quando puxou o volante para a direita, arrastando o carro para fora do caminho de um veículo que tinha perdido o controle e estava se aproximando.

Irene se segurou e deslizou para a janela ao seu lado, se inclinando para fora para ver melhor. Viu duas figuras enroladas caindo juntas do céu, enroscadas uma na outra em tranças de tons dourado e verde-escuro como um bordado intricado. E os dois dragões se separaram, espiralando num círculo amplo que era claramente uma preparação para outro ataque. Irene colocou a cabeça de volta no carro.

— Quanto tempo falta? — perguntou ao motorista.

— Dez minutos, moça. Cinco, se tivermos sorte.

Irene inspirou fundo. Para se distrair, ela perguntou a Hu:

— Por curiosidade, o que provocou essa briga específica?

— Eles já estavam se desentendendo — disse Hu. — E meu lorde viu, pelos olhos dos seus animais de estimação, que o príncipe tinha chegado e colocado você sob proteção. Ele usou palavras fortes, culpando lady Jin Zhi por interferir. Ela comentou como o descuido e a negligência dele tinham provocado a situação atual e... — Ele deu de ombros.

— Parece até que houve alguma conexão entre Qing Song e Jin Zhi no passado... — especulou Kai de um jeito dissimulado.

— Não posso comentar — respondeu Hu. Ele parecia ter vontade de falar algo mais forte, se não fosse por sua posição.

Irene arquivou a coisa da ligação passada em *ostensivamente óbvio*.

— Quase lá! — gritou o motorista por sobre o ombro. — Fiquem preparados para saltar depressa.

O carro parou com o guincho dos freios e os quatro saíram cambaleando, seguidos pela sua escolta. Kai inspirou fundo o ar do rio e pareceu imediatamente mais feliz. Num dos lados da rua, os prédios de Nova York se erguiam, e no outro ficava a extensão escura e larga do rio Hudson. Irene não conseguiu resistir a pensar que não havia nenhum lugar para onde correr e onde se esconder. Mais ao sul, dava para ver as luzes marcando a ponta das docas e os contornos escuros de navios. O calor fazia o fedor de petróleo subir do concreto, sobrepondo os cheiros de água e esgoto. Vários caminhões estavam reunidos onde tinham estacionado, e

Irene tomou cuidado para não encará-los de maneira óbvia demais. Se Lily tivesse dito a George o que queria, e se George tivesse concordado, eles estavam um passo mais perto...

Evariste lambeu um dedo e o ergueu.

— Vai haver uma tempestade, se esquentar mais — disse ele.

— Do tipo com relâmpagos.

— É tudo de que precisamos — murmurou a escolta deles.

Então, um rugido distante ecoou pela cidade e a sombra de um tremor tocou o solo sob os seus pés. A superfície do rio ondulou sob o brilho dos postes e alarmes distantes tocaram em harmonia com as buzinas dos carros e os gritos.

Irene olhou para Hu e Kai: ambos estavam com a mesma expressão de preocupação grave, como se um limite não mencionado tivesse sido ultrapassado. Mas foi Hu quem falou.

— Esse foi o meu lorde Qing Song. Ele começou a chamar a terra para ajudá-lo.

Ela não queria pensar no que aconteceria a Nova York se os tremores piorassem.

— Tem alguma coisa que *você* possa fazer? — perguntou ela a Hu. — Sinto muito se é grosseiro perguntar, mas tem alguma coisa que você consegue invocar?

O rosto de Hu era uma máscara tão perfeita que Irene percebeu que devia ter tocado num ponto muito sensível.

— Infelizmente, uma pessoa com habilidades inferiores como eu não consegue invocar esse tipo de poder — disse ele, com o tipo de educação forçada que vinha de uma amargura pessoal extrema. — Eu não poderia desafiar a alta nobreza nesse nível.

Irene ponderou o que ele tinha dito e decidiu que pedir mais desculpas só ia piorar as coisas. Em vez disso, se virou para a escolta.

— Onde estão George e Lily?

— Parece que são eles ali — respondeu.

Ela se virou e viu uma cavalgada de tráfego vindo na direção deles, uma limusine com uma escolta de carros de polícia.

— Certo. — Ela fez sinal para os outros se juntarem a ela. — Quando Lily estiver a postos para atirar, podemos ir. Kai, você está pronto?

— Estou — respondeu Kai. — Pelo menos eles não vão te incomodar. Vão se concentrar em mim. — Ele olhou para o céu. Não era bem nervosismo. Era mais a prontidão controlada de um homem se preparando para uma briga, quando conhecia o terreno e os inimigos, mesmo que as chances estivessem contra ele.

Irene tocou no pulso dele.

— Tenha cuidado.

— Enquanto entro no meio de dois seres da minha raça que podem estar lutando até a morte? — Kai estava quase rindo. Ele a pegou um abraço inesperado. — Você também tenha cuidado — murmurou no cabelo dela. — Se George pensar que não precisa mais de você...

— Eu sei — murmurou ela em resposta. — E você sabe o que fazer. Esteja preparado.

Por um instante, não queria se afastar dos braços dele. Sua presença e sua segurança eram reconfortantes. Era mais fácil lidar com os riscos a si mesma do que colocá-lo em perigo mais uma vez. *Estou envolvida até o pescoço.* pensou ela. *Tanto quanto Evariste.*

De vez em quando, ela sonhava acordada em ser o tipo de personagem numa história que desmaiava e deixava as outras pessoas resolverem tudo.

Mas isso não ia acontecer.

— Quando avançarmos — continuou ela —, você pega Evariste e Qing Song quando ele estiver na forma humana. Hu não pode revidar se você fizer o mestre dele de refém.

— Eu preferia carregar você — murmurou ele no ouvido dela.

— Temos de tirar todo mundo e dar um jeito de Hu não ser rápido. Confie em mim. — Era como um daqueles problemas de lógica em que o narrador tinha um único barco e tinha de levar uma raposa, um coelho e um monte de cenouras para o outro lado do rio sem que nenhum comesse os outros. Mas de que outra maneira poderiam sair deste mundo sem deixar alguém para trás ou sem Hu sair voando com Irene ou Evariste sob seu domínio? Kai só conseguia carregar umas duas pessoas, e este foi o melhor jeito que ela inventou. — Pense em algum lugar seguro para nos levar, para que possamos terminar de negociar. Afinal, você é que vai liderar.

Ela deu um último aperto nele e o soltou.

— Não estou interrompendo nada, estou? — indagou George quando veio andando com Lily atrás. Lily agora estava carregando um rifle grande, de formato esquisito, com um cano enorme pendurado nas costas.

— Estou me preparando para ir — disse Irene com firmeza. — De onde Lily quer atirar?

— Atrás daqueles caminhões seria uma boa cobertura — disse Lily, sem o menor brilho de traição na expressão. — Você e o outro Bibliotecário podem vir comigo e se instalar.

Eles seguiram Lily, com Kai e Hu alguns passos atrás. Lily tirou o rifle das costas e o abriu, mostrando os cartuchos.

— Como foi que você encontrou uma coisa dessas tão rápido? — perguntou Evariste. Ele estava desenvolvendo um olhar de coelho assustado de novo.

Lily lhe deu o tipo de sorriso que caberia a uma raposa.

— Sou uma escoteira de coração, sr. Jones. Estou sempre preparada. Você devia ver minha coleção de distintivos por mérito.

Irene estava aproveitando a oportunidade para verificar os caminhões. Estavam cheios de caixotes repletos de garrafas de vidro transparente sem rótulo.

— O que tem aí dentro? — perguntou Irene, confirmando se tinha o que precisava.

Um dos gângsteres deu de ombros.

— Gim — respondeu ele. — Direto da Holanda...

Outro ruído se espalhou pelo solo sob seus pés.

— Destilado no centro da cidade numa banheira, você quer dizer — disse o capitão Venner com uma bufada. Os policiais estavam se espalhando para proteger o perímetro, mas ele tinha se juntado ao que, tecnicamente, supunha Irene, era o grupo de comando para esta operação.

— Estou muito decepcionado com você, capitão — disse George. — É uma operação de alto nível, mesmo que haja uma possibilidade de não ter vindo da Holanda.

Irene respirou fundo e concordou.

— Gim. Certo. Muito bem, cavalheiros. Todos fiquem distantes da área de alcance da explosão. E fiquem longe quando as coisas se complicarem.

Kai sinalizou com a cabeça para Irene e Evariste e entrou no espaço vazio entre os caminhões. O ar ao seu redor começou a brilhar. Os gângsteres e os policiais reunidos ofegaram e se afastaram em direção ao perímetro.

Irene ouvia o som de armas sendo levantadas.

— Fiquem quietos! — gritou ela. — Ele está do nosso lado.

E, num flash de luz, não era mais um humano ali: era um dragão, talvez com uns dez metros de comprimento, com chifres e sinuoso, como algo saído de uma pintura clássica. Ele se portava com um orgulho natural que tornava os humanos ao redor incompletos e dignos de pena. O poste de luz reluzia nas escamas azul-escuras de Kai, transformando-as em safiras que cintilavam quando ele flexionava as asas. Atrás dele, as águas do rio pareceram fluir com mais rapidez por um instante, como se encorajadas pela sua presença.

Irene levantou a mão, assentindo, e, com um único salto, Kai se lançou no céu noturno, ignorando a gravidade e a massa, se movendo como um traço caligráfico de tinta num pergaminho.

O capitão Venner estava encarando em choque o local onde Kai tinha estado.

— Não me diga que ele também é um deles.

— O que você achava que ele era? — indagou Irene. — Depois do que dissemos que ia fazer?

— Eu não sabia — murmurou o capitão Venner. — Não estou acostumado a pessoas na minha cidade que conseguem apagar as luzes com a voz ou que podem se transformar em *lagartos voadores gigantescos!*

— Existem outros de vocês? — perguntou George. Seu tom era casual, mas Irene não precisava de sinais de alerta para imaginar o tipo de coisa que ele podia estar planejando. — Vocês estão por toda parte?

— Dragões existem — disse Lily. Sua voz atravessou os murmúrios de pânico que estavam se espalhando pela área. — Caçadores de dragões também. É isso que pessoas como eu fazem. Não é, Jeanette? — Seu sorriso presunçoso dizia *Desminta se tiver coragem.* Ela fechou o rifle de novo, indo se proteger na lateral de um caminhão. — Jeanette não é uma dragoa. E o que acabou de subir lá para distrair os outros, bem, ele está sob controle. Então, contanto que se comportem, não têm nada com que se preocupar.

Irene sentiu o quanto o chão metafórico sob seus pés tinha ficado mais instável. Pelo canto do olho, percebeu que Hu pegava um isqueiro para seu novo cigarro com um dos guardas. Bem, isso era *muito* impressionante. Estabelecia um novo padrão de se misturar à multidão para estudar no futuro.

Um trovão soou no alto, e todos olharam para cima e viram os três dragões caindo.

CAPÍTULO VINTE E SEIS

Kai estava fazendo um bom trabalho de agir como se estivesse fugindo em pânico. Pelo menos Irene esperava que fosse fingimento. Os dois outros dragões eram maiores que ele – o dobro do tamanho, numa estimativa bruta, talvez o triplo –, e não havia nada de brincadeira no modo como o atacavam. Embora ela não tivesse experiência em interpretar padrões de voo em ataques de dragões, Jin Zhi e Qing Song estavam se movimentando com autoridade, claramente estabelecendo o ritmo do confronto, e Kai estava tendo que disparar e ondular pelo ar para evitá-los, como um golfinho desviando de tubarões. Eles se moviam pelo ar como o brilho posterior dos fogos de artifício, e os três brilhavam com poder.

— Saiam, todo mundo! — gritou Irene enquanto se aproximavam. — Evariste, aqui comigo!

Irene não era a única que estava encarando. Ela não tirava os olhos dos dragões, mas ouviu o som de estampido enquanto as pessoas fugiam em todas as direções. Atrás dela, Evariste disse:

— Quais são as palavras?

Hu estava a uma distância segura.

— "Garrafas de vidro, quebrem-se" — disse Irene, com a voz baixa. — Depois, "Álcool, suba para envolver os dragões dourado e verde e entre em combustão".

— São muitas palavras — disse Evariste. E então ele absorveu o significado real das palavras e ficou boquiaberto. — Você acabou de dizer o que eu acho que acabou de dizer?

— Eu estava esperando uma crítica prática, não um comentário artístico. — Irene observou Kai evitar por pouco um golpe de Qing Song. Jin Zhi se aproximou quando Kai estava distraído, se inclinando de um plano mais alto. Irene fechou os dedos e formou punhos, sentindo as antigas cicatrizes nas palmas, injetando autocontrole na voz. — Alguma sugestão melhor?

— Não, vai funcionar. Eu gostei. Gostei *muito*. — O nervosismo na voz dele estava sendo rapidamente superado pelo prazer vingativo. — É só dar o sinal.

— Daqui a um minuto. Lily, você também está pronta?

— Claro que sim. — Lily olhou pela mira do rifle. — Então, se eu entendi bem, você os atinge com o fogo e eu atiro as drogas. E, em algum momento, seu animal de estimação joga o rio em cima deles?

— Ou joga os dois no rio. Tanto faz. Vou deixar o momento certo do tiro a seu critério, só não atinja Kai.

Lily nem se preocupou em responder. Seu dedo acariciava o gatilho.

Kai teve de diminuir de tamanho para escapar das garras de Jin Zhi. Ele caiu em direção ao rio como um rastro, os outros dois o seguindo na mesma velocidade.

— Agora! — Irene se virou para encarar Evariste e levantou a mão como um maestro, depois a desceu, e os dois falaram em uníssono. — **Garrafas de vidro, quebrem-se!**

O gim escorreu dos caminhões, jorrando das garrafas quebradas e passando pelas rachaduras no chão. Os fragmentos de vidro quebrado tinham sido contidos pelos caminhões, mas o cheiro forte de álcool era tão denso que ficou difícil respirar.

O ar pareceu zumbir de importância – algo a ver com a natureza da Linguagem, ganhando muito mais poder enquanto suas vozes se harmonizavam. Irene e Evariste olharam um para o outro, surpresos por um instante.

Kai fez uma curva pouco acima da superfície do rio e se ergueu para encontrá-lo e fluir passando pela água. Ela brilhou como metal derretido sob a luz ardente que emanava de Jin Zhi, depois se estendeu até Jin Zhi e Qing Song como se estivesse viva. Os dois dragões maiores bateram nela, atingindo-a com as asas enquanto ela lutava contra eles. No ponto em que tocou em Jin Zhi, a água chiou com selvageria e ferveu como vapor, soltando véus de névoa ao seu redor.

O rifle de Lily estalou uma vez, depois duas.

E Irene fez sinal para Evariste de novo e eles falaram juntos:

— **Álcool, suba para envolver os dragões dourado e verde e entre em combustão!**

O gim derramado explodiu para o alto em milhares de gotas, disparando até um espaço pouco acima de Jin Zhi e Qing Song. Não tinha a elegância do elemento de Kai. Porém, o jorro de álcool subiu em linha reta pelo ar até um ponto acima dos alvos, abrindo caminho pelas águas ao redor sem ser diluído.

O rosto de Hu era uma máscara de horror. Ele empurrou para o lado o homem com quem estava conversando, abrindo caminho em direção a Irene e Evariste.

— Não, você não pode...

Sua voz se perdeu no rugido da detonação.

A explosão jogou no chão todo mundo que estava perto da água. Era um brilho ofuscante, pintando a visão de Irene com efeitos especiais. Os restos do gim desceram em gotículas em chamas.

Isso certamente distraiu Qing Song e Jin Zhi. Eles caíram em direção ao rio, tanto pelo choque do álcool em chamas quanto pela força da explosão. Rios de labaredas azuis se espalharam sobre eles, delineando brevemente as formas que se debatiam.

E a água se ergueu para engolir os dois.

Irene ficou de pé outra vez na lateral do caminhão, esfregando os olhos. O rio se ergueu e ondulou, como se estivesse prestes a inundar as margens, com jorros de bolhas subindo por baixo da superfície. A ampla extensão de água estremeceu de lado a lado, sacudindo os barcos ancorados até eles baterem nas docas. Vultos enormes se moviam sob a superfície, apenas os contornos perceptíveis. O cheiro de elódeas apodrecendo se misturou ao fedor de álcool enquanto o rio se agitava com a briga que ocorria sob a superfície.

Enquanto eles observavam, a água começou a baixar.

Os gângsteres, atraídos pela irresistível vontade humana de correr perigo só para ter uma visão melhor, começaram a se aproximar. Hu estava na frente. Irene ficou para trás e fez um gesto para Evariste permanecer ao seu lado.

Kai se ergueu das profundezas do rio, as asas abertas enquanto ele circulava sobre a água. Os corpos de Jin Zhi e Qing Song emergiram, ainda na forma de dragões, mas inertes, mal respirando.

— Puta merda — disse Evariste. — Funcionou.

— Claro que sim. — Seria uma péssima ideia admitir incerteza diante de sua plateia atual. Ela esperava que o ataque não tivesse ido longe demais: se eles matassem ou ferissem gravemente Qing Song ou Jin Zhi, teriam apenas trocado uma catástrofe por outra. — Agora vem a parte difícil.

Evariste olhou para o crescente círculo de gângsteres e policiais, todos armados, e a maioria agora estava segurando uma arma abertamente.

— Acho... — começou ele.

— Você faz isso falando, não é? — interrompeu George. Ao lado dele, Lily tinha descartado o rifle e estava com um revólver em cada mão. Irene sabia que seria um desperdício de tempo falar do seu acordo com a feérica: não envolvia o que ia acontecer *depois* que eles subjugassem os dragões. — Então, neste momento, vocês não falam nada. Nenhum dos dois. Ou também serão abatidos. Eu e meus rapazes estamos prestes a caçar alguns dragões. Ou você quer ler os direitos deles, Venner?

— Nessas circunstâncias, eu dispenso — disse o capitão Venner. — Não consigo vê-los pedindo um advogado, de qualquer maneira.

Irene deu de ombros. Ela olhou para Kai, que estava atrás, e levantou a mão direita, com a palma para cima, como se estivesse erguendo alguma coisa.

George, Lily e os atiradores tinham visto Kai usar o rio para derrubar Jin Zhi e Qing Song, mas não tinham avaliado as implicações completas do poder dele.

Agora, o rio Hudson se agitou e invadiu as margens em ondas com vários metros de altura. Ele atravessou a rua, derrubando gângsteres e policiais.

Um canal estreito de chão seco se estendia entre Irene e Evariste e a beira da água. Irene correu por ali até a amurada que cercava o rio. Seria impossível tirar Jin Zhi e Qing Song deste mundo na forma em que estavam.

— **Jin Zhi, Qing Song** — gritou ela —, **mudem para a forma humana!**

Ela não esperava que fosse fácil, e não foi.

Ainda bem que havia uma amurada. Isso a impediu de cair de cabeça no rio. Ela conseguira fazer lobisomens voltarem à forma humana antes; tinha sido cansativo, mas viável.

Nunca tinha tentado afetar *dragões* usando a Linguagem. Eles eram pesos pesados metafísicos em comparação aos lobisomens. Ela ofegou em busca de ar, e sua marca da Biblioteca pareceu pressionar como se fosse esmagá-la no chão.

No entanto, quando ela levantou a cabeça para olhar a cena à frente, viu que tinha funcionado. Qing Song e Jin Zhi estavam em suas formas humanas, apesar de ainda – felizmente – inconscientes. A água que se erguera os carregara até a margem, e eles ficaram deitados ali, ensopados e encolhidos como uma carga alijada.

Houve um brilho forte de luz na margem à sua esquerda, e ela se virou para olhar. Era Hu: tinha assumido sua forma de dragão, e suas escamas brilhavam como cobre batido enquanto se preparava para se lançar para o alto.

A urgência energizou Irene.

— Segure Qing Song! — gritou ela para Evariste. — Vocês dois vão viajar com Kai! Kai, me passe Jin Zhi: Hu deve nos carregar!

— Mas a minha filha... — protestou Evariste desesperadamente.

— Vamos fazer Qing Song devolvê-la, mas temos de sair daqui primeiro! Vamos! — Ela agarrou o ombro dele e o empurrou em direção a Qing Song.

As águas atravessaram de novo a rua, derrubando os gângsteres que tinham conseguido ficar de pé. Hu estendeu a mão para Qing Song, mas Kai se posicionou entre ele e os dois dragões inconscientes, obrigando-o a recuar.

Lily tinha arrastado George, meio afogado, para trás de um dos caminhões e o estava levantando, as armas sacadas, mas não parecia inclinada a atirar. Talvez ela também não quisesse começar uma guerra. Ou talvez, sem George para dar a ordem, ela se sentisse menos disposta a puxar o gatilho.

— Você está indo embora? — gritou ela para Irene.

— Estou saindo desse inferno e feliz por isso — gritou Irene em resposta. — Todos nós estamos indo. E não vamos voltar.

Kai recuou para a margem da rua, arqueando as costas para permitir que Evariste colocasse Qing Song a bordo. Hu sibilou furiosamente, mas não tentou impedi-los.

Passou da hora de eu fazer a minha saída. Afundada na água até o tornozelo, Irene ficou sobre Jin Zhi na margem do rio e chamou Hu.

— Podemos discutir os detalhes depois — gritou ela —, mas vamos sair daqui!

Lily baixou as armas.

— Espero que você saiba que eu poderia ter atirado em você. — Sua voz foi ouvida acima do ruído da água.

— Vou me lembrar disso! — Irene engatou um braço no peito de Jin Zhi e se virou para ver que Hu estava logo atrás, as costas encurvadas para ela poder subir nele com sua própria carga dragônica. Quando estava a bordo, ela se virou para acenar com a mão livre.

— Só uma pergunta! — gritou Lily. — Qual é o seu nome? Quem *é* você?

Irene pesou as possíveis consequências de dar seu nome em relação ao fato de que Lily poderia descobrir de qualquer maneira, com um pouco de pesquisa. Ela deu de ombros mentalmente.

— Irene Winters! — gritou.

E, enquanto ela falava, Kai se ergueu, seguido por Hu, subindo para o céu noturno.

Irene baixou a cabeça e se agarrou, prendendo Jin Zhi com o rosto para baixo nas costas de Hu. Esperava que a outra mulher continuasse inconsciente. Era muito mais fácil lidar com ela assim.

Nova York se estendia sob eles, marcada por padrões de luz e escuridão, com as janelas dos arranha-céus cintilando em grades impossivelmente complicadas, e os rastros dos faróis de carros se movendo de um jeito irregular pelas ruas. O calor opressivo tinha diminuído com a inconsciência de Jin Zhi, e Irene inspirou o ar mais frio com alívio.

Na frente de Hu, Kai abriu as asas e rugiu, e Irene esperava que ele tivesse um destino seguro em mente. Um rasgo atravessou o céu noturno, cintilando com uma luz que parecia brilhar pelo outro lado, num tom que Irene não conseguia nomear. Era assim que os dragões viajavam entre mundos alternativos: de algum jeito passavam *por fora* do fluxo regular dos mundos, onde o ar era como água e apenas dragões conseguiam se orientar. Como passageira de Hu, Irene sentiu com ênfase sua própria falta de controle. No entanto, enquanto Kai estivesse com Qing Song, eles teriam uma coleira metafórica ao redor do pescoço de Hu.

Kai inclinou as asas e mergulhou na fenda, e Hu o seguiu.

Irene estava esperando o céu enevoado do outro lado, as infinitas correntes de azul e verde – já tinha estado ali com Kai. Mas não tinha pensado em encontrar outros dragões à espera.

Os quatro recém-chegados, todos maiores que Kai ou Hu, mergulharam sobre eles num esplendor de asas que brilhavam como pedras preciosas e metal. Os sons que vinham deles eram mais profundos que o grito de Kai um pouco antes, enquanto abria a passagem. Eram tons de órgãos que pulsavam nos ossos de Irene e a faziam estremecer quase em pânico, achatando-se nas costas de Hu. Ela viu Kai se encolher no ar, enrolando-se em si mesmo, tentando desviar dessa demonstração de ameaça e agressão. Hu se sacudiu sob Irene como se quisesse ter fugido, mas não havia para onde ir: eles estavam num grande mar de vazio, cercados por quatro dragões desconhecidos.

CAPÍTULO VINTE E SETE

O deserto era frio à noite, e Irene ficou agradecida pelo casaco de veludo. Evariste encolheu os ombros dentro do paletó surrado, colocando-se atrás dela e de Kai. Os novos dragões não se opuseram: estavam muito mais interessados em Kai do que nos seguidores humanos. Hu se ajoelhou num dos lados, verificando a condição física de Qing Song e Jin Zhi – que, felizmente, continuavam inconscientes.

Eles tinham sido escoltados à força para um mundo escolhido pelos desconhecidos. Olhando ao redor para a extensão plana de deserto e sentindo o ar amargamente seco, Irene teve de concluir que parte da escolha foi para garantir que Kai não pudesse invocar nenhuma fonte de água local.

Um dos quatro da escolta tinha ido embora no instante em que o resto deles entrara neste mundo, voando numa direção desconhecida. Irene tinha uma suspeita desagradável de que estavam fazendo um relatório para receber novas ordens. Todos os outros dragões tinham assumido a forma humana, assim como Kai e Hu. E agora os desconhecidos queriam respostas.

— Identifiquem-se — ordenou uma mulher que pareceu ser a líder. Estava coberta por um roupão roxo-ametista profundo com colarinho e punhos verde claro, e o cabelo escuro brilhoso estava preso num penteado elaborado. — Por que estão carregando nobres inconscientes, cortesãos do domínio da Rainha das Terras do Sul?

— Meu nome é Kai — respondeu Kai —, filho de Ao Guang, o Rei do Oceano Leste. Se invadi o território de alguém, peço desculpas. Posso saber seu nome?

Irene ficou calada, esperando profundamente que conseguissem escapar disso sem que ela e Evariste fossem identificados como Bibliotecários. A interrogadora estava claramente fixada em Kai como o mais óbvio a questionar. Talvez tivessem esbarrado sem querer numa patrulha padrão. Talvez esses desconhecidos aceitassem uma explicação plausível para o estado de Qing Song e Jin Zhi.

— Sou Mei Feng, da corte da Rainha das Terras do Sul — disse a mulher de roxo, num tom perceptivelmente mais cortês. Ela claramente não esperava pegar um peixe tão grande. — Foi observada uma altercação violenta, que pode ter causado uma mudança na própria realidade daquele mundo. Você estava envolvido?

— Vi esses dois dragões numa disputa e interferi para interromper a briga — disse Kai. O movimento dos seus ombros sugeria um tédio educado. — Como você diz, pode ter prejudicado a estabilidade daquele mundo.

— Ah. — Mei Feng deu um passo para perto, inspecionando os dois corpos inconscientes. O outro par de dragões, com o mesmo tipo de roupão da líder, mas menos elegantes, estava perto demais para se ter conforto. — Eu reconheço esses indivíduos. No entanto, aonde pretendiam levá-los? E quem são esses humanos? — Suas perguntas eram educadas, mas estava claro que sua atitude podia mudar com muita facilidade se Kai não lhe desse respostas adequadas.

— Essas perguntas são extremamente pessoais e poderiam ser consideradas uma intromissão nos meus assuntos particulares — Kai fez uma objeção. Porém, era fraca. Irene sabia, e sabia que Kai sabia, e tinha quase certeza que Mei Feng também sabia. Eles tinham sido flagrados com as evidências. Tinham sido, como os ingleses diriam, "pegos com a mão na massa".

— Não pretendo interferir, Vossa Alteza — respondeu Mei Feng. — Mas talvez pudesse me fornecer algumas informações. — Seu olhar caiu em Hu. — Ou talvez *você* deseje me dizer o que está acontecendo.

— Sou servo do meu lorde Qing Song — disse Hu depressa — e não posso falar sobre o assunto sem a permissão dele.

— Entendo — disse Mei Feng. — Bem, então, esses humanos...

— Estão sob minha proteção — interrompeu Kai.

E as outras duas possíveis testemunhas estão inconscientes, pensou Irene, *e vamos esperar que continuem assim por um tempo.*

Mei Feng andou de um lado para o outro, pensativa, o rosto perfeitamente calmo. Porém o vento estava piorando, e Irene se perguntou se essa podia ser uma representação mais precisa dos seus sentimentos.

— Vossa Alteza, você precisa entender que sua posição aqui é um pouco suspeita. Você aparece na companhia desses dois nobres. Eles parecem ter sido drogados, ensopados e quase afogados. E você quer que eu acredite que é totalmente inocente?

Negue tudo, fique de boca fechada e exija um advogado, pensou Irene, lembrando-se do conselho de Kai mais cedo. Mas será que os dragões tinham advogados para esse tipo de situação? Ou era tudo muito menos civilizado?

— Não posso comentar — disse Kai. — E devo perguntar sob qual autoridade você está me mantendo aqui. Não estou sujeito às regras da Rainha.

— Você está nos domínios dela — contrapôs Mei Feng.
— Você está aqui com permissão do seu pai?

— Ele não está ciente do meu paradeiro atual — disse Kai com muito cuidado. — Espero que não haja necessidade de envolvê-lo nesse assunto.

Enquanto os dois se encaravam – força irresistível e objeto imutável –, houve um rugido no céu, e uma fenda se abriu. O quarto dragão tinha voltado. O recém-chegado caiu do céu como uma pedra, mal conseguindo abrir as asas a tempo de reduzir o impacto.

A forma do dragão borrou numa explosão de luz, e um jovem apareceu ali – a respiração ofegante, a testa molhada de suor.

— Minha lady — resmungou ele, se esforçando para manter a voz tranquila —, Sua Majestade exige a presença de todos os envolvidos, com o máximo de rapidez, para resolver a situação.

— Excelente — disse Mei Feng, claramente aliviada por essa solução. — Vossa Alteza, deixe-me convidá-lo para a corte da Rainha das Terras do Sul, para que você possa devolver os súditos à presença dela. Como você percebe, ela vai ficar feliz de saber a verdade absoluta dessa questão.

— Só um instante — disse Kai, subitamente régio. Ele se virou para Irene e Evariste. — Irene?

Irene percebia todos os tons subjacentes da pergunta dele. *O que eu faço agora? O que digo a eles? Como podemos chegar diante da Rainha e explicar isso?*

Irene parou por um instante para xingar silenciosamente a própria sorte. Mas respondeu no tom mais politicamente neutro.

— Naturalmente, ficaremos felizes em obedecer. Não queremos ser inconvenientes com a Rainha. — Ela sorriu para Kai, tentando tranquilizá-lo.

No entanto, seu estômago parecia cheio de chumbo. Ela havia fracassado. De jeito nenhum isso poderia ser explicado sem falar na Biblioteca. Talvez, se eles tivessem permissão para ver a Rainha em particular, ela poderia implorar por misericórdia. Poderia explicar que Qing Song tinha quebrado as regras... Mas será que isso ia funcionar se Qing Song negasse tudo?

Se precisasse tomar toda a responsabilidade para si – para salvar Kai, Evariste e a Biblioteca –, ela o faria. Mas podia perder tudo que lhe era importante nesse processo.

Não havia como medir o tempo de voo até a corte da Rainha das Terras do Sul. Sua "guarda honrosa" tinha se responsabilizado graciosamente por Jin Zhi e Qing Song, permitindo que Irene se juntasse a Evariste nas costas de Kai. Irene suspeitava que era porque Mei Feng não queria deixar nenhum dos dois dragões inconscientes sob responsabilidade de Kai nem por um instante a mais do que o necessário. Pelo menos agora eles estavam todos juntos, com Irene empoleirada nas costas de Kai e Evariste atrás. Mei Feng, seus subordinados e Hu voavam a uma distância respeitosa, permitindo que Irene e seus amigos conversassem baixinho e esperassem não ser ouvidos.

— Para começar — disse Irene. — Kai, o que você fez com Qing Song e Jin Zhi foi incrível. Você não se machucou, não é?

— Nada demais — disse Kai com uma voz estrondosa. — Só que devíamos nos preocupar mais com o futuro.

— Existe algum jeito de sairmos dessa antes de chegarmos lá? — perguntou Evariste. Ele não precisava definir o *lá*.

— Mesmo que conseguíssemos nos esquivar da guarda, isso mancharia seriamente a nossa reputação — disse Kai.

— E deixaria aos outros a oportunidade de disseminar a história que quisessem.

Irene pensou no assunto.

— Você acha que estão nos oferecendo uma chance de escapar, agora que estamos juntos, exatamente por esse motivo? Para que a culpa toda recaia sobre nós?

— Acredite em mim — disse Kai —, não é tão difícil assim. Eu não apostaria dinheiro nisso.

— O nome Mei Feng significa alguma coisa para você?

Kai virou a cabeça levemente para o lado, num gesto que podia ser de incerteza.

— Não tenho certeza, mas ela pode ser o braço esquerdo da Rainha; do mesmo jeito que Li Ming é para o meu tio.

— O que significa... — disse Evariste.

— Significa um servo fiel que faz as coisas acontecerem tanto oficial quanto extra-oficialmente — respondeu Irene. — Como Hu é para Qing Song. — Ela franziu a testa. — O fato de Mei Feng estar aqui sugere que a Rainha estava de olho nisso. Kai, que nível de ameaça você acha que havia para a estabilidade do mundo?

Kai murmurou pensativo, e Irene sentiu a vibração sob si.

— Possivelmente muito alto. Fui alertado que uma briga como aquela *poderia* abalar o curso de um mundo, mas nunca estive perto o suficiente para descobrir.

— Certo. Isso é bom.

Evariste respirou fundo atrás dela.

— Como é que alguma coisa nessa situação pode ser positiva? Somos todos prisioneiros, não temos como chegar à Biblioteca agora e minha filha ainda é refém...

— Significa que fizemos bem em interromper a briga — disse Irene, paciente. Ela manteve o tom neutro, sem querer que Evariste percebesse quanto ela achava que suas chances eram baixas. — Quando for a hora de dar explicações, nós ajudamos. E arriscamos nosso pescoço. Mesmo que possa ter envolvido um probleminha para Qing Song e Jin Zhi.

— Um probleminha... Você convenceu um chefe da máfia a explodir dois dragões no céu com álcool contrabandeado! — rosnou Evariste.

— Fazemos o melhor possível com os materiais disponíveis — disse Irene. — Evariste, tente se acalmar. Não estou pedindo para você ser otimista. *Isso* seria irracional. Mas ainda pode haver possibilidades. E Qing Song não pode chegar à sua filha antes de resolvermos tudo isso. — Ela apontou com a cabeça para Qing Song, ainda inconsciente, deitado nas costas de Mei Feng. — Não me esqueci dela. Acredite em mim, não me esqueci. Nós... — Um pensamento indesejado a atingiu. — Nós guardamos o livro em algum lugar, certo?

Evariste abafou uma bufada em algum ponto entre riso e amargura.

— Estou muito tentado a dizer que não neste momento, só para ver o seu rosto.

— Eu mereci — admitiu Irene.

— Está seguro na Biblioteca — disse Evariste. — Sala B-349. Mas isso tem alguma utilidade neste momento?

Irene deu de ombros.

— Podemos precisar dele como prova para apoiar a nossa história.

— Que tipo de autoridade a Rainha tem de verdade? — perguntou Evariste. — Sobre nós e sobre Kai? Ela não vai querer entrar numa briga com a Biblioteca por nossa causa, vai?

— Ela tem a autoridade que quiser — respondeu Kai. — Se considerar que eu a ofendi, meu pai... vai aceitar o julgamento dela sobre mim. Este é o território dela. A sua vontade é lei.

Mentir para ela é alta traição. E ela pode mandar vocês de volta para a Biblioteca. Ou pode mandar um pedido de desculpas por ter executado vocês. Depende do que decidir.

— Mas *isso* não daria início a uma guerra? — quis saber Evariste.

— Não se formos considerados culpados — disse Irene.

— Então, o que vamos dizer à Rainha? — perguntou Kai, voltando à essência do assunto.

Irene queria mesmo ter uma boa resposta. Tinha jurado ajudar Evariste a recuperar a filha. Mas também tinha dito *Com a compreensão de que meu dever para com a Biblioteca fica acima de todos os outros juramentos...*

Se ela não conseguisse provar que Qing Song estava errado e ele ou Jin Zhi a contra-acusassem, suas opções ficavam bem limitadas. Teria de dizer que Evariste tinha sido um agente desertor e possivelmente ela também – e assumir as consequências.

— Vamos ser econômicos com a verdade — disse ela finalmente. — Kai e eu fomos mandados para aquele mundo para encontrar você, Evariste. Enquanto estávamos lá, descobrimos os dragões brigando e os fizemos parar, pela bondade dos nossos corações. E, se Qing Song e Jin Zhi tiverem algum juízo, não vão tentar nos empurrar, porque isso os incriminaria do mesmo jeito. E depois... — Ela ficou surpresa ao ouvir a fúria contida na própria voz. — Entramos em contato com Qing Song. Exigimos que ele devolva a sua filha em segurança e ilesa, ou a Biblioteca toda vai saber o que ele e, por extensão, a família dele estão dispostos a fazer com Bibliotecários. E outros dragões vão saber que ele vai arriscar uma guerra para conseguir o que quer. A essa altura, o livro não será mais uma questão. Ele *vai* entregar a sua filha ou vai colocar a própria família em risco.

— Isso vai funcionar? — perguntou Evariste. Seu tom implorava por uma confirmação. — Você disse *se eles tiverem algum juízo*. E se não tiverem? E se pensarem que o único jeito de escapar disso é nos culpar?

— Aí vocês dois deixam que eu fale. Pelo máximo de tempo possível. — O estômago de Irene estava embrulhado. Ela não conseguia ver nenhuma saída. Sem nenhuma prova e nenhuma testemunha, ela poderia simplesmente estar sem voz e sem poder de novo.

Porém, precisava tentar.

À frente deles, Mei Feng abriu as asas e gritou – uma nota longa, como um trompete soando sobre uma orquestra menor de cordas sussurrantes. Uma fenda se abriu nas correntes serpenteantes de azul na frente dela, e ela mergulhou ali. Os dragões da escolta se aproximaram de cada lado, uma orientação clara para segui-la.

— Puta merda — disse Evariste quando a vista se revelou.

Kai circulou alto sobre a terra, que era linda, regular e quase idealizada *demais*. As montanhas das quais se aproximavam erguiam-se como se chegassem ao fim do mundo, emolduradas por nuvens e pintadas de neve. Diretamente à frente havia uma fortaleza de muros brancos concêntricos, cada um mais alto que o anterior e com listras de ouro. Campos verdes se estendiam do sopé das montanhas como fragmentos espalhados de seda esmeralda, delimitados pelo brilho claro de estradas e rios. Este mundo todo era um lugar de ordem e controle: meros humanos eram poeira frágil e transitória diante de seu poder.

Mei Feng liderou o caminho até um dos pátios internos, e um a um os dragões pousaram no chão e assumiram forma humana. Irene percebeu sinais sendo trocados entre os guardas nas ameias, e não restou nenhuma dúvida de que a Rainha estava sendo informada sobre a chegada deles.

Jin Zhi e Qing Song finalmente tinham voltado à consciência. Hu estava conversando baixinho e rápido com Qing Song, fazendo que sim com a cabeça de um jeito dedicado enquanto o mestre falava. Parecia quase mais no controle da conversa do que Qing Song.

Jin Zhi estava sozinha, os olhos disparando entre os diferentes grupos. Irene quase sentiu pena dela, até que lhe ocorreu se perguntar por que Jin Zhi não tinha sido atendida pelos seus próprios servos. Tinha estado sozinha o tempo todo. Será que ela havia planejado algo que não queria nem que os servos soubessem?

— Espero que esse inquérito seja particular — murmurou Irene para Kai enquanto ele ajeitava o paletó. — Claro que a Rainha não vai querer uma exibição pública até decidir o que deseja que os outros saibam.

Kai estava olhando ao redor com um ar de interesse cortês, como qualquer visitante nobre admirando o cenário, ignorando os guardas.

— Algumas coisas serão mais fáceis de explicar do que outras — disse ele baixinho. — Como eu.

E havia outro elefante na sala. Havia tantos elefantes na sala que estava ficando definitivamente lotada. Aparecer publicamente na companhia de Kai, como Bibliotecária, não ajudaria a argumentação de Irene de que a Biblioteca era neutra e ia continuar assim. Mesmo assim, se fosse uma audiência particular, Irene poderia ser capaz de dar ao relacionamento dos dois o contexto adequado...

Hu se afastou de Qing Song com um sinal da cabeça e foi até eles três.

— Vossa Alteza — disse ele, inclinando a cabeça para Kai. Depois se virou para Irene. — Você teve uma boa jornada, mas ela agora acabou.

— Duvido muito — disse Irene de forma confortável. — Tenho muita coisa a dizer quando as pessoas começarem a fazer perguntas.

— Pode ser, mas quem vai acreditar em você? — Ele se virou para Evariste e tirou uma fotografia em preto-e-branco de um bolso interno.

A menina na foto se parecia o suficiente com Evariste para qualquer pessoa perceber que eram parentes. Hu esperou uma reação de Evariste, depois guardou a fotografia.

— A palavra do meu lorde tem mais peso que a sua — disse Hu para Irene. No entanto, para surpresa de Irene, *meu lorde* foi dito de maneira desdenhosa, como se Qing Song fosse seu cachorro treinado, seu porta-voz. Como se Qing Song tivesse recebido instruções e soubesse o que dizer. — Você roubou, mentiu e atacou dois servos da Rainha. Se a culpa dessa questão for atribuída de forma *adequada*... — O olhar dele foi para Evariste, tão claro quanto um dedo apontado. — Talvez com uma confissão conveniente? Ou simplesmente uma falta de defesa... Qualquer um dos dois serviria. Está me entendendo? Se quiser que sua filha continue viva, você vai obedecer.

Irene procurava as palavras para dizer a Hu como ele estava errado, quando viu o rosto de Evariste. O desespero se instalava, preso num nó de desespero e desesperança. Tudo que ele tinha a fazer era sacrificar a si mesmo.

E, às vezes, como sabia por experiência própria, isso seria uma coisa bem fácil de se fazer. A escolha mais fácil do mundo.

— Saia daqui — disse para Hu, e sua voz o fez recuar. — Este homem é um Bibliotecário, e ele não está sozinho.

— Se quiser cair com ele, fique à vontade — disse Hu, voltando para perto de Qing Song.

— Você estava errada — disse Evariste entorpecido, a voz quase inaudível. — Isso não vai funcionar. Nós perdemos.

Escute, se eu disser que a ideia foi minha, você pode colocar toda a culpa em mim, está bem? Não vai ser culpa da Biblioteca, só minha. Só me prometa que vai garantir que ela fique em segurança...

Irene agarrou os ombros dele, virando-o para encará-la.

— Cale a boca e me escute — vociferou ela. — Estou no comando aqui, e estou lhe dizendo que nós *não perdemos*. Me dê uma chance. Estou lhe pedindo; não, estou lhe *ordenando* para não desistir. Confie em mim, Evariste. Não vou me render a Hu e fazer o jogo dele enquanto ainda tivermos um grama de esperança. Se deixarmos que nos vença nos termos dele, ele sempre vai ter uma vantagem sobre a Biblioteca. E vai tentar isso de novo no futuro. Não vou deixar isso acontecer. *Confie* em mim.

Um baque sólido atravessou o pátio, e todos os olhares se viraram para o homem de roupão em pé no arco central, que tinha acabado de jogar seus funcionários no chão.

— Escutem e prestem atenção! — gritou ele. — Sua Majestade, a Rainha das Terras do Sul, exige sua presença. Que todos os que estiverem diante dela digam a verdade, para que a justiça possa se estabelecer.

CAPÍTULO VINTE E OITO

Irene e os outros foram escoltados pelos salões do palácio. Havia uma parte dela que desejava uma distração e queria fazer anotações mentais sobre a decoração, o layout, as obras de arte e as hierarquias dos cortesãos que passavam. Afinal, quando teria outra chance de ver algo assim?

Mas seu foco principal estava em algo muito mais imediato, algo que tinha acabado de perceber. Algo que lançava uma luz completamente diferente sobre os últimos dias.

Hu não era *apenas* servo de Qing Song – a luva de veludo sobre a mão de ferro. Hu era o cérebro por trás de Qing Song, o conspirador e o maquinador. Irene tinha certeza que Hu estava falando por conta própria quando ameaçou Evariste pouco antes. E, conforme Irene repassava para os eventos com isso em mente, tanta coisa passava a fazer mais sentido.

Hu tinha coordenado a caçada por Evariste e, depois, por Irene. Hu deduzira que ela mentia e a amarrara e drogara. E ele estava fora do quarto quando Jin Zhi e Qing Song finalmente perderam a cabeça um com o outro – e as coisas deram muito errado sem ele. Hu estivera controlando tudo o tempo todo e permitindo que todos culpassem Qing Song. Assim como Irene tinha corrido por Nova York para atrair a atenção das pessoas, Hu também tinha permitido – sempre tinha permitido – que Qing Song fosse a figura pública enquanto ele fazia o trabalho. Talvez Qing Song não percebesse o quanto Hu o estava manipulando. Hu não era poderoso o suficiente nem tinha berço nobre para estar no alto escalão – mas não importava, desde que tivesse um fantoche adequado que ouvisse suas sugestões.

Ela fora enganada – não, ela se *deixara* ser enganada – porque não gostava de Qing Song e vira um eco de si mesma em Hu. *Colegas de profissão. Ah, sim.*

Havia algo relacionado a Jin Zhi que a incomodava no fundo da sua mente também, mas ela afastou a ideia. Hu era a ameaça mais imediata. Qing Song era um mau mentiroso – esquentadinho demais para manter a fachada certa –, como ela sabia por experiência própria. Os eventos dos próximos minutos poderiam depender de quem faria as acusações: Hu ou o mestre.

Porém, seria mesmo verdade que a palavra de Qing Song automaticamente teria mais crédito do que qualquer coisa que Irene pudesse dizer? Se fosse, Irene e Evariste poderiam não ter chances. Eles teriam de confessar o envolvimento pessoal para salvar a reputação da Biblioteca – e talvez nem funcionasse. Isso deixaria Qing Song e Hu com conhecimento demais sobre a Biblioteca. E eles ainda estariam com a filha de Evariste e ficariam dispostos a usar a mesma tática *de novo* no futuro...

A Rainha das Terras do Sul, Ya Yu, estava sentada no seu salão de recepção privativo. Se este era o menos impressionante, Irene se perguntava como seria o salão do trono principal. Porém, o bom senso lhe disse para ser grata pela situação não ser pública o suficiente para exigir seu uso.

Azulejos montados como mosaicos cortados de pedras brilhosas em tons de verde profundo e marrom cobriam o piso num padrão complexo. As paredes eram decoradas com painéis cor de âmbar esculpido. Umas dezenas de dragões circundavam o salão, claramente membros da nobreza pela riqueza dos roupões de seda e brocado. Estavam todos na forma semi-humana que Irene tinha visto uma ou duas vezes. Os dragões aqui mantinham constituição e estatura humanas, mas a pele mostrava escamas como uma cobra, da cor de pedras ou metais preciosos. As unhas compridas e bem-cuidadas quase pareciam garras. Os cortesãos todos usavam cabelos compridos, amarrados nas costas numa trança única. E tinham uma postura de absoluta autoridade que fazia o jeito parecer o jeito natural e *adequado* de se portar. Por comparação, a carne humana parecia apenas um estágio de larva: fraca, digna de pena e mal-acabada.

Irene percebeu que tudo ia acontecer diante de uma audiência, mesmo que fosse um grupo dos servos mais confiáveis da Rainha. As apostas tinham aumentado, e suas opções tinham diminuído ainda mais. Uma confissão particular já não era mais uma opção.

À primeira vista, o salão poderia parecer uma fantasia medieval – mas era atemporal. Os guardas com alabardas nas portas também tinham armas nos cintos que aparentavam ser eficientes, e Irene não tinha dúvida de que sabiam usá-las. E tudo e todos no salão, no castelo, pertenciam à Rainha. Irene sentia o poder dela permeando ao redor. Apesar de a luz do sol entrar pelas janelas altas, de algum jeito ainda havia uma sensação de estar bem fundo no subsolo. Ela conseguia se imaginar num tipo de catacumba de mina mergulhada em profundezas abissais. O peso da terra era uma pressão terrível sobre ela, deixando-a consciente de como era uma coisinha minúscula e efêmera, e a luz parecia muito distante.

Com esforço, levantou a cabeça e se concentrou na Rainha. Ya Yu era do tom de folhas de salgueiro na primavera e usava um roupão no mesmo verde-claro com bordas em ouro pálido. Estava sentada num trono – ou, pelo menos, uma poltrona bem dramática – que parecia ter sido esculpido de um único bloco de ônix. Aparentemente, não havia almofadas.

Irene decidiu mentalmente de que, se um dia se tornasse rainha, seu trono teria uma almofada. E uma estante de livros viria a calhar.

O grupo se aproximou do trono, conduzido por Mei Feng, e todos fizeram uma reverência. Qing Song, Jin Zhi e Hu, atrás deles, fizeram uma mesura completa, se apoiando em um joelho e levando o punho direito até o ombro esquerdo. Kai fez uma reverência profunda de respeito. Irene e Evariste fizeram o melhor que podiam.

Ya Yu fez um sinal para eles se levantarem: sua atenção se voltou primeiro para Qing Song e Jin Zhi.

— Eu não esperava ver nenhum dos dois sem o livro que solicitei. Era a prova de sua adequação ao cargo — disse ela. A voz era doce e baixa, mas encheu o salão e vibrou nos ossos de Irene do mesmo jeito que o rugido de Mei Feng tinha feito mais cedo. — Desejo uma explicação.

Mei Feng deu um passo à frente.

— Vossa Majestade, eu me aproximei do mundo-alvo com meus servos quando dois dragões foram observados numa batalha aberta. E nós interceptamos este grupo saindo de lá. Eles ainda não ofereceram uma resposta aceitável para suas ações ou motivações.

Ya Yu olhou para os seis.

— Talvez um de vocês queira falar — disse ela com suavidade.

Sob o olhar da Rainha, a garganta de Irene pareceu trancar de pavor, e ela teve vontade de tagarelar sobre tudo que sabia. Conseguiu desviar o olhar e encarou Hu pelo canto do olho. Ela achava que ele ia apresentar seu caso primeiro, depois ia esperar que Evariste confirmasse tudo. Porém, ele ficou em silêncio, em pé atrás de Qing Song numa passividade perfeita.

Foi aí que Irene percebeu que Hu não podia falar pelo seu lorde. Não era adequado aqui. A Rainha tinha solicitado respostas dos nobres inferiores da sua corte. Não era papel de um servo se apresentar e oferecer uma explicação.

Conforme o silêncio se estendia, ficou claro que ninguém estava disposto a falar primeiro, e a tensão estava aumentando. No entanto, o silêncio não os salvaria. Se a Rainha quisesse resolver os problemas declarando um *Cortem-lhes as cabeças* universal, tinha autoridade para isso.

Então, se Irene queria assumir o controle das explicações, teria de ser agora.

— Vossa Majestade — disse ela, dando um passo à frente. — Solicito permissão para falar.

Kai se contraiu muito levemente, uma das mãos parecendo que queria impedi-la. Ela o conhecia bem demais para interpretar seu rosto. Parecia que estava se preparando para uma catástrofe. Tudo que ela conseguia pensar era: *Confie em mim.*

— Faça isso, e identifique-se — ordenou Ya Yu.

— Meu nome é Irene; e eu sou serva da Biblioteca — disse Irene. — Assim como Evariste aqui, que pode ser considerado — *se alguém semicerrasse os olhos numa iluminação ruim,* pensou ela — sob minha autoridade. Originalmente, fui mandada para investigar sua atual localização e suas atividades.

Ya Yu fez um sinal com a cabeça.

— Continue.

— Quando cheguei à Nova York em questão, eu o localizei e ouvi sua história. Ele estava sofrendo o abuso de dragões.

— Em que sentido? — Ya Yu quis saber.

A desaprovação estava clara na voz dela, e os ecos estavam visíveis no rosto dos cortesãos. Porém, Irene não conseguiu identificar se era desaprovação a si ou ao acusado. Pelo canto do olho, ela via Qing Song a poucos passos de distância, à direita, com o rosto rígido como pedra, claramente pronto para negar tudo.

— Evariste voltou ao seu mundo de origem com a intenção de visitar seu antigo mentor — disse Irene. — Ao voltar, descobriu que o homem tinha morrido por causa de um ataque cardíaco e que sua filha tinha sido sequestrada por um membro da vossa corte. — Ela virou a cabeça para encarar Qing Song e Hu de um jeito acusatório, ignorando o olhar de traição que Evariste lhe lançava. Ele deu um passo à frente para interromper, mas Kai o puxou de volta. — Ele foi chantageado a obedecer por uma ameaça à filha e ordenado a encontrar um texto específico. Acabou fugindo dos envolvidos, mas ficou com medo demais pela filha para se arriscar a voltar para a Biblioteca. Enquanto eu estava tentando resolver isso, também fui atacada, e os nobres aqui, Qing Song e Jin Zhi, se envolveram numa batalha sobre a cidade. Nós os subjugamos e os tiramos daquele mundo para salvar vidas civis.

Ya Yu inclinou a cabeça como uma ave de rapina analisando as últimas tentativas desesperadas da presa de escapar, e a tensão no salão aumentou.

— Você está fazendo sérias acusações contra um dos meus servos — disse ela. — Confio que possa justificá-las. — Ela olhou para Qing Song.

— Isso é tudo altamente emotivo e poético — disse Qing Song secamente. — Vossa Majestade, essa mulher claramente aprendeu a negociar com os livros que roubou. Ela consegue criar uma mentira num piscar de olhos. Peço a ela que apresente provas da sua história.

— Você contratou ou não o homem Evariste? — perguntou Ya Yu.

Qing Song endireitou os ombros.

— Ele veio a mim e ofereceu seus serviços.

Uma explosão de sussurros se ergueu entre os cortesãos com essas palavras. Numa corte menos regulada, poderia ter sido uma baderna. Aqui houve sussurros e gestos violentos curtos, e mesmo assim Irene sentiu o choque e o tumulto por trás. Este era um lugar de lei e ordem – e Qing Song tinha acabado de admitir que infringiu as regras.

Os olhos da Rainha se arregalaram de raiva e, quando ela falou, todo mundo se calou.

— Ele fez o quê? E você aceitou?

— Vossa Majestade — disse Qing Song, com um toque de desespero na voz —, sei que as regras do seu desafio nos proibiam de buscar a ajuda deles, mas claro que não há nenhum mal em aceitar um presente quando é colocado na sua frente, não é? Só um general tolo ignora os benefícios do acaso.

— Hum. — A Rainha alisou as dobras do roupão. Irene não conseguiu interpretar sua expressão. Será que ela estava aprovando essa estratégia como original e eficaz? Ou estava apenas decidindo a seriedade da punição? — E o resto da história?

— A mulher entendeu tudo errado — disse Qing Song. Ele sorriu com frieza para Irene. — Evariste se aproximou de mim procurando emprego para ter dinheiro para sustentar a filha. Aparentemente, a Biblioteca deles não paga bem. Ele realizou metade da tarefa e tentou me chantagear para obter mais dinheiro, ameaçando revelar seu envolvimento para trazer a desgraça sobre mim. Talvez eu não devesse ter concordado com a oferta de primeira, mas ele foi muito persuasivo.

Era uma mentira perfeita. Não havia nenhum buraco óbvio – exceto a localização exata da filha de Evariste – e realmente estava virando uma questão de *ele-disse* contra *ela-disse*.

Ya Yu voltou sua atenção para Evariste.

— Parece que a chave desse caso recai sobre você — disse ela. — Fale.

A respiração de Evariste ficou presa na garganta, e ele oscilou em pé, fechando os olhos por um instante. Irene sabia exatamente como era difícil ficar de pé diante do peso do olhar de um rei ou rainha dragão. Queria estender a mão para apoiá-lo, mas teve medo de isso ser uma quebra de protocolo.

Em seguida pensou: *Dane-se o protocolo.* Foi mais difícil do que ela esperava levantar a mão sob o peso do olhar da Rainha, como se estivesse se obrigando a se mover através da pressão de múltiplas gravidades. Ela encostou no ombro de Evariste e sentiu o calor do seu corpo sob o terno surrado. Seu aperto tentava transmitir: *Confie em mim, não desista ainda.*

Evariste engoliu em seco e abriu os olhos de novo. O desespero estava estampado no rosto. Ele não podia desviar o olhar de Ya Yu.

— Vossa Majestade — disse ele, mal conseguindo ser ouvido —, não tenho nada a dizer.

Os murmúrios dos espectadores foram mais altos, desta vez. Irene percebeu as palavras *votar a questão* e *obrigado a responder.*

A Rainha teve de levantar a mão para pedir silêncio, e a ira crescente no seu olhar sugeria que não estava gos-

349

tando de tanta desordem – nem daqueles que tinham provocado isso.

— Então devemos falar com nossas outras testemunhas — disse ela, virando-se para Jin Zhi. — O que você tem a dizer sobre essas sérias alegações?

— Não sei nada dessas acusações — disse Jin Zhi com calma, mas um pulso saltou na sua garganta. Será que estava pesando os benefícios de apoiar Qing Song contra a possibilidade da sua própria morte, se perdesse o desafio? — Tive pouco sucesso na minha caçada ao livro, embora ainda não tenha explorado todas as possibilidades. Decidi visitar Qing Song durante a minha busca e admito que, durante uma discussão dos eventos atuais, nós dois ficamos irados. Estou com vergonha por termos precisado de uma intermediação para nos lembrar do comportamento adequado.

Isso faz com que todos nós estejamos mentindo até agora, ou pelo menos omitindo a verdade, julgou Irene. *Diversas acusações de alta traição. No entanto, Qing Song e Jin Zhi estão aliados. Ou, pelo menos, ela não está colocando um laço no pescoço dele ao declarar que sabia que ele contratara um Bibliotecário...*

O tom de incerteza que Irene sentira mais cedo finalmente cristalizou. *Quando elas se encontraram pela primeira vez, em York, Jin Zhi já sabia que Qing Song tinha contratado um Bibliotecário. Mas como ela sabia? Quem lhe contara? Essa era a maior vantagem de Qing Song, seu segredo mais importante. Se alguém descobrisse, ele e a família estariam desgraçados por quebrar as regras do desafio. Os espiões de Jin Zhi eram tão bons assim? E, se eram, por que ela não sabia também que Evariste havia fugido? E por que Jin Zhi estava escondendo o que sabia, em vez de tripudiar sobre o que tinha descoberto?*

— E você — disse Ya Yu, virando o olhar para Kai. — Filho mais novo do Rei Dragão do Oceano Leste. Confio que vai apresentar meus cumprimentos ao seu pai quando o vir novamente.

Kai fez uma nova reverência.

Terminadas as cortesias, o tom de Ya Yu ficou mais ríspido.

— Estou descontente por vê-lo envolvido nesse assunto. Chega quase ao limite da interferência no reino de outro monarca. Pode se explicar?

— Vossa Majestade, eu não apoiei nenhum lado nessa questão! — protestou Kai. — Não tenho motivos para ser repreendido.

— Esperamos que não — disse a Rainha. — Você tem idade suficiente para receber a punição de um adulto. Diga-me sua perspectiva sobre o assunto.

— Só posso comentar sobre os eventos que testemunhei — disse Kai com cuidado. — Não desejo apresentar minhas conjecturas e alegar que sejam verdadeiras.

— Não esperamos menos do filho de Ao Guang — concordou Ya Yu. — Continue.

— É verdade que a Bibliotecária Irene visitou este mundo porque estava preocupada com seu colega — disse Kai. Ele não demonstrava nenhum sinal visível de nervosismo afetando a calma da verdade inocente. — Eu estava presente quando ele nos disse que tinha sido chantageado com ameaças à filha e à reputação do seu mentor. É verdade que, na época, ele acusou Qing Song e seu servo Hu. Não me encontrei pessoalmente com Qing Song enquanto estava presente naquele mundo, só quando interferi no desafio entre ele e Jin Zhi.

— Então você também ouviu as mentiras do homem — disse Qing Song. — Isso não as torna verdadeiras.

Kai se virou para olhar para Qing Song.

— Também é verdade que *alguém* administrou uma droga que paralisa a garganta na Bibliotecária Irene. Eu gostaria de saber a verdade sobre isso.

Ya Yu bateu com o dedo em forma de garra no braço do trono.

— Nenhum desafio pode ser feito ou aceito durante esses procedimentos. Desejo a verdade, não sangue. Ainda não, de qualquer maneira... — Sua voz ecoou no ar e vibrou na pedra e no âmbar, enrijecendo pelo salão como um acorde musical opressivo. Por um instante, ninguém se mexeu.

Então, Qing Song deu de ombros. Havia um brilho desagradável nos seus olhos.

— Admito que administrei a droga à mulher, depois que ficou claro que ela havia escondido sua identidade e me insultado.

— Admito que não dei meu nome verdadeiro na primeira apresentação — disse Irene com frieza. — Não me lembro de insultá-lo. Eu recusei sua *oferta de emprego*.

— Você entendeu mal as minhas palavras naquele momento — disse Qing Song com firmeza. — Sem dúvida porque já tinha sido comprada e paga. — Ele se virou para Kai. — Diga-me: quanto você paga pela sua Bibliotecária? Eles claramente podem ser alugados. Consigo ver por que Vossa Majestade queria que evitássemos lidar com essas criaturas mesquinhas e *corruptas* durante esse desafio.

Irene engoliu um comentário furioso que justificasse o relacionamento dos dois. Ninguém ia acreditar, de qualquer maneira. Ela sentia os outros dragões olhando para ela e Evariste com atenção, analisando seu valor. Mais uma vez, se lembrou que eles estavam totalmente à mercê da esfera de poder de Ya Yu. A Rainha poderia decidir simplesmente apressar a coisa toda fazendo os três desaparecerem, até mesmo Kai. E nenhum deles tinha poder para impedi-la.

Kai demorou para responder, enquanto um bloco de gelo se formava nas entranhas de Irene.

— Parece haver um mal-entendido aqui. Vossa Majestade, permite que eu explique?

— Fale, e seja direto — disse Ya Yu. — Estou ficando impaciente.

Suas palavras provocaram um arrepio na espinha de Irene. Mas, acima de tudo, ela temia o que Kai ia dizer. Havia alguma coisa formal demais na voz e na atitude dele, no seu olhar para Irene, como se já estivesse se distanciando dela. Um abismo inesperado parecia estar se formando entre eles. *Não,* pensou ela, *não se sacrifique por minha causa...*

— Quando ouvi falar dessa Biblioteca misteriosa alguns anos atrás, fiquei fascinado — começou Kai. — Eu sabia que a Biblioteca era escrupulosamente neutra e que eu não seria admitido, por causa da minha natureza. Assim, me coloquei no caminho de um dos seus representantes e fingi não ser mais do que um simples humano. Fui desonesto. Admito isso e só posso alegar que eu era jovem e tolo. Quando fui designado para trabalhar com essa Bibliotecária, ela acreditou que eu era apenas um humano, e não falei nada para corrigir isso.

Irene sentia um nó de contradições furiosas se formando na garganta. Ela sabia que os Bibliotecários mais velhos tinham identificado o que Kai era desde o início, mesmo que ele não soubesse que eles sabiam. E ela mesma tinha percebido que Kai era um dragão nos primeiros dias de trabalho...

— Quando Irene soube da minha verdadeira natureza, obviamente ficou perturbada — continuou Kai.

E isso aconteceu vários meses atrás, pensou Irene. *Boa jogada.* No entanto, ela percebeu que o pior estava por vir. O trem da inevitabilidade estava vindo, e ela estava amarrada aos trilhos.

— Ela é uma Bibliotecária confiável e honrada, que sempre fez o melhor para servir aos interesses da Biblioteca. E, agora que não é mais possível eu negar minha verdadeira natureza ou alegar que sou humano, percebo que ela não pode mais me chamar de "aprendiz". Ela conhece seus deveres para com a Biblioteca e sua neutralidade. — Kai se virou para Irene. — Então, pelo bem da nossa amizade, antes que exijam que você renuncie a mim, vou tirar esse peso de você. Lamento, mas não posso mais servir como Bibliotecário aprendiz.

Ela tinha percebido que isso ia acontecer. E admirava o modo como ele tinha feito isso: de maneira graciosa, inteligente, assumindo a culpa e fazendo o melhor para deixar a reputação dela imaculada. Só que tudo que ela conseguia pensar quando ele terminou de falar era: *Não, não faça isso.*

Mas ele tinha feito.

E, agora, a única coisa que podia fazer pelos *dois* era aceitar isso, como ele havia feito.

Irene olhou para o rosto de Kai e viu os ecos de vermelho-dragão em seus olhos, apesar de ele estar na sua forma humana.

— Aceito sua demissão — disse ela —, e vou informar aos meus superiores sobre sua verdadeira natureza e o motivo pelo qual decidiu deixar a Biblioteca.

Tinha de haver algo mais que pudesse dizer. Algo que não estragasse a cuidadosa separação entre ele e a Biblioteca. Algo que comunicasse a Kai que ela era grata, que confiava nele de um jeito que nunca tinha confiado em ninguém. E que *não queria perdê-lo.*

Porém aqui, numa ponta da criação, no meio de uma corte de dragões, não havia nada que pudesse dizer para mantê-lo ao seu lado.

Sua garganta doía com as lágrimas reprimidas, com a amargura e a fúria e a perda, e seus dedos traçaram as cicatrizes nas palmas.

— Aprecio sua honestidade — disse ela para Kai.

Algo que ele entenderia e mais ninguém aqui, porque ela sabia quanta verdade não tinha sido dita nessa declaração. Ela só esperava que ele soubesse de todas as coisas que talvez nunca tivesse chance de dizer. Que gostava dele. E o quanto sentiria sua falta.

Ya Yu juntou as mãos impetuosamente.

— Muito bem! Filho de Ao Guang, espero que você peça desculpas ao seu pai pela sua falta de honestidade. Mas isso é um bom argumento a favor da Biblioteca e seus padrões. Estou inclinada a acreditar que, como instituição, ela mantém a neutralidade que sempre alegou ter.

O que significa, Irene traduziu com amargura, *que essa é uma desculpa política aceitável e que ninguém aqui terá permissão para discuti-la. E ela só está falando sobre a Biblioteca como um todo. Não sobre indivíduos. Não sobre Evariste e eu.*

Irene achava que tinha sentido raiva antes. Agora ela estava *furiosa*. Tinha perdido uma coisa – uma pessoa – da qual gostava muito, de verdade. Esperava que Qing Song, Jin Zhi e Hu estivessem preparados para pagar, porque a conta ia ser extremamente alta.

A Rainha se virou para Irene.

— E, quanto a você, Irene, serva da Biblioteca. O jovem Kai deve ser um bom ator, para você ter sido perfeitamente enganada. Talvez você tenha sido iludida em outros assuntos, quem sabe? — Seu olhar foi até Evariste. — Se você deixar seu júnior sob nossa autoridade, faremos com que ele seja interrogado e estabeleceremos a verdade.

Mais uma vez, houve aquele rugido de poder pelo salão. Pelo canto do olho, Irene viu os guardas perto da entrada se enrijecerem e ficarem totalmente atentos. Ela sentia a resposta exigida subindo até os lábios sob o foco da atenção da

Rainha, numa mistura de medo e obediência. Deveria estar disposta a entregar Evariste. Deveria ficar feliz por escapar em segurança e com a reputação da Biblioteca intacta. Deveria ter cumprido sua missão.

Não, pensou ela. *Eu lutaria até os portões do inferno para salvar um livro. E vou fazer o mesmo por outro Bibliotecário.*

— Vossa Majestade. — Sua boca estava tão seca que as palavras saíram com dificuldade. — É possível que eu tenha sido enganada pelas ações e motivações de Evariste.

De um dos lados, ela viu os ombros de Hu perderem uma fração da tensão. Mas, se ele achava que ela ia deixar Evariste ser atingido por isso, ele ficaria surpreso.

A Rainha fez um sinal de positivo com a cabeça, esperando Irene continuar.

Irene inspirou fundo.

— Meus superiores vão exigir respostas quando eu voltar para a Biblioteca. Posso fazer algumas perguntas para os outros presentes, para estabelecer o curso total dos eventos?

CAPÍTULO VINTE E NOVE

A Rainha pensou no pedido de Irene, num instante que pareceu tão longo quanto placas tectônicas se movendo. Por fim, ela disse:

— Parece razoável. Confio que não vai gastar muito o nosso tempo nisso.

Irene precisava provocar uma confissão de culpa, *rápido*. A verdade poderia não salvá-los, mas era a única coisa que ainda tinha. As mentiras tinham se esgotado.

A alavanca nas suas mãos era a pergunta sobre quem tinha contado a Jin Zhi que Qing Song havia contratado um Bibliotecário. E por quê.

Irene se virou para Qing Song.

— Acredito que tenha dito que Evariste se aproximou de você buscando emprego.

— Você repetiu minhas palavras com precisão — respondeu Qing Song secamente.

— E ele fez isso exatamente no momento em que você precisava dos serviços de um Bibliotecário? — Irene tentou dar a impressão de que a pergunta poderia incriminar Evariste ainda mais.

Infelizmente, Qing Song teve cuidado suficiente para identificar a possível armadilha.

— Aparentemente, a notícia do desafio tinha se espalhado. Ele fez contato com meu servo Hu. Hu, você tem minha permissão para responder — concluiu, com mais do que um pouco de alívio.

Passou a batata quente muito bem, pensou Irene. Ela olhou para Hu.

— Você se importa de me dar mais detalhes? Se Evariste tem o hábito de vender seus serviços para pessoas de fora, isso só aumenta a culpa dele.

Os dedos de Hu se agitaram como se seus nervos fossem se acalmar se estivesse segurando um cigarro.

— Para ser exato, madame, foi um Bibliotecário mais velho que tinha falado comigo no passado. Quando ele morreu, Evariste obteve nosso contato. Acredito que você diria, no ditado local, que ele sabia para onde ligar.

— Você parece estar sugerindo que a Biblioteca está cheia de pessoas que venderiam seus serviços para qualquer um — disse Irene com frieza.

Hu deu de ombros.

— Tenho certeza que essas pessoas não representam a Biblioteca como um todo.

— Então, *quando* foi que Evariste entrou em contato com você? Em termos cronológicos.

— Pouco depois que Vossa Majestade... — Hu fez uma pausa para fazer uma reverência para o trono. — Fez o pedido de determinado livro.

Ya Yu inclinou a cabeça em reconhecimento.

— Parece claro o suficiente — disse ela. — Não vejo necessidade de continuar com o interrogatório.

Irene olhou para Evariste, mas ele estava com a boca tão fechada que poderia estar mordendo os lábios. Ele encarou o chão, recusando-se a encontrar o seu olhar.

Ela não olhou para Kai. Não podia.

— Essa série de eventos envolveu inúmeras reuniões mal sincronizadas — disse Irene depressa para Qing Song, antes que a Rainha pudesse, em vez de dar uma dica, ordená-la a parar. — A chegada de Jin Zhi à sua suíte no hotel, por exemplo. Ouvi dizer que os dragões podem voar para um mundo alternativo e aparecer no céu sobre alguém que conhecem, mas não percebi que chegava ao ponto de saber em qual quarto de hotel essa pessoa estava.

O olhar que Qing Song lhe deu era afiado o suficiente para esfolá-la.

— Você teria de perguntar a Jin Zhi sobre a hora que ela chegou.

— E a mecânica disso? — indagou Irene vagamente.

A cor vermelha nos olhos de Qing Song se intensificou. Ele se virou para Ya Yu.

— Vou ser submetido a esse interrogatório no salão da minha própria Rainha, Vossa Majestade?

— Sim — respondeu Ya Yu. Ela poderia ter sido esculpida de esmeraldas ou berilos, uma peça de arte em pedra como seu trono. — Vai, sim. — Seu rosto não demonstrava absolutamente nada, mas Irene de repente sentiu que sua linha de questionamento tinha atraído o interesse da Rainha. Ganhara alguns minutos antes que a paciência de Ya Yu se esgotasse.

A boca de Qing Song enrijeceu.

— Então sugiro que você pergunte a Jin Zhi — disse ele a Irene —, já que foi ela que foi me visitar, e não o contrário.

— Como quiser — disse Irene com educação. Ela se virou para Jin Zhi. — Madame, pode explicar sua chegada à suíte de Qing Song no hotel?

Jin Zhi tinha perdido o casaco caro, mas seu vestido era parecido com os roupões dos dragões ao redor. Com sua pose, quase conseguia parecer um membro da corte presente, e não uma testemunha em julgamento.

— Pensei em visitar meu concorrente como um gesto educado, como disse mais cedo.

— E posso perguntar como o localizou? — insistiu Irene.

Jin Zhi parecia que ia se recusar a responder por um instante, mas seu olhar encontrou o de Ya Yu e ela cedeu.

— Tenho um símbolo pessoal de Qing Song — disse ela, tocando numa corrente no pescoço que desaparecia sob o corpete do vestido. — Nós trocamos símbolos algum tempo atrás.

Isso provocou uma reação. Uma onda de sussurros percorreu o salão. Até Mei Feng deu um passo à frente para murmurar alguma coisa para a Rainha. Qing Song e Jin Zhi evitavam se entreolhar.

— Eu não sabia que vocês eram tão próximos — disse Ya Yu.

— Não somos mais, Vossa Majestade — respondeu Jin Zhi. Ela olhou para Qing Song com puro desdém. Ele retribuiu com um olhar de fúria gelada.

Ótimo. Estou conseguindo alguma coisa. Continue, pressione um pouco mais...

— A abordagem de Evariste era de conhecimento geral? — perguntou ela a Hu, tentando manter a pergunta o mais casual possível. — Ou ele se restringiu a você e seu mestre?

— Se ele fez contato com outros como eu, não sei dizer — desviou Hu. — Ele certamente não mencionou para mim nem para o meu lorde.

Irene destinou a pergunta seguinte para Qing Song.

— Quando Evariste chantageou você, que ameaças ele fez?

Qing Song deu de ombros.

— Ele ameaçou dizer que eu o tinha forçado a procurar o livro. Ele sabia que podia desgraçar a mim e a minha família. — Ele tinha clara consciência de que estava repetindo as ameaças da própria Irene a ele, e havia uma satisfação maliciosa no tom.

— Quer dizer que ninguém sabia que Evariste estava trabalhando para você?

— Claro que não — disse ele. — Não confiei a identidade dele nem aos meus servos humanos. Só Hu e eu sabíamos quem e o quê ele era.

Irene viu os olhos de Hu se arregalarem com isso. *Sim, ele cometeu um erro, mas você não tem ideia do tamanho*, pensou ela. Mas fez um sinal com a cabeça, como se estivesse profundamente impressionada.

Depois, virou-se para Jin Zhi.

— Madame — disse ela. — Você admite que falou comigo mais cedo, antes de nos encontrarmos na companhia de Qing Song?

Ela percebeu os pensamentos passando pelo rosto de Jin Zhi enquanto considerava as opções. A dragoa deu de ombros.

— Falei com você, certamente — disse ela. — Não mais do que isso. Ou você pretende alegar outra coisa?

— Concordo que você não tentou me contratar — afirmou Irene. *Mas você não teria recusado se eu tivesse me oferecido para trabalhar para você, não é?* — Isso foi... deixe-me ver... duas noites atrás? — O momento foi esse? Mal parecia possível terem se passado apenas duas noites. Porém, com a aproximação do prazo da Rainha, o tempo estava se esgotando para todo mundo.

Jin Zhi olhou para Irene com a mesma preocupação que Qing Song mais cedo, tentando descobrir onde estava o perigo da pergunta.

— Sim — admitiu ela.

— E você disse, se me lembro bem, que sabia que seu concorrente também tinha contratado um Bibliotecário.

Então você estava apenas equilibrando as coisas ao me fazer uma oferta.

— Entendo que ele tinha *se rebaixado* para quebrar as regras e fazer isso, sim — disse Jin Zhi. Ela olhou na direção de Qing Song.

Irene assentiu. Estava perto do ponto crucial.

— Deve ter parecido uma traição quando você soube que Qing Song tinha contratado um Bibliotecário — disse ela, mantendo o fluxo natural da conversa seguindo suavemente. — Não me admira você ter contestado.

— Fui muito mais honrada do que ele! — vociferou ela. — Não tentei contratar alguém. Eu simplesmente queria acabar com a vantagem dele.

— Entendo — disse Irene, fazendo que sim com a cabeça. — Obrigada. Isso esclarece o assunto. E posso perguntar quem lhe disse que Qing Song tinha contratado um Bibliotecário?

Era a pergunta mais importante. Chegara até ela com muito cuidado, tentando manter Jin Zhi no padrão de pergunta-e-resposta e *quase* funcionou. Jin Zhi abriu os lábios para responder. Porém, a percepção brilhou no fundo dos seus olhos, e ela fechou a boca com um clique. Depois de uma pausa muito óbvia, disse:

— Meus espiões.

O rosto de Hu estava totalmente inexpressivo. Suas sardas se destacavam como cobre espalhado nas bochechas. *Deve ser difícil,* pensou Irene secamente, *ter de ficar em silêncio agora quando você gostaria tanto de falar.*

— Quer dizer que você estava me espionando — desdenhou Qing Song. — Eu não esperaria menos de você.

— Lindas palavras de um lorde que quebra seu juramento no instante em que ele se torna inconveniente — vociferou Jin Zhi. — Tenho certeza que você teria vigiado os meus movimentos, se fosse capaz disso.

— Você está sendo agressiva demais, madame — interrompeu Irene. Quando ambos se viraram para encará-la, ela continuou: — Afinal, nenhum de vocês faria esse tipo de coisa pessoalmente. Vocês deixariam isso para os seus servos.

E agora a atenção da Rainha estava concentrada em Irene como o peso de uma montanha. Qing Song e Jin Zhi estavam atentos demais a Irene – e um ao outro – para prestar atenção, mas os outros dragões nobres ao redor do salão tinham percebido a implicação. Nenhum deles fez mais do que sussurrar para interromper o silêncio da Rainha, mas trocaram olhares rápidos entre si, distantes do drama emocional na frente deles.

Qing Song fez um sinal rápido com a cabeça.

— Pelo menos você entende essa parte.

— Infelizmente, sim — concordou Irene. — E isso também explica por que Jin Zhi foi me ver sozinha e sem escolha, depois fez a mesma coisa com você. Ela tinha um exemplo anterior de lealdades traídas para alertá-la.

— O que você quer dizer? — Qing Song exigiu saber.

Irene se virou para Jin Zhi.

— Foi Hu que lhe falou, não foi?

O silêncio que encheu o salão era como gelo líquido.

Qing Song foi o primeiro a quebrá-lo.

— Você me ofendeu insultando meu servo juramentado — disse ele. Cada palavra era entremeada com uma ameaça. — Embora eu não vá tocar em você neste lugar e neste momento, isso não vai passar sem punição.

— Defendê-lo é a melhor qualidade que vi em você até agora — disse Irene com sarcasmo. — Respeito isso. Porém, você está colocando sua confiança na pessoa errada. Jin Zhi ainda não me respondeu.

— Não tenho nada a dizer... — começou Jin Zhi.

Ya Yu levantou a mão de novo.

— Você vai falar — disse ela. Desta vez, sua voz era como os tremores que anunciavam um terremoto. — E com a verdade.

Jin Zhi levantou o queixo como uma aristocrata indo para a guilhotina. Havia pânico em seus olhos, e ela teve de obrigar as palavras a saírem.

— Já falei. Meus próprios espiões...

— Seus espiões não podem ser tão bons — interrompeu Irene. — Qing Song acabou de nos dizer que só ele e Hu sabiam quem Evariste era e o que ele estava fazendo.

— Qual seria a motivação dele para me trair? — disse Qing Song com um rosnado. Porém, sua defesa de Hu era emocional e não baseada em fatos, e Irene percebeu que ele estava começando a notar.

Irene deu um passo em direção a ele.

— Há uma motivação, mas você não a teria percebido. Não é o tipo de motivação que um nobre de alto escalão *teria* percebido. É a motivação de alguém que ganhou tudo sendo seu servo fiel, seu braço direito, e que perde o próprio status se você perder o seu. É a motivação de alguém considerado fraco pelos padrões dos dragões e que tem de obter poder onde conseguir. Suas famílias não são as únicas em risco se vocês perderem esse desafio. Seus servos também estão. Se você cair, Hu cai com você. Foi Hu que sugeriu que você contratasse um Bibliotecário, não foi? — Ela percebeu a sombra momentânea de culpa passando pela expressão de Qing Song. — Eu sei que você vai dizer que a ideia foi sua. É direito de um nobre assumir o crédito pelos bons conselhos de seus servos, no fim das contas. E deve ter parecido um bom conselho, depois que você começou a ficar desesperado. Só que significava quebrar as regras do desafio. Ele o convenceu de que isso não contava se você deixasse *ele* organizar tudo? E se você não fosse pego?

Ela se virou para Jin Zhi.

— E você, madame. Tenho certeza que Hu lhe disse inúmeras coisas. Ele poderia dizer o que quisesse, desde que assegurasse que você e Qing Song nunca discutissem o assunto. *— Porque um de vocês seria exilado ou morto.* — Se você encontrasse o livro por causa das suas informações, teria ficado com ele? Como servo fiel que merece um mestre melhor?

— Você acha que pode evitar a culpa colocando-a em mim? — disse Hu, enfim falando. Ele deu alguns passos em direção a Irene, e ela mudou de posição para encará-lo de frente. — Você está inventando fantasias do nada. Você conta histórias com a mesma facilidade que as rouba.

— Quando Evariste tentou fugir, você viu a chave do sucesso de Qing Song escapando — disse Irene. — Depois de todo o trabalho árduo para levá-lo até lá. Mas Evariste tinha conseguido. Tinha provado que um Bibliotecário podia encontrar o livro. E Qing Song mandou você para Boston para destruir a biblioteca da cidade. Você aproveitou a situação: o fato de que estava afastado do seu mestre por alguns dias. Você foi até lady Jin Zhi e sugeriu que ela fizesse alguma coisa: contratasse uma Bibliotecária para si ou expusesse Qing Song e ganhasse o desafio por sanção. Você estava contando com gratidão se ela ganhasse o concurso. E, se isso acontecesse, Qing Song estaria morto ou sem poder, e você poderia deixá-lo e servir a ela. Jin Zhi teria uma dívida de gratidão com você. De qualquer maneira, você ganharia.

— Eu estava em Boston — contrapôs Hu. — E mal conhecia lady Jin Zhi...

— Você a conhece muito bem. Quando ela entrou na suíte do hotel de Qing Song, você preparou um drinque para ela sem precisar perguntar o que queria ou como — disse Irene. — E você não esteve em Boston o tempo todo. Quando cheguei, os gângsteres, seus servos contratados locais, disseram que você estava fora da cidade. Você tinha acabado de voltar da visita a Jin Zhi.

A Rainha tinha formado um punho com a mão encolhida. O salão estava tenso com a imobilidade e a pressão que vinham antes de um terremoto. Sem dúvida ela estava com raiva, mas quem era o verdadeiro alvo da sua ira? Hu, pela traição? Jin Zhi ou Qing Song, por terem se deixado enganar? Ou Irene, por expor tudo diante da corte?

O rosto de Kai continha a fé de alguém que nunca duvidara. Evariste a olhava com uma esperança incrédula e o choque de um homem resgatado à beira do abismo.

— Isso tudo é mentira — disse Hu de novo. A prática de anos lhe servia bem, mantendo a máscara de controle no rosto, mas seus olhos cintilavam como azinhavre. — Você está desesperada. Quer salvar a si mesma e ao seu amigo, mas está simplesmente se fazendo passar por tola. Não está vendo?

— O que eu vejo — respondeu Irene — é que é muito difícil sustentar uma mentira quando você conta histórias diferentes para pessoas diferentes. E agora você foi pego diante de todas elas juntas. Acredite em mim, já passei por isso. Já fiz isso. — Sua boca se curvou enquanto pensava nos momentos na suíte do hotel de Qing Song mais cedo, naquela mesma noite. — E o que estou dizendo é que, se Qing Song e Jin Zhi responderem às minhas perguntas com a verdade, se eles obedecerem às ordens da Rainha, ficarei muito interessada em ver qual versão dos eventos vai surgir.

Ela fez uma pausa por um instante.

— Além do mais, suspeito que há duas testemunhas que possamos chamar.

— Quem? — Ya Yu quis saber.

Irene se virou para encarar a Rainha.

— Vossa Majestade, acho improvável que Hu tenha visitado Jin Zhi sem que uma única pessoa da equipe dela o tenha visto. Seus servos, seus guarda-costas, seus serviçais... eles devem tê-lo visto. Entendo que Jin Zhi não queira trair alguém que alegou estar agindo de acordo com os seus interesses, mas acredito que, neste caso, ela e Qing Song foram traídos. E a testemunha do outro comportamento repreensível de Hu? A filha de Evariste. Se acreditar em mim, Vossa Majestade, imploro que a encontre e a traga aqui. Ela tem idade suficiente para responder às perguntas. Tem idade suficiente para contar o que aconteceu com ela.

E a compostura de Hu desmoronou. Por um instante, seu rosto ficou desfigurado por um breve flash de fúria e total desespero. Ele se controlou num instante, mas durou tempo suficiente e foi visível o bastante. Todo mundo tinha reparado.

Um sussurro de movimentos percorreu o salão. O peso parecia ter saído dos ombros de Irene para ser substituído por uma esperança vasta e improvável de sucesso. *Eu consegui? Isso é suficiente? Acho que consegui...*

— Parem. — Foi Qing Song que falou. — Vossa Majestade. Solicito permissão para fazer meus pedidos de desculpas.

O tempo emocional do salão todo mudou. A tensão se rompeu. Era como se um vento frio tivesse passado por ali, resfriando o crescente aumento da raiva do terremoto e provocando um tipo de liberação. Os cortesãos também tinham captado a ressonância emocional: houve olhares de esguelha e sinais de consentimento com a cabeça. Não importava o que Qing Song queria dizer com "pedidos de desculpas", as coisas agora estavam se encaixando no que os nobres consideravam ser o padrão adequado.

Ya Yu suspirou. Ela abriu a mão de novo e a estendeu para Qing Song.

— Pode prosseguir. Eu lhe dou permissão como nobre da família Floresta do Inverno e como membro da minha corte.

Qing Song baixou a cabeça. Ele se virou para Jin Zhi.

— A você, madame, eu... — Ele deixou a voz morrer, como se certas coisas estivessem fora do seu vocabulário. Por fim, disse: — É verdade que quebrei nosso juramento e, sob o conselho do meu servo, rompi as regras do desafio e contratei um Bibliotecário. Peço desculpas por isso e por todos os outros assuntos não resolvidos entre nós.

Os olhos de Jin Zhi brilharam como pedras preciosas. Os padrões das escamas de dragão se mostraram nos braços e no rosto dela.

— Não me arrependo de nada.

— Vou levar isso comigo — disse Qing Song.

Ele olhou para Evariste.

— Sua filha está sendo mantida na minha casa em Zagreb: os servos da Rainha podem levá-lo até lá. Meus servos vão entregá-la por meio de um pedido oficial. Eu... entendo que minha ameaça pode ter sido... — Ele procurou as palavras de novo. — Indelicada.

— Isso é um pedido de desculpas? — resmungou Evariste. Irene percebeu as grosserias veladas, a raiva pura por trás do rosnado mal controlado na voz. Mas seu alívio total quase abafou isso.

— Sim — respondeu lentamente Qing Song, como se não quisesse acreditar que estava se rebaixando para pedir desculpas a um Bibliotecário. A um humano. — Acredito que sim.

Ele se virou para Hu.

— Você — disse ele. — Como você era meu servo, aceito responsabilidade total pelas suas ações e por qualquer conselho que você me deu e aceitei. Mas agora o dispenso do serviço. — O desdém na voz era tanto por si mesmo quanto por Hu. Seu corpo estava tenso de raiva, autorrepulsa e desespero.

Hu estava sozinho. Ficou branco como giz. Ninguém mais estava sequer olhando para ele ou reconhecendo sua existência. Ele agora era, Irene percebeu, efetivamente uma não pessoa entre os dragões: sem posto, sem poder e flagrado quebrando o que deveria ser sua maior lealdade. Tinha apostado alto e perdido. Suas ambições mesquinhas quase tinham dado início a um conflito que poderia ter arrastado a Biblioteca e envolvido as duas pontas da realidade. A vida dele agora dependia da piedade da Rainha, e Irene achava que ela não estava se sentindo piedosa.

Qing Song desviou o olhar de Hu e olhou para Irene.

— Não peço desculpas a inimigos — disse ele —, e você foi minha inimiga, Bibliotecária. No entanto, dedico-lhe o meu respeito.

Irene baixou a cabeça em resposta. Dava para adivinhar o que aconteceria em seguida, assim como conseguiria em qualquer tragédia teatral, e não ajudava. Não havia nada que pudesse fazer para impedir o padrão de eventos que havia desencadeado. Sabia que tinha feito a coisa certa pela Biblioteca, por Evariste e por si mesma, mas ao mesmo tempo se arrependia do que poderia vir a seguir.

Finalmente, Qing Song se virou para Ya Yu. Ele deu um passo à frente e se ajoelhou em um joelho diante do trono, do mesmo jeito que fizera mais cedo.

— Vossa Majestade — disse ele. — Peço desculpas a você e à minha família pelo meu fracasso.

— Desculpas aceitas — respondeu Ya Yu. Ela fez um gesto, e um dos guardas se afastou da porta. Ele pegou uma faca na bainha lateral e a ofereceu a Qing Song.

A inspiração de Evariste quebrou o silêncio. Ele não tinha imaginado até que ponto o pedido de desculpas iria, percebeu Irene. Ela agarrou o pulso dele e encontrou seus olhos, tentando dizer: *Não tem nada que possamos fazer agora. E o fato de Qing Song admitir a culpa salvou você – e a Biblioteca.*

Essa história era de outra pessoa. A Biblioteca nunca deveria ter sido envolvida, na verdade.

Qing Song pegou a faca. No silêncio mortal, ele a colocou no peito e empurrou.

O único som foi o de seu corpo caindo no chão.

Ele ficou deitado ali, parecendo tão humano quanto Irene ou Evariste ou Lucky George ou o capitão Venner ou qualquer uma das pessoas que Irene tinha conhecido nos últimos dias. A morte não teve o menor respeito por ele: não endireitou seus membros nem restaurou sua forma de dragão nem interrompeu o sangue que lentamente se acumulava no chão. Os nobres reunidos estavam imóveis, dando a ele um tipo de reconhecimento final.

— Jin Zhi — disse a Rainha. — Aproxime-se.

Jin Zhi se ajoelhou ao lado do cadáver de Qing Song. A bainha do seu vestido arrastou na poça de sangue.

— Vossa Majestade — disse ela.

— Você vai receber o cargo do Ministro Zhao. — O olhar de Ya Yu foi até o corpo de Qing Song. — Como seu concorrente admitiu a derrota e você cumpriu as regras do desafio, a vitória é sua. Vou receber seu juramento amanhã diante de toda corte. — Seus olhos endureceram. — É meu desejo que não haja nenhuma vingança sobre esse assunto. Você vai aceitar nossos visitantes e se afastar deles como aliados. Está entendido?

Jin Zhi engoliu em seco, e Irene viu sua garganta se mexendo.

— Vossa Majestade. Eu menti mais cedo na corte diante de você. Também devo pedir desculpas?

Ya Yu suspirou de novo.

— Já perdi um servo hoje, criança. Seu trabalho e sua vida serão seu pedido de desculpas para mim. Levante-se. Mei Feng, aproxime-se: precisamos discutir a posição da nova ministra. E que o corpo de Qing Song seja removido e devolvido à sua família para o enterro.

Mei Feng também se aproximou do trono. Os cortesãos começaram a murmurar uns com os outros, mas Irene não conseguiu ouvir. Aparentemente, o julgamento tinha acabado.

Irene se perguntou o que deveria fazer a seguir. Provavelmente, a melhor linha de ação seria esperar uma chance de falar com a Rainha, pedir que seus servos buscassem a filha de Evariste. Ela soltou o braço dele. E... Kai tinha se afastado dela e estava começando a se envolver numa conversa educada com um nobre próximo. Ela piscou, tentando convencer a si mesma que não queria chorar.

Em seguida, percebeu que Hu estava em pé ao lado dela.

— Por quê? — perguntou Hu. Havia algo muito distante na sua voz, como se olhasse para Irene pelo outro lado de um túnel comprido, considerando-a com o distanciamento de um homem acima de todos os desejos e arrependimentos.

— Por que o quê? — contrapôs Irene. Todas as outras pessoas agora estavam ignorando deliberadamente os dois, assim como tinham ignorado Hu mais cedo.

— Por que você se envolveu nisso?

— Porque *você* colocou a Biblioteca nisso, para começar — disse Irene. Ela percebeu que a raiva não a abandonara. Ela a afastou: não ia perder o controle, não agora, não na frente da Rainha e dos seus nobres. Mas ela *ia* respondê-lo. Queria que Hu e todos os presentes entendessem isso. Mesmo que estivessem fingindo não escutar, ela sabia que escutariam. — Você e seu mestre tentaram nos envolver nos seus problemas políticos. Você ameaçou a neutralidade que a Biblioteca sempre lutou para preservar. Você subornou e chantageou um homem inocente. Você explodiu a biblioteca em Boston e destruiu seu conteúdo. Você deixou seu mestre e Jin Zhi arruinarem uma cidade humana. E depois você tentou culpar o meu colega Bibliotecário e deixá-lo para assumir a culpa. — Ela encontrou os olhos dele. — Não somos apenas "ladrões de livros". E não somos seus serviçais nem seus brinquedos.

Hu assentiu. Nesse momento, sua mão deslizou para dentro do paletó e, quando saiu, estava segurando uma arma pequena – um metal escuro horrível no belo salão do trono. Estava apontando diretamente para Irene.

Agora ela sabia o que significava a expressão no rosto dele. Era a decisão de um homem – um dragão – que sabia que o jogo estava perdido e tinha decidido levar sua oponente consigo.

Ya Yu gritou, e o poder da Rainha encheu o salão com uma avalanche sufocante, pesando sobre todos. Isso obstruiu as vozes e fez os músculos enrijecerem. Atingia dragões do mesmo jeito que atingia humanos e Bibliotecários, e a terra em si. Entretanto, não foi rápido o suficiente para impedir que o dedo de Hu apertasse o gatilho.

Alguma coisa atingiu Irene por trás no mesmo instante em que o tiro a atingiu pela frente.

Ela sentiu gosto de sangue na boca.

E a escuridão.

CAPÍTULO TRINTA

Um único ponto de ardência surgiu na parte superior do braço de Irene, e de repente ela estava consciente.

Irene sempre achou que despertar era melhor algumas vezes do que outras. Por exemplo, acordar na cama numa manhã sem nada urgente para fazer, com uma pilha de livros ao lado e uma caneca de café ao alcance do braço poderia ser descrito como bom. Acordar nos túneis desertos do Metrô de Londres ao som de uivos distantes de lobisomens era ruim. Acordar e estar pendurada em correntes numa Câmara da Inquisição particular era muito ruim. (E um inferno para os ombros.)

Ela não fazia ideia do que havia ao redor quando acordou desta vez, mas cheirava a antisséptico e flores de ameixa. Estava usando um tipo de roupão simples, pela sensação. Seu peito doía como se alguém a tivesse chutado.

Irene reuniu coragem e abriu os olhos.

— Ela acordou, Vossa Majestade — relatou o homem inclinado sobre ela. Era humano, e não dragão, e usava uma versão mais simples dos roupões que os cortesãos vestiam mais cedo. Ele tirou uma agulha hipodérmica do seu braço. — Mais alguma coisa?

— Não — disse Ya Yu de uma posição fora da linha de visão de Irene. — Pode nos deixar.

O homem fez uma reverência fora de vista, e a porta se fechou com um clique depois que ele saiu.

Irene tentou sentar, olhando ao redor. Era um quarto agradável, em tons de branco e verde, com o mínimo de móveis, exceto pela cama e a mesa ao lado. A luz da tarde que entrava pela janela descia até o chão, destacando a silhueta de Ya Yu, que estava de pé olhando para a vista lá embaixo.

— Eu me ofereceria para ajudá-la a sentar — disse a Rainha sem se virar para trás —, mas não quero envergonhá-la. Você consegue respirar?

Irene inspirou, expirou e levou a mão ao peito. Aproveitando que Ya Yu estava de costas, ela abriu a camisola do hospital e olhou para o próprio peito. Havia uma pequena cicatriz vermelha recente, alguns centímetros à direita do coração, mas só isso.

— Sim, Vossa Majestade — informou ela.

— Ótimo. Felizmente, Hu errou o tiro. Se seu colega Bibliotecário não tivesse te empurrado para o lado, acredito que o tiro teria atingido o coração, e até a melhor medicina tem seus limites. Desse jeito, você precisou de reparos no pulmão e nas costelas.

Irene encostou na cicatriz. Estava macia, e não dolorida. *Tão perto...*

— Sou como Ao Shun. — Ya Yu se virou. — Não vejo motivos para não usar os avanços científicos. Especialmente quando se trata de evitar um incidente diplomático. Como a representante de um poder neutro levando um tiro no meio da minha corte.

— Ah — disse Irene de um jeito vago, tentando desesperadamente pensar no que perguntar primeiro. — Mas, Vossa Majestade, onde está todo mundo? O que *aconteceu*?

Ya Yu contou os detalhes nos dedos.

— Jin Zhi foi investida no novo cargo. Seu colega Evariste recebeu a custódia da filha e voltou com ela para a Biblioteca para relatar a situação. — Ela observou Irene, analisando-a. — O filho de Ao Guang, Kai, voltou para os próprios assuntos.

Irene tentou assentir como se estivesse absorvendo a informação. Mas se sentiu estranhamente vazia. Durante meses foi se acostumando a Kai, dependendo dele, se preocupando com ele, cuidando dele. Podia não ser amor, dependendo da definição de amor... mas não queria perdê-lo. E agora ele tinha ido embora.

— Estou feliz de ver que você está lúcida e capaz de uma atitude sensata — disse Ya Yu. Era como a ponta de uma faca passando muito delicadamente sobre a pele: não o suficiente para cortar, mas suficiente para lembrar ao indivíduo como ela era perigosa. — Vamos fingir que tudo que Kai disse era verdade. Ele deve ter absorvido da mãe. Eu respeito Ao Guang e gerei filhos para ele, mas é um governante estável, e não criativo.

Irene engoliu em seco. A cicatriz escolheu esse momento para doer.

— A Biblioteca aprecia a estabilidade entre extremos, Vossa Majestade. É o melhor ambiente para os seres humanos prosperarem.

Ya Yu fez um sinal com a cabeça.

— Ótimo. Bem, você tem alguma pergunta que gostaria de me fazer?

Irene se ajeitou para sentar na lateral da cama. Isso a fez se sentir um pouco menos vulnerável.

— Tenho, Vossa Majestade, mas não sei o que é político perguntar e o que eu deveria fingir que nunca soube.

Ya Yu levou a mão à boca, escondendo o sorriso atrás da manga larga. Sua presença agora estava suavizada, sem pesar sobre Irene como tinha feito no salão do trono.

— Esta é uma audiência particular, criança. É o encontro em que *decidimos* o que você deve esquecer e nunca mais mencionar. Isso seria difícil se não pudesse falar agora.

Tudo estava apontando para um resultado relativamente otimista, Irene tentou se convencer. *Exceto por Kai...*

— A Biblioteca foi absolvida das acusações de conluio e roubo?

— Essas acusações não existiram, para começo de conversa — disse Ya Yu vagamente. — Houve um interrogatório interno na minha corte, durante o qual dois Bibliotecários tiveram de fornecer informações. Eles fizeram isso por generosidade e sem interesses. A Biblioteca em si não foi envolvida. Estou correta?

Irene revisou mentalmente o significado exato de *sem interesses* – não influenciada por considerações pessoais, neutra, sem envolvimento – e decidiu que conseguia viver com isso.

— Acredito que meus superiores vão concordar com você — disse com cuidado. — Se bem que, como isso é um negócio interno da sua corte, não seria um assunto para discussão geral.

— Certamente não será para discussão *geral* — concordou Ya Yu. — Mas as famílias envolvidas terão de conhecer os fatos.

Irene não queria levantar a questão, mas precisava de uma resposta.

— A família Floresta do Inverno vai ficar ressentida com a Biblioteca, pela maneira como tudo aconteceu?

— Ordenei a eles que não — disse Ya Yu secamente —, e o próprio Qing Song pediu desculpas pelos seus erros. Acho que é mais provável que evitem os Bibliotecários, em vez de buscarem vingança.

— Você ordenou, Vossa Majestade? Muito generoso da sua parte em relação à Biblioteca.

— Sou bem mais velha que Jin Zhi e Qing Song — disse Ya Yu —, e certamente mais velha que Hu. Sei muito bem que não devo desacreditar a Biblioteca. Sei o que vocês fazem para estabilizar os nossos reinos e por quê. E, apesar de que eu certamente vou me aproveitar de você se ficar em dívida comigo, criança, não desejo que seja minha inimiga. Nem a Biblioteca.

— Nem nós, madame — disse Irene rapidamente. Preferiu não pensar no fato de que Ya Yu aparentemente a considerou digna de menção pessoal. — Posso perguntar o que aconteceu com Hu?

O rosto de Ya Yu formou linhas rígidas, e seus olhos cintilaram em vermelho com ofensa pessoal.

— Eu o poupei, por enquanto, caso você quisesse estar presente à execução dele...

Irene tentou não empalidecer com a ideia.

— Não, Vossa Majestade. Não quero.

— Então ele será devolvido à família Floresta do Inverno para responder pelas ações em relação ao seu mestre.

E esse provavelmente era o pior destino que Irene poderia lhe desejar.

— Você tem tempo para mais uma pergunta — disse Ya Yu, observando-a.

Irene pesou suas opções e decidiu arriscar.

— Vossa Majestade, você tinha intenção de que Jin Zhi e Qing Song... bem, que alguma coisa acontecesse entre eles enquanto tentavam encontrar aquele livro para você?

Ya Yu ficou em silêncio por um longo instante, dando a Irene todo o tempo do mundo para refletir sobre ter falado exatamente a coisa errada e calcular suas chances de sair do quarto com vida.

Finalmente, a Rainha disse:

— Teria resolvido alguns conflitos entre as famílias dos dois se tivessem encontrado uma solução... *original* para a situação. Eu recompenso soluções que funcionam, Irene Winters. Eu sabia do relacionamento anterior dos dois. Se tivessem vindo juntos a mim com o livro, teria encontrado um jeito de recompensar ambos. Desse jeito, perdi um servo e a outra está de luto por ele. Só tenho de lhe agradecer porque a situação não ficou ainda pior.

Ya Yu tinha assumido seu papel de rainha novamente. A intimidade anterior, por mais frágil que fosse, tinha desaparecido. Irene ficou em pé e fez uma reverência.

— Obrigada pelo seu tempo, Vossa Majestade. Fico feliz por essa questão ter sido resolvida de um jeito conveniente para os dois lados.

No fundo da sua mente, ela se perguntou: se Qing Song tivesse conseguido manipular Evariste e encontrado o livro, será que a Rainha o teria punido? Ou teria aprovado como uma *solução que funciona*? E quais teriam sido as consequências para a Biblioteca? Irene afastou o pensamento. Afinal, queria sair deste lugar com vida.

Estava mais cansada do que achava possível. Não era só o cansaço de se recuperar de um ferimento quase fatal: era uma exaustão da alma. Estava cansada de brincar de política, de andar na corda-bamba entre o perigo para si mesma e o perigo para a Biblioteca. Queria voltar para os seus livros, voltar a ser uma Bibliotecária. E sabia, com uma amargura fria e verdadeira, que tinha gostado de Kai. E ia continuar gostando dele por muito tempo – agora que o perdera.

Ya Yu aceitou a reverência.

— Uma das minhas servas vai levá-la até uma biblioteca do castelo. Se você não conseguir alcançar sua Biblioteca de lá, ela vai escoltá-la até outro mundo onde você consiga. Ah, e peça aos seus superiores para me emprestarem aquele exemplar de *Jornada ao oeste*. — Ela sorriu ao sair. — Afinal, agora eles têm dois exemplares. E eu ainda quero reler.

A criada que apareceu alguns minutos depois conduziu Irene por uma série de salas interconectadas que quase fizeram Irene desejar poder ficar mais um pouco. As prateleiras eram repletas de possibilidades interessantes, pergaminhos empilhados impecavelmente e livros bem organizados.

Porém, com um sinal da cabeça para a criada, ela encostou numa porta próxima e disse:

— **Abra para a Biblioteca.**

Este era o mundo com mais alto nível de ordem que Irene tinha visitado. Era bem organizado, rígido e imutável. Não queria obedecer de jeito nenhum à Linguagem. Só que, neste exato momento, Irene não ia permitir que ele se recusasse. Suas sobrancelhas se uniram e ela envolveu a mão na maçaneta da porta, concentrando a vontade na sua própria conexão com a Biblioteca, na certeza de que todas as bibliotecas podiam alcançar a Biblioteca e que esta não era uma exceção.

A madeira da porta vibrou e relaxou, e ela sabia que a conexão tinha se formado.

Ela abriu a porta e atravessou, fechando-a.

CAPÍTULO TRINTA E UM

Irene conseguiu alcançar o mundo de Vale em algumas horas, depois de redigir inúmeros relatórios e de trocar de roupa para algo mais adequado. Ainda não tinha sido chamada por Coppelia ou Melusine ou nenhum outro Bibliotecário sênior para se explicar pessoalmente, então decidiu escapar do seu atual mundo de residência antes que algum deles pudesse exigir uma entrevista. Tinha recebido um bilhete muito curto de Evariste em agradecimento. Ele conseguira combinar gratidão com umas entrelinhas de que esperava nunca mais precisar da ajuda dela. Não podia culpá-lo.

Quando chegou, ela descobriu que Kai tinha levado seus pertences do alojamento compartilhado. Tinha deixado os móveis, mas o guarda-roupas estava vazio. E sua cama tinha sido descoberta, com os lençóis dobrados numa pilha organizada na ponta do colchão.

Não ajudou em nada para melhorar o humor de Irene. O alojamento mal parecia habitado agora e seus próprios livros não ocupavam o espaço vazio. Tinha sido burrice esperar... O que ela estava esperando, afinal? Uma carta? Uma chance de se despedir?

A desgraça pesava sobre ela como chumbo. Não estava acostumada a *sentir saudade* das pessoas desse jeito. A rotina a mantinha em movimento, mas uma parte dela só queria sentar e chorar.

Ela mordeu o lábio. Isso era *idiotice*. Os dois eram adultos e ambos tinham – no fim – feito a coisa certa. Não podia durar. O bom senso lhe dizia para se recompor e seguir com a vida.

O bom senso, decidiu Irene, era absolutamente inútil.

Ela fechou a porta do alojamento vazio e pegou o primeiro táxi para a casa de Vale. Parte dela esperava que ele estivesse fora. Significaria que ela poderia adiar falar sobre Kai um pouco mais. Kai também era amigo dele. Vale poderia até culpá-la por tê-lo deixado ir embora, e seria justificável.

As luzes estavam acesas nas janelas do andar de cima quando Irene pagou ao motorista do táxi e entrou. Ela bateu na porta dos aposentos de Vale, esperou sua chamada para entrar e depois empurrou a porta.

Kai estava em pé ali.

Era como se nada tivesse mudado. Ele ficou parado olhando para ela, e seus olhos cintilaram quando ele viu a expressão no rosto dela, enquanto ela tentava processar o que estava vendo. *Claro que não há motivo para ele não poder visitar Vale,* os pensamentos invadiram sua mente. *Não há nada que impeça os dois de passarem um tempo juntos...*

Nada disso importava. Irene deu um passo à frente e o abraçou, sem querer soltá-lo. Estava consciente do corpo de Kai contra o dela, dos seus braços nela enquanto o agarrava, da sua força controlada, do calor do seu rosto no dela... Tudo pareceu se unir num impulso que a fez deslizar a mão na sua nuca e puxá-lo para um beijo desesperado.

Ele não tentou impedi-la. Muito pelo contrário.

Por fim, conseguiu soltá-lo. As mãos dela não queriam deixá-lo. O peito doía como se ela tivesse levado outro tiro.

Kai respirou.

— Bem — disse ele. — Uma vez você me disse que, se você me levasse para a cama, eu não ia reclamar. Até agora, não tenho reclamações.

— Essa é uma ideia muito idiota — disse Irene, arrancando as palavras com dificuldade, tentando entender como seu cérebro tinha pulado de *Não podemos fazer isso de jeito nenhum* para *Como fazemos isso sem sermos pegos*. — Para nós dois. Mas... — E o discurso acabou, antes que ela conseguisse construir um argumento viável sobre por que eles nunca mais deveriam se ver.

Kai ergueu uma sobrancelha.

— Eu estava visitando o meu amigo. Ele foi gentil o suficiente para me deixar ficar aqui. Não é mesmo, Vale?

Irene percebeu, meio tarde, que Vale estava sentado à mesa. Estava diante de uma confusão de frascos científicos, os olhos fixos no visor de um microscópio.

— É, não importa — murmurou ele, sem levantar o olhar. — Por favor, me arraste para o seu comportamento político impróprio, Strongrock. Tenho um quarto sobrando, fique à vontade.

— Pronto — disse Kai de modo carinhoso. — E quer saber, Irene?

— Sim? — rebateu, tentando entender tudo.

— Não sou mais seu subordinado. — Ele deu um sorriso carinhoso para ela. — Só dizendo, sabe. Para referências futuras.

— Vou me lembrar disso — disse Irene. Seus lábios ardiam com a lembrança do beijo. — Mas, apesar de não ser meu subordinado, você também não é meu superior.

Kai fez um sinal com a cabeça, como se estivesse seguindo a lógica.

— Não — concordou ele. — Mas, se você me ensinou alguma coisa, foi a nunca desistir.

— Não era isso que eu queria lhe ensinar — disse Irene. — Nem o que eu deveria lhe ensinar. Mas vai servir, por enquanto.

Ela desistiu de entender alguma coisa. Isso podia esperar pelo menos algumas horas. Podia haver mensagens urgentes à sua espera na Biblioteca, mas apocalipses potenciais podiam esperar um dia ou dois. Ou três. Esse segredo podia continuar entre eles – por enquanto. E, até que alguém viesse de fato mandar Kai para casa, ele tinha todo direito de aproveitar a hospitalidade de Vale.

Poderia haver tempo para se despedir adequadamente. Poderia até haver tempo para mais do que isso.

Esta obra foi composta pela Desenho Editorial em
Essonnes e impressa em papel Pólen Soft 70g
com capa em Ningbo Fold 250g pela Geográfica para
Editora Morro Branco em julho de 2019